Heart of

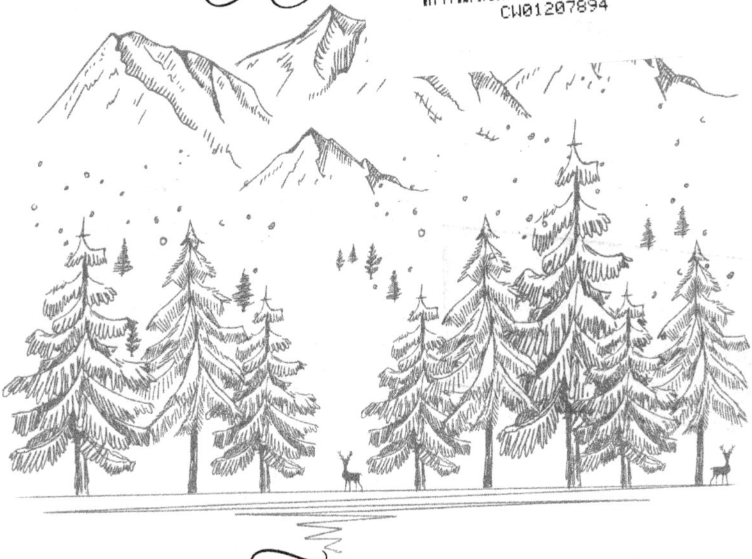

For you

Tome 2

Soleano Rodrigues

Heart of Wild : For you Tome 2
Soleano Rodrigues

Code ISBN : 9798609228512

Couverture : © Instant immortel
Modèles photos : Laura Waibel & Nathan Grabherr
Shooting : Patinoire de Dammarie les lys, Caribous de Seine et Marne
Logo : Projet Support Retouch
Images : © Freepik, © AdobeStock

« Le Code de la propriété intellectuelle interdit les copies ou reproductions destinées à une utilisation collective. Toute représentation ou reproduction intégrale ou partielle faite par quelque procédé que ce soit, sans le consentement de l'auteur ou de ses ayants droit ou ayant cause, est illicite et constitue une contrefaçon, aux termes des articles L.335-2 et suivants du Code de la propriété intellectuelle. Tous droits réservés. Les peines privatives de liberté, en matière de contrefaçon dans le droit pénal français, ont été récemment alourdies : depuis 2004, la contrefaçon est punie de trois ans d'emprisonnement et de 300 000 € d'amende. »

© Soleano Rodrigues, 2020

« C'est vrai ce que les gens disent : pour pouvoir avancer il faut se détacher du passé. Se détacher c'est facile, avancer c'est une autre paire de manches. Alors parfois on se renferme. On essaie de résister au changement. Mais les choses ne peuvent pas rester comme elles sont. À un moment, il faut lâcher prise. Avancer. Parce que même si c'est difficile, c'est la seule façon de grandir. »

Grey's Anatomy

À mon fils,
le plus grand amour qui soit
dans mon cœur de femme, de mère.

Lexique

NHL: La *ligue nationale de hockey* ou LNH est une association sportive professionnelle nord-américaine regroupant des équipes de hockey sur glace du Canada et des États-Unis. Le niveau de jeu de cette ligue est souvent considéré parmi les meilleurs au monde.

Capitaine: Le capitaine de l'équipe est reconnaissable par l'écusson de la lettre «C» sur l'avant de son maillot.

Assistant-Capitaine: A l'inverse du capitaine, il est reconnaissable par la lettre «A» sur l'avant de son maillot.

Arbitre: Au hockey, les arbitres sont vêtus de patins, d'un pantalon noir, d'une chemise rayée verticalement noire et blanche (d'où leur surnom de zèbres).

Goon: Les « Goons » sont les joueurs les plus craints de la NHL. Repérés, entraînés et mis sur la glace pour une seule chose : se battre.

Arena: Appellation pour le complexe sportif où se trouve la patinoire.

Tiers-temps ou tiers: Au hockey, il y a trois périodes de vingt minutes chacune, interrompues par une pause entre chaque tiers pour refaire la surface de la glace et permettre aux joueurs de se reposer.

La bande ou balustrade: Paroi entourant la patinoire et délimitant l'aire de jeu.

Masque: Autre nom donné au casque du gardien de but.

Mitaine: Gant d'attrape d'un gardien servant à réceptionner les palets.

Plastron: Protection couvrant les épaules et le haut du buste.

Culotte: Autrement dit : le short d'un hockeyeur, doté de protections couvrant les cuisses et le coccyx.

Palette: Partie basse de la crosse avec laquelle on contrôle le palet, qui peut être droite ou courbée.

Power-play : Ou « supériorité numérique » est le surnombre de joueurs dont profite une équipe pendant qu'un ou deux joueurs adverses purgent une pénalité en prison.

Pénalité : Une pénalité au hockey sur glace est une punition donnée au membre d'une équipe lorsqu'il est responsable d'une faute ou d'un comportement inapproprié, contraire au règlement.

Prison : Ou « *banc de pénalités* » désigne le lieu où un joueur prend place pour purger une pénalité reçue, mais ne méritant pas une exclusion définitive du match.

Méconduite : Pénalité de match sanctionnant un joueur pour une faute grave. Le joueur peut soit rejoindre le banc des pénalités sans que son équipe soit en infériorité numérique, soit écoper d'une expulsion de match.

Mise en échec : appelé aussi « charge » ou « plaquage » est une technique défensive au hockey qui consiste à bousculer l'adversaire pour le gêner ou lui faire perdre le palet.

Dureté : Pénalité mineure où le joueur va au banc de pénalité pendant 2 minutes, un joueur de moins sur la glace et annulation de la pénalité en cas de but.

Coup du chapeau : On dira d'un joueur qu'il a réalisé un « coup du chapeau » lorsqu'il a inscrit trois buts au cours de la même rencontre.

Blanchissage : Terme utilisé lorsqu'une équipe n'encaisse aucun but au cours d'une rencontre.

U7 : Under the age of 7 en anglais, est une catégorie sportive, nommée Mini-Poussin, réservée aux joueurs de moins de 7 ans.

Division centrale : En Amérique du Nord, la Division Centrale de la LNH a été formée en 1993 en tant que partie de l'Association de l'Ouest durant le réalignement opéré par la Ligue.

Saison régulière : En NHL, la saison débute principalement début octobre pour se terminer début avril. 82 matchs sont joués durant ces 6 mois, opposant 31 équipes de la ligue américaine et canadienne. La saison régulière est généralement suivie des playoffs.

Coupe Stanley : Ou « Stanley Cup », est un trophée de hockey sur glace décerné chaque année par la NHL à l'équipe championne des séries éliminatoires.

Playoffs : Dans le sport, une « série éliminatoire » ou barrage (en anglais « playoffs ») est un type de compétition qui se déroule généralement après une saison ou série régulière.

Playdowns : ou « barrages », comme les « playoffs » mais descendant avec les équipes les moins bien classées de la saison régulière.

Sources : WIKIPEDIA

FFHG (Fédéreation Française de Hockey sur Glace)

LNH (Ligue Nationale Hockey)

Prologue

« *La vie est un mystère qu'il faut vivre, et non un problème à résoudre.* » **Gandhi.**

Quinn

La plupart des gens ne savent de moi que le strict minimum, autrement dit, ce qu'un moteur de recherche internet vous dira sur mon compte en y tapant mon nom. Le revers de la médaille lorsque l'on devient joueur professionnel de hockey, est que l'on signe un contrat à plusieurs zéros, faisant de nous des « stars locales » alors qu'on fait juste notre taf.

Mais la réalité est tout autre, vous pouvez me croire.

Contre toute attente, je suis le genre de mec à me contrefoutre royalement de ce que les médias disent à mon sujet. Tant que cela n'atteint pas ma vie privée ni mes proches, ils peuvent bien m'inventer toutes sortes de problèmes d'addiction à je ne sais quelle drogue ou encore vanter mes mérites avec le nombre de nanas ayant fini dans mon lit, ça me passe au-dessus de la tête. En gros, ce qu'ils disent tous de moi rentre par une oreille pour ressortir instantanément par l'autre. J'ai toujours été ainsi, et je pensais sincèrement que cela continuerait encore longtemps avant que mon avis ne change, mais désormais, la réputation de «coureur de jupons» qui me colle au cul, commence fortement à m'agacer, et pour cause, cela créait déjà un nombre incalculable de tensions dans mon couple et ça, je ne peux l'accepter. Sans compter qu'à présent, je ne suis plus seul et ne peux me permettre de mêler ce *bonbon rose* aux conneries que des idiots racontent sur moi.

OK là, je crois que je vous ai perdu. Pas de soucis, laissez-moi vous exposer les faits pour vous faciliter l'analyse plus poussée de ma situation plus que complexe. Peut-être que de cette façon-là, vous comprendrez un peu mieux ma vie désormais branchée sur 100 000 volts.

Il y a de ça vingt-cinq ans, une certaine Emily Rose a débarqué dans un petit coin paumé du Minnesota, trouvant refuge dans un entrepôt désaffecté depuis plusieurs années. C'est là qu'elle donna naissance à un bébé maigrichon et déjà en manque de drogue alors qu'il venait juste de pousser son premier cri. Emily mit deux jours à recouvrer un minimum ses forces avant de pouvoir sortir de cet endroit désert et puant l'urine. Son enfant dans un bras, tout juste emmailloté dans un tee-shirt, elle marcha de longues heures, puis finalement, s'arrêta devant une église, épuisée et à bout de force, y voyant là un signe du destin. Elle était bien trop jeune et inexpérimentée pour savoir comment prendre soin d'un nouveau-né, bien qu'elle aima ce petit garçon aux cheveux sombres dès qu'elle posa les yeux sur lui. Mais aimer ne faisait pas tout et elle le savait parfaitement. Emily Rose n'était pas dupe et bien qu'elle n'ait rien fait avant aujourd'hui pour protéger ce minuscule petit bébé, son fils, des méandres de la vie et de son univers glauque, elle savait qu'il lui fallait avant tout apprendre à prendre soin d'elle et se soigner avant d'envisager être la mère dont cet enfant avait besoin. Emily fit alors ce qui lui semblait juste, à ce moment précis. Poussée par un instinct maternel, elle embrassa délicatement le front du bébé, lui demandant de la pardonner d'être une si mauvaise mère, puis elle déposa le petit sur un banc, à l'abri des courants d'air et sans un regard en arrière, elle quitta l'église. Non sans laisser tomber une grosse larme sur le parterre de cet endroit sacré à qui elle confiait une partie d'elle.

Le reste de l'histoire de cette jeune fille de tout juste dix-sept ans fit la une des journaux dès le lendemain matin, lors de la découverte de son corps dans un fossé, non loin de la paroisse où elle avait abandonné son enfant récemment né. Ce dernier eut un peu plus de chance qu'elle et après avoir été retrouvé par une âme charitable, il fût rapidement pris en charge par les urgences, puis par les services d'aide à l'enfance où il passa les premières années de sa vie, balloté de famille en famille, sans jamais trouver de parents voulant réellement faire de lui leur enfant. Plus le temps passait, plus il se sentait rejeté et se renfermait sur lui-même, refusant de laisser quiconque s'attacher plus que nécessaire à cet enfant perturbé qu'il était devenu. Il ne savait encore rien de son histoire, mais au plus profond de lui, il se sentait à part, comme un étranger dans un monde qui n'était pas le sien.

Puis à l'âge de sept ans, il fit la connaissance d'un gringalet blond nommé Brayden qui vivait dans la maison en face de son foyer, une petite bicoque délabrée. Ce jour-là, Brayden vint s'asseoir à ses côtés, lui tendit la moitié de son ridicule gâteau au chocolat et cela marqua le début de tout. Le début d'une longue et belle amitié, le début d'une vie où enfin, quelqu'un voulait de lui. Ils étaient

inséparables, si bien que pas une minute ne passait sans que ces deux-là ne soient en contact visuel.

Puis un jour de janvier, alors qu'il avait quitté la maison où il vivait avec un couple bizarre qui lui servait des repas puants et compacts donnant des haut-le-cœur, il rejoignit Brayden près d'un lac gelé où ce dernier lui tendit une paire de patins rouillés. Personne n'avait jamais été aussi gentil avec lui que ce petit garçon qui était très vite devenu son meilleur ami, son frère. Ce jour-là, il fit la connaissance de Melody, la sœur jumelle de Brayden. Elle avait tout juste huit ans à cette époque et instantanément, lorsqu'il croisa ses grandes prunelles bleues à couper le souffle et son visage enfantin adorable, il l'aima, de la même façon qu'il aimait Brayden, d'un amour fraternel et protecteur. Dès lors, le bébé qui n'en était plus un se promit que quoi qu'il arrive, il protégerait comme il le pourrait l'un et l'autre de la tristesse de ce monde qui les entourait.

C'est finalement à l'âge de onze ans qu'il fût adopté par un couple de quinquagénaires en mal d'amour depuis la mort de leur fils, six ans plus tôt. Les Douglas furent pour lui les meilleurs parents, lui apportant tout ce dont il avait besoin depuis tant d'années. Cet enfant qui ne demandait qu'à être aimé venait de trouver sa famille et auprès d'eux, il fit un long parcours.

Vous l'aurez bien compris, ce bébé, c'est moi. Longtemps, la vie m'a mis des bâtons dans les roues et voulut me faire trébucher, mais elle n'y est jamais parvenue et vous savez pourquoi ? Tout simplement parce que j'ai une véritable famille aimante qui me soutient et qui est prête à tout pour moi. Entre nous, aucun lien de sang quel qu'il soit, mais l'amour que je porte à ce cercle restreint est inconditionnel et m'a toujours aidé à garder la tête et les épaules hautes, en toutes circonstances.

À présent que je suis «grand», je comprends mieux certaines choses, bien que mon cerveau ait occulté beaucoup de souvenirs de mes premières années de vie, je connais ma véritable histoire, ainsi que celle de ma mère. Emily Rose est le «surnom» qui lui a été donné par le médecin légiste, personne n'ayant jamais réclamé son corps, elle a été enterrée à quelques kilomètres de l'endroit où j'ai grandi et plus personne n'a jamais parlé d'elle. Pas même moi.

Depuis le jour où Grace et James Douglas ont apposé leur signature sur les papiers d'adoption, le tout sans jamais me lâcher la main, ce sont eux qui sont devenus mes parents, mon père et ma mère, ma véritable famille. Et c'est grâce à eux que je suis l'homme que je suis aujourd'hui. Autrement dit : Quinn Douglas, célèbre hockeyeur de vingt-cinq ans évoluant en tant qu'ailier droit au Wild Hockey Club, une franchise NHL. Je gagne ma vie – et bien comme il faut – en faisant ce que j'aime par-dessus tout : jouer au hockey.

Et pour couronner le tout, le capitaine de mon équipe n'est autre que Brayden, ce petit garçon blond ayant partagé la moitié de son brownie assis avec moi sur un trottoir dégoûtant. Lui aussi a bien évolué dans la vie et il est maintenant loin du petit gringalet que j'ai connu. Ces deux dernières années ont été très compliquées pour lui. Entre une grave blessure à l'épaule le mettant hors course pour plusieurs mois, sans compter sur sa rencontre avec une véritable furie rousse qui en quelques jours seulement, a su mettre mon pote sens dessus dessous. Il a enchaîné les mauvaises décisions, certaines lui ayant coûté beaucoup, mais finalement, il est parvenu à se ressaisir et désormais, il file le parfait amour avec Ayleen, le tout en gérant d'une main de maître notre équipe vers les phases finales des playoffs.

Quant à moi, j'ai trahi l'une des règles fondamentales de toute amitié entre mecs, mais je ne peux le regretter. Pour la simple et bonne raison que c'est grâce à ça que j'ai actuellement le corps chaud et peu couvert de Melody, la jumelle de mon meilleur pote, dans mes bras et que je lui picore le cou de mes lèvres gourmandes. Elle a toujours été comme une sœur à mes yeux et jamais, je n'aurais cru pouvoir éprouver quelque chose de plus fort envers elle. Et pourtant, c'est bel et bien le cas.

Après avoir passé de nombreuses années à enchaîner les relations sans lendemain, il m'aura suffi d'une soirée dans une boîte branchée de San Francisco pour succomber au charme de cette beauté blonde qui me correspond en tout point. Bien entendu, faire accepter notre histoire à son frère n'a pas été une partie de plaisir et notre franchise nous a coûté beaucoup, mais au bout du compte, je ne regrette rien, parce qu'elle est désormais ma « nana » et que je ne voudrais changer cela pour rien au monde.

Tout allait pour le mieux entre nous, c'était même le pied d'enfer. Que ce soit au lit ou en dehors, Melo et moi nous entendions à la perfection et cela ne faisait que renforcer ce lien invisible qui m'unit à elle.

Seulement ce matin, alors que tout était calme dans l'appartement que je partage avec Brayden en plein centre-ville de Minneapolis, quelque chose s'est produit. D'abord léger, puis de plus en plus fort, un sentiment inconnu s'est infiltré en moi jusqu'à m'écraser de tout son poids. Incapable de saisir pourquoi je me sentais aussi oppressé, j'ai déserté mon lit, laissant le corps nu de Melody seul parmi les draps et j'ai rejoint à pas de loup le salon affreusement silencieux.

Puis tout a dégénéré...

L'interphone a sonné et la voix de Sam a résonné dans l'appareil pour me demander de descendre. À mon retour à l'appartement, je n'étais plus seul et lorsque j'ai croisé le regard de ma nana, inconsciemment, j'ai compris que l'espoir de lui faire entendre raison était définitivement mort.

Je ne saurais dire lequel de nous deux s'est mis à hurler en premier ni ce que j'ai pu dire pour me prendre une gifle monumentale, mais lorsque j'ai entendu la porte d'entrée claquer avec fracas, j'ai alors réalisé combien ce paquet venait de ficher en l'air tous mes espoirs d'avenir et je ne sais comment réagir.

Il y a quelques minutes seulement, j'avais encore une vie parfaite à en faire rager plus d'un, et à présent je n'ai plus rien. Enfin, « rien » est un bien grand mot. J'ai tout de même ce joli paquet enveloppé de rose, laissé devant la porte de mon immeuble, ainsi que quelques mots griffonnés sur une feuille à l'en-tête d'un hôtel de Minneapolis. Deux choses insignifiantes en soi, mais cela aura suffi à mettre un terme à ma relation et à changer le regard de cette personne, comptant plus que tout à mes yeux, sur moi.

Me voilà dans une belle merde les amis et je crois que quoi que je fasse ou dise, rien ne pourra effacer la peine que j'ai infligée à la femme que j'aime…

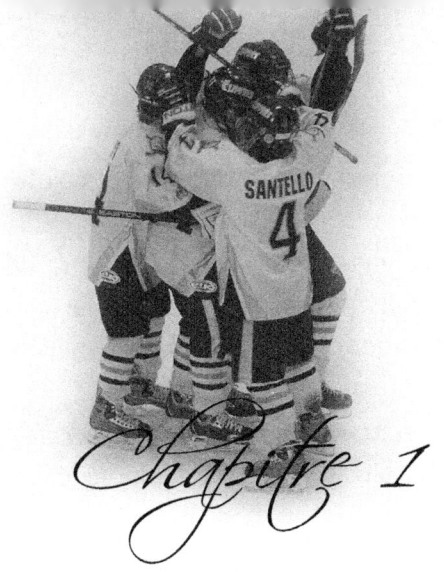

Chapitre 1

« Jusqu'ici, le présent était toujours déterminé par le passé. Aujourd'hui, il doit l'être par l'avenir. »
Michel Poniatowski.

Quinn

Quelques semaines plus tôt
Avril, Minneapolis

Ce soir est un grand soir! Mes coéquipiers et moi jouons notre dernier match sur une série de sept dans les phases éliminatoires. Les *Predators* de Nashville sont de redoutables adversaires, mais les changements opérés depuis que Brayden est passé capitaine sont visibles et jusque-là, nous tenons bon. À trois victoires partout, rien n'est encore joué pour personne. Ce soir scellera le destin d'une des deux équipes.

— Cette victoire, ils la veulent autant que nous ! Ils auront eux aussi la rage et l'envie, alors ne vous laissez pas surprendre. Et je refuse de vous voir faire des fautes stupides ! Compris ?

— Oui, coach ! répondons-nous en cœur avant de mêler nos poings au centre de la pièce, au-dessus du logo de notre équipe.

— Wild à 3… 1… 2… 3 !

— WILD !

Le match se jouant à domicile, nous avons au moins l'avantage du terrain et de nos plus fidèles supporters prêts à enflammer les tribunes.

Je n'en suis plus à mon coup d'essai et il est vrai qu'avec le temps, on parvient plus facilement à occulter les acclamations pouvant parfois nous distraire, mais jamais on n'en oublie que ces gens portant fièrement nos maillots, brandissant des banderoles personnalisées et faisant un maximum de bruit pour nous encourager, sont l'essence même d'un joueur. Il y a bien entendu la passion et l'amour du jeu, mais rendre fiers nos supporters est tout aussi important que le reste. Que l'on vienne d'un petit club remplissant tout juste une rangée de gradin, ou que l'on occupe des patinoires entières qui hurlent nos noms, ces gens qui continuent de crier pour te soutenir méritent que tu te battes sur la glace.

Et c'est ce que nous comptons faire ce soir, rendre fiers nos supporters !

L'ambiance avant un match aussi crucial que celui d'aujourd'hui est toujours particulière, chacun de nous est partagé entre l'euphorie du moment, la pression pesant atrocement lourd sur nos épaules et le stress de mal jouer. L'enjeu étant plus qu'important, nous n'avons pas le droit à l'erreur et nous le savons parfaitement. Notre jeu va devoir être exceptionnel, nos passes et notre cohésion d'équipe sur la glace frôlant la perfection. Seulement, à l'instant même où je me mets à un peu trop penser au match qui va suivre, le coach prend la parole et vient couper court à la plus grosse de mes craintes : décevoir cet homme qui se tue à la tâche pour faire de nous les meilleurs.

— Quoiqu'il se passe ce soir, n'oubliez pas que cela reste un jeu ! L'important n'est pas de gagner à tout prix, mais de toujours faire de votre mieux et de montrer de quoi vous êtes réellement capables. Alors, faites honneur à votre maillot en vous donnant à fond, c'est tout ce que je vous demande les gars !

Cela fait maintenant trois ans que j'évolue au sein du Wild Hockey Club et cet homme est l'une des raisons qui me poussent à me battre comme un acharné pour mériter cette place qu'est la mienne. Sans vouloir me lancer des fleurs, je suis un très bon joueur et je l'ai prouvé à de nombreuses reprises au cours de ma carrière, seulement, si je suis aussi bon aujourd'hui, c'est en partie grâce au coach Hernandez. Il a une manière bien à lui de nous enseigner les choses et même si parfois, il peut paraître brutal, voire sans pitié avec ses techniques drastiques, ses hurlements et ses coups de sifflet incessants qui me tapent pas mal sur le système, je dois le reconnaître, il n'en reste pas moins le meilleur entraîneur que j'ai connu jusqu'à présent.

À la différence de la plupart de mes coéquipiers, je n'ai pas été bercé par le hockey et n'ai commencé à réellement jouer qu'à l'âge de treize ans. Avant ça, je me contentais simplement de suivre Brayden dans ses acrobaties sur la glace.

Je lance un regard en direction de ce dernier et ricane en le voyant chercher frénétiquement des yeux sa petite furie parmi le public.

— Arrête ça, trouduc ! dis-je en lui assénant une légère tape sur l'épaule. Tu sais bien qu'elle sera juste derrière nous, alors cesse de t'en faire.

Cela ne fait que deux semaines qu'Ayleen est de retour dans la vie de mon pote, et bien qu'il soit aux anges de l'avoir retrouvée et officialisé leur couple à la vue de tous, il n'en reste pas moins complètement parano quand il s'agit d'elle. Je reconnais d'ailleurs que je trouve ça extrême comme réaction, surtout connaissant Brayden comme je le connais, pourtant, je ne l'ai jamais vu aussi heureux qu'aujourd'hui. C'est en elle qu'il a trouvé ce qui lui manquait depuis toujours : l'amour véritable.

— Explique-moi un peu pourquoi je te laisse te taper ma sœur au juste ? grogne-t-il avant de me lancer un regard furieux qui me fait ricaner pour de bon.

— Je suis ton meilleur pote, c'est aussi simple que ça !

Je suis conscient que ma « situation amoureuse » l'inquiète toujours autant et qu'il guette encore le moment où tout va partir en vrille, le mettant au pied du mur avec d'un côté, Melody, sa sœur jumelle, son unique famille et de l'autre, moi, son ami d'enfance qu'il considère comme un frère.

Ce n'est pas comme si j'avais choisi de succomber aux charmes de cette fille que j'avais toujours vu comme « intouchable », mais il y a quelques mois maintenant, tout a changé et depuis, je suis complètement accro à elle et à son corps de déesse.

Cinq mois et demi plus tôt
Octobre, San Francisco

Tandis que Brayden se la coule douce avec Ayleen à l'hôtel, je suis de mission « baby-sitting » pour Melody et croyez-le ou non, je suis sur le point de devenir barge

tant elle prend un malin plaisir à me faire tourner en bourrique. J'ai pourtant l'habitude de sortir en discothèque ou écumer les bars en sa compagnie, mais ce soir, tout semble différent. Dès notre arrivée au « Sunlight », un pub branché en plein centre de San Francisco, j'ai su que cette soirée ne serait pas comme les autres.

Premièrement, Melody s'avérait méconnaissable, aussi bien physiquement que mentalement. Deuxièmement, à sa façon de me regarder en coin, un sourire aguicheur venant me narguer et me provoquer plus que de raison. Bien qu'au début, cela semblait n'être qu'un jeu, dangereux certes, mais un jeu avant tout, j'ai laissé faire et me suis même laissé aller à quelques gestes explicites la concernant.

Seulement, à présent, cette histoire commence à prendre une ampleur que je n'avais pas du tout envisagée. Alors que sous mes yeux, Melody se met à brancher plus de gars que je n'ai de doigts pour compter, ma façon de réagir montre combien tout ce qui arrive me dépasse. À l'arrivée du Xème type à ses côtés, il me faut user de ma carrure imposante ainsi que de menaces toutes plus sérieuses les unes que les autres pour dégager ces mecs un à un, le tout sous le regard furieux de cette jolie blonde aux yeux ensorceleurs.

— *À quoi tu joues au juste ? grogné-je à son oreille, ma main serrant légèrement son bras.*

— Qui a dit que je jouais ? rétorque-t-elle en avalant cul sec son troisième verre en moins de vingt minutes.

— Je suis censé veiller sur toi, Melo... si ton frère était là...

— Mais il n'est pas là, alors tu seras mignon de me lâcher la grappe et me laisser m'amuser !

— Si je te laisse faire, je signe mon arrêt de mort et tu le sais parfaitement.

Elle soupire fortement puis tourne légèrement la tête vers la piste qui se remplit lentement. Soudain, ses yeux bleus s'illuminent de malice et lorsqu'elle me regarde à nouveau, un large sourire machiavélique étire le coin de ses lèvres. Je comprends alors que quoi qu'il arrive ce soir, Brayden ne me le pardonnera jamais.

Melody se lève, contourne plusieurs personnes et va se placer au centre de la pièce. Elle n'est que partiellement éclairée, mais je peux voir le mouvement de ses hanches ondulantes, de ses bras qui se promènent sensuellement sur son corps, ou encore de ses yeux brûlants cherchant inlassablement les miens à travers la foule. Je devrais détourner le regard, je le sais, mais c'est plus fort que moi, je suis comme hypnotisé, incapable de détacher mes prunelles de ses mouvements sexy qui échauffent mon sang.

Stop ! me crie ma conscience.

Melody n'est pas n'importe quelle fille et je ne peux me permettre d'agir avec elle comme je le fais depuis toujours : un coup rapide et tchao bye ma belle !

Cette beauté blonde a beau être une nana sacrément canon, jamais je ne pourrais ne serait-ce qu'imaginer la foutre dans mon lit pour une partie de jambe en l'air endiablée...

— Dis donc, la frangine de Collos est carrément déchaînée ce soir, lâche soudain une voix dans mon dos.

Je me retourne brièvement pour lancer un regard noir en direction de Logan, un de mes coéquipiers, qui ne quitte pas des yeux Melody et son déhanché de plus en plus provoquant.

— Dommage qu'elle soit hors d'atteinte pour des mecs comme nous, souffle-t-il en avalant une gorgée de bière.

— Approche-la et je réduis tes couilles en bouillie !

Ma réplique le fait rire, puis d'une tape sur l'épaule, il me signifie qu'il a reçu le message cinq sur cinq et s'en va à la recherche d'une nouvelle proie. Quant à moi, je m'accoude contre le bar, inspectant les types qui rôdent autour de la sublime blonde qui se donne en spectacle sur la piste tout en essayant de bloquer les diverses choses que m'inspire cette nana qui a toujours fait partie de ma vie.

Bon sang, elle veut véritablement ma mort ! me dis-je à moi-même lorsque je la vois remonter

Heart of Wild : For you

volontairement son haut sur son ventre plat. Les yeux clos, ses mains caressant sa peau bronzée, elle est l'image même de la sensualité et du désir.

Non, non, non ! Bordel, il s'agit de Melody !

Bien trop absorbé par le petit show de la divine créature que je mate ouvertement depuis de longues minutes, je ne remarque pas de suite le grand blondinet qui s'approche d'elle. Ce dernier glisse ses mains sur ses hanches pour la coller contre lui et il n'en faut pas plus à mon sang pour s'échauffer dans mes veines. Je m'élance rapidement vers eux, le regard rivé sur ce pauvre homme qui risque de ne pas s'en remettre s'il ne dégage pas très vite ses sales pattes du corps de Melody.

Alors que j'arrive à leur hauteur, la blonde me lance un sourire provocant puis se retourne dans les bras de sa dernière proie et approche dangereusement sa bouche de la sienne.

Oh, oh !

Une sonnette d'alarme s'allume dans ma tête et en trois enjambées, je suis près d'eux, ma main repoussant déjà ce guignol.

— Dégage ! craché-je à son intention.

Il me regarde de haut en bas, l'air dédaigneux, comme prêt à en découdre.

Le pauvre ne sait vraiment pas sur qui il vient de tomber.

— *T'es sourd ou quoi ? dis-je d'une voix glaciale qui le fait reculer d'un pas.*

Autour de nous, l'ambiance bat son plein, bien que quelques curieux aient le regard tourné dans notre direction, certains semblent même me montrer du doigt, m'ayant sans doute reconnu. Seulement éviter d'attiser la gourmandise médiatique qui gravite sans cesse autour de ma petite personne m'importe peu à cet instant précis. Tout ce que je veux, c'est que ce gars dégage, et vite.

Je ne sais ni pourquoi ni comment, mais à l'instant où le type croise mon regard furieux, il lève les mains en l'air et recule de plusieurs pas, les yeux ronds comme des soucoupes.

— Mais t'es... bordel, j'y crois pas ! Quinn Douglas, je suis un grand fan !

À mes côtés, Melody soupire lourdement tout en croisant les bras sur sa poitrine bombée et le simple fait que cela l'agace me fait sourire.

— *En chair et en os ! Maintenant si tu n'y vois pas d'inconvénients, j'aimerais bien pouvoir récupérer cette demoiselle.*

Sans attendre la moindre réponse de sa part, je me saisis du poignet de la blonde et m'échappe de la foule.

— *Putain, Quinn ! grogne Melody lorsqu'elle se retrouve acculée entre un mur de béton et mon mètre quatre-vingt-dix. Arrête de jouer les grands frères protecteurs tu veux bien.*

— Qui a dit que je jouais ? me surprends-je à dire en reprenant ses propres mots, alors que mes doigts glissent vers ses reins pour la rapprocher de moi.

Ses yeux rivés aux miens, ses mains délicatement posées sur mon torse et ses hanches taquinant mon bas-ventre de la plus divine des façons, je sens que le point de non-retour n'est pas loin et bien que j'ai fait une promesse solennelle à son frère, il se pourrait bien que je revienne sur celle-ci.

Ce serait mentir que d'avouer ne pas craquer pour cette fille, en même temps, quel mec normalement constitué n'aurait pas envie d'elle ? Son mètre soixante-dix, ses longs cheveux blonds aux reflets caramel tombant en une cascade de boucles dans son dos, ses jambes de folie à peine dissimulées sous un jean blanc moulant, sa poitrine généreuse recouverte d'un petit haut transparent, laissant apparaître son soutien-gorge noir, pour finir par les traits fins de son visage et par ses lèvres pulpeuses, peintes d'un rouge vif, qui ne demandent qu'à être embrassées...

Seigneur, mais que m'arrive-t-il ce soir ?

Jamais auparavant je n'ai eu ce genre de pensée pour elle. L'ayant toujours considérée comme « la petite sœur de mon meilleur pote », j'ai toujours vu en Melody plus qu'un physique à se damner. Pourtant, alors que ses doigts remontent lentement jusqu'au col de ma chemise, suivant les contours de mon cou puis de ma nuque, je me surprends à apprécier plus que de raison la sensation qui m'habite lorsqu'elle me touche ainsi.

— C'est un jeu dangereux dans lequel tu t'aventures ma belle... je ne suis pas certain que tu saches dans quoi tu t'engages.

— Je suis tout à fait consciente de ce que cela implique, Quinn, mais j'en ai plus que marre de laisser Brayden me dicter ma conduite. Je suis assez grande pour décider par moi-même.

— Et que veux-tu au juste, miss Amérique ?

Utiliser le surnom que lui donne son frère m'aide à garder un tant soit peu les pieds sur Terre, me forçant à ne pas oublier quelle fille je tiens dans mes bras.

— Toi !

Sans me laisser le temps d'assimiler ses mots ni même de trouver une réponse adéquate, elle écrase sa bouche contre la mienne, me donnant un baiser des plus étourdissants.

Seigneur tout puissant !

Incapable de résister à l'appel de ses lèvres parfaites, j'agrippe ses hanches, la plaquant un peu plus contre mon corps et l'embrasse comme si ma vie en dépendait. En même temps, je crois que c'est bel et bien le cas, parce qu'à l'instant où Brayden aura eu vent de ceci, je serai définitivement un homme mort. Mais malgré la menace qui pèse désormais sur mes

épaules, je ne parviens pas à la relâcher, et encore moins à faire cesser ce baiser qui n'aurait jamais dû avoir lieu.

Noyés dans une foule de corps se déhanchant au rythme des basses ou buvant entre amis, Melody et moi semblons ne faire plus qu'un. Rien, pas même un cheveu ne pourrait passer entre nous tant nous sommes collés l'un à l'autre et pourtant, cela ne semble toujours pas être assez. Nos mains cherchent sans arrêt le corps de l'autre, nos lèvres se pressant de plus en plus, nos langues dansant à la même cadence. Toujours plus vite. Toujours plus fort. Toujours plus loin...

Je ne parviens pas à me rassasier d'elle, de sa façon divine d'embrasser, du contact de ses doigts contre ma peau, dans mes cheveux, ou encore de ses petits gémissements qui font vibrer mon être tout entier.

Il m'en faut plus, beaucoup plus.

Essoufflé et en nage, je finis pourtant par briser notre étreinte lorsque je me fais siffler par un abruti qui me hurle de la prendre devant tout le monde.

Mais qu'est-ce que je fous bordel ?

D'un simple regard vers elle et sa main posée sur sa bouche, je comprends la stupide connerie que je viens de commettre. Ce n'était pas censé se passer comme ça. Rien de tout ceci n'était censé arriver et pourtant, je n'éprouve aucun remords concernant ce baiser.

— Melo... ton frère... il va... je ne peux pas lui faire... soufflé-je d'une voix cassée que je ne me connais pas.

— Et si tu oubliais Brayden un instant ?

Ses doigts glissent à nouveau le long de mon cou, remontant jusqu'à ma nuque avant de se saisir de mes cheveux. Mes yeux bruns noyés dans un océan bleu, je rends les armes et laisse cette diablesse faire de moi ce que bon lui semble.

Après tout, quitte à mourir, autant vivre mes dernières heures de la plus divine des façons, vous n'êtes pas d'accord ?

Secouant furieusement la tête pour effacer ce délicieux souvenir de mon esprit, je tente de reprendre le fil du match qui se déroule sous mes yeux. Néanmoins, je me détourne quelques secondes du jeu pour chercher ma nana et souris comme un débile lorsque nos regards se croisent enfin. Je lui lance un clin d'œil et me délecte de ses joues qui rosissent quand Brayden me file un violent coup de coude dans les côtes.

— Arrête de draguer ma sœur et concentre-toi un peu !

— Ce que tu peux être grognon ce soir.

Il me jette un regard appuyé et sévère qui me force à ravaler mon sourire d'idiot.

Ce match est crucial pour l'équipe et je ne dois pas me laisser distraire par le monde extérieur. D'un hochement de tête vers mon meilleur pote, je lui signifie que j'ai compris et me reconcentre sur les joueurs évoluant en zone adverse.

Tous debout, les coudes posés sur la balustrade, nous retenons notre souffle lorsque Paul réceptionne le palet et shoote une forte frappe qui hélas, atterrit dans la mitaine [1] du gardien.

Nous maintenons ce score de 0-0 jusqu'au milieu du deuxième tiers temps. Alors que Brayden purge deux minutes de pénalité pour charge incorrecte, les *Predators* profitent du powerplay [2] et inscrivent le premier but de la rencontre. Aussitôt, la rage refait surface en moi et j'adapte mon jeu à celle-ci, mettant la pression à mes adversaires qui ne sont pas habitués à me voir jouer de la sorte.

Eh ouais, les gars, je suis plein de surprise, que voulez-vous !

Dès que mon meilleur ami atterrit sur la glace après sa pénalité, il vient me rejoindre sur le banc et nous nous mettons d'accord pour adapter quelques changements concernant notre tactique.

Brayden et moi avons l'avantage de nous connaître par cœur, aussi bien sur la glace, qu'en dehors. C'est comme si nous étions branchés sur le même canal,

---

[1] Mitaine : Gant d'attrape d'un gardien servant à réceptionner les palets.
[2] Powerplay : Ou « supériorité numérique » est le surnombre de joueurs dont profite une équipe pendant qu'un ou deux joueurs adverses purgent une pénalité en prison.

percevant les pensées de l'autre sans aucun souci. Et c'est plus déterminé que jamais que je m'avance en zone d'engagement, face à Novàk, une armoire à glace suédoise qui savait déjà manier la crosse avant même de savoir marcher.

— Fais gaffe à ta belle gueule Douglas, ça serait dommage de l'égratigner, me lance ce dernier avec un petit sourire espiègle.

— Dans ton cas y'a plus rien à faire, mais tu devrais intéresser quelques chirurgiens esthétiques du coin !

Il m'assène un coup de crosse sur le tibia, fort heureusement protégé par mes genouillères et mes bas, avant de se mettre en position, le visage soudain concentré sur la main de l'arbitre.

Au coup de sifflet, je dégaine rapidement ma crosse, me saisissant du palet que je dévie en direction de Mike avant que ce dernier ne me le renvoie. Immédiatement, notre stratégie se met en place. Restant en retrait aux abords de la ligne bleue, je feinte un shoot, mais passe finalement à Brayden qui envoie le palet, droit dans les filets.

Sous l'acclamation du public, je me jette sur mon pote.

— Beau but, capitaine ! m'exclamé-je en le félicitant.

— Belle passe, assistant-capitaine.

Nos poings se cognent en un check, avant d'aller rencontrer ceux de nos coéquipiers qui tapent tous leurs crosses contre la bande, faisant un sacré boucan.

Nos deux équipes sont toujours au coude à coude, 1-1, lorsque le troisième tiers touche à sa fin. Il ne reste qu'une minute dans le temps réglementaire et la mise en jeu de notre côté de la glace ne nous facilite pas la tâche. Néanmoins, je lance un rapide coup d'œil en direction de mon pote qui se tient prêt, comme chacun de nous, à tout donner pour nous éviter le supplice des prolongations.

Les yeux rivés sur le palet qui retombe dans la courbe adverse, il ne m'en faut pas plus pour foncer droit devant pour tenter d'intercepter la frappe d'Ivanov. Face à face, nous nous dévisageons l'un l'autre tandis que nos crosses se disputent agressivement le palet. Novàk et Brayden rejoignent la mêlée, faisant leur maximum pour empêcher un deuxième but éliminatoire pour eux comme pour nous. Puis un sifflement me parvient parmi les grognements et insultes et je repère Reed qui glisse vers le centre de la glace, son bâton cognant à plusieurs reprises la surface gelée pour attirer mon attention.

— Hey, B ? Tu as déjà vu un poussin[3] voler ? lâché-je à mon meilleur ami dont le visage se fend d'un large sourire.

Ni une ni deux, nous chargeons en même temps Ivanov qui se retrouve à plusieurs mètres de nous, le cul au sol. Novàk est pris au dépourvu, me laissant une fenêtre d'un millième de seconde pour récupérer le palet et l'envoyer en direction de Reed qui sème facilement l'un des défenseurs de Nashville.

Vingt-six secondes...

D'une frappe du poignet parfaite, il envoie la rondelle fendre l'air qui le sépare de la cage. Je retiens mon souffle, suivant la trajectoire de cette dernière, tout en priant tous les Dieux qui existent pour qu'elle rentre...

---

[3] Référence au maillot jaune de l'équipe de Nashville.

Chapitre 2

« Une fois que la vie a rattrapé nos rêves. Il est trop tard. Faites en sorte que vos rêves aient toujours un coup d'avance sur votre vie. » **Inconnu.**

Quinn

La sortie du vestiaire se fait dans un silence de plomb, aucun de nous n'ayant le cœur à la fête. Après que Lewis, le gardien adverse ait arrêté le shoot de Reed, nous avons dû serrer les dents et jouer les prolongations. Cette mort subite porte son nom à la perfection, puisqu'à la soixante-seizième minute, nous nous sommes pris le but de la défaite. La course à la Stanley Cup était terminée pour notre équipe.

Un but, voilà ce qui aura fait la différence entre Nashville et nous et putain que c'est rageant. Après un début de saison plutôt catastrophique pour diverses raisons, nous étions de nouveau bien lancés, plus que bien même. Nous nous sommes qualifiés haut la main pour les playoffs[4], écrasant quiconque se mettait en travers de notre chemin. Seulement, cela n'a pas suffi et entendre les *Predators* hurler leur joie depuis le fond du couloir me fout dans une colère noire.

Même si à leur place, je ferais exactement la même chose...

J'esquisse un faible sourire, ressemblant sûrement plus à une grimace qu'autre chose, lorsque j'aperçois la chevelure blonde de Melody dans le hall de l'*Xcel Energy Center*. Elle s'approche de moi, naviguant avec agilité à travers les centaines de supporters présents autour de nous et je ne peux faire autrement que la dévorer des yeux.

Voilà plusieurs semaines que nous sommes «ensemble» elle et moi, et je crois que jamais je ne m'habituerai à tout ce qu'elle me fait ressentir en un simple regard. Entre nous, ça a tout de suite collé et bien que Brayden nous ait causé quelques

---

[4] Playoffs : «série éliminatoire» ou barrage (en anglais «playoffs») est un type de compétition qui se déroule généralement après une saison ou série régulière.

petits soucis, rien n'a pu nous empêcher de vivre pleinement notre relation.

Enfin, du moins, comme on l'a pu !

Entre son travail à la clinique vétérinaire qu'elle tient à White Bear Lake, l'empêchant donc de me suivre dans mes nombreux déplacements et mon emploi du temps rempli à ras bord de fin août à juin, cela ne laisse donc pas beaucoup d'occasions pour nous voir et passer du temps en « tête-à-tête », sans toute l'agitation qui règne en permanence autour de nous.

— J'en connais un qui va avoir besoin d'un gros câlin, murmure ma belle avant de me donner un baiser sur les lèvres.

Instinctivement, mes mains l'attirent contre mon corps, mais trop vite à mon goût, elle s'écarte, me faisant grogner de frustration.

— Tu en auras plus, c'est promis...

— Pitié ! gronde soudain Brayden que je n'avais pas vu arriver.

Son regard, identique à celui de Melody, nous fusille l'un et l'autre sur place et si je n'étais pas aussi sur les nerfs, je pourrais presque en rire.

J'ai bien dit presque ...

Ayant déjà eu un avant-goût de ce à quoi ressemble mon meilleur pote quand il est littéralement furax contre nous, je ne tiens pas à réitérer l'expérience.

Seulement, le fait qu'il soit pour ainsi dire toujours sur mon dos et celui de sa frangine commence à légèrement me taper sur le système. Fort heureusement pour nous, Brayden n'a pas le temps d'en dire plus qu'un éclat auburn attire son regard et il ne lui en faut pas plus pour nous lâcher la grappe.

D'un coup d'œil en direction d'Ayleen, je remercie silencieusement cette dernière qui me retourne un clin d'œil discret, avant de fondre dans les bras de son homme. L'histoire de ces deux-là n'aura pas été simple du tout. Je dirais même qu'elle a été semée d'embûches plus ou moins compliquées. La carrière de mon pote en a pris un sacré coup lorsque sa petite furie s'est volatilisée en pleine nuit et a complètement disparue de la surface de la Terre pendant cinq mois. Mais comme dans tout conte de fées : tout est bien qui finit bien, et depuis son retour dans la vie de Brayden, la jolie rouquine ne cesse de m'épater en devenant ce qui pouvait arriver de meilleur à mon capitaine.

— Si on rentrait ? dis-je finalement à l'intention de Melody qui acquiesce, un large sourire étirant le coin de ses lèvres pulpeuses peinturées de rouge.

Il ne faut pas être médium pour savoir ce qu'elle a en tête pour le reste de la soirée et je dois reconnaître que son programme est bien plus alléchant que l'invitation de mes coéquipiers à fêter notre « défaite » dans un bar du coin. Bien que cela aurait pu nous rappeler d'innombrables souvenirs, je préfère de loin avoir Melody pour moi tout seul.

Depuis la qualification aux playoffs, il y a de ça quatre semaines, c'est la première fois que je revois ma jolie blonde et dire qu'elle m'a manqué est un doux euphémisme, si vous voyez de quoi je parle.

— Ne vous sauvez pas les gars, hurle Hernandez en essayant de réunir tous les Wild, éparpillés aux quatre coins du grand hall. Le président a quelques annonces à faire. Vous profiterez donc de vos familles plus tard, pour le moment, je vous invite à rejoindre les types qui signent vos chèques, et sans discuter!

Plusieurs d'entre nous grognent leur mécontentement, mais personne n'ose l'ouvrir face au regard sévère du coach.

— On dirait qu'il va falloir remettre ça à plus tard, dit Melody avec une moue boudeuse qui me fait sourire.

— J'en ai bien peur en effet, mais ce n'est que partie remise.

— Miss Amérique? appelle alors Brayden. Tu n'as qu'à rentrer à l'appart avec Ayleen. Vous n'allez pas nous attendre ici pendant des plombes.

— Il n'a pas tort, dis-je à l'intention des filles. On ne sait jamais combien de temps peut durer ce genre de réunion.

— Très bien, acquiescent-elles.

Brayden et moi les regardons partir avant de rejoindre la salle de réunion où nous sommes attendus. À notre arrivée, nous avons la surprise de découvrir une horde de fans, arborant fièrement nos couleurs et nous applaudissant comme si nous avions gagné ce soir. Quelques journalistes sont aussi présents dans la salle, sûrement un énième coup de pub médiatique pour le club fidèle à ses fans. Néanmoins, comme à mon habitude, j'occulte entièrement cet aspect faisant partie récurrente de mon quotidien, et souris sincèrement aux personnes présentes dans les gradins à chacun de nos matchs. Noyé dans une masse de corps arborant fièrement notre loup enragé sur divers supports, je remercie à ma façon ces gens sans qui notre équipe ne serait rien. Un autographe par-ci, un selfie par-là, un check ou une accolade aux enfants et très vite, je me prends au jeu, si bien que sans que je ne m'en rende compte, deux heures se sont déjà écoulées.

Tandis que de mon côté, j'appose ma signature sur un drapeau des Wild, à ma gauche, accroupi et très concentré, mon meilleur ami est en pleine conversation avec un petit bonhomme, sous les yeux attendris de ses parents qui regardent Brayden comme s'il était un Dieu. Je ricane légèrement en imaginant combien ce dernier sera gaga de son gosse le jour où il deviendra père.

— Qu'est-ce qui te fait sourire comme ça ? me demande-t-il en se redressant.

— Toi ! Tu sais que ça te va plutôt bien, réponds-je en lui désignant le petit d'un geste du menton.

Il me fusille du regard avant de me pousser légèrement pour que j'avance, non sans chuchoter une petite insulte à mon oreille.

— Messieurs, nous salue alors un homme d'une quarantaine d'années qui ne ressemble pas du tout à un fan.

Brayden et moi échangeons un regard entendu, tous deux sur la même longueur d'onde.

— Vous avez droit à deux questions, pas plus et aucune de personnelle. Mes coéquipiers et moi-même sommes là pour échanger avec nos supporters, pas pour alimenter la presse à scandale, lance mon meilleur ami d'une voix froide, les bras croisés sur sa poitrine.

Aucun de nous n'est friand de ces abrutis qui se pensent journalistes alors qu'ils n'écrivent rien d'autre que des mensonges plus abracadabrantesques à chaque parution.

— Bien que l'élimination de ce soir doit avoir un goût amer, votre équipe a néanmoins accompli des merveilles au cours des derniers matchs. Selon vous, à quoi est due cette remontée en puissance ? lance le journaliste en appuyant sur la touche « REC » de son magnétophone.

— Beaucoup d'entraînement et une symbiose sur la glace comme en-dehors. Nous venons tous d'horizons différents, mais faire partie d'une équipe, ça rapproche forcément et crée des liens. Quand nous portons le maillot des Wild, nous avons tous le même objectif en tête : gagner et être fiers de nous.

J'acquiesce aux mots de Brayden, la boule à la gorge. Il ne pouvait pas mieux résumer le lien qui nous unit les uns aux autres et qui fait qu'on se démène à chaque rencontre pour aller le plus loin possible.

Le journaliste hoche brièvement la tête avant de planter son regard dans le mien, orientant le micro dans ma direction.

— M. Douglas, la relation que vous entretenez avec la sœur de votre capitaine, est-elle officielle ou cache-t-elle quelque chose d'autre ?

Mes yeux s'agrandissent de surprise, mais très vite, je me reprends, affichant mon masque imperturbable habituel.

— Vous êtes bouché ou quoi ? Pas de questions personnelles ! grogne Brayden.

— Et vous M. Collos, va-t-on enfin savoir qui est la mystérieuse rousse qui ne vous quitte plus ?

— Ça suffit ! Sécurité ! crié-je en levant mon bras pour faire signe à Luke, l'agent mis à la disposition de l'équipe pour nous « protéger », qui rapplique déjà.

— Un problème ? grogne-t-il, tel l'ours des cavernes qu'il est.

— Ça pue la charogne ici, tu veux bien nous débarrasser de l'odeur ?

— Avec plaisir !

Luke se saisit de l'homme par l'épaule de son costume bon marché, le tirant derrière lui pour lui faire quitter la pièce. Lorsque c'est chose faite, je me rends compte que le silence règne en maître dans la grande salle et d'un coup d'œil circulaire, je remarque que tous les regards de l'assistance sont tournés vers nous.

— Tout va bien ! scande alors Freddy, le vice-président du Wild Hockey Club, pour mettre un terme à l'étrange malaise régnant autour de nous. À présent, nous allons laisser ces messieurs rejoindre leurs proches et les remercier une nouvelle fois, comme il se doit, pour cette saison pleine de surprises.

D'aussi loin que je me souvienne, j'ai toujours été un garçon plutôt timide et réservé, seulement, dès lors que mes rêves concernant le hockey ont grandi et commencé à se concrétiser, je n'ai plus eu d'autre choix que de changer. Au fil des années, j'ai donc dû changer ma façon de penser et d'agir, oubliant petit à petit, qui j'étais avant que mon nom ne soit plus souvent sali qu'honoré.

En tant que joueur au sein de la NHL[5], mon cas semble susciter un certain intérêt pour un grand nombre de personnes. Que ce soit pour mes prouesses sur la glace, mes échecs, ou concernant ma vie privée, tout y passe, ne me laissant que de rares répits pour souffler et être moi-même. Je dois constamment penser aux conséquences de mes actes, mais aussi de mes paroles. Je ne dois pas attirer l'attention sur moi, allant même jusqu'à éviter les lieux publics pour ne pas être reconnu par x personnes. Alors oui, j'aime mon boulot, plus que tout, mais y'a vraiment des jours où «l'envers du décor» me donne envie de plier bagage et tout plaquer pour vivre une vie dite «normale».

— Quinn, s'il vous plaît, m'interpelle une femme alors que j'allais emboîter le pas à mes coéquipiers.

La quarantaine, les traits tirés, le regard éteint et un sourire factice que je reconnais à des kilomètres, elle pousse un fauteuil roulant dans ma direction.

— Bonsoir, dis-je avec un sourire poli.

— Je me doute bien que vous êtes fatigué et rêvez de rentrer chez vous, mais mon fils, Thomas, est un grand fan et je ne pouvais pas quitter cette salle sans essayer de lui obtenir une rencontre avec son joueur préféré.

---

[5] NHL: Ligue Nationale de Hockey ou LNH (se référencer au lexique)

Sincèrement touché par la démarche de cette maman, je baisse les yeux vers son fils, l'occupant du fauteuil roulant, et lui tends la main.

— Thomas, je suis enchanté de te connaître.

— Et moi donc, dit-il difficilement, bégayant sur chaque mot.

Je m'apprête à répondre quand la voix de Mike me parvient depuis la sortie.

— Ton taxi est là !

— Je prendrai le prochain, lancé-je avant de reporter toute mon attention sur Thomas et sa mère, visiblement tous deux touchés par mon geste.

— Oh, merci beaucoup, souffle la femme.

Je hausse les épaules, puis m'accroupis près du jeune homme.

— Alors comme ça, tu es un fan ? lui demandé-je.

— Ou... oui.

Alors que tout le monde, ou presque, a déjà déserté la salle pour rejoindre leur famille, je ne peux me résoudre à quitter cette maman et son fils ayant fait quatre cents kilomètres pour assister à notre match et espérer me rencontrer. Thomas me raconte combien il aime le hockey, pourquoi les Wild sont son équipe favorite et chaque mot qu'il prononce me rend encore plus fier d'être dans cette team de sauvages.

Au bout d'un certain moment, toujours accroupi face à ce jeune homme qui me raconte ses débuts sur la glace, mon téléphone se met à vibrer plusieurs fois dans la poche de mon pantalon, mais je ne prends même pas la peine de regarder qui cherche à me joindre, ayant bien plus important à faire.

Ce n'est pas tous les jours que j'ai l'occasion de passer un moment privilégié comme celui-ci avec un fan, encore moins un aussi cool que Thomas, et je veux en profiter autant que possible.

— Pas trop déçu d'avoir fait autant de bornes pour nous voir perdre ? lui dis-je après avoir signé son maillot.

— Supporter dans la défaite comme dans la victoire, me répond-il, esquissant un sourire sincère qui fait du bien à voir.

— Merci, mon pote.

Véritablement ému par ses mots, une main pressant son épaule, l'autre posée sur celle de Diane, sa mère, je les raccompagne à leur voiture, au fond du parking de *l'Xcel Energy Center*. À l'extérieur, quelques journalistes font crépiter leurs flashs dans notre direction et cela me rappelle à la réalité. Ces vautours ne lâchent jamais rien, cherchant toujours la moindre miette à se mettre sous la dent, quelles qu'en soient les conséquences. Ce soir, je suis l'une de leurs cibles, comme si ma vie était bien plus trépidante que celle de célébrités mondialement connues pour leurs frasques à répétitions ou leurs démêlés avec la justice.

— Désolé pour ça, soufflé-je à la mère de famille qui regarde d'un mauvais œil les paparazzis.

— Pourquoi vous excuser pour une chose dont vous n'êtes pas responsable ?

Sa question me désarçonne et le temps d'un instant, je reste la bouche à demi-ouverte, incapable de lui répondre quoi que ce soit.

— Voilà notre carrosse, lâche Thomas lorsque nous parvenons face à une vieille *Ford Capri* orange qui semble avoir vécue des jours meilleurs.

Mes yeux inspectent les taches de rouille parsemant la carrosserie, puis remarquent les vis servant à maintenir le pare-chocs avant en place. Diane semble soudain mal à l'aise, se dandinant sur ses pieds, son regard fuyant le mien.

— Je ne suis pas là pour vous juger, murmuré-je à son intention, mes doigts serrant gentiment son épaule.

Elle hoche la tête, puis entreprend de sortir son fils de son fauteuil.

— Laissez-moi faire.

Sans attendre son accord, je tends les bras vers Thomas qui acquiesce. Je le soulève alors de son fauteuil, prenant soin de ne pas lui faire mal, avant de lancer un regard vers Diane qui me fixe, les yeux voilés de larmes.

— Où est-ce que je pose ce jeune homme? demandé-je en lui souriant.

— Sur le siège passager...

Je m'exécute et une fois Thomas confortablement assis à sa place, je m'accroupis à nouveau pour être à sa hauteur et sors mon téléphone de ma poche, affichant le clavier tactile de ce dernier avant de le tourner dans sa direction.

— J'aimerais beaucoup qu'on reste en contact toi et moi, ça te dit?

Je crois qu'il s'attendait à tout sauf à ça et lorsque je vois ses yeux briller de mille éclats, mon sourire se fait plus étincelant et sincère. L'histoire de cette famille m'a énormément touché, tout comme l'attitude qu'ils ont eue pour moi durant l'heure qui vient de s'écouler. À leurs yeux, je n'ai pas l'impression d'être une bête de foire ou encore une super star, c'est même tout l'inverse. Je n'avais pas ressenti ce genre de choses depuis de nombreuses années, cette impression d'être une personne comme tout le monde pouvant interagir avec les gens sans peurs ou appréhensions.

— C'est... c'est vrai? bégaye Thomas, ses yeux voguant de l'écran de mon téléphone à mon visage.

— Bien sûr, mon pote. J'ai vraiment passé un super moment avec ta maman et toi et j'aimerais beaucoup remettre ça un de ces quatre.

— Quand tu veux, dit-il avant de me dicter son numéro que j'enregistre rapidement.

Après quoi, je fais sonner son téléphone pour qu'il ait le mien.

— C'est noté! Prends soin de toi, Thomas. On s'appelle bientôt, OK?

— Merci, Quinn… pour tout.

Nos doigts se serrent un instant, puis il me lâche pour attacher sa ceinture et fermer sa portière. Diane nous regarde, un large sourire illuminant son visage fatigué, tandis qu'elle me remercie d'un hochement de tête timide.

— Faites attention à vous, et Thomas? Je compte sur toi pour me prévenir quand vous serez rentrés.

— Promis, lâche-t-il en agitant sa main par la fenêtre ouverte.

Alors que je regarde les phares de leur voiture disparaître dans la nuit, je me promets mentalement de prendre régulièrement des nouvelles de ce gamin qui vient de me faire passer une fin de soirée inoubliable.

Mon mobile toujours dans la main, je tape brièvement un message à l'attention de Melody pour la rassurer et la prévenir que je rentre bientôt.

Quinn *: Je pars tout juste de l'Xcel. À tout de suite, bébé !*

Melody *: J'ai failli attendre ! Croise les doigts pour que l'eau du bain soit encore chaude à ton retour.*

Quinn *: T'inquiète pas pour ça, je sais m'y prendre pour faire monter la température*

Melody *: J'y compte bien !*

J'étouffe un rire, tout en cherchant le numéro d'une compagnie de taxi lorsque mon portable se met à vibrer entre mes doigts, la photo de Mike s'affichant sur l'écran.

— O'Dell ? Tout va bien ?

— Oui… non… putain Quinn, j'ai merdé. Je ne savais pas qui d'autre appeler…

En mon for intérieur, je pense immédiatement à Brayden et me demande bien pourquoi mon coéquipier a choisi de composer mon numéro, plutôt que celui de notre capitaine qui est aussi son mentor depuis son arrivée au sein du club.

— Oula, calmos Mike. Ça ne peut pas être aussi grave que ça. Te connaissant, tu es encore en train de dramatiser la situation.

— Pas cette fois, non, souffle-t-il d'une voix triste. Écoute, je sais que c'est beaucoup te demander, mais tu pourrais venir me chercher ?

— Où ? dis-je sans hésiter.
— Je t'envoie l'adresse… merci.
— Pas de quoi. À tout de suite, trouduc !

Il ne rit pas et raccroche rapidement. Mes sourcils se froncent en lisant les mots que contient le texto qu'il vient déjà de m'envoyer.

Mike : *Glenbrook Road. Ne dis rien à Collos, STP !*
Quinn : *Là, tu me fais flipper vieux. Bouge pas, j'arrive.*

Je siffle un taxi libre qui passe par là et grimpe rapidement, lui indiquant l'adresse transmise par Mike. Le chauffeur me lance un regard étrange et tout en soupirant, je sors un billet de cent dollars de mon portefeuille.

— Le double si on y est en moins de dix minutes.

L'homme hoche la tête, se saisit du billet avant d'appuyer sur la pédale, me collant au siège arrière.

Lorsque je parviens finalement à l'endroit où est censé m'attendre Mike, je repère instantanément les deux véhicules accidentés, dont un dans un très piteux état. Sans réfléchir, j'accours vers ce dernier, inspectant l'intérieur anormalement vide. Seul l'airbag déployé pendouille dans l'habitacle. D'un coup d'œil circulaire, je cherche mon coéquipier des yeux et finis par le repérer non loin de là, assis à même le sol, un corps inerte gisant sur ses jambes étendues.

— Putain, Mike, mais qu'est-ce qu'il s'est passé ici ?

C'est alors qu'il éclate en sanglots, les yeux rivés sur la jeune fille qu'il tient serrée tout contre lui.

— Je ne l'ai pas vue arriver, dit-il en pleurant de plus belle. Mon téléphone est tombé, j'ai voulu le rattraper et... bon Dieu, Quinn, je ne sais même pas si elle respire encore et j'ai une trouille bleue de vérifier. Si elle est... si elle est...

M'accroupissant à ses côtés, je pose une main rassurante sur son épaule avant de me saisir du poignet frêle de la jeune fille, restant attentif au moindre signe de vie. Quand un léger battement vient taper contre mes doigts, je soupire de soulagement, puis sors mon portable de ma poche pour composer le numéro des urgences.

— J'ai bu ce soir, lâche-t-il soudainement d'une voix sourde, les yeux rivés sur le clavier de mon écran. Qu'est-ce qui va m'arriver, Q ?

Voilà bientôt un an que je connais ce sacré phénomène qu'est Mike O'Dell, et jamais je ne l'avais vu aussi effondré qu'à ce moment précis. Lui, toujours si souriant, enjoué, voire parfois insupportable tant sa bonne humeur me tape sur le système, ne semble plus être le même homme.

— On trouvera une solution, quoi qu'il arrive. Tu m'entends ?

Je me relève, fais quelques pas pour m'éloigner de lui et appelle les secours.

Ayant promis à mon ami que tout se passerait bien, je compte faire mon maximum pour tenir parole. Seulement, la boule qui m'obstrue la trachée semble peser aussi lourd qu'une plaque de plomb, enfonçant à mesure que je décris la scène qui m'entoure à la standardiste l'espoir que j'avais de retrouver rapidement la chaleur du corps de Melody et le confort de mon lit. Mike a plus que jamais besoin de moi et si la vie m'a appris quelque chose, c'est que le plus souvent, ce ne sont pas les personnes partageant le même sang que vous qui seront à vos côtés dans les bons comme les mauvais moments. C'est même tout le contraire et c'est bien pour cela que ma main reste sur l'épaule de mon ami tandis qu'au loin, les sirènes résonnent tout autour de nous.

Chapitre 3

« La vie n'est pas un couloir simple et facile le long duquel nous voyageons librement et sans encombre, mais un labyrinthe de passages dans lesquels nous devons chercher notre chemin, perdu et confus, empruntant de temps en temps une allée aveugle. » **Archibald Joseph Cronin.**

Melody

Depuis ma plus tendre enfance, j'ai toujours été le genre de fille à savoir -et surtout avoir – tout ce qu'elle veut. Si mes souvenirs sont bons, je devais avoir quatre ans quand j'ai annoncé à ma mère et Brayden que je voulais devenir vétérinaire. À l'époque, tout ce que je souhaitais, c'était sauver les animaux, quels qu'ils soient et pouvoir prendre soin de ceux qui n'avaient personne pour le faire. Je ne sais pas vraiment d'où m'est venue cette envie de travailler auprès des bêtes en tout genre, mais je n'ai jamais abandonné ce rêve et aujourd'hui, alors que je viens de souffler ma vingt-septième bougie, je suis diplômée de la meilleure école du pays et propriétaire de ma propre clinique dans cette ville qui m'a vue naître : White Bear Lake.

Mon rêve je l'ai réalisé, et pendant longtemps, j'ai réellement cru que cela suffirait à faire de moi une femme accomplie et amplement satisfaite. Bien entendu, vous vous doutez bien que ce n'était pas le cas et qu'il manquait bel et bien quelque chose dans ma vie. Cette chose, c'est l'amour. Ce stupide mot contenant seulement cinq lettres et pouvant changer une personne du tout au tout.

Aimer, c'est un sentiment qui sonne étrange en moi et qui me terrifie, et ce, depuis que je suis gamine. Mon frère pense que cela vient probablement de l'abandon de nos deux parents survenus avant qu'on ait tous les deux atteint la majorité.

Notre père s'est tiré vite fait lorsqu'il a appris la grossesse de maman et nous n'avons plus entendu parler de lui, quant à cette dernière, elle a tout simplement fichu le camp deux jours après avoir soufflé, pour Brayden comme pour moi, nos dix-sept bougies. Sa seule explication ce jour-là a été qu'elle méritait mieux que la pitoyable vie qu'elle menait à WBL[6] et qu'elle avait des rêves à réaliser. Elle nous a quittés, mettant autant de distance que possible avec ses deux enfants, sans jamais se soucier du mal que cela pouvait nous causer.

Je ne vais pas mentir en disant ne rien avoir ressenti lorsque je l'ai vu monter à bord de la *Mercedes* flambant neuve de Ben Calgary, une bague de fiançailles affreusement énorme brillant à son annulaire. Elle n'a pas tendu la main à travers la vitre pour nous lancer un dernier au revoir et ne s'est jamais retournée pour nous regarder une dernière fois. Et c'était il y a plus de dix ans.

Alors oui, il se peut que ma peur d'éprouver de l'amour, pour quelqu'un d'autre que mon frère vienne de là, mais j'ai l'étrange sensation qu'il n'y a pas que ça.

Alors que je me perds dans mes pensées, mon téléphone vibre contre mon ventre, me faisant bondir comme une pauvre cinglée en poussant un petit cri aigu.

Ayleen : *Toujours pas rentré ?*
Melody : *Non...*

---

[6] WBL : Abréviation pour « White Bear Lake ».

Abattue, je retombe en arrière avant de relâcher un profond soupir. L'espace d'un instant, j'y ai cru, et la déception n'en est que plus grande.

Quinn : *T'inquiète pas pour ça, je sais m'y prendre pour faire monter la température :P*

Voilà plus de trois heures que j'ai reçu ce message et depuis, c'est le silence radio. Je ne sais ni où il est, ni ce qu'il fait ou avec qui, la seule chose que je sache, c'est qu'il n'est pas ici et que cela ne me plaît absolument pas.

Mon téléphone tourne, encore et encore entre mes doigts nerveux, tandis que je lutte pour ne pas composer son numéro pour la centième fois de la soirée et entendre son fichu répondeur tourmenter mon esprit qui s'imagine déjà les pires scénarios catastrophes.

Accident ? Agression ? Blessé ? Crise cardiaque ? Ou le pire du pire : est-il avec une autre fille ?

Ayleen : *B&J ?*

Je souris face à ces deux petites lettres puis saute du lit et troque mon peignoir moelleux pour un legging et un tee-shirt gris appartenant à Quinn qui traîne sur sa commode. Lorsque j'ouvre la porte de la chambre, mon adorable -presque – belle-sœur me tend un pot de glace auquel je ne peux résister.

— Mes hanches ne te remercieront pas demain, mais… merci, soufflé-je avant d'enfourner la cuillère dans ma bouche.

Le parfum de la crème glacée, des biscuits et du caramel fond sur ma langue, me faisant gémir de plaisir. Au loin, le rire grave de Brayden résonne.

— Il t'en faut peu, miss Amérique.

— La ferme ! grogné-je en fusillant le long couloir du regard.

— Ne reste pas toute seule, ton frère est encore bien remonté par la défaite…

— Laisse-moi deviner, il bougonne tout en regardant son film plein d'hémoglobine qui gicle dans tous les sens ?

Face à la grimace de dégoût que me retourne Ayleen, je souris avant de glisser à nouveau la cuillère dans ma bouche et de rejoindre mon abruti de frangin dans le salon. Sans attendre qu'il se décale, je m'étale sur le gigantesque canapé, allongeant mes jambes près de son visage ce qui le fait grogner.

— Sérieusement ? Y'a pas assez de place ailleurs ?

— Cette partie-là est la plus moelleuse, réponds-je sous le rire pas très discret d'Ayleen.

J'aime taquiner mon frère, principalement quand il est remonté comme ce soir, alors j'ébouriffe ses cheveux blonds, chose qu'il déteste.

— Arrête de me chercher, miss Amérique, ou tu vas le regretter !

— Je suis censée avoir peur ?

Ses yeux me lancent des éclairs, mais je m'en fiche, c'est bien trop drôle de le provoquer.

— Melo ! lance-t-il d'une voix grave sonnant comme un avertissement à mes oreilles.

— Mais quel rabat-joie ma parole ! grogné-je en croisant les bras sur ma poitrine. Tu ne peux pas arrêter de bouder et me distraire ? Ça m'évitera de trop penser...

Je n'ai nul besoin de finir ma phrase, car il pose à présent son doux regard sur mon visage contrarié.

— Je suis désolé, frangine.

Ses mots me touchent et sans qu'il ne s'y attende, je viens poser ma tête sur son épaule solide.

— Si ça peut te rassurer, sa belle gueule risque de prendre cher à son retour.

— Va falloir faire la queue B, parce que je compte bien lui régler son compte la première.

— Je peux prendre la troisième place ? souffle Ayleen qui nous tend une bière avec un petit sourire contrit.

À l'écran, le personnage de Doug Glatt stoppe le palet avec sa bouche et la giclée de sang qui s'en échappe me donnerait presque envie que Brayden fasse la même chose sur Quinn.

Pendant des années, il n'y a eu que nous et bien que notre mère ait laissé un vide dans ma vie, Brayden a toujours su comment le combler de sa simple présence. Gérer mes peines de cœur quitte à ficher une trouille bleue à tous les garçons de l'école, m'aider à faire mes devoirs en étudiant d'arrache-pied à mes côtés jusque tard dans la nuit, soigner mes blessures sans paniquer, faire à manger et s'occuper de la maison... tout ça, il l'a fait et ne s'en est jamais plaint. Il a été pour moi plus qu'un père et une mère de substitution et bien qu'on ait le même âge lui et moi, il a toujours fait en sorte de veiller sur moi, coûte que coûte.

Tandis que le film continue de tourner à la télé, mes yeux se font de plus en plus lourds et bientôt, alors qu'à mes côtés Ayleen et Brayden discutent de tout et de rien, je sombre dans une espèce d'état comateux, voguant entre le sommeil et la réalité. Mon frère s'en aperçoit et fait glisser ma tête jusque sur sa cuisse, sa grande main reposant sur mes cheveux qu'il caresse tendrement.

Les voix de mes compagnons de soirée me parviennent légèrement brouillées, mais assez nettement pour percevoir que c'est de moi et de

Quinn dont ils parlent à présent. Gardant les yeux fermés, je laisse mon oreille rester attentive sur ce qu'ils se disent.

— Ça n'a pas l'air de t'inquiéter plus que ça de ne pas avoir de ses nouvelles.

— C'est plus pour elle que je m'inquiète que pour lui. Quinn est un grand garçon et s'il avait eu un souci, j'aurais été averti, crois-moi.

— Il lui est déjà arrivé de faire ça ?

— Oh oui... mais à l'époque, il était célibataire et il n'y avait pas ma sœur qui l'attendait bien sagement à la maison. Si tu savais comme j'ai envie de lui faire bouffer mon poing rien que pour la mine déconfite qu'elle a affichée toute la soirée.

— Et la présomption d'innocence dans tout ça ? Tu ne sais même pas...

— Il n'est pas là et ne répond à aucun de nos appels, j'en sais assez pour lui en foutre plein la gueule à l'instant même où il franchira le pas de la porte.

Intérieurement, deux parties de moi se livrent un véritable combat. D'un côté, celle qui comprend le ressentiment de Brayden vis-à-vis de Quinn et qui aurait presque hâte de voir ce dernier débarquer comme une fleur et se faire accueillir par son capitaine au bord de la crise de nerfs. Et d'un autre côté, il y a cette partie de moi qui ne supporte pas d'entendre quelqu'un juger Quinn sans savoir et qui voudrait le défendre bec et ongles. Seulement, dans le cas présent et sans aucune nouvelle de sa part depuis des heures, il m'est bien difficile de ne pas penser au pire.

— Je sais à quoi tu penses et tu te trompes, clame Ayleen en gigotant légèrement à côté de moi.

— Je savais que ça finirait comme ça un jour ou l'autre, souffle mon frère d'une voix grave. Je suis déjà étonné qu'il ait tenu plusieurs mois sans jouer au con avec elle...

Mon ventre se noue brutalement tandis que des souvenirs affluent dans ma tête, défilant sous mes yeux clos.

San Francisco, 12 octobre,

Agrippée à mon frère comme un koala sur sa branche, je jubile et laisse éclater toute ma joie. Ils viennent de gagner quatre buts à trois un match primordial pour les envoyer en première place dans le classement de leur division et c'est ce grand dadais partageant le même sang que moi qui a marqué le but de la victoire. Après avoir été évincé de sa propre équipe pendant de très longs mois à la suite d'une vilaine blessure à l'épaule, ce soir a signé son retour sur la glace, auprès de ses « frères » : les Wild.

Cela faisait des semaines que je ne l'avais pas vu aussi bien jouer et je n'en suis que plus fière.

Bien que la soirée ait été mouvementée par une houleuse altercation entre une bande de crétins et Ayleen et moi, rien ne pourrait me faire plus plaisir que féliciter tous ces gars pour cette superbe victoire face aux Sharks de San José.

— *Ils ont bouffé la glace ces cons de Californiens,* lâché-je avant de plaquer mes lèvres sur le front poisseux de Brayden qui éclate littéralement de rire, accompagné par la plupart des gars présents dans la salle.

— *Pas de nanas dans les vestiaires ! Ce n'est pas compliqué comme règle si ?* grogne le coach derrière moi.

Dénouant mes doigts de sa nuque, je lance un clin d'œil à mon frangin avant de m'avancer vers ce cher coach Hernandez.

— *Désolée ! Mais comprenez, après un match pareil, il fallait bien que je félicite mon frère et l'équipe.*

Tout en jouant de mon éblouissant sourire de miss, je tapote son épaule pour lui dire que j'ai compris le message. Seulement, à l'instant où j'allais quitter le vestiaire, Quinn Douglas apparaît dans mon champ de vision et malgré tous les ordres que j'envoie à mes yeux, ces traîtres semblent bien trop occupés à *reluquer le corps* à demi nu du numéro « 97 » de l'équipe.

Je connais Quinn depuis que j'ai huit ans. Ensemble, nous avons fait un nombre incalculable de conneries, *passé toutes les étapes de l'enfance à l'âge adulte et bien que mon corps ait plutôt bien évolué avec les années, il a toujours semblé être le seul homme sur Terre immunisé contre mes charmes.*

Il y a quelques années, après une fête de victoire bien arrosée, je me suis carrément jetée sur lui, mais il m'a gentiment éconduite, tout en me rappelant ce que je représentai à ses yeux : un membre à part entière de sa famille. Autrement dit, une petite sœur, rien de plus. Intérieurement, je l'ai maudit plus d'une fois pour ce rejet, bien qu'avec le recul, j'ai compris pourquoi il l'avait fait. Se taper la jumelle, complètement bourrée, de son meilleur ami dans sa propre maison, on peut dire que c'est moyen comme comportement, même pour un coureur de jupons comme Quinn.

Surprenant mon regard braqué sur ses abdos parfaitement dessinés, il hausse un sourcil dans ma direction auquel je réponds par mon plus beau sourire. Qui qu'il soit, il n'en reste pas moins l'un des gars le plus sexy de l'équipe. Légèrement plus petit que Brayden, il me dépasse tout de même de quelques centimètres. Sa carrure de sportif n'a rien à envier aux mannequins de chez Calvin Klein, et je ne vous parle même pas de sa gueule d'ange à qui on donnerait le bon Dieu sans confessions.

C'est mon frère qui met fin à notre échange de regard lorsqu'il passe comme une flèche devant moi. Je tourne la tête dans sa direction avant de repérer

Ayleen dans le couloir. Je ne sais pas de quoi demain sera fait pour ces deux-là, mais je suis véritablement heureuse qu'elle soit arrivée dans la vie de Brayden.

— *Hey, la frangine de Collos, hurle Kent à mon intention. On va boire un verre pour fêter cette putain de victoire, t'en es ?*

— *J'en serai quand tu m'appelleras autrement que* « la frangine de Collos ». J'ai un prénom, trouduc !

Ce dernier me sourit franchement, avant de faire volontairement tomber sa serviette au sol, exposant ainsi à la vue de tous, son service trois-pièces.

— *Putain, Ramsey, tu ne peux pas avoir un peu plus de respect ? grogne Quinn en poussant furieusement ce dernier en direction des douches, cachant ce qu'il peut du corps nu de son coéquipier.*

Je ris franchement ce qui me vaut un regard noir de Quinn qui revient se planter à mes côtés.

— *Respire, Q, on dirait un chien de garde. Ma vertu ne craint plus rien, tu n'as pas à t'en faire.*

— *Tu ne devrais pas être là, Melo.*

— *Quel rabat-joie ma parole ! Très bien, je vous attends dans le hall, faites vite !*

La soirée a finalement commencé lorsqu'une bonne partie de l'équipe m'a rejointe. Le club choisi par Kent en jette. Entre sa déco en bois et cuir, ses larges bars entourant la piste de danse et l'alcôve située au premier étage servant de coin VIP dissimulée par

de longs rideaux blancs. La musique crache à plein poumon une vieille musique RnB qui me fait sourire.

— Ton frère ne viendra pas ce soir, souffle Kent à mon oreille.

Je l'interroge du regard avant de voir sa main se poser sur ma cuisse. Je stoppe son geste avant de lui lancer un coup d'œil en coin.

— Là ou pas, refais ça et tes couilles risquent de ne pas s'en remettre.

Sans lui laisser le temps de me répondre, je me lève de la confortable banquette pour me servir un second verre. Je sens que je vais en avoir besoin. Kent n'est pas mal, dans le genre mauvais garçon, mais ce n'est pas ce hockeyeur-là qui m'intéresse ce soir. Celui qui monopolise mes pensées n'est autre que le #97 de l'équipe, le meilleur ami de mon frère. Mettons ça sur le compte du néant qu'est ma vie sexuelle depuis plusieurs mois et du sex-appeal naturel s'échappant de chaque pore de sa peau. Si je le trouvais sexy dans le vestiaire, ce n'était rien à côté du spectacle qu'il nous offre ce soir, pour le plus grand plaisir de mes yeux. Vêtu d'un pantalon de costume noir ajusté à la perfection sur son sublime fessier, une chemise blanche cintrée faisant ressortir la forme de ses abdominaux ainsi que son bronzage naturel, pour finir par sa coupe style « saut du lit » qui a tendance à me rendre folle, je n'ai d'yeux que pour lui.

Et je ne suis pas la seule...

Il lui suffit de faire un pas sur la piste de danse pour qu'un attroupement de chattes en chaleur ne viennent lui tourner autour ce qui me fait grincer des dents. Je ne devrais pas réagir de la sorte, je le sais, mais mon corps semble opérer de lui-même, sans prendre la peine de me consulter au préalable. Alors tandis qu'il sourit et échange avec toutes ces nanas, j'en fais de même de mon côté.

Certains appelleront ça une réaction puérile, c'est peut-être vrai, *mais que voulez-vous que je fasse d'autre ? Je ne peux décemment pas lui sauter dessus pour réclamer une partie de jambes en l'air, il est bien trop fidèle à Brayden pour faire quoi que ce soit qui pourrait le blesser. Il me faut donc la jouer fine. Le chercher à l'aide de mes atouts physiques, provoquer sa jalousie en me servant d'autres mecs et croiser très fort les doigts pour que mon plan fonctionne.*

Et puis ce n'est pas comme si je lui demandais de m'épouser, tout ce que je veux, c'est qu'il cède et me donne ce dont j'ai besoin. Dans la vie, il y a plusieurs catégories où classer les hommes :

Les bons à marier.

Les bons à baiser.

Les bons à éviter.

On se doute bien que la plupart des femmes d'aujourd'hui recherchent les hommes faisant partie de la première catégorie, mais ce n'est pas mon cas. Entre ma clinique et les nombreux patients que je gère au quotidien, je n'ai absolument pas le temps de penser à construire quelque chose avec un membre du sexe opposé.

Je passe la plupart de mes nuits sur un lit pliant dans mon bureau, je ne cuisine jamais, préférant me prendre un plat à emporter que je mange à même la barquette la plupart du temps, je n'ai pas le temps de sortir et les rares fois où je le fais, mon téléphone peut sonner à tout moment pour réclamer ma présence. Étant la seule vétérinaire de White Bear Lake, je n'ai pas d'autre choix que celui d'être présente H24 et être prête à faire face à n'importe quelle urgence. C'est bien pour ça que j'ai besoin de Quinn. Avec lui, je suis non seulement certaine de passer un agréable moment, mais je sais surtout que cela ne débouchera jamais sur rien de plus. Autrement dit, un de la deuxième catégorie. Lui qui change de conquête comme il change de chemise, je sais pertinemment que même si je suis la sœur de son meilleur ami et que nous serons amenés à nous revoir très souvent, demain, il passera la nuit avec une autre et je ne serai plus qu'une fille parmi tant d'autres.

Alors qu'un mec plutôt mignon me propose de me payer un verre, mes yeux se braquent sur la jolie brune dont les doigts sont posés sur le torse ferme de Quinn. Il se penche légèrement pour lui parler à l'oreille et à nouveau, cette sensation étrange de chaleur s'allume dans mon abdomen.

— Quelque chose de fort, dis-je à monsieur mignon qui interpelle déjà le barman.

Ce dernier dépose le verre devant moi et alors que je vais pour trinquer avec « je ne connais pas son prénom », une large main vient se plaquer sur mon poignet et éloigne l'alcool hors de ma portée.

— Elle est jolie hein ? lâche froidement la voix de Quinn qui fusille le pauvre type d'un regard assassin tandis qu'il acquiesce. Méfie-toi, celle-ci est une mante religieuse redoutable. Elle adore disséquer des corps chauds...

Attendez... quoi ?

Je n'ai même pas le temps d'ouvrir la bouche pour en placer une que M. mignon se sauve comme s'il avait la mort aux trousses.

— À quoi tu joues au juste ?

— Qui a dit que je jouais ? retorqué-je en avalant cul sec mon verre.

— Je suis censé veiller sur toi, Melo... si ton frère était là...

— Mais il n'est pas là, alors tu seras mignon de me lâcher la grappe et me laisser m'amuser !

— Si je te laisse faire, je signe mon arrêt de mort et tu le sais parfaitement.

Ça, je le sais... mais j'en ai marre d'entendre cette putain de phrase à la con. En quoi mon frère a à voir avec ce que je fais et avec qui je le fais ? Je suis

adulte et vis la plupart du temps à des centaines, voire milliers de bornes loin de Brayden, alors pourquoi est-il toujours au centre des conversations que j'ai avec les mecs que je côtoie ?

Soudain, la serrure émet un léger bruit. Sous ma tête, je sens Brayden se tendre lorsque la porte d'entrée s'ouvre.

Je ne sais pas quelle heure il est, mais vu la luminosité qui me parvient par les baies vitrées, le soleil semble pointer le bout de son nez.

— Chut, tais-toi, souffle la voix reconnaissable de Quinn.

— Oh putain ! Je vais me le faire ! grogne soudain Brayden qui est désormais debout, le corps tremblant de rage.

Ayleen est assise à mes côtés, ses doigts serrant fort les miens.

Quoi qu'il arrive, je ne suis pas certaine de ressortir indemne de cette bagarre...

Chapitre 4

« Qui est le jouet des apparences se laisse séduire par des mensonges. » **Anatole France**

Quinn

Mike et moi sommes à bout de forces lorsque nous pénétrons enfin dans l'appartement. Voilà un bon moment que mon téléphone s'est éteint et que je n'ai pu répondre aux nombreux messages et appels reçus au cours de la nuit et donc, donner de mes nouvelles à Melody qui risque de me trucider à l'instant même où je franchirai la porte de ma chambre. Mais avant de la rejoindre, il me faut encore avoir une conversation avec celui à qui j'ai évité le pire ce soir.

Ce bougre retire maladroitement ses pompes et pousse un juron en se cognant contre la console de l'entrée où je viens de poser mes clés.

— Chut, tais-toi ! grogné-je en le fusillant du regard.

Ce n'est vraiment pas le moment pour alerter toute la maison de notre présence, je vais bien avoir assez à faire après avoir piqué un somme.

Entre Melody qui doit être dans tous ses états et Brayden qui, lui, doit avoir envie de m'égorger à mains nues, j'ai besoin de quelques heures supplémentaires pour me trouver un alibi solide, sans pour autant balancer Mike qui refuse que notre capitaine soit au courant de ce qui s'est produit cette nuit. Mentir, je n'aime pas trop ça, mais je ne peux trahir ma promesse faite à mon coéquipier à notre sortie de l'hôpital, accompagnés par un flic prêt à nous conduire au commissariat pour faire notre déposition.

— Il va falloir que nos versions concordent, dis-je sérieusement en fixant Mike.

— Je suis désolé de t'avoir mêlé à tout ça…

— Arrête de t'excuser. Ce qui est fait est fait, mais sache que dans quelques heures, j'en connais un qui va nous passer un interrogatoire corsé.

— Désolé…

Je pousse un profond soupir quand soudain, la lumière du couloir s'allume, m'aveuglant par la même occasion. Mike étouffe un cri lorsque l'imposante carrure de Brayden apparaît sous nos yeux. Les bras croisés sur son torse, ses sourcils froncés à l'extrême, il nous jauge, l'un l'autre et il me faut faire appel à tout mon self-control pour ne pas baisser les yeux face à son regard inquisiteur.

Merde !

— B...

Ma voix se meurt dans ma gorge lorsque j'aperçois la fine silhouette de Melody aux côtés de son frère.

Double merde !

— Je peux savoir où vous étiez tous les deux ? lance mon meilleur ami.

Oh, oh !

Ce timbre de voix grave et haché, je le connais par cœur et cela ne me dit rien qui vaille. Quand Brayden est en colère, ça se sait tout de suite. Son regard bleu se noircit, sa joue tremblote, sa voix se fait aussi menaçante qu'un flingue braqué sur votre tempe et ses jointures blanchissent à mesure qu'il serre les poings.

Ok, analyse rapide : voix, regard, joue, poings serrés...

Triple merde !

— Sortis boire un verre, réponds-je en retirant mes chaussures que je balance contre le mur. Pourquoi, c'est interdit ?

— Méfie-toi, Quinn. Ici, rien ne m'empêche de démonter ta belle petite gueule !

— Ah ouais ? rétorqué-je aussi agressivement que lui. C'est une menace, capitaine ?

— Et si on se calmait les gars ? lance Mike qui vient s'interposer entre nous. Il dit vrai. On est allé boire un verre dans ce nouveau bar de... Hopkins. Tu sais, celui dont les gars parlaient à l'entraînement jeudi... Bref, ce qui devait être un verre s'est transformé en plusieurs, on n'a pas vu le temps passer...

Il me suffit de le regarder pour qu'il se taise. Bien qu'il veuille m'aider à ne pas me foutre dans des emmerdes inutiles, son hésitation saute aux yeux et si moi je l'ai remarqué, Brayden doit déjà sentir que ce ne sont que des craques.

— Je te connais suffisamment pour savoir quand tu me mens, morveux, lâche froidement mon meilleur ami dont les yeux vont et viennent entre Mike et moi.

— Écoute B, t'es mon meilleur pote et je te respecte énormément, tu le sais, seulement là, si tu continues à me casser les couilles avec ton interrogatoire à la con, c'est moi qui vais te rentrer dedans. On reprendra cette conversation quand j'aurai quelques heures de sommeil dans les pattes si tu insistes, mais pour le moment, nous allons tous aller dormir, si tu n'y vois pas d'inconvénients.

Lui tournant le dos pour rejoindre ma chambre, je vais pour en ouvrir la porte quand un poing s'abat à quelques millimètres de mon visage. Je n'ai qu'à tourner la tête vers ce dernier pour apercevoir le regard assassin que me lance Brayden, ainsi que celui paniqué des trois autres personnes présentes dans ce vaste couloir qui me paraît soudain bien étroit.

— C'est quoi ton problème? pesté-je en le repoussant d'une main.

— Tu ne l'as pas deviné encore? C'est toi, mon putain de problème!

— Et en quel honneur?

— Tu te fous de ma gueule? Il est cinq heures passées, vous me dites être allez boire un verre, mais aucun de vous deux ne sens l'alcool ou la clope, chose plutôt étrange quand on passe la nuit dans un bar. Quant à celui-ci, dit-il en désignant Mike de son index, il semble vouloir tout faire pour te couvrir et ça, tu vois, ça ne me plaît pas du tout. Depuis le jour où tu as décidé de te faire ma sœur, tu m'as donné le droit d'intervenir quand tu lui fais du mal!

— Et en quoi je la fais souffrir là? rétorqué-je sur la défensive, ne comprenant pas son discours moralisateur qui n'a pas lieu d'être.

Un coup d'œil vers Melody suffit à me faire comprendre la véritable raison justifiant la «colère» de Brayden envers moi. Et soudain, l'explication me saute aux yeux, me faisant reculer, sous le choc. Alors c'est vraiment ce qu'ils pensent tous ? Que j'ai passé la nuit avec une fille et utilise mon coéquipier pour me couvrir ?

— C'est ce que tu crois, toi aussi ? dis-je à la belle blonde qui n'ose croiser mon regard.

— Tu es sur répondeur depuis des heures et...

— Et tu t'es dit que je devais être en train d'en baiser une autre. C'est ça ?

Mon ton sévère la fait légèrement sursauter, tout comme la stupide hypothèse énoncée à voix haute qu'elle s'est faite sur mon compte. Je pensais qu'après tous ces longs mois passés à vivre notre histoire à distance, tout en lui prouvant ma fidélité, elle aurait compris d'elle-même que j'étais sincère avec elle, que j'en avais fini avec toutes ces conneries faites par le passé. Mais il faut croire que j'avais tort...

Savoir que deux des personnes que j'aime le plus me pensent capable d'agir ainsi me blesse, me faisant le même effet qu'un violent placage qui vous coupe le souffle et vous brise une ou deux côtes. Pourtant, à cet instant précis, ce n'est pas la tristesse qui envahit mes veines, mais bel et bien la colère.

Je leur en veux de si mal me connaître...

Je leur en veux de ne pas me faire confiance...

— Ne lui parle pas comme ça, me reprend Brayden en venant faire barrage entre Melo et moi.

— Tu es peut-être son frère, mais tu n'es pas le mien, alors ferme-la ! J'ai passé toute la nuit avec

Mike, c'est tout ce que vous avez à savoir. Maintenant, si vous le voulez bien : allez tous vous faire foutre ! craché-je, hors de moi, avant de faire demi-tour et quitter l'appartement pour rejoindre l'ascenseur.

Une fois dans la cabine, je n'hésite pas un instant sur le bouton où appuyer et rejoins la salle de sport, le seul endroit qui saura faire évacuer la rage qui bouillonne en moi.

L'odeur de transpiration qui m'accueille est âcre et me fait légèrement plisser le nez, même si j'y suis habitué depuis le temps. Habilement, je me débarrasse de ma veste de costard que je balance sur l'un des bancs avant de me diriger vers mon appareil préféré. Ce tapis de course est mon meilleur ami quand j'ai la tête trop pleine et que je ressens le besoin d'évacuer la pression, autrement qu'en position allongée avec le corps chaud de Melody sous moi. Avant même que la machine soit lancée, mes pieds se mettent en mouvement, réclamant leur dose comme un camé. Les yeux rivés sur la vue que m'offre la large baie vitrée, Minneapolis s'éveille dehors, tandis qu'ici, les vitesses défilent rapidement sans que je ne m'en rende compte et très vite, je souffle et transpire comme un bœuf.

Parfait, c'est pile ce dont j'avais besoin.

Tout est calme autour de moi, seule ma respiration interrompt le silence qui règne dans la pièce, ainsi que le bruit de mes pas sur le tapis.

Courir, j'ai toujours aimé ça. Je me souviens de l'époque où je voguais de famille en famille et où pratiquer le moindre sport m'était interdit. Que ce soit pour aller et revenir de l'école, ou encore pour échapper aux coups et aux cris. Courir était mon unique échappatoire quand j'étais gosse, et ça l'est toujours, des années plus tard. Hernandez aime cet aspect-là de ma condition physique, tout simplement parce qu'il sait sans l'ombre d'un doute que je peux enchaîner les minutes sur la glace et en mouvement, sans faiblir.

Après avoir passé plus de deux heures dans la salle de sport sans m'interrompre, mes jambes cèdent sous mon poids et j'ai tout juste le temps d'arrêter le tapis que je m'écroule sur le sol. Mon torse se soulève si rapidement que j'ai l'impression d'avoir le cœur sur le point de s'échapper de ma cage thoracique. Mes membres sont en feu, mais c'est un mal nécessaire, la preuve en est que la tempête qui faisait rage dans mon esprit se calme à mesure que mon rythme cardiaque se stabilise.

La réalité m'attend de pied ferme à l'étage du dessous et bien que je rêve de pioncer dix heures d'affilée, je sens que la journée ne fait que commencer...

~

Heart of Wild: For you

Qu'est-ce que je disais déjà ? Ah oui, la journée ne fait que commencer. C'est un enfer que je vis depuis mon retour à l'appart. Mike a les yeux rivés sur ses pieds et n'a pas sorti une seule connerie depuis des heures. Brayden semble prêt à me bondir dessus d'un instant à l'autre, heureusement qu'Ayleen n'est jamais loin pour calmer ses nerfs. Quant à Melody, elle esquive toutes mes tentatives d'explication. Rien ne fonctionne et la savoir si près de moi et pourtant si loin, me tord douloureusement les entrailles.

Les querelles, on est pourtant habitués à en avoir, Melo et moi, mais jamais une dispute ne m'avait autant peiné et blessé. Au tout début de notre histoire, il y a d'abord eu les embrouilles avec Brayden qui n'acceptait pas notre relation, puis quelques « cancans » de journalistes m'inventant à nouveau une vie trépidante entouré d'une ribambelle de nanas qui ont fait exploser au grand jour la jalousie de ma nana qui se contenait jusque-là.

Ce jour-là, nous jouions contre l'équipe de Las Vegas et avions prévu avec quelques gars de l'équipe de profiter des avantages dignes de cette ville aux multiples tentations. Brayden était au fond du trou après la disparition d'Ayleen, et ni Melo ni moi ne tenions à le laisser seul, dans une ville telle que celle-ci. Allant de bar en bar, les verres se sont accumulés pour chacun de nous, puis Melo a montré des signes de fatigue. Levée aux aurores pour prendre l'avion et me rejoindre ici pour le match, et repartant le lendemain en fin d'après-midi pour ouvrir la clinique, j'ai bien vite compris qu'elle ait eu besoin de se reposer. Après lui avoir proposé de rentrer, elle a refusé que je laisse Brayden livré à lui-même. J'ai donc continué ma soirée avec mes coéquipiers, tandis que ma nana rentrait à l'hôtel dormir.

J'ai passé tout le reste de ma soirée à veiller sur mon pote tout en profitant des machines à sous et des roulettes. Enfin, jusqu'à ce que Mike attire l'attention sur nous avec ses singeries habituelles et qu'un attroupement se forme tout autour de notre table. Des minettes, mais aussi des femmes d'âge mûr se sont approchées, ont posé une main sur notre épaule, touché nos cheveux ou se sont faites entreprenantes comme beaucoup d'hommes aiment ça. Une chose en entraînant une autre, j'ai dû repousser une petite blonde, bien trop jeune pour fréquenter ce genre d'endroit, en train de me mettre la main au paquet, mais aussi empêcher deux brunettes prêtes à tout pour se taper un 69 avec la star du Wild Hockey Club.

Et c'est quand j'ai finalement baissé ma garde que tout s'est passé. L'une des brunes de Brayden s'est littéralement jetée sur moi, ses lèvres dévorant les miennes d'une façon pressée et pas agréable du tout. Cela n'a duré qu'une fraction de seconde avant que je ne repousse la demoiselle assez brutalement, mais cela a suffi à ce que des dizaines de téléphones soient braqués sur moi. Très vite, la nouvelle a enflammé la toile et les photos prises à mon insu ont circulé plus vite qu'un virus. Les médias adorent ce genre de scandale, je le sais parfaitement, et à cause d'une seule minute d'inattention, je venais de fournir à ces rapaces de quoi tenter de me démolir publiquement.

Cette nuit-là, après avoir joué des coudes pour m'échapper du casino et avoir fait appel à un chauffeur privé, Brayden et moi avons rejoint notre chambre d'hôtel où Melody nous attendait, plus furax que jamais. Cris, hurlements, insultes… je n'avais jamais vu ma nana dans un état pareil. Même son propre frère n'a pas pu en placer une pour la calmer, ce qui est bien étonnant lorsque l'on connaît la relation qui unit ces deux-là. À ses yeux, elle avait la preuve de mon infidélité, noir sur blanc, avec des gros titres à vomir et cela suffisait à me condamner :

« Quinn Douglas, alias, le tombeur de ces dames, a encore frappé. Après avoir eu une aventure avec la sœur de son capitaine durant plusieurs semaines, il semblerait que notre tombeur national ait jeté son dévolu sur une jeune fan qui ne repartira pas seule ce soir. »

Ce n'est qu'au petit matin, après de nombreuses heures à clamer mon innocence, qu'elle a fini par écouter ce que j'avais à lui dire. Me croire n'a pas été simple pour elle, loin de là même, mais bien que j'aie commis un nombre incalculable de conneries dans ma vie, j'aurais préféré me briser les membres un à un plutôt que lui faire le moindre mal. J'ai alors compris qu'au-delà des articles parus dans la presse et de mon passif pas très glorieux, le malaise était aussi basé sur la jalousie de Melo vis-à-vis des nombreuses filles m'entourant quotidiennement. Un sujet que ni elle ni moi n'avions jamais vraiment abordé. Il aura donc fallu que mon nom soit une fois de plus sali dans la presse à scandale pour que ma belle blonde au tempérament de feu reconnaisse combien elle avait du mal à supporter les autres femmes et surtout, mon statut de « coureur ».

Depuis, j'ai été irréprochable, restant aussi loin que possible de tout être humain détenteur d'une paire de nichons et d'un utérus, quitte à me prendre les foudres des hauts dirigeants de l'équipe comptant un peu trop sur notre notoriété pour remplir les gradins. Hélas, j'ai beau aimer le hockey et toujours me donner à 300% lors des matchs, dans ma tête, c'était décidé, rien ne viendrait faire barrage dans mon couple, pas même mon métier.

Décidant de quitter le salon tant les tensions me tapent sur le système, je pars m'enfermer dans ma chambre avant de me laisser tomber sur l'épais matelas. Les yeux rivés sur le plafond immaculé, je tente de comprendre comment tout a pu partir en vrille de la sorte et surtout, comment Brayden et Melody ont pu me penser capable d'aller en baiser une autre sans le moindre remords, tout en sachant que ma nana m'attendait bien sagement à l'appart.

C'est bien mal me connaître...

Mon cerveau ne cesse de réfléchir, encore et encore, me fichant une abominable migraine tant je cogite. Les doigts pressés sur mes tempes, je tente de contenir la douleur quand j'entends la porte grincer légèrement. Il me suffit d'entrouvrir un œil pour apercevoir Melody et Ayleen entrer dans la chambre.

Dans un mouvement souple, je me redresse, fixant la blonde qui fait tout pour éviter mon regard.

Satanée bonne femme têtue !

— Ayleen, tu pourrais nous laisser seuls, s'il te plaît, dis-je à la rouquine dont les yeux vont et viennent entre Melo et moi.

— Je...

— Je t'adore, tu le sais, petite furie, mais ta belle-sœur et moi avons certains sujets à aborder, en privé.

— Je n'ai rien à te dire ! lâche l'intéressée qui daigne enfin affronter mon regard furieux.

— Alors c'est tout ? Je n'ai pas mon mot à dire dans tout ça ? Tu me colles une étiquette d'infidèle sur le front, refuse de m'adresser la parole et je suis censé accepter sans broncher, c'est ça ?

— Tu as eu l'occasion de t'expliquer, Quinn, mais tu as préféré tous nous envoyer chier et te barrer plutôt que d'affronter la vérité.

La bouche à demi-ouverte, je fixe la fille qui partage mon quotidien, ma vie, depuis plusieurs mois maintenant, sans comprendre comment on a pu en arriver là en une nuit. Une nuit dont je ne peux absolument pas parler sans trahir la confiance que Mike a en moi et ça me tue. J'aimerais tant lui crier au visage ce que j'ai fait de ma soirée, ce qui règlerait une bonne fois pour toutes cette histoire absurde, mais c'est impossible. Pas tant que Mike ne m'en aura pas donné le feu vert en tout cas.

Dans ma tête, c'est un bordel sans nom. D'un côté, je comprends qu'elle m'en veuille de ne pas lui avoir donné de nouvelles durant de longues heures, mais d'un autre, je ne comprends pas comment elle peut douter à ce point de moi et de ma parole.

— Tu réalises à quel point tout ça est absurde, n'est-ce pas ?

Mais déjà, elle ne m'écoute plus et est sur le point de quitter la chambre, les bras chargés d'affaires propres à elle.

— Je ne t'ai pas trompé, Melo ! En quelle langue faut-il que je te le dise ? crié-je plus fort que voulu, ce qui fait sursauter Ayleen.

— Alors où étais-tu ? dit la blonde d'une voix plate, sans émotion.

— Ayleen, s'il te plaît...

La rouquine hoche la tête à mon intention avant de repousser légèrement Melody pour quitter la pièce, refermant la porte derrière elle.

— Regarde-moi, soufflé-je, mes doigts tenant les siens pour l'attirer à moi. Je te jure que j'étais avec Mike, toute la nuit. Je l'ai rejoint juste après t'avoir envoyé mon dernier texto et nous sommes rentrés dès qu'on a pu.

— Pourquoi ? Pourquoi l'avoir rejoint après m'avoir dit que tu rentrais ? Pourquoi ne pas m'avoir prévenue ?

— Tout est allé très vite et ça m'est sorti de la tête...

Au vu du regard noir qu'elle me renvoie, ce n'était assurément pas ce que j'aurais dû dire, mais merde. Comment rester au plus proche de la réalité pour lui prouver que je n'ai approché aucune fille, de près ou de loin, sans pour autant vendre mon coéquipier ?

— J'aimerais te croire, Quinn, mais tout est contre toi...

Cette fois, c'en est trop. Sans contrôler mon geste, j'envoie mon poing s'écraser contre le mur de la chambre, fichant la trouille à ma nana qui recule, horrifiée.

— Tout est contre moi, tu te fous de ma gueule ? Y'a rien du tout contre moi et tu le sais parfaitement. Tu as si peu confiance en moi, en nous, que tu te fais des films toute seule. Ne pas donner de mes nouvelles toute une nuit ne fait pas de moi celui pour qui, ton frère et toi, me prenez ! T'ai-je donné une seule bonne raison de douter de ma sincérité envers toi, ces derniers mois ?

Chapitre 5

« Le plus agréable dans une aventure sans lendemain, c'est qu'elle peut avoir un surlendemain. »
Bélinda Ibrahim.

Melody

Sa question me prend de court et l'espace d'un instant, je le fixe, sous le choc. À bien y réfléchir, Quinn a toujours été honnête avec moi, et ce, depuis le tout début de notre histoire. Alors même que j'avais obtenu ce que je voulais de lui, dans de luxueux toilettes d'une discothèque huppée de San Francisco, j'en voulais plus. Bien plus. Ce mec est pire qu'un rail de coke d'une qualité parfaite, il est aussi addictif que le *Nutella* ou qu'un pot de glace à la noix de pécan. Le goûter, c'est vouloir manger le pot entier.

Vivre une histoire au grand jour avec une star du hockey, et accessoirement meilleur ami de mon frère, n'était vraiment pas ce que j'avais prévu. Ça m'est tombé dessus sans que je ne puisse rien contrôler. Au départ, tout ce que je voulais, c'était passer une unique nuit en sa compagnie, avant de reprendre le cours de ma vie dès le lendemain matin. Hélas, les choses ne se sont pas du tout passées comme prévu et mon coup d'un soir s'est transformé en quelque chose de plus sérieux.

— On n'aurait peut-être pas dû nous lancer dans cette histoire... c'était une mauvaise idée dès le départ. On aurait dû rester sur notre accord de base et ne pas tout compliquer.

Cette fois, c'est à lui de me retourner un regard plus qu'étonné par mes paroles.

— Tu penses vraiment ce que tu dis ?

— Oui... non... je ne sais plus quoi penser, Quinn.

Voilà des semaines que nous sommes « ensemble » lui et moi, vivant notre histoire comme bon nous semble, sans nous préoccuper des on-dit provenant des personnes qui nous entourent. Ne pas se prendre la tête, profiter l'un de l'autre et avancer un pas à la fois, voilà ce que nous nous sommes promis après avoir remis le couvert six fois le mois suivant notre premier « craquage » à San Francisco.

Seulement aujourd'hui, alors que j'aimerais plus que tout le croire et oublier la nuit atroce que je viens de passer, quelque chose m'en empêche. Je suis à deux doigts de le perdre, je le sens, mais même comme ça, je ne parviens pas à revenir sur mes propres paroles ni à croire en son histoire des plus absurdes.

— Tu vas me rendre fou! clame soudain Quinn en s'approchant dangereusement de moi, n'hésitant pas un instant à envahir mon espace personnel. Ma seule erreur a été de ne pas te prévenir que je devais rejoindre Mike. Je n'ai rien fait de mal, Melody, rien!

— Et qu'est-ce qui me le prouve? rétorqué-je en croisant les bras sur ma poitrine, telle une gamine piquant une colère.

— Ma parole devrait te suffire, mais il faut croire qu'elle ne représente absolument rien à tes yeux.

— Ne rejette pas la faute sur moi!

— Et pourquoi? Tu refuses de m'écouter, préférant camper sur tes positions et sur le fait que pour toi, j'ai passé ma nuit à te tromper. Au fond de toi, je suis persuadé que tu me crois, et pourtant, tu es prête à balayer tout ce qu'on a construit ensemble ces derniers mois pour la simple et bonne raison que tu as peur!

Bouche bée, je reste silencieuse plus que nécessaire, fixant le pompon de mes chaussettes.

— Tu as peur de ce qu'il y a entre nous, de tout ce que cela implique, mais surtout, tu as peur de tes propres sentiments vis-à-vis de moi.

— C'est faux! crié-je en le repoussant brusquement, ce qui ne semble même pas le surprendre.

—Alors, explique-moi pourquoi tu réagis de la sorte!

— Ça devait juste être un plan cul, Quinn. Qu'est-ce que tu en as à foutre que ça se finisse maintenant ou dans six mois?

— Tu te fous de ma gueule là? Depuis quand sommes-nous simplement ensemble pour baiser tous les deux? Ça a toujours été plus qu'un putain de plan cul et tu le sais parfaitement! Tu crois vraiment que j'aurais risqué mon amitié avec ton frère juste pour te sauter à volonté?

Alors que je m'apprête à répondre, trois petits coups donnés sur la porte me font refermer la bouche. Quinn, toujours hors de lui, s'avance et ouvre le battant d'un mouvement brusque.

— Ce n'est vraiment pas le moment, Mike, dit-il à l'intéressé qui se dandine sur ses pieds, mal à l'aise.

—Au contraire. Je n'en peux plus de vous entendre vous disputer ou voir Brayden avoir envie de te sauter à la gorge, tout ça à cause de mes conneries. Je serais un ami bien minable si je te laissais endurer ça tout seul, sans tenter d'arranger un minimum les choses. Je...

— Laisse tomber, O'Dell, vraiment. Si Melody et Brayden ne veulent pas me croire, c'est leur problème, pas le mien ni le tien.

— Je ne suis pas d'accord sur ce point, dis-je finalement, mon regard allant et venant entre les deux armoires à glace qui me font face.

— Melo, je te jure qu'il n'a rien fait hier soir !

— Alors pourquoi aucun de vous deux ne semble vouloir avouer ce qu'il s'est produit cette nuit ?

Tandis que l'un me rend mon regard noir, pas le moins du monde impressionné par mon haussement de ton, l'autre se tasse sur lui-même en se mordillant la lèvre, ce qui a le don de m'énerver encore plus.

— Vous allez finir par cracher le morceau à la fin !

Quinn hausse un sourcil, ses beaux yeux bruns rivés sur mon visage qui doit virer au cramoisi tant la colère inonde mes veines. Je ne comprends absolument plus rien et le détachement dont il fait preuve face à toute cette histoire me hérisse le poil.

— Quinn est venu me rejoindre parce que je le lui ai demandé. J'étais dans une grosse merde et il était le seul à pouvoir m'aider. N'en demande pas plus, Melo, je ne peux pas en parler, et lui non plus, mais s'il te plaît, crois-nous, crois-le.

Ses dernières paroles flottent dans la pièce, tandis qu'en moi, l'incertitude et le doute arrivent au galop.

Qu'a-t-il pu se passer pour que ni l'un ni l'autre ne puisse m'en parler ?

Suspicieuse, je continue de les contempler tous les deux comme si la réponse à cette énigme allait apparaître comme par magie sous mes yeux. Que Mike ne veuille rien me dire passe encore, on ne peut pas dire que lui et moi soyons super proches, mais Quinn ? Pourquoi avoir préféré hasarder toute la journée concernant son programme de la soirée et avoir laissé tout ça faire un tas d'histoire entre lui et moi, mais aussi entre lui et son meilleur ami ?

— Si Ayleen te demandait de garder un secret la concernant, le ferais-tu ? me demande la dernière recrue des Wild en plongeant son regard dans le mien.

— Bien entendu ! réponds-je sans la moindre hésitation.

— Irais-tu en parler à Quinn si elle te demandait de ne pas le faire ?

— Je... non, je ne lui dirais rien.

— Tu peux donc comprendre pourquoi Quinn n'a rien dit à personne depuis ce matin.

Incapable de débattre à la suite de cette réponse, je hoche la tête avant de lancer un regard d'excuses en direction de Quinn. Ce dernier n'y fait même pas attention, préférant jouer la carte de l'indifférence, encore.

Sa réaction me fait grincer des dents, mais à bien y réfléchir, si les rôles étaient inversés, j'aurais sûrement réagi de la même façon. Entre le comité d'accueil qui l'attendait à son retour à l'appart, mes paroles plus que blessantes, mais aussi celles de mon frère, sans compter sur mon refus catégorique de lui adresser la parole de toute la journée. Tout ça fait beaucoup pour quelqu'un ayant été jugé coupable sans avoir la moindre chance de plaider sa cause.

Comment ai-je pu être aussi idiote et douter de lui de cette façon ?

Bon sang, mais quelle conne !

Espérant qu'il ne soit pas trop tard et que je n'ai pas encore tout gâché entre nous, je m'approche du grand brun à qui je viens de faire beaucoup de mal et tente une approche. Seulement, mes doigts restent en suspens et n'ont même pas le temps de l'effleurer qu'il s'éloigne de moi, ses yeux sombres brillant de colère.

— Je refuse d'être responsable des tensions qui règnent dans cette baraque depuis ce matin et principalement entre vous deux, reprend Mike en me regardant. C'est un gars bien que tu as là, tu le sais parfaitement, alors ne laisse pas les apparences et ce que tu crois savoir de lui, se mettre entre vous.

Ça serait vraiment dommage de ruiner ce qui vous lie tous les deux.

Ses doigts viennent légèrement serrer l'épaule de Quinn, puis il tourne les talons, faisant claquer la porte d'entrée quelques secondes plus tard.

— Pourquoi ne pas m'avoir dit ça tout de suite ? dis-je alors que Quinn tente de rejoindre la salle de bain attenante à sa chambre.

— Tu joues sur les mots. Je t'ai dit n'avoir rien fait cette nuit, c'est toi qui as décidé de ne pas me croire. Que Mike confirme ma version des faits ou non, ma parole aurait dû être suffisante.

Sans un mot de plus, il quitte la chambre et fait claquer le verrou de la porte qui nous sépare désormais. Immédiatement, l'eau se met à couler de l'autre côté de la cloison.

Assise sur le lit, la tête entre les mains, je laisse le poids des regrets peser sur mes épaules. Bien qu'il ait toujours été honnête et sincère envers moi, j'ai tout de même douté de lui, encore. À chaque fois qu'une nouvelle info circule sur lui dans la presse et bien que je sache que la majeure partie du temps, tout n'est que mensonges et photos truquées, cela ne m'a pas empêché, et ce à plusieurs reprises, de croire les médias plutôt que lui.

Ce n'est pas comme si je ne connaissais pas ce monde de charognard. Étant la sœur jumelle d'un joueur célèbre dans notre pays, j'ai très vite été mêlée à tous les coups montés des journalistes pour obtenir n'importe quel scoop. Je me souviens encore des débuts de Brayden dans la ligue mineure, déjà à cette époque, la presse locale aimait s'attarder sur son cas et inventer les pires histoires le concernant.

Un jour, alors que j'arrivais au lycée, tous les regards étaient braqués sur moi et les messes basses allaient bon train. Je n'ai pas compris de suite que j'avais été la cible des médias. C'est uniquement lorsque j'ai rejoint mon frère à la cafétéria que j'ai su. Un article était paru ce matin-là, avec en une, une photo de Brayden et moi prise à notre insu. Nous étions tous deux allongés sur la glace, ses bras enroulés autour de ma taille et nous étions hilares. Ne voyant pas le mal que cette simple photo de nous avait engendré, je n'avais pas vraiment réagi, ce qui avait rendu mon frère fou de rage. Ce n'était que lorsque j'avais lu le contenu de l'article que mes yeux en étaient sortis de leurs orbites, littéralement. Grossièrement, on nous accusait d'entretenir une relation allant bien plus loin que celle liant un frère à sa sœur. Rien dans cette photo ne justifiait une telle attaque, et pourtant, durant de longues semaines, notre famille était devenue la risée de toute la ville.

C'est à partir de ce jour-là que j'ai appris à me méfier de tout ce que je pouvais lire dans la presse. Enfin, jusqu'à mon histoire avec Quinn. Être visée par des commérages idiots lorsque l'on est juste la «sœur» passe encore, mais lorsqu'il s'agit de dires concernant votre «copain», tout change, vous pouvez me croire.

Une heure passe sans que Quinn ne daigne sortir de la salle de bain. Une heure que mon esprit cogite à cent à l'heure, cherchant la meilleure façon de m'excuser de mon comportement et de la manière dont je l'ai traité toute la journée. J'ai aussi brièvement croisé Ayleen et Brayden avant qu'ils ne sortent manger en amoureux, et leur ai sommairement fait un briefing de ma conversation de tout à l'heure. Mon frère reste encore sceptique, je l'ai vu à son expression et à sa façon de lever les yeux au ciel lorsque je lui ai dit croire Quinn.

Mike, quant à lui, n'est pas revenu à l'appart depuis son départ. Je n'ai eu droit à aucune de ses blagues pourries aujourd'hui ni même entendu son rire résonner entre les murs. Ce qui est plus qu'inhabituel, me confirmant une fois de plus qu'il s'est bel et bien produit quelque chose hier soir.

Alors que j'enfile un tee-shirt de Quinn, en guise de pyjama, ce dernier sort enfin, vêtu d'un short de jogging qui lui tombe bas sur les hanches, torse nu, ses longues mèches brunes humides tombant devant ses yeux, m'empêchant de distinguer les traits de son visage. Il se dirige vers la table de nuit et se saisit de son portable.

— Tu veux manger quelque chose ? me demande-t-il sans pour autant relever la tête dans ma direction.

— De la glace.

Ma réponse semble le surprendre, car ses yeux croisent les miens, tandis que ses lèvres frémissent légèrement.

Je l'écoute d'une oreille distraite passer sa commande auprès de Sam, le concierge, mais surtout l'homme sans qui tous les habitants de cet immeuble seraient perdus. Je ne peux m'empêcher de sourire lorsqu'il demande un pot de ma glace préférée. Quelques minutes plus tard, Joshua, le groom, toque à la porte. Quinn réceptionne le chariot, puis file un billet au gars qui le regarde avec émerveillement, avant de refermer derrière lui et apporter sa commande au salon.

Tous deux installés dans le canapé, il continue de m'ignorer, préférant passer ses nerfs sur les touches de sa manette, rejouant le match d'hier qui a coûté à toute l'équipe, leur place dans le carré final[7] des playoffs[8]. De mon côté, je me venge sur le contenu du pot *Ben & Jerry*. Alors que j'enfourne une énième bouchée de glace au cookie et frissonne à cause du froid, Quinn soupire et vient s'adosser au canapé. Et

---

[7] Carré final : Quatre dernières équipes en liste pour la finale du championnat.

[8] Playoffs : Série éliminatoire ou barrage.

comme chaque fois qu'il agit ainsi, mon corps agit de lui-même, cherchant son contact. Je dépose mon pot sur la table basse, puis tends mes jambes au travers de ses larges cuisses musclées, l'obligeant à quitter l'écran des yeux.

— Melo...

— Je suis désolée.

D'eux-mêmes, mes doigts glissent sur sa joue râpeuse, orientant son visage vers le mien.

— Je suis désolée, répété-je en le regardant droit dans les yeux. Je ne voulais pas te blesser en réagissant comme je l'ai fait. Sur ce coup-là, j'en ai oublié de réfléchir et...

— C'est pas tant ta réaction qui m'a blessé, c'est surtout ce que tu as pensé de moi...

— Tu ne t'imagines pas combien je m'en veux. C'était idiot de ma part de me faire des films et d'interpréter les choses à ma façon, sans même réfléchir aux conséquences de mes actes.

— Je suis fatigué de tout ça. Toi et moi, on se connait depuis quasiment toujours, tu sais tout ce qu'il y a à savoir de moi et vice versa. Je ne t'ai jamais rien caché. Pourtant, tu continues à douter de moi et j'ai la furieuse impression que quoi que je fasse, rien n'est jamais suffisant. Tu n'as pas confiance en moi et ça me tue.

— Tu es loin du compte...

— Alors, éclaire ma lanterne.

Du bout des doigts, je replace une mèche de ses cheveux qui lui barrait le front.

— J'ai confiance en toi, Quinn. Assez pour vivre une relation à distance, ou encore te voir en coup de vent et t'avoir en ligne à des heures complètement folles pour seulement quelques minutes. Mais cela ne m'empêche pas d'avoir peur.

— Peur de quoi ?

— De ne plus te convenir, que tu trouves mieux que moi... je n'en sais rien. Tout ce que je sais, c'est que je tiens énormément à toi, et je pense que j'ai simplement peur de te perdre.

D'une main, il m'attire à lui, plaçant mes jambes de chaque côté de ses cuisses. De l'autre, il approche mon visage du sien, puis vient murmurer tout près de mes lèvres :

— Je ne suis peut-être pas très démonstratif quant à mes sentiments, mais le simple fait d'être là, tous les deux, après des mois de vie à cent à l'heure, prouve combien je suis fou de toi. Au départ, toi et moi, c'était peut-être qu'une histoire de cul à tes yeux, mais pour moi, ça a toujours été plus. Bien plus.

— Je suis la reine des garces, soupiré-je en baissant les yeux de honte. Si je te promets de ne plus réagir aussi... excessivement, tu veux bien me pardonner ?

— La prochaine fois, laisse-moi au moins le bénéfice du doute.

— C'est promis.

Pour sceller ma promesse, je romps le minuscule espace qui séparait nos lèvres et l'embrasse. Il ne nous reste que quelques heures à passer ensemble avant que je ne doive rentrer à WBL et je refuse de les passer à discuter de nos peurs respectives. Je veux simplement profiter de ce que je ressens quand ses doigts me touchent comme ils le font maintenant et que nos bouches se retrouvent pour danser sur le même tempo. Blottie dans ses bras, sentant la chaleur de son corps irradier, j'oublie mes doutes, mes inquiétudes et ma peur panique de voir notre bonheur partir en fumée. Plus rien ne compte, hormis nous.

~

Après une courte nuit de sommeil, je grogne lorsque le réveil de Quinn se met en route, libérant sa musique agressive à travers toute la chambre. D'un geste brusque, je rabats la couette sur mon visage, les mains plaquées contre mes oreilles pour atténuer le bruit.

— Debout, petite marmotte, souffle alors la voix rauque du matin de mon hockeyeur.

À l'abri sous les draps, je souris comme une ado tandis que ses mains se faufilent sous la flanelle, frôlant délicatement mon corps, avant de rejeter ma protection contre le froid matinal au pied du lit.

— Quinn ! crié-je à cet idiot qui se pâme de rire.
— Ce que tu peux être ronchon de bon matin.

J'aimerais être capable de continuer mon petit boudin de gamine, mais lorsque son corps chaud vient remplacer le duvet soyeux de la couette, je soupire d'aise, glissant mes doigts sur le coton moulant de son boxer. Sa bouche parsème ma peau de baisers, me faisant frissonner.

— Hum... murmure-t-il, son nez frôlant mon oreille. Ce que ça va me manquer, ce genre de réveil.

Je ravale difficilement ma salive, tandis que ses paroles ravivent en moi la tristesse de notre énième séparation. J'ai beau être habituée à passer des semaines sans le voir, je ne me fais toujours pas à l'idée de devoir rentrer chez moi et devoir reprendre le cours de ma vie, sans lui. Alors pour l'heure, je le garde contre moi et laisse ses divines caresses matinales me mener vers le septième ciel.

— Au fait, miss Amérique, ce n'est pas cette semaine que tu fais passer des entretiens pour trouver une assistante ? lance mon frère depuis la cuisine.

Assise entre les cuisses de Quinn, lui répondant à ses mails, moi consultant les demandes de rendez-vous pour la clinique, je relève les yeux de mon écran pour regarder Brayden.

— Si. Je n'ai pas eu des masses de postulants, mais je ne perds pas espoir de trouver la perle rare.

— Ça te fera du bien de déléguer un peu certaines choses, dit Quinn en pressant ses pouces contre mes omoplates nouées.

— La clinique, c'est mon bébé et comme toutes mamans, j'aime m'occuper moi-même de lui.

— Tu parles d'une métaphore !

Brayden rit de bon cœur, Ayleen glousse plus timidement, quant à Quinn, disons que sa réaction rejoint celle de mon frère.

— Bande d'ignorants !

— Je te dirai ça quand je serai papa, souffle Brayden en resserrant ses bras autour de celle que je considère déjà comme ma belle-sœur, un sourire timide qui ne lui ressemble pas étirant le coin de ses lèvres.

Ces deux-là ne sont pas ensemble depuis très longtemps, mais l'amour qu'ils se portent l'un à l'autre est si unique que si je venais à apprendre la nouvelle d'une grossesse, je n'en serais pas le moins du monde étonnée.

Pourtant, Ayleen ne réagit pas aux paroles de mon frère, fixant la baie vitrée d'un œil absent, ce qui ne semble échapper à aucun d'entre nous. Quinn,

Brayden et moi nous regardons à tour de rôle, avant de revenir tous les trois sur le visage figé de la jolie rousse au passé douloureux. Le côté surprotecteur de mon frère quand il s'agit de sa petite furie refait surface tandis qu'il se place devant elle et vient tendrement l'enlacer.

— On devrait peut-être les laisser, murmure Quinn en se relevant avec grâce du canapé, non sans me tendre la main pour que je le suive.

Chapitre 6

« *L'amitié est lente à mûrir, et la vie si rapide. L'amitié est une fleur que le vent couche et trop souvent déracine.* » **Eugène Cloutier.**

Quinn

Alors que je termine de remplir le coffre du pick-up de Melody, Brayden nous rejoint, sa main serrant fortement celle d'Ayleen. Les voir tous les deux me donne toujours une furieuse envie de sourire et bien que cela m'agace de le reconnaître, je suis aussi un peu jaloux de la relation extraordinaire qu'il entretient avec sa belle rousse. Tout a l'air si simple entre eux. Bien que leur histoire n'ait pas commencé de la meilleure manière qui soit, aujourd'hui, ils filent le parfait amour et semblent plus liés que jamais. Alors que de mon côté, j'ai l'impression de tourner en rond, incapable de savoir comment faire comprendre à ma propre nana que je tiens véritablement à elle et que je n'ai jamais été aussi sérieux de toute ma vie.

— Vous êtes prêtes les filles ? lance Brayden, interrompant le fil de mes pensées.

Je secoue furieusement la tête pour me remettre les idées en place, sous un regard lourd de sens de mon meilleur pote qui m'en veut encore pour l'histoire d'hier.

Tandis qu'Ayleen se pelotonne contre Brayden, je m'approche de la portière de Melody dont la fenêtre est grande ouverte.

— Fais attention sur la route, bébé.

— Promis. Quant à toi, pas d'imprudences cette semaine, je tiens à te récupérer en un seul morceau le week-end prochain.

Sa réponse me fait sourire. Cette nana va véritablement me faire perdre la tête si elle continue comme ça.

Je me hisse légèrement sur la pointe des pieds pour l'embrasser sur les lèvres, m'attardant plus que nécessaire en sentant le goût de cerise qui caractérise Melody et ses baisers auxquels je suis accro depuis que j'y ai goûté pour la toute première fois.

— Tu vas me manquer, souffle-t-elle contre ma bouche, tandis que son frère se racle la gorge, nous rappelant sa présence.

À contrecœur, je me sépare de ma belle et lui sourit tendrement, mes doigts posés sur les siens.

— On se voit dans six petits jours.

Son soupir las ne m'échappe pas et intérieurement, une partie de moi est heureuse qu'elle réagisse ainsi. Le fait que je lui manque lorsque je ne suis pas à ses côtés m'étreint le cœur et attise le feu qu'elle seule sait allumer en moi.

— Allez, filez avant qu'il fasse nuit, lance Brayden, brisant à nouveau la magie de ce moment, son regard bleu identique à celui de sa sœur, braqué sur mon visage.

En moi, un long monologue se joue, lâchant un millier de reproches en direction de mon abruti de meilleur ami. Mon silence et mon regard noir suffisant à lui faire comprendre que ses agissements me tapent fortement sur le système.

Je recule de quelques pas, laissant la place à Melody pour faire marche arrière. Elle me lance un dernier regard, suivi par l'envoi d'un baiser, puis démarre et bientôt, disparaît dans le flot de voitures en plein centre de Minneapolis.

Brayden se détourne rapidement de la rue, puis sans un regard vers moi, il rejoint l'ascenseur. Je lui emboîte le pas, restant en retrait, même coincé entre les quatre cloisons pendant les vingt-sept étages à gravir. Ce silence pesant entre nous me rend dingue et j'aimerais dire ou faire quelque chose pour arranger ça. Seulement, si Melody a très bien compris pourquoi je ne pouvais rien dire concernant ma nuit de vendredi, son frère ne l'entendra pas de la même oreille. Je le connais suffisamment pour savoir qu'il ne lâchera pas l'affaire tant qu'il ne saura pas toute la vérité.

Mike, je te maudis.

Lorsque nous pénétrons enfin dans l'appart, ce dernier se trouve là, en pleine conversation téléphonique, le visage tourné vers les grandes baies vitrées.

— Il faut que j'y réfléchisse [...] je ne peux pas vous donner de réponse [...] cela ne fait qu'une saison que je joue [...] et je le comprends, mais [...] très bien...

Malgré les tensions régnantes entre Brayden et moi, nous échangeons tout de même un regard interrogatif. Lui comme moi connaissons ce genre de discours par cœur et cela ne présage rien de bon pour l'avenir.

— O'Dell ?

Ce dernier se tourne vers moi, le regard triste, les épaules affaissées.

— Qui te veux ? demandé-je à mon coéquipier.

— Vegas. Stanley a contacté directement le président et lancé des négociations pour me recruter.

— C'est...

Génial, une opportunité à *ne pas louper, un tremplin de fou vu les stats de Vegas la saison dernière...*

Je pourrais en citer un, ou même les trois, mais ce n'est pas ça que ma bouche répond :

— ... la merde !

— À qui le dis-tu. Je n'ai pas envie de quitter les Wild ! Une saison, ce n'est pas suffisant pour montrer ce que je vaux.

La saison des échanges et recrutements de nouveaux joueurs pour former l'équipe à abattre débute et bien que jusque-là, la plupart de mes potes aient déjà signé un nouveau contrat au Wild Hockey Club, Mike, lui, attend patiemment son tour. Tout comme moi.

— T'es un atout majeur pour notre équipe. Les Wild seraient fous de ne pas se battre pour te garder, mais quoi qu'il arrive, n'oublie pas que tu es avant tout un joueur de hockey hors pair qui a de l'avenir, lâche Brayden, ses doigts pressant l'épaule de son « poulain ».

— Et puis rien n'est joué encore, Hernandez ne lâchera pas l'affaire aussi facilement.

— Merci les gars, dit Mike en se forçant à sourire. Je dois rencontrer Stanley dans deux jours et leur donner ma réponse d'ici là.

— Stanley est un super coach, je l'ai déjà rencontré à plusieurs reprises avant qu'il ne soit engagé par Vegas, mais il n'arrive pas à la cheville d'Hernandez, dis-je à Mike pour le rassurer un peu.

— Qui peut bien arriver à la cheville du coach H ? Je suis dans le milieu depuis que je suis gosse et Hernandez est le seul homme à se battre réellement pour ses gars et son équipe, ce n'est pas pour rien que je reste dans cette équipe depuis trois ans.

— Tu veux dire que tu restes au Wild uniquement pour le coach ? demande Mike, légèrement surpris par le dialogue de notre capitaine.

— Bien-sûr ! On ne peut pas dire que notre équipe soit la plus forte du championnat, ni même celle avec un jeu infaillible, mais après avoir signé dans plusieurs équipes différentes au cours de ma carrière, c'est ici que je me sens vraiment chez moi, à ma place. Hernandez a beaucoup de défauts, tu peux me croire, mais il reste le meilleur coach de hockey que j'ai pu croiser.

— Ça ne va pas m'aider à prendre ma décision ça, soupire Mike en décapsulant une bière.

— Choisis au mieux, pour toi et pour ta carrière, morveux.

— Collos, grogne l'intéressé qui même après une saison passée avec nous, ne supporte toujours pas l'adorable surnom que lui donne Brayden.

— Tu finiras par t'y faire, dis-je en riant.

Alors que je m'apprête à suivre Mike en m'ouvrant une bière à mon tour, mon portable sonne dans ma poche. La photo s'affichant sur l'écran me fait sourire et je me hâte de décrocher, tout en m'éloignant de mes deux coéquipiers qui me fixent d'un mauvais œil.

— Bonjour, maman, comment vas-tu ?

— Mon lapin ! s'exclame joyeusement ma mère à l'autre bout du fil. Je vais bien, mais toi… nous avons vu le match et…

Malgré moi, je souris. Entendre cette femme m'ayant sauvé la vie m'affubler d'un nom aussi ridicule que celui-ci devrait me hérisser le poil, surtout que je n'ai plus vraiment l'âge, mais c'est bien le contraire qui se produit.

— Ça va, maman. On a perdu, c'est une chose qui arrive, malheureusement.

— Le point positif dans cette défaite, c'est que tu vas pouvoir rentrer à la maison plus tôt que prévu.

— Tu ne perds pas le nord toi, lâché-je en riant.

— Cela fait trois mois que nous ne t'avons pas vu mon chéri, je veux simplement pouvoir prendre mon fils dans mes bras.

— J'ai encore plusieurs interviews programmées cette semaine, ainsi que deux séances photo et une pub à tourner à Los Angeles, mais j'ai prévu de rentrer à White Bear Lake le week-end prochain. Je passerai vous voir, c'est promis.

— Et tu viendras seul ou…

— Maman !

Au loin, j'entends le rire de mon père ainsi que sa voix d'ours reprendre gentiment ma mère. Bien que cela fasse des mois que Melody et moi sommes ensemble et que celle-ci connaisse déjà mes parents depuis de nombreuses années, ma mère ne cesse de me tanner pour que Melody vienne dîner à la maison, en tant que petite amie officielle. Sauf qu'elle ne semble pas comprendre que Melo et moi voulons y aller à notre rythme, sans nous précipiter.

— J'en parlerai avec Melody, mais tu connais comme moi son emploi du temps aussi fou que le mien.

— Cette pauvre fille va se tuer à la tâche, soupire ma mère.

— Elle est censée embaucher quelqu'un pour l'aider à la clinique, après ça, elle devrait avoir un peu plus de temps libre.

J'entends le carillon de l'entrée sonner à travers le téléphone, puis mon père hurler l'arrivée des copines du club de lecture de ma mère. Cela me rappelle tant de souvenirs. À l'époque où je vivais encore chez mes parents, tous les samedis, maman organisait des goûters pour parler littérature et roman durant des heures.

— Oh, mes amies sont là, mon lapin ! Aujourd'hui, c'est à moi de lire le passage choisi par le club.

— Et vous lisez quel livre en ce moment ?

— Cinquante nuances de Grey ! répond-elle sans l'ombre d'une hésitation.

Ma salive se bloque dans ma trachée et je m'étouffe comme un idiot.

Dites-moi que c'est une blague ?

— Euh, maman, tu sais de quoi parle ce livre ?

— Phoebe nous a dit qu'il s'agissait d'un roman à l'eau de rose entre un PDG multimilliardaire et une jeune étudiante. Tu crois qu'il y aura des scènes… euh… de…

— Tu verras bien, maman. Allez, file rejoindre tes amies et passe-moi papa, s'il te plaît.

— À bientôt, mon lapin. Fais attention à toi et pas de bêtises.

— Promis. Je t'aime, maman !

— Je t'aime aussi, mon chéri ! James ! Ton fils veut te parler !

Je ris encore lorsque mon père prend le relais et que j'entends déjà ma mère papoter avec ses copines du fameux « *Christian Grey* ».

— Salut, fiston! Je parie que je sais de quoi tu veux me parler.

— Tu vas vraiment la laisser lire ce bouquin, à voix haute, dans notre salon?

— Bien entendu! La caméra est déjà prête à filmer ce moment qui risque d'être... croustillant!

Son rire se joint au mien et très vite, ma vision devient floue.

— Je te l'enverrai si tu veux.

— Je n'y tiens pas non. Entendre maman lire un livre parlant de dominance sexuelle, c'est trop pour moi.

— Comme tu voudras, mais personnellement, je vais me régaler et espérer que sa lecture lui donne des idées...

— Mon Dieu, papa! STOP! Ne dis pas un mot de plus, je ne veux rien savoir! Beurk!

Mon père est hilare, luttant pour reprendre son souffle. Quant à moi, je crois que je suis traumatisé à vie.

— Elle va commencer! Je te laisse, fiston. Souhaite-moi de passer une bonne nuit.

— Vous êtes aussi irrécupérables l'un que l'autre, soupiré-je.

— C'est pour ça que tu nous aimes. À plus tard!

J'ai encore les yeux humides lorsque je retourne au salon pour me boire cette bière qui m'attend bien sagement sur le comptoir.

À peine ai-je porté le goulot de celle-ci à mes lèvres que Brayden sort de sa chambre, en tenue de sport, ses écouteurs pendant à son cou.

— Tu fêtes quelque chose ? me demande-t-il froidement en passant devant moi pour rejoindre le couloir.

— Tu comptes me les briser encore longtemps, B ? Si tu as quelque chose à dire, fais-le, mais arrête avec tes pics à deux balles et ton regard de tueur.

— J'en aurais des choses à te dire, mon pote, mais j'ai fait une promesse à ma sœur, et moi, je compte la tenir.

— Va te faire foutre, Brayden ! Je n'ai rien fait pour que tu t'acharnes comme ça sur moi, tout comme je n'ai pas trompé Melody. Alors, lâche-moi !

— Je te connais, Quinn. Dois-je te rappeler que nous avons grandi ensemble et que je sais parfaitement quand tu ne me dis pas la vérité ?

Je soupire, tout en me massant la tempe d'une main, l'autre tenant fermement la bouteille en verre.

— Tu es en train de faire une montagne pour rien. T'es mon meilleur pote et je t'adore, mais sérieusement, tu réalises à quel point tu peux être con quand tu t'y mets ? Ça fait vingt-quatre heures que tu m'attaques dès que l'occasion te vient.

Vingt-quatre heures que tu m'adresses la parole uniquement pour me lancer des réflexions à la gueule, et ça commence à bien faire. Tu veux m'en vouloir pour quelque chose que je n'ai pas fait, soit, mais ne viens pas prétendre me connaître et savoir comment je fonctionne alors que tu as faux sur toute la ligne concernant cette histoire !

— Alors, explique-toi. Dis-moi en quoi j'ai tout faux !

J'aimerais, mais je ne peux pas...

Ce constat m'accable à nouveau. Je déteste plus que tout mentir, principalement à Brayden, mais rien de toute cette histoire ne me concerne et tant que nous n'aurons pas de nouvelles de l'hôpital et de la fille, je m'en tiendrai à ma version des faits, améliorée.

— Cette histoire entre ma sœur et toi... je pensais pouvoir m'y faire, mais...

— Je t'interdis de continuer cette phrase ! grogné-je en le fusillant du regard. Le fait que je sorte avec Melody n'a rien à voir avec ta petite crise débile.

— Ça a tout à voir, au contraire. Je t'ai toujours soutenu, du mieux que je le pouvais, mais là, c'est trop. Faire la part des choses entre vous, je n'y arrive plus.

— Personne ne t'a demandé de le faire. Tu te souviens de cette discussion dans les douches, à San Francisco ? De ce que tu m'as dit alors que je me «mêlais» un peu trop de tes affaires concernant ta relation avec Ayleen?

Son regard bleu s'adoucit légèrement tandis qu'il hoche la tête.

— J'ai été trop loin ce soir-là et depuis, je reste présent pour toi, tout en gardant mes distances concernant ton couple. Je suis bien avec ta sœur et tu dois me croire quand je te dis que jamais, je ne lui ferai le moindre mal. Alors maintenant, range tes airs de grand frère surprotecteur et redeviens mon meilleur pote. Celui avec qui je pouvais rire de tout, mais aussi avoir de longues conversations à cœur ouvert sans avoir peur d'être jugé.

— Mais c'est ma sœur, Quinn! Je ne peux pas fermer les yeux quand je la vois broyer du noir une nuit entière par ta faute. Tu m'en demandes trop.

— Ni elle ni moi ne te demandons quoi que ce soit. C'est toi qui te mêles de ce qui ne te regarde pas. Que je sois avec ta sœur ou une autre nana ne change absolument rien au fait que tu es censé être mon meilleur pote et non mon pire ennemi.

— Je ne suis pas ton pire ennemi, Q, soupire-t-il en venant s'asseoir à son tour près du comptoir.

— Ah non? Explique-moi comment tu peux me croire capable de tromper Melody tandis qu'elle m'attend bien sagement ici? Tu ne te rends même pas compte du mal que ça peut faire quand deux des personnes que tu aimes le plus sur cette planète te pensent infidèle alors que je suis irréprochable depuis que j'ai embrassé ta sœur pour la première fois.

Il pousse un soupir lourd de sens, tout en fixant un point imaginaire sur le marbre gris.

— Le hic, c'est qu'en te mettant avec Melo, tu as tellement changé que je ne te reconnais plus. Être en couple ne veut pas dire renier celui que tu es.

— Et c'est toi qui dis ça ? Arrête ton char, s'il te plaît. Depuis que tu es avec Ayleen, un avis de recherche circule sur ton compte tellement tu es porté disparu. Hormis aux entraînements et aux matchs, on ne te voit plus nulle part. Quant au fait que j'ai changé, tu ne t'es jamais dit que j'essayais simplement d'être à la hauteur d'une fille comme ta sœur ?

— Je...

Subitement, il s'arrête de parler puis vient plonger son regard azur dans le mien, la tête légèrement penchée sur le côté, comme s'il essayait de lire en moi.

— Tu quoi, Brayden ?

— Je n'avais pas vu les choses sous cet angle. Depuis que je sais pour vous deux, j'attends le moment où tu vas jouer au con et où je pourrai te péter les dents pour avoir posé les mains sur ma sœur alors que je te l'avais interdit. Seulement, jamais je n'ai réellement cru en toi ou en votre histoire. Pour moi, ce n'était pas sérieux entre vous.

— Eh bien, détrompe-toi. Je n'ai aucunement l'intention de déconner avec elle.

— C'est ce que je vois, en effet…

Durant un long moment, lui comme moi nous fixons, sans dire un mot, laissant le silence et nos regards parler pour nous.

Depuis que nous nous connaissons, Brayden et moi, rien n'a jamais réussi à venir se mettre au travers de notre amitié. On a toujours tout vécu à deux, pas main dans la main, mais c'est tout comme. Seulement aujourd'hui, alors que ma vie a pris un nouveau tournant et que j'enterre enfin celui que j'ai été durant de longues années, le fait de ne pas avoir son approbation me mine le moral et m'empêche de profiter pleinement de ce bonheur à portée de main.

Me lancer dans une relation amoureuse avec la sœur de mon meilleur ami, ce n'était pas vraiment l'idée du siècle, je vous l'accorde, seulement, malgré les embûches, les réactions de Brayden ou celles de Melody et mon passif pas très glorieux, je ne parviens pas à regretter le choix que j'ai fait il y a quelques mois.

Comment le pourrais-je ?

Cette beauté blonde au regard envoûteur et au corps de déesse est ce qui m'est arrivé de meilleur et bien que tout ne soit pas rose tous les jours, il ne se passe pas une minute sans que je ne remercie le ciel de l'avoir mise sur ma route.

Alors que Brayden ouvre la bouche pour dire quelque chose, mon téléphone vibre sur le comptoir, m'annonçant l'arrivée d'un SMS de Thomas, ce jeune rencontré lors de la soirée d'après match organisé par le président du club.

Thomas *: Hey !*
Quinn *: Salut toi ! Bien rentrés ?*
Thomas *: Oui il y a quelques minutes.*
Quinn *: Seulement ? Vous n'aviez pas seulement 4h de route ?*
Thomas *: Maman était fatiguée alors on s'est arrêtés pour passer la nuit à l'hôtel et visiter un peu le coin avant de rentrer.*
Quinn *: D'accord. C'était plus sage effectivement.*
Thomas *: Dis, je peux te poser une question ?*
Quinn *: Bien entendu, je t'écoute.*
Thomas *: Tu étais vraiment sérieux quand tu disais vouloir me revoir ?*
Quinn *: Et comment ! Je n'avais pas passé un si bon moment avec un fan depuis des lustres.*

— Quinn ? Allô ? Ici la Terre, j'appelle la Lune !! Allô ?

Je relève les yeux de mon écran et comprends à la tronche que me tire Brayden, qu'il parle dans le vide depuis plusieurs secondes.

— Euh, ouais, désolé.

— À qui tu parles comme ça ?

— Un fan rencontré l'autre soir. L'histoire de ce gosse et de sa mère m'a vraiment marqué et...

— Et tu t'es lié d'amitié avec lui ?

— Ouais. Il est vraiment cool, B. C'était un joueur de hockey pour l'équipe de son lycée, mais il a été victime d'un terrible accident de la route le soir de ses seize ans et depuis, il est bloqué dans un fauteuil roulant.

— Méfie-toi quand même de ce que tu dis à ce gosse. Ça peut aller très vite dans ce milieu, et tu le sais. Certains sont prêts à payer cher pour une minuscule info de rien du tout, et si cette famille a besoin d'argent, ils n'hésiteront pas à te vendre au plus offrant.

— Le fait que tu t'inquiètes me va droit au cœur, Brayden, mais je suis assez grand pour savoir ce que je fais. Thomas ne vendra rien aux journalistes, il a juste besoin de soutien et d'un véritable ami.

J'aimerais ajouter que ce jeune pourrait même donner des cours d'amitié à mon capitaine, mais je m'abstiens et garde ce que je pense pour moi. Brayden semble enfin s'être calmé, ce n'est donc pas le moment de le provoquer.

Bien que j'en meurs d'envie...

À la place, je tente de jouer mon propre rôle en lançant la conversation sur la réaction d'Ayleen lorsqu'il a parlé «bébé» tout à l'heure. Bien que je le sente encore réticent à se confier sur ce qu'il se passe dans son couple, je sais aussi que le passif de sa belle pèse encore atrocement sur eux.

— Tu sais que quoi que tu me dises, rien ne sortira de cette pièce, n'est-ce pas?

— Je sais oui, soupire-t-il, le regard dans le vague. Mais chaque fois qu'elle se confie à moi sur des pans de son passé, j'ai l'impression de la trahir en t'en parlant.

— Tu ne peux pas tout garder pour toi, B. Je ne sais pas grand-chose d'Ayleen ou de ce qu'elle a vécu, mais j'en sais suffisamment pour savoir qu'il n'y a ni licorne ni arc-en-ciel dans son histoire.

— Ça, tu peux le dire...

— Écoute, je ne te force à rien, mais n'oublie pas que lorsque tu ressentiras le besoin de te confier, je serai là.

Il acquiesce sans pour autant croiser mon regard et j'en déduis qu'il n'est pas encore prêt à discuter des démons de sa copine qui lui grignotent petit à petit l'esprit.

Muni de mon portable et de ma bouteille de bière, je le laisse à ses réflexions quand sa voix vient percer le silence qui régnait dans la pièce.

— Elle était enceinte quand elle s'est fait agresser, souffle-t-il d'une voix triste, me faisant tourner la tête dans sa direction. Elle l'a perdu suite aux nombreuses blessures qu'elle a reçues ce jour-là et les médecins qui l'ont soigné à l'époque lui ont dit qu'elle ne pourrait sûrement plus avoir d'enfant. Il n'y a rien de sûr et même si je n'ai jamais réellement pris le temps de m'imaginer dans le rôle de père, savoir cela m'a fichu un sacré coup. J'ai l'impression que l'on vient de me retirer quelque chose que je n'avais même pas. C'est con, nan ?

Étrangement, les paroles de mon meilleur pote confirment les doutes que j'avais déjà concernant sa douce furie. En même temps, sa réaction était on ne peut plus parlante et ne pouvait qu'être liée à quelque chose comme cela. Ayleen n'étant pas le genre de personne à se plaindre ou à aimer être au centre de l'attention, elle préfère souffrir en silence, quitte à devoir serrer les dents au quotidien.

— C'est tout à fait normal de ressentir ça, mais comme tu l'as dit, rien n'est garanti et je te connais suffisamment pour savoir que tu es un faiseur de miracles.

— Je ne suis pas certain d'être capable de défier les lois naturelles, Q.

— Essaie de ne pas y penser, du moins, tant que tu n'es pas véritablement prêt à fonder une famille et quand tu le seras, je suis persuadé que la magie de votre amour opérera à nouveau.

Son regard azur croise finalement le mien et bien qu'il garde le silence, je comprends à la façon qu'il a de me scruter intensément que mes paroles n'ont pas fait mouche et qu'elles tournent dans son esprit.

Je n'ose imaginer ce qu'il doit ressentir face à tout ça, non seulement pour lui, mais aussi pour Ayleen. Ces deux-là feront des parents géniaux, j'en mettrais ma main à couper, et savoir qu'ils risquent de ne pas connaître ce bonheur de donner la vie me file la gerbe. Il me faut me contenir pour ne pas hurler contre l'injustice, contre ces monstres qui ont blessé la jolie rousse il y a quelques années et contre ces obstacles qui viennent empêcher mes deux amis de vivre ce bonheur fondamental.

Chapitre 7

« Chaque personne qu'on s'autorise à aimer est quelqu'un qu'on prend le risque de perdre. »
Grey's Anatomy.

Quinn

Avec un programme surchargé en interviews, en shooting photo pour les sponsors et le tournage d'une pub pour de l'équipement de hockey, la semaine est passée si vite que je n'ai pas vu les heures défiler. Seulement, maintenant que je suis au volant de mon petit bijou, une *Range Rover* sport, je me sens soulagé que tout soit terminé. Je vais pouvoir profiter de quelques jours de repos bien mérité pour retrouver Melody, mais aussi mes parents et les quelques potes de lycée avec qui je suis toujours en contact.

Le soleil pointe tout juste le bout de son nez, en cette belle journée de printemps, lorsque je rejoins l'I94, la route me menant à mon véritable chez-moi, là d'où je viens. Une musique country passe à la radio, me faisant tapoter le volant de mes doigts, la tête bougeant au rythme de la mélodie. La plupart des gars de l'équipe me charrient souvent au sujet de mes goûts musicaux, mais que voulez-vous, j'ai beau être né dans le Minnesota, je suis un amoureux transi de la musique country et de ses accords de guitare entraînants.

Quarante minutes plus tard, je me gare finalement devant la haute grille métallique qui me sépare de ma première destination. Tout en étouffant un bâillement, je me saisis du bouquet de fleurs sur le siège passager et m'extrais de la voiture. Il est à peine quatorze heures et je suis déjà exténué. En même temps, après avoir passé quatre heures dans un avion pour rentrer de LA, suivi par une énième interview programmée de bonne heure ce matin à St Paul, je n'ai quasiment pas fermé l'œil et mon corps commence à me le faire comprendre.

Longeant le mur de pierres ayant vécu des jours meilleurs, je pousse la lourde porte, puis pénètre dans ce lieu où reposent tant de gens. Mes pieds me mènent d'eux-mêmes jusqu'à ma destination et lorsqu'enfin, je m'arrête face au marbre sombre, je pousse un profond soupir. Voilà bien longtemps que je ne m'étais pas rendu sur cette tombe, celle d'Emily Rose, cette inconnue disparue tragiquement il y a vingt-cinq ans, ma mère.

À l'origine, sa tombe n'était qu'un amas de terre, sans aucune sépulture ou inscription indiquant qui reposait à cet endroit. Révolté, triste et incompris, j'ai économisé pendant des mois, faisant des petits boulots à droite et à gauche pour pouvoir lui offrir une pierre tombale digne de ce nom. Et depuis, dès que je le peux, je me rends ici avec un bouquet de fleurs et une bougie que j'allume en sa mémoire.

Bien que je ne sache absolument rien d'elle, pas même son véritable prénom, cela ne m'a jamais empêché de venir lui parler. Parfois, je ne reste que quelques minutes, juste le temps de nettoyer la pierre et lui adresser une poignée de mots, mais il m'arrive aussi d'y rester un long moment, appréciant plus que nécessaire le bien que cela me fait de lui raconter ma vie et celui que je deviens, grâce à Grace et James qui sont les meilleurs parents au monde.

— Bonjour, maman, soufflé-je d'une voix faible, les yeux rivés sur le pseudonyme dont on l'a affublée à sa mort.

M'agenouillant près de la stèle, je dépose le bouquet de roses rouges et de lys blancs, puis me mets à parler. De la pluie et du beau temps, de notre défaite lors des playoffs, de mon quotidien loin de White Bear Lake, de mes projets pour les jours à venir... je reste assis une bonne heure avant de finalement me rendre compte que je n'ai plus grand-chose à lui dire. Alors sans un mot, je dépose un baiser de mes doigts sur son nom, puis quitte le cimetière, le cœur imperceptiblement plus léger qu'à mon arrivée.

J'ai encore l'esprit embrumé lorsque je gare ma voiture derrière celle de mon père et ai tout juste le temps d'ouvrir ma portière que déjà, j'entends le grincement familier de la moustiquaire et vois apparaître le visage souriant de ma mère.

— Mon lapin! s'exclame-t-elle avant de dévaler les quelques marches du perron pour venir me sauter dans les bras.

Spontanément, je la serre contre moi, inspirant profondément son odeur que j'aime tant.

— Bonjour, maman.

— Ce que tu m'as manqué! Laisse-moi te regarder!

Elle me fait tourner sur moi-même plusieurs fois, tâtant mon corps par-ci par-là en me demandant si je suis certain de bien manger.

— Grace, soupire mon père qui nous rejoint.

— Tu ne trouves pas qu'il a maigri? Mon pauvre garçon! Heureusement que tu es de retour pour quelques jours, je vais vite te remplumer moi, tu vas voir.

J'étouffe un éclat de rire, mais le ravale très vite lorsque je croise son regard plus que sérieux me foudroyer sur place.

— Tu sais quand même que je suis sportif pro, maman, dis-je en passant un bras autour de ses épaules. J'ai un régime draconien et comme tu peux le voir, je n'ai pas un pète de graisse.

— Cela n'explique pas tout, mon chéri. Tu as de très beaux abdos, mais je préfère savoir ton estomac bien repu plutôt que voir ton corps plein de muscles.

Grace Douglas est un cas comme il n'en existe que très peu sur cette planète. Son cœur de femme, mais aussi de maman a énormément souffert après la mort de son fils, Andrew. Il souffrait d'une forme rare de leucémie et s'est éteint si vite qu'elle n'a jamais vraiment eu le temps de faire son deuil. Encore aujourd'hui, vingt et un ans après sa mort, elle continue régulièrement de parler de lui comme s'il était encore présent et bien que cela en choque plus d'un, personnellement, cela ne m'a jamais dérangé. Andrew est un peu le grand frère que je n'ai jamais connu et puis, sans sa mort, jamais je n'aurais eu la chance d'être adopté par ses parents.

À peine ai-je franchi le pas de la porte que Bobby, le fox-terrier de la famille se met à me donner des coups de museau pour obtenir sa caresse. Je ne me fais pas prier et m'accroupis pour papouiller ce vieux pépère sur le ventre, chose qu'il adore.

— Toi aussi tu m'as manqué, mon gros.

Sa langue pendouille d'un côté de sa gueule tandis qu'il gesticule dans tous les sens, cherchant un peu plus le contact de mes doigts.

Mon père vient finalement poser l'une de ses mains sur mon épaule, et de l'autre, me tend un verre de *Roknar*, un whisky produit dans le Minnesota.

— Merci, papa.

J'offre une dernière papouille à Bobby, puis me relève et vais m'asseoir sur le canapé, échangeant quelques banalités avec mon père. Maman, de son côté, s'active déjà en cuisine pour m'engraisser et je note mentalement de ne pas faire l'impasse sur le sport dans les prochains jours, à moins de vouloir me prendre une soufflante par le coach dès mon retour aux entraînements.

Dans ma poche, mon téléphone vibre, m'annonçant l'arrivée d'un texto. Je l'ouvre et souris lorsque je vois qu'il s'agit de la réponse de Melody à mon message envoyé lors de mon arrivée à White Bear Lake.

Melody : Désolée ! Je me pose seulement pour manger un morceau en quatrième vitesse. J'ai eu un nouveau cas de chien battu à mort... celui-ci ne s'en est pas sorti

Quinn : Encore ? Tu en as parlé à l'agent Parker ?
Melody : Oui et oui. Il a mis en place des rondes supplémentaires, mais ça continue quand même. C'est le huitième depuis Rocky.

— Un souci ? demande mon père qui doit voir mon visage mécontent.
— C'est Melo, elle a encore eu un chien battu. Ça devient un peu trop fréquent à mon goût.
— Notre petite ville n'est plus ce qu'elle était, soupire-t-il en avalant d'une traite le fond de son verre.

~

Après un bon déjeuner en compagnie de mes parents et quelques échanges de textos avec Melody, je rejoins Pete, Blake et Jasper, mes anciens coéquipiers lorsque je jouais au WBL Hockey. À l'époque où je jouais à leurs côtés, je n'étais qu'un ado de plus voulant tester ce sport, et aussi poussé par Brayden qui y était déjà inscrit. Je ne savais pas trop dans quoi je m'engageais. Et bien que je ne regrette absolument rien de mon parcours, parfois chaotique, dans ce milieu, je suis nostalgique de ce club et des gars qui m'entouraient. J'ai gardé le contact avec très peu d'entre eux, mais ceux qui restent, je les revois chaque fois que je reviens en ville où que l'un d'eux passe à proximité de là où je me trouve.

Ce soir, c'est donc moi qui les rejoins au *Rudy's Grill*, un restaurant à l'ambiance plutôt calme et intimiste qui me permettra de ne pas avoir à me cacher pour éviter le crépitement des flashs et autres demandes d'autographe et compagnie. Pas que je n'aime pas ça, loin de là, je suis toujours heureux de rencontrer des fans et échanger avec eux. Seulement, je suis si rarement en ville et disponible pour passer une soirée entière avec mes potes que j'aimerais pouvoir en profiter pleinement sans être constamment interrompu.

C'est Blake que je repère en premier, accoudé au bar, le grand black mesurant près d'1m90 est en pleine discussion avec une fille aux cheveux bleus, faisant au moins trois têtes de moins que lui. Intérieurement, je ricane de cette vision, mais n'en dis rien.

— Te voilà enfin ! lâche soudain une voix masculine dans mon dos.

Je me retourne juste à temps pour éviter la pichenette que Pete était sur le point de me mettre à l'arrière de la tête.

— Tu sais bien que je ne suis pas si facile que ça à avoir ! dis-je à cet imbécile qui hausse les épaules, l'air de rien.

— Jasper nous rejoint un peu plus tard, merde de dernière minute à gérer au boulot.

— Tant pis, on commencera sans lui.

Nous retrouvons Blake et sa Schtroumpfette au bar où je me commande une pression en attendant Jasper Jones, le gardien que j'ai le plus maudit dans ma vie. Une fois ce dernier arrivé, nous prenons un box dans la zone la plus calme du restaurant. J'échange quelques banalités avec eux, leur demandant où ils en sont avec le boulot, ce que ça donne pour eux niveau vie sentimentale et s'ils continuent toujours à jouer malgré, pour l'un, un genou flingué, pour l'autre un métier très prenant et pour le dernier, une vie de famille bien remplie.

Et le temps d'une conversation, je n'ai plus l'impression d'être Quinn Douglas, joueur pro de hockey en NHL. Je ne suis plus que Quinn, tout simplement. Ici, en compagnie de mes amis, je peux enfin relâcher la pression et être un mec de vingt-cinq ans tout ce qu'il y a de plus normal, passant une soirée sympa avec d'anciens amis qui malgré les années, sont toujours présents.

— Alors comme ça, toi et la sœur de Collos, dit Pete en imitant des bruits de baisers, le tout en joignant ses deux index comme le ferait un enfant de six ans.

Pour seule réponse, je lui balance l'une de mes frites, pleine de ketchup, qui atterrit en plein milieu de son front.

— Ouais, j'ai lu ça dans un des magazines de Brittany, rétorque Jasper, avec un sourire entendu en direction de Pete.

Ce dernier essuie les dernières traces de sauce sur sa peau, puis reprend la parole :

— Je suis étonné que tu aies encore toutes tes dents, mon pote.

— Connaissant Brayden, je le suis aussi, répond Blake.

— Regardez-vous, bande de commères ! Vous devez bien vous faire chier dans votre vie pour lire les potins.

— Tu veux donc dire que c'est faux ? demande Jasper, les coudes posés sur la table, son menton reposant dans ses paumes.

— Je n'ai pas dit ça non plus.

Mon sourire les nargue et très vite, un fou rire général s'abat sur notre tablée.

— Quel veinard n'empêche ! Qui n'a pas rêvé de se faire cette bombe à l'époque du lycée.

— Fait gaffe à ce que tu dis, Blake, je suis toujours assez fort pour te foutre une bonne dérouillée. Et puis, Melo est bien plus qu'un physique de rêve. Ce n'est qu'une enveloppe dissimulant une personne extraordinaire.

— Bon sang ! Mais c'est qu'il est mordu notre petit Quinny !

Je pourrais nier et sauver mon image de dur à cuire impénétrable, mais je n'en ai pas envie. Et puis pourquoi mentir ? Je n'ai plus seize ans pour avoir honte de ce que je peux ressentir. Cette fille me plaît, énormément, mais cela va bien au-delà de ça ou de l'attirance physique qui nous a réunis au départ. À ses côtés, je suis parvenu à découvrir une autre facette de l'homme que je suis, et je l'adore. Avec elle, je me sens heureux comme jamais et reconnaissant de cette vie que je mène.

Un an en arrière, mon discours était tout autre, tout comme ma façon de profiter de chaque instant. Alors qu'avant, et ce, qu'importe l'endroit où je me trouvais, j'aurais bu verre sur verre puis choisi une minette au hasard pour lui faire passer une nuit torride dont elle se serait souvenu longtemps, à présent, ce n'est plus du tout comme ça que je vois les choses. C'est bien simple, même passer une soirée, affalé dans un canapé devant un film ou une série, me convient désormais, alors que ce n'était pas du tout mon genre.

Enfin, à condition que Melody soit blottie contre moi, bien entendu !

Mes potes continuent de rire à gorge déployée, s'amusant à me charrier bien comme il faut, quand la clochette de l'entrée carillonne. Instinctivement, je tourne la tête vers la porte, puis souris en apercevant ma nana entrer. Vêtue d'un simple jean et d'un débardeur blanc, ses cheveux remontés en une queue de cheval haute, laissant apparaître la peau lisse et parfaite de son cou, elle est si belle que je ne peux me retenir de la dévorer des yeux. Elle finit par me repérer, me sourit en retour, avant d'avancer dans notre direction.

Une fois à mes côtés, elle salue mes potes un par un, par leur nom de famille, puis finit par se pencher pour m'embrasser à pleine bouche, se moquant des personnes qui nous entourent ou que nous soyons dans un lieu public et après l'épisode de la semaine dernière, le fait qu'elle agisse ainsi me réchauffe le cœur d'une étrange sensation de chaleur à peine perceptible.

— Bon eh bien je crois qu'on a notre réponse, lance Jasper, pas très discrètement.

— Votre réponse à quoi ? demande Melo qui vient s'asseoir sur la banquette, ses doigts allant déjà picorer dans ma barquette de frites.

Une autre chose que Melody a changé en moi. Avant, je détestais que quiconque touche à ma bouffe, mais plus maintenant, enfin, du moins, quand il s'agit d'elle.

— Au fait que tu aies mis le grappin sur notre pote ici présent.

— Eh ouais les gars, désolée pour vous, mais la place est prise désormais. Faudra attendre que je me lasse de lui pour avoir votre chance.

Sa réponse a le don de provoquer une nouvelle vague de rires et au vu du regard que me lance Pete, je sens qu'elle vient de gagner son cœur, mais aussi celui des deux autres. Pas que l'avis de mes potes du lycée ait une importance capitale à mes yeux, mais c'est toujours rassurant de savoir que mes trois compères sont tout aussi conquis que moi.

— Tu comptes en avoir marre de moi, bébé ? soufflé-je discrètement à son oreille.

— Non, mais je ne veux pas briser le cœur de tes amis trop vite.

Le reste de la soirée passe rapidement. Entre rires, délires, un karaoké improvisé, trois mousseuses renversées et un bon gros bordel, on peut dire que mon retour à la maison a été fêté dignement.

Après avoir dit au revoir à mes potes, non sans leur promettre un second round prochainement, Melody et moi repartons du *Rudy's* main dans la main. C'est alors que mon portable sonne, me faisant froncer les sourcils.

Qui cela peut-il bien être à cette heure-ci ?

J'ai très vite la réponse lorsque j'extrais mon mobile et découvre le nom de Thomas sur l'écran. Je décroche à la hâte, inquiet qu'il m'appelle si tard.

— Salut, mon pote, tout va bien ?

— Bonjour, Quinn, c'est Diane.

Mon cœur effectue un battement étrange, tandis que l'angoisse qui lui soit arrivé quelque chose à ce jeune me prend aux tripes.

— Oh, bonsoir, Diane. Il y a un problème ? demandé-je inquiet, sous le regard curieux de Melo.

Pour la rassurer, j'active le Bluetooth de ma voiture, laissant la voix de Diane envahir l'habitacle.

— Non, non. À dire vrai, je vous appelle aussi tard, car j'attendais que Thomas dorme pour prendre son portable. J'aimerais lui organiser un petit quelque chose pour ses dix-huit ans qui auront lieu dans deux semaines et j'aurais voulu savoir si vous seriez d'accord pour venir. Je sais bien que vous avez un emploi du temps chargé et que l'anniversaire de mon fils n'est pas une priorité pour vous, mais Thomas est si heureux depuis votre rencontre que…

— Diane ?

— Oui ? dit-elle, visiblement stressée et à bout de souffle.

— Je viendrai avec grand plaisir.

— Vous êtes un ange, Quinn.

Melody glousse discrètement, une main sur sa bouche, l'autre mimant une auréole au-dessus de sa tête.

Petite maligne !

— Je suis loin d'être un ange, je vous assure, mais ça me ferait extrêmement plaisir d'être présent pour l'anniversaire de Thomas, soyez-en sûre.

— Je vous remercie, vraiment. Ce sera quelque chose de simple, en petit comité. De toute façon, Thomas n'a plus beaucoup d'amis depuis son accident.

Sa voix, triste et voilée de larmes me fend le cœur. Je ne connais cette maman que depuis quelques jours et ne sais rien de sa vie ou de celle de son fils, mais savoir que ce jeune risque de passer son anniversaire sans fête digne de ce nom ne me plaît guère, quand tout à coup, une idée me vient.

Je jette un bref coup d'œil vers la beauté blonde à mes côtés, celle-ci me regardant fixement, un sourcil haussé.

— Qu'est-ce que tu as en tête toi ? me murmure Melo.

Je lui réponds par un simple clin d'œil.

— Diane ? Vous m'avez bien dit que Thomas jouait au hockey avant son accident ?

— Oui, mais...

— Il y a donc une patinoire non loin de chez vous ?

— Effectivement. Celle de Madison est à dix minutes de la maison. Pourquoi ?

— Parfait ! J'ai une idée qui pourrait plaire à Thomas. Laissez-moi me charger de tout et je vous promets que votre fils se souviendra longtemps de ses 18 ans.

Tandis que je laisse à Diane mon numéro pour qu'elle puisse me joindre directement, mon esprit carbure de plein d'idées pour que cette fête soit la plus réussie possible. Après tout, s'il y a bien une personne qui le mérite, c'est ce gamin !

Lorsque je raccroche, mon portable est déjà entre mes doigts, tapant un message groupé à l'attention des personnes qui sauront m'aider à mettre en place cette petite surprise, quand je surprends les yeux de Melo aller et venir entre mon visage et mon téléphone.

— Vas-tu finir par m'expliquer ? dit-elle d'une voix douce.

— Tu te souviens de la défaite contre Nashville et de la petite fête organisée par le président avec nos fans ?

Elle hoche la tête pour confirmer.

— Au moment de partir, j'ai rencontré Diane et son fils Thomas, un ancien joueur de hockey ayant eu un accident de voiture il y a deux ans. Depuis, il est paralysé et ne peut se déplacer qu'en fauteuil. Le feeling est tellement bien passé entre ce gosse et moi, qu'avant de les laisser partir, je lui ai laissé mon numéro pour qu'on reste en contact et depuis, on s'envoie quelques messages par-ci par-là. Si tu l'avais vu Melo, je te jure. Ce gamin est génial et ne se laisse pas abattre malgré son handicap et les problèmes financiers que lui et sa famille traversent. Il a un truc spécial que je ne saurais t'expliquer...

Chapitre 8

« Refuser d'aimer par peur de souffrir c'est comme refuser de vivre par peur de mourir. » **Inconnu**.

Melody

Tandis que j'écoute Quinn me raconter cette rencontre l'ayant marqué, je ne peux m'empêcher de sourire comme une gamine. Je ne connaissais rien de l'existence de Diane et son fils, mais à l'écouter en parler avec tant de conviction et d'affection dans la voix, je ne peux qu'être admirative face à cet homme qui se démène pour rendre un adolescent heureux.

Je ne sais pas s'il se rend compte de combien son geste va compter pour cette famille, surtout venant d'un homme tel que Quinn. Bien que tout ce qu'il veuille, c'est faire plaisir et donner sans rien attendre en retour, il en oublie très souvent que parfois, les gens ne sont pas tous aussi bien intentionnés que lui. Je ne peux juger cette femme et son fils de vouloir profiter de Quinn, seulement, à force d'expérience avec mon frère et la ribambelle de personnes qu'on pensait bienveillantes et qui ne l'étaient pas, j'ai appris à me méfier plus que de raison.

— Au risque de passer pour une chieuse, es-tu certain que ces gens ne te veulent que du bien ?

Il pousse un profond soupir, sa tête calée contre l'appui-tête de son siège.

— Tu vas me sortir le même discours que ton frère au sujet des méchants qui peuplent notre Terre ?

— Je n'irai pas jusque-là, mais promets-moi simplement de faire attention à toi.

— Tu inverses les rôles, miss Amérique. Normalement, c'est à moi de te protéger des gens malveillants et non l'inverse.

— Et c'est aussi le mien de protéger mon homme.

Sa main vient soudain se saisir de ma nuque, m'attirant à lui pour venir m'embrasser comme lui seul sait le faire. Un baiser passionné qui me retourne et me laisse pantelante lorsque finalement, il s'écarte de quelques centimètres pour me permettre de reprendre mon souffle.

Des mois après notre premier baiser qui n'avait rien de romantique ou d'officiel, chaque fois que ses lèvres touchent les miennes, je sens mon corps se couvrir de chair de poule, ainsi que mon ventre fourmiller d'une sensation de chaleur que seul Quinn sait allumer en moi.

Des mecs, j'en ai pourtant eu plus d'un, je peux vous l'assurer, mais jamais aucun ne m'a fait ressentir autant de choses que lui. C'est quand même drôle, pour une phobique comme moi des relations amoureuses, de réaliser que durant toutes ces années, j'avais sous les yeux, celui qui saurait faire chavirer mon cœur, sans le savoir. À moins que ce ne soit à cause de notre peur mutuelle des conséquences de nos choix, que lui comme moi, avons refusé de voir la réalité en face. Seulement, maintenant qu'il fait partie de ma vie, autrement qu'en ami, je suis incapable d'imaginer mon avenir sans lui à mes côtés, sans sentir le contact de ses doigts sur ma peau ou de sa bouche contre la mienne.

Finalement, nous rejoignons mon appartement, faisant tout de même un crochet par la clinique pour vérifier que tout se passe bien et que le transfert d'appel du poste vers mon portable est bien opérationnel.

Alors que mes doigts insèrent la clé dans la serrure, je sens les mains râpeuses de Quinn passer sous le coton de mon débardeur, se posant à même mon épiderme. Sa langue vient à son tour taquiner le lobe de mon oreille, me faisant frissonner et gémir plus fort que je ne l'aurais voulu. Lorsqu'enfin, je parviens à ouvrir la porte malgré ses attaques délicieuses qui me font perdre la tête, mes jambes se font attaquer par les griffes acérées de Petit Lion, le chat trouvé par mon frère l'an dernier et dont je n'ai jamais pu me séparer.

Une main posée à plat sur le torse de Quinn, je le repousse légèrement afin de me saisir de la boule de poils qui crachote à ses pieds.

— On se calme, petit sauvageon, dis-je au chat qui fait le dur d'oreille et gratifie notre invité d'un coup de patte pas très cordial.

— Toujours aussi sympa celui-là, bougonne Quinn en s'éloignant pour aller inspecter le contenu de mon frigo.

Munie de mon chat, je vais m'asseoir contre les coussins du canapé, caressant tendrement le pelage soyeux de Petit Lion qui se met déjà à ronronner contre mes doigts.

— Il connait son monde, que veux-tu.

— Tu parles, ce chat n'aime personne d'autre que toi. Même Brayden ne peut pas l'approcher sans se faire lacérer la main, voire la tronche.

Il n'a pas tort, je le reconnais, mais j'aime cette grosse boule de poils qui m'apporte tant d'amour lorsque je me retrouve seule ici. Il a un caractère bien trempé et réagit plutôt mal avec tout être vivant croisant son chemin, néanmoins, il n'en reste pas moins un animal de compagnie hors pair, communiquant avec moi par des miaulements adorables ou des ronrons qui me font fondre comme neige au soleil.

Après avoir décapsulé deux bières, Quinn ose enfin s'approcher de moi, jetant tout de même des regards peu rassurés en direction du chat qui continue de ronronner, non sans dévisager celui qu'il prend pour un intrus.

— Tu viendras avec moi, à l'anniversaire de Thomas ? me demande-t-il en venant prendre place sur le canapé, son bras entourant mes épaules pour me rapprocher de lui.

Son brusque changement de discussion me fait relever la tête vers lui. Nos regards se croisent, puis s'aimantent pour ne plus se quitter. À travers le brun du sien, je peux lire combien cette demande compte pour lui et à quel point il veut que je l'accompagne à Madison, dans le Wisconsin.

— Pourquoi tu n'y vas pas tout seul ? demandé-je, sincèrement curieuse.

— Parce que ça compte beaucoup pour moi, tout comme tu comptes à mes yeux.

Alerte ! Mon cœur vient de s'arrêter de battre !

Quinn n'est pas un grand parleur et s'exprime très rarement sur ses états d'âme ou même sur ses émotions. Il fait partie de ceux qui ne savent pas comment exprimer leurs sentiments. Parfois, il se perd si loin dans ses pensées qu'il se renferme sur lui-même, devenant ainsi intouchable par le monde extérieur. À ces moments-là, il me fait penser au petit garçon que j'ai rencontré il y a dix-huit ans, aux abords du lac gelé où mon frère venait presque chaque jour d'hiver s'entraîner.

Dix-huit ans plus tôt
White Bear Lake, janvier.

— Je veux sortir, j'en ai marre, maman ! criè-je du haut de mes un mètre trente.

Dehors, les éléments de la nature se déchaînent depuis plusieurs jours, ce qui veut dire que je n'ai pas pu mettre un pied à l'extérieur depuis le début de la tempête. Dans une ville comme la nôtre, qui dit chute de neige, dit tout le monde cloîtré chez soi, avec interdiction de sortir tant que les routes ne sont pas dégagées et sécurisées.

Je n'ai que huit ans, et je comprends très bien que sortir peut être dangereux, mais je n'en peux plus de rester enfermée. J'ai sans aucun doute joué à tous les jeux trouvés dans la maison, embêté un milliard de fois mon frère jusqu'à le faire hurler de rage, tressé puis coiffé les cheveux de maman. J'ai même fait tous mes devoirs ! C'est pour dire à quel point je m'ennuie.

Soudain, quelqu'un vient toquer à la porte et je cours pour ouvrir celle-ci, entendant déjà maman me hurler de ne pas le faire. L'agent Parker a les bottes pleines de neige, mais derrière lui, la route a retrouvé sa couleur grise habituelle.

— La voie est libre, dit-il en souriant face à mes yeux ronds.

— Merci ! hurlé-je avant de foncer enfiler mes chaussures, le tout en appelant Brayden.

Quand ce dernier débarque, il regarde à travers la porte toujours ouverte et dévale rapidement les dernières marches de l'escalier.

— Maman, je peux aller au lac ? demande-t-il, ses patins de hockey pendant déjà au bout de ses doigts.

— Il peut, Parker ? interroge ma mère.

Face à son grand sourire, mon frère me lance ma propre paire.

— Tu m'accompagnes, sœurette ?

Comme chaque fois qu'il fait un froid de canard dehors, mon frère se rend sur le lac gelé qui borde notre ville et patine pendant des heures. Il m'arrive parfois de l'accompagner, mais je préfère cent fois jouer avec Mychelle, ma voisine et meilleure amie pour la vie.

Seulement aujourd'hui, j'ai envie d'y aller et pas seulement parce je n'ai pas senti l'air frais depuis des jours. Brayden et moi marchons côte à côte, prenant soin de ne pas glisser sur les plaques de verglas.

— *Il va venir aujourd'hui, j'en suis sûr, lance mon frère en jetant des coups d'œil derrière lui.*

— *Qui ça ? Ton ami imaginaire ?*

Voilà des jours que Brayden ne cesse de me parler d'un garçon qu'il a rencontré sur le trottoir d'en face, seulement j'ai beau être toujours fourrée avec mon frère, je n'ai jamais vu ce garçon et je ne peux m'empêcher de le charrier sur son imagination débordante.

— *Arrête de te moquer, je te jure qu'il existe !*

Lorsque nous arrivons au lac, il n'y a personne aux alentours et je peux lire la déception dans le regard de mon jumeau.

Mais bien vite, nous ne sommes plus seuls. Alors que j'enfile mes patins, j'entends des pas se rapprocher très vite de l'endroit où nous sommes. Puis je le vois. Un garçon déboule, le souffle court et me fait sursauter lorsqu'il s'écroule à mes côtés.

— *Quinn ! Tu es venu, s'exclame Brayden en souriant.*

Je comprends alors que mon frère ne mentait pas sur son ami et qu'il est bel et bien réel.

— *Melo, je te présente Quinn. Quinn, voici ma sœur jumelle, Melody.*

— *Content de te connaître, souffle le garçon en me souriant gentiment.*

Je regarde ce dernier par-dessous mes cils, le détaillant de la tête aux pieds. Je ne sais pas trop quel âge il a, mais bien qu'il me dépasse de dix bons centimètres, il paraît légèrement plus jeune que mon frère et moi. Ses cheveux sombres n'ont aucune forme, aucune coupe, ses vêtements déchirés ou salis à plusieurs endroits lui donnant des allures d'un sans-abri. Mais ce qui me marque le plus, c'est la douleur que je peux lire au fond de son regard brun. C'est un enfant, mais dans ses grands yeux, il semble avoir vécu tant de choses difficiles que mon cœur s'en serre dans ma poitrine.

Brayden ne m'a pas dit grand-chose sur lui, mais je suis tout de même rassurée de savoir que Quinn existe et que lui et mon frère soient devenus amis. Parce qu'au fond de moi, je le sens, ce garçon a besoin d'amour.

Eh bien, il ne va pas être déçu, parce que chez nous, l'amour, c'est vital et s'il fait partie de la vie de B, il fait aussi partie de la mienne.

Je suis ramenée dans le présent par de tendres baisers au creux de mon cou.

— Où étais-tu passée ? me demande Quinn, continuant de parsemer ma peau de petits bisous qui me font frissonner.

— Au bord d'un lac, soufflé-je, mes doigts dans ses cheveux, l'attirant entre mes jambes pour mieux les nouer autour de sa taille.

Ainsi blottie contre lui, ses lèvres et ses mains se baladant sur moi, faisant frémir mon épiderme à chaque caresse, je sens la tension de cette semaine passée loin de lui s'évanouir. On dit souvent qu'en un baiser, un homme peut montrer combien il aime une femme, et bien à en juger par ceux de Quinn, si passionnés, tendres et bruts à la fois, je pourrais presque croire qu'en effet, il m'aime. Sauf qu'il ne me l'a jamais dit. Tout comme je ne lui ai pas dit en retour.

Avant d'être avec lui, je n'ai jamais ressenti le besoin de mettre des mots sur ce que je ressentais, ni même dire les fameux mots magiques à l'autre, seulement, chaque fois que je suis ainsi contre Quinn, les mots me brûlent la trachée et ne demandent qu'à s'échapper. Mais je n'en fais rien. Pour la simple et bonne raison que lui dire à voix haute que je l'aime ne changera rien à notre histoire ou encore à ce que nous vivons tous les deux.

Que ce soit lui ou moi, je crois qu'aucun de nous n'est réellement prêt pour tout ce que signifient les mots «je t'aime». Notre relation évolue lentement, mais sûrement, à son rythme, et j'aurais bien trop peur de tout gâcher en prononçant simplement trois petits mots.

Vivre au jour le jour, sans me prendre la tête, tel est mon crédo quand il s'agit de Quinn Douglas!

— Tu n'as toujours pas répondu à ma question, soit dit en passant.

Mes yeux ancrés dans les siens, je lui souris, caressant sa joue râpeuse.

— Si ça compte pour toi, alors je serai là.

— Merci, bébé, dit-il, rayonnant, un sourire de gamin illuminant son doux visage, avant de me soulever du canapé pour me mener à ma chambre.

Étendue sur le lit, je le regarde retirer son tee-shirt avec une facilité qui me fascine et admire son torse divinement sculpté. Puis ses lèvres fondent à nouveau sur les miennes, à mesure que ses mains nous débarrassent de nos vêtements.

Nous nous perdons dans ce baiser au goût de paradis et laissons nos corps exprimer ce que nos lèvres ne parviennent à dire.

~

Le lendemain matin et après un réveil tout en douceur sous les caresses et les lèvres de Quinn dévorant les miennes de la plus délicieuse des façons, je suis dans une forme olympique. Voilà bien longtemps que je n'avais pas passé une si bonne nuit, espérons simplement que la journée le soit tout autant.

Assise à mon bureau, une tonne de résultats d'analyses et radios étalés de partout, je me passe une main sur le visage, puis soupire lourdement. Voilà deux heures que je buche sur les différents cas de chiens battus qui arrivent sur ma table depuis l'été dernier. Des confrères de villes alentour ont répondu à mon message sur la plate-forme des vétos du coin, mais pour le moment, aucun d'entre eux n'a eu ce genre de cas. J'en conclus donc que la personne responsable de ces atrocités est d'ici et cela ne me plaît pas du tout.

Rocky, le berger australien de ma – presque – belle-sœur, a été le premier à montrer des signes évidents de passage à tabac et même si je reconnais avoir eu des doutes concernant Ayleen, son attitude lors des quelques jours passés dans ma clinique et à mon appart, ainsi que les constatations de mon frère concernant cette histoire, m'ont fait réaliser que j'avais faux sur toute la ligne. Quelqu'un avait roué de coups cette pauvre bête, volontairement.

Plusieurs mois sont passés sans que j'entende parler de cas similaires, j'ai donc conclu à l'acte isolé d'un malade. Mais voilà qu'en janvier, à deux semaines d'intervalle, deux chiens, dans un état aussi pitoyable que Rocky, ont été amenés par leurs maîtres dans ma clinique. Et aujourd'hui, alors que le mois de mai touche à sa fin, c'est un total de huit chiens, dont deux n'ayant pas survécu à leurs blessures, que j'ai pris en charge.

L'officier Parker, chef de la police de White Bear Lake, est bien entendu au courant de toute l'affaire et tente de mettre en place une vigilance plus poussée au sein de notre petite ville, hélas ni lui ni moi, n'avons la moindre preuve concernant le coupable et cela ne laisse rien présager de bon.

Une autre raison qui me pousse à engager un assistant. Je suis seule à gérer la clinique depuis son ouverture, trois ans plus tôt et étant aussi la seule vétérinaire de la ville, je suis constamment sur tous les fronts, jonglant entre les visites de routine, les divers examens, les opérations, la surveillance constante des cas les plus graves, mais aussi les urgences, 24h/24, chaque jour de chaque semaine. Et je ne vous parle même pas de la paperasse que j'ai rêvé de brûler plus d'une fois. Il est donc temps pour moi de passer la main sur certaines choses afin de pouvoir me concentrer pleinement sur mon boulot.

D'ailleurs, il va falloir que je m'active si je veux être prête pour le premier entretien de la semaine qui a lieu dans moins d'une heure. Je range les papiers concernant les agressions de chien dans leur dossier qui atterrit dans mon tiroir, avant de finir de taper mon compte-rendu sur le cas d'Elvis, le bouledogue de Madame Jones, ayant succombé à ses blessures hier matin.

Il est déjà 15h45 lorsque je lève les yeux de mon clavier et pousse un hurlement d'horreur en voyant l'état de mon bureau, et le mien. Ma blouse est encore pleine de l'urine de Moos, un furet que j'ai examiné il y a deux heures maintenant. Je retire cette dernière, me retrouvant en soutien-gorge, avant de fouiller mon casier à la recherche d'un haut propre quand la porte s'ouvre, me faisant sursauter de peur, ma blouse pleine de pipi plaqué contre ma poitrine pour cacher un minimum ma nudité.

— Bonjour, je suis Ben... oh merde... euh pardon, bafouille l'homme qui a eu un aperçu direct sur mon corps à demi nu.

— Vous voulez bien fermer cette porte !

Il acquiesce, s'excusant encore puis s'exécute et me laisse finalement seule.

Bon sang, mais quel boulet celui-ci !

J'enfile un tee-shirt noir floqué du logo de mon université avant de rejoindre le type ayant fait irruption dans mon bureau sans même prendre la peine de frapper. C'est dans la salle d'attente que je le trouve. Il redresse la tête à mon arrivée, puis se lève et me tend la main.

— Je suis vraiment désolé pour ce... enfin, vous savez. J'aurais dû toquer. Je n'ai pas réfléchi...

— Eh bien la prochaine fois, réfléchissez avant d'agir.

Rapidement, j'inspecte l'homme de la tête au pied, le trouvant bien trop habillé et propre sur lui. Ses cheveux châtains sont soigneusement coiffés, ses joues bien rasées et son costume trois-pièces jure avec ma salle d'attente placardée d'affiches sur les diverses maladies animales.

— Que puis-je faire pour vous ?

— Je suis Benjamin Miller, j'ai rendez-vous avec Melody Hale à seize heures.

Eh merde, ce mec est là pour l'entretien d'assistant. C'était bien ma veine ça.

— Je suis Melody Hale, soupiré-je. Veuillez me suivre dans mon bureau.

Je passe les quarante-cinq minutes suivantes à lui poser tout un tas de questions, auxquelles il répond à la perfection, et examine son CV, bien plus garni que le mien, avec attention, réellement fascinée par le parcours de ce jeune trentenaire.

— Diplômé de Harvard et vous avez en plus travaillé en Australie et au Brésil. Impressionnant, vraiment.

— Dans des réserves naturelles, oui. C'est une expérience unique. Il faut le vivre pour comprendre.

On pourrait croire que ce type est hautain ou prétentieux, mais dans sa voix, transparaissent de la reconnaissance et une vive émotion.

— Sans paraître indiscrète, pourquoi venir vous installer dans notre petite ville ? Avec une expérience comme la vôtre, vous pourriez trouver mieux qu'un job d'assistant vétérinaire.

— Ce n'est pas faux, et pour être franc avec vous, je ne compte pas rester indéfiniment ici. J'aime le terrain et l'action. Que ce soit ici ou à l'autre bout du globe, en pleine nature. Soigner les animaux, c'est ma passion, Dr Hale. Seulement, pour des raisons personnelles, c'est ici que je pose mes valises pour les prochains mois.

— Je ne pourrai pas vous payer à la hauteur de vos qualifications et à dire vrai, je suis plus à la recherche de quelqu'un pour gérer l'administratif. Seulement, avoir une deuxième paire de mains sachant quoi faire en cas d'urgences, ça peut se montrer très utile.

— Prenez le temps d'y réfléchir. Je ne risque pas de bouger de sitôt.

— Dans ce cas, je vous recontacte dans la semaine.

Après une poignée de main professionnelle, je le raccompagne jusqu'au parking quand la Range Rover de Quinn se gare. Ce dernier en descend et me rejoint en souriant avant d'apercevoir Benjamin, qui se tient toujours à côté de moi et de dévisager ce dernier d'un drôle de regard.

— Salut, bébé !

— Benjamin, je vous présente mon petit ami, Quinn Douglas, dis-je avant que le téléphone de la clinique se mette à sonner. Les affaires reprennent. Benjamin, je vous recontacte au plus vite et vous souhaite encore la bienvenue chez nous, j'espère que vous vous plairez à White Bear Lake.

Je laisse les deux hommes sur le parking et cours en direction de mon bureau, décrochant juste à temps pour entendre Hank, un éleveur canin dont la propriété se trouve à la limite de la ville, me raconter de sa voix paniquée que plusieurs de ses chiens se sont fait attaquer et qu'il a besoin de moi de toute urgence.

Sans prendre le temps de me changer, j'agrippe ma mallette avec le nécessaire pour prodiguer les premiers soins et retourne aussi vite que possible sur le parking. Benjamin s'apprête à grimper à bord d'un taxi quand je l'appelle.

— Êtes-vous disponible, là, tout de suite ?

— Euh, oui, pourquoi ?

— Je vais avoir besoin de vos mains. Grimpez, dis-je en désignant ma voiture, je vous expliquerai en chemin.

Puis je me tourne vers Quinn qui me regarde sans comprendre.

— On a une nouvelle agression. Tu peux prévenir Parker et me rejoindre chez Hank ? Je vais avoir besoin d'aide sur ce coup-là.

Il hoche la tête avant de rejoindre à son tour son 4X4 et de démarrer en trombes, prenant la direction du commissariat.

Durant tout le trajet, je briefe Benjamin sur les diverses affaires d'agressions qui secouent notre petite ville depuis presque un an. Seulement, lorsque j'arrive chez Hank, je m'attendais à tout, sauf à ce que j'ai sous les yeux.

Chapitre 9

« Profitons de l'instant présent comme si c'était le dernier car la vie sait nous rappeler ses dangers. »
Monique Moreau.

Quinn

Voilà deux jours que je n'ai fait qu'entrapercevoir Melody. Après l'appel de Hank, tout s'est enchaîné à une vitesse folle, si bien que je n'ai eu que de brèves nouvelles par SMS ces quarante-huit dernières heures. Elle est surmenée, devant gérer les trois femelles Husky blessées, ainsi que quatre chiots nés prématurément suite aux blessures infligées à la mère.

La vision d'horreur qui m'a frappé, lorsque j'ai débarqué chez Hank avec l'officier Parker et une patrouille, ne me quittera pas. Je crois n'avoir jamais vu autant de sang de toute ma vie. Il y en avait partout autour. L'enclos de son élevage avait été ravagé, ses chiens battus, voire tués pour certains, les corps éparpillés dans l'herbe comme s'ils n'étaient rien d'autre que des déchets insignifiants.

— Quinn ?

Je relève la tête vers Brayden qui agite ses doigts sous mes yeux.

— Tu comptes me dire ce qui te tourmente ou je vais encore devoir jouer aux devinettes ?

Il est de retour en ville depuis hier et lorsque je lui ai raconté ce qui s'était produit en son absence, il s'en est voulu de ne pas avoir été présent. Seulement, qu'aurait-il bien pu faire pour aider ? Moi-même j'étais impuissant, incapable de faire quoi que ce soit. Melody fait son job, s'évertuant à sauver ces animaux n'ayant rien demandé à personne, le tout en compagnie de son nouvel assistant, Benjamin, qui ne la quitte pas d'une semelle.

— Je dois repartir ce soir. John m'a envoyé un mail ce matin avec une énième offre de sponsor et un spot pour une association à tourner au Canada. Je serai encore absent une bonne semaine avant l'anniversaire de Thomas.

— Thomas ? demande Brayden en haussant un sourcil.

— Le gamin que j'ai rencontré à la soirée avec nos fans. Sa mère m'a appelé l'autre soir pour me proposer de venir aux dix-huit ans de son fils et j'ai décidé de lui faire une petite surprise dont il se souviendra longtemps.

— Quinn... me réprimande mon meilleur ami en secouant la tête.

— Écoute, B, tu m'as dit de me méfier et c'est ce que je fais, seulement, tu me connais suffisamment pour savoir que j'aime voir le meilleur en chacun. Encore plus quand il s'agit d'un gosse aussi génial que celui-là. Je ne compte pas lui raconter quoi que ce soit qui pourrait compromettre ma carrière ou impacter ma vie privée, mais cela ne va pas m'empêcher de tisser des liens avec lui. Tu sais comme moi que les gens ne sont pas tous les mêmes et qu'il y a tout de même des personnes qui en valent la peine...

— J'ai été un ami minable ces derniers temps et j'essaie vraiment de me rattraper, mais tu es sûr de toi sur ce coup-là ?

— Ce n'est pas mon argent qui les intéresse, ni même un scoop à vendre à la charogne. Tout ce que veut cette maman, c'est que son fils retrouve le sourire après deux ans de calvaire.

Je le regarde porter sa bière à ses lèvres et la vider d'un coup.

— OK! Vas-y, raconte-moi ce que tu as prévu.

C'est fou comme deux lettres peuvent changer beaucoup de choses. Il m'a simplement dit «OK» et pourtant, un poids vient de quitter mes épaules. Être en conflit sur à peu près tout, cela ne nous ressemble pas, hélas, nous ne connaissons plus que ça depuis quelques temps, alors savoir qu'il me soutient dans mon idée de surprise pour Thomas me soulage grandement.

Je lui raconte en détail ce que j'ai concocté pour rendre ce moment inoubliable, mon sourire redoublant d'intensité à mesure que Brayden acquiesce en souriant lui aussi.

— Tu ne pouvais pas m'organiser ça pour mes dix-huit ans, trouduc?

— J'en conclus que tu en es?

— Et comment! Ce gosse ne va pas en croire ses yeux!

Décidé et reboosté plus que jamais à faire en sorte que Thomas ait l'anniversaire de ses rêves, je sors mon téléphone et appelle Diane pour lui annoncer.

— Allô? répond-elle au bout de trois sonneries.

— Bonjour, Diane, c'est Quinn.

— Oh, bonjour!

— Vous vous souvenez de mon idée pour Thomas? Je suis actuellement avec Brayden, le capitaine des Wild et nous avons une proposition à vous faire.

— Je vous écoute, même si votre simple présence suffira à le rendre heureux.

Du coin de l'œil, je surprends Brayden ouvrir grand la bouche en entendant les mots de Diane.

— Disons simplement que vous n'aurez qu'à amener Thomas à la patinoire de Madison. Mon équipe et moi nous chargerons personnellement de faire en sorte que cette journée soit mémorable pour lui comme pour vous.

À l'autre bout du fil, j'entends les sanglots étouffés de Diane.

— Tout va bien ? Pourquoi pleurez-vous ?

— Je vais me répéter, mais vous êtes un ange, Quinn Douglas. Ce que vous faites pour Thomas, pour nous... comment vous remercier ?

— Pas la peine. Thomas est un chouette gamin et je pense que vous méritez tous les deux d'oublier votre quotidien, ne serait-ce que le temps de quelques heures.

Je finis par raccrocher après lui avoir donné les quelques informations que j'ai déjà, puis pose mon téléphone sur la table basse.

— Bordel ! Tu disais vrai. Tout ce qu'elle veut, c'est le bonheur de son fils.

— Ouaip, soufflé-je encore retourné par la conversation que je viens d'avoir.

Je ne saurais dire ce que ce gamin a de particulier, mais son histoire m'a véritablement touché et savoir que je vais lui apporter un instant de bonheur dont il se souviendra longtemps me fait un bien immense.

— Y'a plus qu'à. Tu ne pars que ce soir et Melo est bloquée à la clinique. On va passer des coups de fil et faire jouer nos relations pour organiser l'anniversaire de l'année à ce gosse ! lâche Brayden en tapant dans ses mains.

Et dire qu'il y a quelques jours, il se méfiait comme de la peste de Diane et Thomas. Un changement de bord radical, mais que j'apprécie néanmoins, car il semble véritablement vouloir m'aider à organiser l'anniversaire du siècle pour ce jeune.

Lorsque l'heure est venue pour moi de repartir à Minneapolis, je suis soulagé d'avoir eu une réponse positive de la plupart des gars de l'équipe, mais aussi du complexe sportif de Madison qui nous a donné son accord pour privatiser leur patinoire pour toute la journée. Après un passage chez mes parents en compagnie de Brayden qui ne les avait pas vu depuis plusieurs semaines, je fais un ultime arrêt à la clinique pour prévenir Melo de mon départ.

La clochette de la porte carillonne à mon arrivée, mais personne n'apparaît pour m'accueillir. Au loin, j'entends la voix de ma belle discuter du cas d'une des chiennes de Hank et m'approche lentement. Penchée sur son bureau, le téléphone à l'oreille,

Melody est en pleine conversation et ne me voit pas arriver, Benjamin oui. Ce dernier se lève du fauteuil où il était et vient à ma rencontre, prenant soin de refermer la porte du bureau derrière lui. Ce geste me fait froncer les sourcils.

— Il faut que je parle à Melody, dis-je assez fort pour qu'elle m'entende malgré le bois épais qui nous sépare.

— Elle est très occupée et...

— Et je le comprends, mais permets-moi d'insister.

Sans lui laisser le temps de chercher une réponse dans son cerveau d'intello, je le contourne et ouvre la porte, croisant les yeux bleus de ma nana qui s'illuminent en me voyant là. Elle lève un doigt pour me demander d'attendre puis termine sa phrase avant de raccrocher.

— Salut, bébé, soufflé-je en me penchant pour embrasser ses divines lèvres.

— Hum, soupire-t-elle contre ma bouche, les mains posées à plat contre mon torse. C'est pile ce dont j'avais besoin.

Il ne m'en faut pas plus pour sourire, puis d'un coup de pied, je referme la porte derrière moi, à clé, laissant cet imbécile de Benjamin dehors, le temps pour moi de dire convenablement au revoir à ma nana.

Notre baiser s'étire en longueur, nos corps cherchant inlassablement le contact de l'autre.

Désormais assise sur son bureau, ses jambes nouées autour de mes hanches, ses doigts glissant sous le coton de mon tee-shirt, je grogne, serrant les dents tout en mettant fin à cette étreinte qui risque de prendre une autre tournure, si aucun de nous n'est capable de s'arrêter.

— Je suis désolée de ne pas avoir passé plus de temps avec toi, mais cette histoire est...

— Hey, je comprends, ne t'en fais pas.

Mes doigts posés sous son menton relèvent son visage vers le mien, nos regards ancrés l'un à l'autre. Je dépose un petit bisou sur le bout de son nez, avant de retirer ses mains de ma peau brûlante.

— Je ne peux pas rester longtemps, je dois rentrer pour préparer mes affaires. Je décolle pour le Canada demain à la première heure.

— Moi qui pensais qu'avec la saison terminée, j'allais pouvoir user de ton corps de Dieu à volonté.

— Désolé de te décevoir, mais tu ne pourras en profiter que la semaine prochaine. Au passage, j'ai réservé une chambre pour nous au *Hilton* de Madison.

Elle semble triste d'apprendre que je doive rentrer, mais comme à son habitude, elle se reprend et ne laisse rien paraître. Ses épaules se redressent, son sourire se fait plus forcé, mais je n'en dis rien. Elle a encore du boulot ici, et moi à des centaines de kilomètres de là. On devrait pourtant être habitués à passer plus de temps séparés qu'ensemble, mais comme chaque fois que nous devons nous dire au revoir, rien n'est simple. Mon cœur se serre dans ma poitrine lorsque je l'embrasse et qu'elle tente de me retenir.

— Une semaine, dis-je contre ses lèvres. On a déjà fait pire.

— Je vais faire comme les enfants et compter les dodos qui me séparent de toi.

La quitter après ces paroles me fait bien plus mal que les fois précédentes, mais je me suis néanmoins promis de bloquer plusieurs jours pour qu'elle et moi puissions partir loin de tout, nous permettant ainsi de profiter l'un de l'autre, sans cette distance merdique que nous imposent nos boulots respectifs.

~

Huit jours plus tard et après une semaine éreintante, le soleil se levant à peine, je roule en direction de Madison pour aller surprendre Thomas le jour de son anniversaire. Durant les quatre heures de route, je suis une boule de nerfs ambulante, consultant mon portable toutes les deux minutes, tapotant le volant de mes doigts stressés. Melody n'a pas pu faire le chemin avec moi comme prévu et me rejoindra donc en avion avec Brayden, Ayleen et quelques gars de l'équipe. Du coup, je fais la route avec un Mike silencieux, ce qui ne m'aide pas à me calmer. Nous avons dû échanger quelques phrases lorsque nous avons pris la route et depuis, mon coéquipier reste muré dans son silence, perdu dans ses pensées.

J'aimerais le questionner et connaître la raison de son mutisme, mais il m'a fait très clairement comprendre qu'il ne voulait pas parler de ses problèmes et qu'il était simplement là parce que c'est important pour moi.

Lorsqu'enfin, les panneaux d'autoroute nous annoncent que nous approchons de Madison, j'accélère, pressé de voir par moi-même si tout est OK du côté de ma petite surprise pour Thomas.

Je souris, imaginant déjà sa tête lorsqu'il va découvrir de quoi il en retourne, n'ayant aucun doute sur le fait que tout ceci va lui plaire. Après tout, quel gosse, fan de hockey ne rêve pas de célébrer ses dix-huit ans en compagnie de tous les joueurs de son équipe favorite ?

Mon téléphone sonne enfin, affichant le nom de Melody sur l'écran, ainsi qu'une photo de nous deux prise le soir où tout a basculé entre nous. Je n'ai jamais eu envie de la changer, bien que je possède des tonnes d'autres photographies d'elle et moi, seulement, aucune ne représente autant que celle-ci à mes yeux.

— Enfin ! Dis-moi que tu es à l'aéroport.

— J'y suis, oui. En revanche, si je reçois une amende pour excès de vitesse, c'est toi qui payeras la facture.

— Tout ce que tu veux, du moment que dans trois heures, tu sois dans mes bras.

— J'y serai, c'est promis !

Soulagé, je raccroche à l'instant même où je me gare face à la *Madison Ice Arena*. Mike et moi sommes accueillis par Patrick, le directeur de la patinoire qui nous explique tout ce qui a déjà été fait et que beaucoup de monde est déjà présent. N'ayant eu aucun message de mes coéquipiers, je me demande qui peut bien être venu aider quand mes yeux se posent sur un derrière que je connais par cœur. Sa propriétaire est en train d'accrocher une guirlande sur l'alcôve de l'entrée, puis se retourne vers moi et me lance un sourire éblouissant, remettant en place ses longs cheveux dans son dos.

— Melo ?

Quelle question absurde, crétin !

— Surprise ! crie-t-elle en venant se jeter dans mes bras.

Le temps d'un instant, j'oublie que nous ne sommes pas seuls dans le grand hall et l'embrasse à en perdre mon souffle, lui montrant d'un baiser combien je suis heureux de la retrouver. Puis, tel un toxico en manque de sa came, je niche mon nez contre son cou, inspirant ce parfum qui m'a tant manqué ces derniers jours sans elle.

— Comment as-tu fait pour arriver avant moi ? Et la clinique ?

— Tu m'as très bien fait comprendre combien ce week-end était important pour toi et tu t'es tellement démené pour que ce gamin n'oublie jamais son anniversaire que j'ai eu envie de te faire une petite surprise moi aussi et mettre la main à la patte.

Bon sang, je n'arrive pas à y croire.

— Tu n'es pas le seul capable de soulever des montagnes par amour. Moi aussi, je sais y faire.

Cette femme ne cessera donc jamais de me surprendre ?

Bien que tout un tas d'idées pour la remercier comme il se doit me viennent en tête, je réfrène mon cerveau ainsi que mon entrejambe. Ce n'est ni le lieu ni l'endroit pour lui retirer ses fringues, même si j'en meurs d'envie.

— T'es vraiment obligé de rouler des pelles à ma sœur sous mes yeux, proteste soudain la voix de mon meilleur ami dans mon dos.

Malgré moi, je pousse un grognement animal tout en m'écartant, contre mon gré, de ma nana. Néanmoins, cette dernière ne l'entend pas de la même oreille et me maintient à ma place tout en interpellant son frère.

— Brayden ? lâche-t-elle d'une voix glaciale, fusillant ce dernier du regard.

— Quoi ?

— TA GUEULE !

Puis elle m'embrasse à nouveau, se fichant que son jumeau soit sur le point de faire une attaque d'une minute à l'autre ou que des dizaines de personnes nous observent. Il n'y a qu'elle et moi. Rien de plus, rien de moins.

Bien trop tôt à mon goût, mon esprit me rappelle à l'ordre et difficilement, je sépare mes lèvres des siennes. Si je le pouvais, je passerais ma vie entière à embrasser cette bouche faite pour mes baisers. Hélas, quoi que j'aie en tête pour nous, il va nous falloir attendre et remettre ça à plus tard. Heureusement que nous sommes ici pour trois jours, nous avons donc amplement le temps de nous rattraper.

Par-dessus l'épaule de ma belle, je croise le regard de Brayden et sens le combat intérieur qui se joue en lui, malgré son hochement de tête dans ma direction. Me voir avec sa sœur ne lui plaît pas, mais il prend sur lui, me montrant qu'il a confiance en moi, en nous.

— Bon, et si on finissait de tout préparer ? On a encore un paquet de choses à faire avant l'arrivée de nos invités !

Les gars de l'équipe arrivent au compte-gouttes, ajoutant des bras pour accrocher le clou du spectacle.

Avec l'aide de Logan, infographiste de génie, et Kent, un as de tout ce qui touche à la technologie, nous avons mis au point un système de projection sur, et autour de la glace. Grâce aux rétroprojecteurs, nous aurons bientôt réellement l'impression d'être au cœur même de l'*Xcel Energy Center*.

Au même moment, l'alarme de mon portable sonne, m'indiquant qu'il nous reste pile une heure avant l'arrivée de Diane et Thomas.

Je cours partout, vérifie que tout se passe comme prévu, puis finis par rejoindre mon équipe au vestiaire. M'équiper à nouveau me fait un bien fou. Il est vrai que depuis notre défaite contre Nashville, je n'avais pas encore eu l'occasion de rechausser mes patins. Ayleen et Melody nous rejoignent, tout sourire, et lâchent deux énormes cartons sur la dalle bleue recouvrant le sol.

— Qu'est-ce que c'est ? demandé-je, sincèrement curieux.

— Les maillots faits spécialement pour aujourd'hui qui seront vendus aux enchères. Tous les bénéfices serviront à acheter un fauteuil digne de ce nom à Thomas, dit Ayleen de sa douce voix rassurante.

— C'était une idée de ton capitaine et de tous tes coéquipiers.

De mes yeux brillants, je croise le regard de chacun de ces gars formant ma deuxième famille et souris.

— On est une équipe, sur et en dehors de la glace, lâche Brayden.

— C'est notre façon de participer, répondent mes coéquipiers.

— Bordel, j'vous aime, les gars! dis-je découvrant le contenu des cartons.

Les maillots sont identiques à ceux que nous portons habituellement, à la différence que ceux-là sont tous floqués au nom de Thomas dans le bas du dos, ainsi que de son numéro de joueur qu'il portait avant l'accident.

Mon cœur se serre devant tant de générosité et d'entraide. Aucun de ces gars ne connaît ce gosse ou son histoire, et pourtant, ils ont tous répondu présents et sont allés jusqu'à faire un jeu de maillots rien que pour l'occasion.

Si ça, c'est pas des potes géniaux, je ne sais pas ce qu'il vous faut!

Lorsque je reçois un texto de Diane m'annonçant qu'ils sont sur le parking, tout est prêt. Les gars et moi nous tenons en ligne, toutes les lumières sont éteintes, et seuls quelques chuchotis sont audibles. Puis je repère Diane à travers le hublot des portes battantes et à l'instant précis où elle les pousse pour laisser passer le fauteuil de Thomas, la projection privée commence.

Un faisceau lumineux s'allume sur Thomas qui regarde partout autour de lui, l'air complètement perdu.

— Maman, que se passe-t-il ? l'entends-je demander.

J'actionne la télécommande que je tiens à la main, activant ainsi l'écran principal que nous avons installé un peu plus tôt dans la journée. Sur ce dernier s'affiche des photos de Thomas bébé et entre chacune d'elles, une vidéo d'un membre du Wild Hockey Club lui souhaitant un bon anniversaire. Même à distance, je peux voir ses yeux briller et ses joues mouillées. Le film continue, dévoilant un enfant d'une dizaine d'années tout sourire, jouant son premier match avec l'équipe locale à laquelle il appartenait avant son accident. Je le regarde depuis la pénombre, suivre les images qui défilent ainsi que la douleur dans ses yeux quand il apparaît couché sur un lit d'hôpital.

Heureusement, la vidéo de Brayden passe juste après, et les mots de mon meilleur ami lui tirent un éclat de rire.

— Salut, Thomas ! On ne se connaît pas, mais Quinn ne fait que parler de toi, alors même si je suis un peu jaloux qu'un ado boutonneux veuille me piquer mon meilleur pote, je te souhaite un très bon dix-huitième anniversaire !

Heart of Wild : For you

Alors que la dernière image apparaît, prise par Diane ce matin, c'est à mon tour d'entrer en scène. Mike me tend un micro et après avoir délogé la boule d'émotions qui obstrue ma gorge, je me lance, toujours caché dans l'obscurité totale qui règne dans la patinoire :

— Salut, mon pote ! J'espère que ce petit film t'aura plu et que certaines photos t'auront embarrassé. J'ai voulu marquer le coup, avec l'aide de ta maman et des gars de mon équipe. Après tout, ce n'est pas tous les jours que l'un de nos super fans fête ses dix-huit ans. Je sais combien ce jour de l'année est difficile pour toi et ta famille depuis deux ans, alors j'ai voulu faire en sorte que le temps d'une journée, tu parviennes à oublier tout le mauvais qui a pu t'arriver et que tu ne gardes que le positif.

C'est à ce moment-là que tous les néons s'allument, ainsi que les rétroprojecteurs. Thomas met quelques secondes à s'habituer à la luminosité, puis, lorsque son regard se pose sur la glace, il écarquille si grand les yeux que mon sourire redouble d'intensité.

— SURPRISE ! hurlons-nous tous en chœur, tandis que Diane serre son fils dans ses bras.

— Et si tu venais nous rejoindre sur la glace ? lancé-je à travers le micro.

— Comment ? hurle-t-il en réponse pour se faire entendre malgré la distance.

— Luke ? John ?

Nos deux agents de sécurité apparaissent soudain aux côtés de Thomas et alors que l'un porte la star de la journée, l'autre se charge de descendre son fauteuil jusqu'au tapis déroulé sur la glace pour leur permettre de marcher sans tomber.

S'ensuit une effusion de câlins, tapes dans le dos, taquineries et célébrations. Je regarde ces armoires à glace, avec qui je joue depuis plus ou moins longtemps, accueillir Thomas comme il se doit. Brayden s'arrête à ses côtés, lui serre la main puis se met à discuter avec lui comme s'il l'avait toujours connu et cette vision fait exploser une sensation de chaleur dans ma poitrine.

C'est alors que ma nana arrive enfin, tenant dans ses bras une grosse boule de poils beige qui gesticule dans tous les sens.

— Qu'est-ce que...

Je n'ai pas le temps de finir ma phrase qu'elle vient s'agenouiller près de Thomas.

— Il est à toi, dit-elle en tapotant son genou pour que le chiot y saute. C'est encore un bébé, mais tu verras que très vite, il deviendra ton meilleur ami et tu ne pourras plus te passer de lui. Quoi qu'il arrive, que tu passes une journée exceptionnelle ou merdique, il sera toujours là, à tes côtés.

Comme pour appuyer ses dires, le chien vient léchouiller le visage de Thomas qui se débat en riant.

Diane, bien plus en retrait, s'approche finalement de moi et vient me serrer dans ses bras, des larmes dévalant ses joues rosies par le froid.

— Merci, Quinn. Merci mille fois pour tout ça. Cette journée va rester gravée à vie dans la mémoire de mon fils et c'est à vous que je le dois.

Nous regardons tous les deux Thomas rire aux éclats suite aux conneries que mes coéquipiers doivent être en train de raconter.

— Je ne l'avais pas vu rire comme ça depuis si longtemps, souffle Diane en essuyant une nouvelle larme.

Chapitre 10

« Les combinaisons parfaites sont tellement rares dans ce monde imparfait. » **Teen Wolf.**

Melody

La surprise organisée par Quinn pour Thomas est une belle réussite. Tout le monde semble s'amuser, même Diane, la maman de Thomas, a cessé de pleurer pour prendre part aux festivités. Assise à mes côtés dans les gradins, tenant le chiot contre elle, nous regardons la trentaine de hockeyeurs dispatchés sur la glace, formant les deux équipes qui vont s'affronter pour un match amical pas comme les autres.

Alors que les Wild auraient pu faire le show comme ils aiment, Quinn a préféré inviter l'équipe locale de Madison pour se joindre à eux et ainsi, montrer que même en tant que « stars » de la NHL, ces gars savent aussi s'amuser et profiter de la vie. Et ils nous le montrent en mixant entièrement les deux équipes. Lorsque celles-ci sont finalement faites, Quinn et les quelques Wild avec lui retirent leurs maillots pour enfiler ceux des locaux.

Le match est arbitré par Thomas lui-même, resté en bord de glace, mais aidé par Luke qui lui souffle certaines fautes imaginaires rien que pour faire hurler les joueurs.

Nous rions tous lorsqu'un petit jeune vient attraper le patin de Quinn qui se retrouve les quatre fers en l'air, le cul plein de glace. Ce dernier secoue la tête, éclatant d'un rire si beau qu'une envolée de papillons semble prendre possession de mon abdomen. Le voir ainsi jouer en toute liberté, sans aucune pression ni enjeu le rend plus beau qu'il ne l'est habituellement. Il s'éclate, pratique ce sport qu'il aime tant en compagnie de ses potes et d'une poignée de gosses chanceux qui pourront se vanter d'avoir affronté le Wild Hockey Club.

Le match continue sur la même constante. Aucune règle n'est respectée et les gars s'amusent plus qu'ils ne jouent, mais vu le sourire qui s'affiche sur le visage de chacun, le nombre de buts mis importe peu.

Telle une pom-pom girl en délire, je hurle le nom de Quinn lorsque ce dernier parvient à feinter Kent Ramsey pour marquer. Ce dernier m'envoie un clin d'œil avant de se lancer dans une danse débile avec quelques jeunes de Madison. Armée de mon portable, je filme la scène, des larmes perlant au coin de mes yeux tant c'est à mourir de rire. Imaginez un peu, juchés sur des lames aiguisées, affublés d'un équipement plus ou moins encombrant, ils dansent, sautillent et chantent comme des casseroles.

Après une heure de grand n'importe quoi, Thomas siffle le coup de sifflet final et les quelques personnes présentes dans l'enceinte de la patinoire applaudissent les deux équipes qui nous rejoignent.

Mon cœur accélère ses battements dans ma poitrine quand mon beau brun s'approche de moi pour venir m'embrasser. Il est couvert de sueur, mais je m'en moque. Je noue mes doigts derrière sa nuque, lui rendant son baiser, appréciant le contact de ses lèvres contre les miennes et la chaleur de ses doigts que je sens à travers son sweat que je lui ai piqué pour ne pas mourir de froid.

— Le match t'a plu ? demande-t-il finalement avant d'avaler cul sec le contenu de la bouteille d'eau que je lui tends.

— C'était... inédit. En revanche, vous n'avez pas intérêt à jouer comme ça pour votre prochaine saison, à moins de vouloir tous vous faire virer de l'équipe.

— Hernandez nous aurait fait une attaque s'il avait été là, mais bon sang ce que ça fait du bien, ricane Brayden qui nous rejoint en compagnie d'Ayleen.

— Tu te rends quand même compte que vous avez été minables ?

— Complètement, mais je crois n'avoir jamais autant kiffé perdre un match de ma vie.

Nous continuons de discuter quelques minutes, puis laissons les gars rejoindre les vestiaires pour se doucher et se changer. Je reste aux abords de la glace en compagnie de la copine de mon frère, Thomas et Diane, attendant le retour de toute l'équipe qui ne va pas tarder à repartir.

La journée aura été longue pour beaucoup, certains ayant fait plusieurs heures de voyage pour nous rejoindre ici aujourd'hui, mais à mon humble avis, personne n'aura envie de se plaindre au vu de tout ce qu'ils ont vécu au cours de l'après-midi.

Après le départ des Wild, nous nous retrouvons tous les six autour d'un bon repas dans un petit restaurant tout mignon à la sortie de Madison. Le lieu est calme et intime, pile ce dont nous avions besoin. La venue de l'équipe aujourd'hui, n'est hélas, pas passée inaperçue et à notre départ de la patinoire, nous avons eu le malheur de croiser quelques vautours, dégainant déjà leurs appareils photo en quête de scoop. Dommage pour eux, Luke et John étant des nôtres, ils ont simplement gagné le droit d'aller se racheter une carte SD, les leurs ayant terminé en bouillie entre les doigts des agents de sécurité.

— Alors, Thomas, content de ta journée ? demande Brayden.

— Content ? Tu veux rire, c'était la plus belle journée de toute ma vie ! Je n'en reviens toujours pas. J'ai l'impression d'avoir rêvé tout ce qui s'est passé aujourd'hui tant cela semble irréel. Merci, les gars, vous êtes vraiment les meilleurs !

— Ça nous a fait plaisir, répond Quinn, une main posée sur ma cuisse depuis notre arrivée au restaurant.

Je relève les yeux vers lui, réellement admirative quant à tout ce qu'il a mis en œuvre pour que ce gosse passe son anniversaire en compagnie de son équipe de hockey préférée.

À la fin du repas et après avoir entendu Diane et son fils nous avoir remerciés pour la millième fois, nous quittons les festivités, pressés de nous retrouver un peu seuls. Les quelques jours que Quinn a passés à WBL ne se sont pas vraiment passés comme je l'espérais et j'ai passé plus de temps les mains plongées dans les entrailles d'un chien, qu'en sa présence. Autant dire que ce week-end, je compte bien me rattraper et profiter autant que possible de lui et de son corps de Dieu grec.

Nous nous dirigeons vers son 4X4 noir, main dans la main. Son regard inspecte le parking, puis soudain, sans que je m'y attende, il plaque mon corps contre la carrosserie, emprisonnant mes lèvres des siennes. Bien que surprise par sa réaction, je réponds à son baiser, nouant mes doigts derrière sa nuque.

Je ne sais pas combien de temps nous passons à nous embrasser, mais tout semble suspendu autour de nous, comme si nous étions seuls sur Terre, seuls à respirer l'air qui nous entoure. Accrochée à lui comme une moule à son rocher, je souhaite que ce baiser vertigineux, me rappelant le tout premier que nous avons échangé dans un coin sombre d'une boîte de nuit, se prolonge à jamais.

Quelques mois plus tôt
San Francisco, 12 octobre.

Il me faut reconnaître que mon stratagème pour attirer Quinn dans mes filets a fonctionné, au-delà de mes espérances. Il m'aura suffi de provoquer sa jalousie grâce à d'autres mecs pour qu'il réagisse et m'attire à l'écart de la foule pour m'embrasser comme jamais personne ne l'avait fait jusqu'à présent. De longues minutes après ce fameux baiser, je suis encore toute retournée par la multitude d'émotions que cela réveille en moi. Mon corps tout entier semble brûler d'un feu ardent, si bien qu'un simple contact de ses doigts sur moi pourrait me faire hurler de plaisir.

Décidant de pousser ma chance jusqu'au bout, je noue ses doigts aux miens tout en prenant la direction des toilettes où je compte bien obtenir ce que je désire de lui depuis si longtemps. Ma conscience me hurle que ce que je fais est mal et que les conséquences vont être terribles, mais je la fais taire, enfouissant mes pensées dans une boîte que je ferme à double tour. Tout ce que je veux, c'est le sentir en moi. Comme un besoin viscéral, je le pousse violemment dans la dernière cabine, fermant le verrou avant de me jeter à nouveau sur ses lèvres.

— Melo, soupire-t-il contre ma bouche lorsque mes doigts s'attaquent aux boutons de sa chemise. On ne devrait pas faire ça.

— On est tous les deux majeurs et célibataires, alors explique-moi ce qui pourrait nous empêcher de nous envoyer en l'air, ici et maintenant ? Hormis l'avis de Brayden sur la question.

Ma voix se fait sèche, mais soit il va jusqu'au bout des choses, faisant taire la petite voix qui lui interdit d'aller plus loin à cause de mon frère, soit c'est un autre qui prendra sa place. Après tout, ce n'est pas moi qui ai mis en route les hostilités en l'embrassant en premier.

Je le fixe droit dans les yeux, attendant patiemment que son combat intérieur cesse et qu'il prenne finalement une décision. Il lutte tellement contre lui-même qu'une goutte de sueur perle sur son front.

— Ma patience a des limites. Donc soit tu finis ce que tu as commencé, soit tu libères la place.

— Jamais, grogne-t-il immédiatement d'une voix qui me fait frémir.

Son corps se tend tandis qu'il s'avance d'un pas, me forçant à coller mon dos contre la paroi.

— Je te veux, Melody. Plus que personne, mais je n'en ai pas le droit...

— Je te le donne ce droit. Alors, embrasse-moi, Quinn Douglas!

Cette fois, il cesse véritablement de réfléchir et m'offre un baiser digne des plus grands classiques du cinéma. Je suffoque, mais j'en redemande, ne parvenant pas à me rassasier de lui, de la sensation exquise que me procurent ses doigts qui remontent lentement de mes poignets à mes épaules, puis le même chemin, mais en sens inverse. Je me liquéfie, gémis aussi discrètement que possible, mais lorsque sa langue vient effleurer ma mâchoire, je crois défaillir réellement. Je ne contrôle plus mes jambes qui tremblent sur mes talons et me raccroche à lui pour m'éviter de tomber.

— Tu flanches déjà ? souffle-t-il à mon oreille d'un ton taquin, me faisant frissonner de la racine des cheveux à la pointe de mes pieds.

Je me félicite d'avoir arrêté de ronger mes ongles quand je l'entends grogner lorsque ceux-ci partent à la rencontre de ses abdos, puis de ce V qui fait saliver tant de femmes et qui semble former une flèche, montrant le chemin à suivre.

— Tu veux ma mort !

— Et toi la mienne !

Ses bras m'attirent à lui, ses mains glissant sur mon postérieur qu'il saisit pour mieux me soulever. Instinctivement, mes chevilles se nouent dans son dos et cette nouvelle position me fait pousser un grognement puissant qu'il étouffe d'une main posée sur ma bouche.

— Va falloir être un peu plus discrète si tu ne veux pas alarmer toute la boîte de ce que nous sommes en train de faire.

Je hoche la tête, incapable de dire quoi que ce soit tant je suis sur le point d'exploser.

Je ne sais pas comment il fait, ni même s'il provoque la même chose chez toutes les femmes que ses mains ont touchées, mais je n'ai jamais été aussi réceptive à de simples caresses.

Le lieu où nous nous trouvons n'est pas des plus romantiques et pourtant, je ne voudrais être nulle part ailleurs tant ce moment est magique. Nos souffles

se mêlent pour ne faire plus qu'un, à l'instar de nos corps qui se pressent l'un contre l'autre. À l'instant où une vague de plaisir me terrasse, nous étouffons nos cris dans le cou de l'autre. J'ai l'étrange sensation de planer et il me faut plusieurs minutes pour retrouver un semblant de rythme cardiaque stable.

— Bordel de merde ! lâche Quinn en tremblant légèrement.

Aucune réponse cohérente ne me vient, je me contente donc de grogner d'une façon pas très féminine. Mon cœur s'affole à nouveau lorsqu'il vient de nouveau m'embrasser et j'ose espérer que ce que je ressens au plus profond de moi n'est qu'un contrecoup d'années de frustration sexuelle concernant Quinn. Même s'il me faut reconnaître qu'il y a autre chose, quoi, je ne sais pas, mais c'est bel et bien présent, là, en moi.

Une fois rhabillée et présentable, j'ouvre discrètement la porte de la cabine, jetant un œil à l'extérieur. La voie étant libre, j'en sors avant de pousser un hurlement en voyant à quoi je ressemble.

Si mes cheveux en bataille ne suffisent pas à faire comprendre ce que je viens de faire, mon rouge à lèvres étalé, mes joues rouges et le superbe suçon qui orne désormais mon cou, eux, feront l'affaire.

Bon sang !

Quinn sort à son tour, croisant mon regard dans le miroir.

— Il vaudrait mieux pour nous que tu ne croises pas ton frère dans cet état-là.

Avec beaucoup de mal, et de papier toilette humide, je parviens néanmoins à sauver les meubles, effaçant au maximum les traces de maquillage de mon visage. Quant à mes cheveux, il n'y a pas grand-chose à faire, hélas, j'opte donc pour les attacher. À mes côtés, face au miroir, Quinn tente lui aussi de faire disparaître les marques de rouge à lèvres qui s'étalent sur son cou, mais aussi sur le col de sa chemise blanche. Mes yeux suivent le moindre de ses faits et gestes, me renvoyant quelques minutes plus tôt, lorsque ses mains et sa bouche étaient sur moi et j'en rougis.

Pourquoi ? Je n'en ai pas la moindre idée. Ce n'est pas comme si c'était la première fois que je m'envoyais en l'air avec un mec, pourtant, ce qu'il vient de se produire entre Quinn et moi semble déjà changer la donne. Je n'ai qu'une envie, recommencer, encore et encore. Cela devait avoir lieu une seule et unique fois, mais j'ai bien l'impression que ça ne sera pas le cas.

Revenant dans le présent, je glousse quand sa joue râpeuse griffe délicatement mon cou. Nous sommes toujours sur le parking, collés au métal froid de sa *Range Rover*, et même s'il sait divinement bien y faire, on ne peut pas se permettre d'agir comme des ados surexcités à la vue de tous.

— Quinn, soufflé-je, luttant pour reprendre mon souffle.

— Je sais, je sais... soupire-t-il en réponse, sachant pertinemment qu'il nous faut nous arrêter avant que les choses dérapent sérieusement.

Il finit donc par se reculer, puis vient m'ouvrir la portière et attend patiemment que je sois installée pour faire le tour de sa voiture et prendre place derrière le volant.

— Direction le Hilton, lance Quinn en mettant le contact.

— À vrai dire, j'ai encore une autre surprise pour toi.

Son regard croise le mien et malgré la pénombre régnant dans l'habitacle, je peux lire sur son visage l'étonnement et les questions qui fusent dans son esprit. Je pose ma main sur sa cuisse ce qui a le mérite de le détendre.

Il m'écoute lui indiquer la route sans broncher, devenant néanmoins de plus en plus suspicieux lorsque nous quittons la ville, longeant plusieurs kilomètres de champs.

— Tourne à droite !

Il s'exécute, roule encore une centaine de mètres, puis écarquille les yeux lorsqu'il aperçoit le chalet que j'ai loué pour le week-end et sa vue donnant sur le lac Mendota.

— Melo... c'est magnifique ici, souffle-t-il en arrêtant la voiture.

Après avoir fait un rapide tour du propriétaire, je cherche Quinn et le trouve finalement, dos à moi, appuyé contre la rambarde du balcon, ses yeux regardant partout autour de lui, il semble lui aussi conquis par les lieux au charme naturel. Il me faut reconnaître que je dois une fière chandelle à Ayleen qui m'a dégoté cette annonce qui tombait à pic. Je suis tout de suite tombée amoureuse en regardant les diverses photos et ai réservé sans même y réfléchir. C'était pile ce dont Quinn et moi avions besoin pour nous retrouver.

— Je me suis dit qu'après ces longs mois de relation à distance, on méritait bien un véritable week-end en amoureux dans un endroit comme celui-ci, dis-je en venant me blottir contre son dos.

— C'est parfait.

Ça pour l'être, ça l'est. Isolé de tout, pas âmes qui vivent à des kilomètres à la ronde, un jacuzzi, une piscine extérieure ainsi qu'un accès direct au lac via un ponton de bois, ce chalet nous offre la tranquillité et l'intimité qu'il nous fallait. Avec les évènements récents et toutes les interrogations que chacun de nous se pose sur notre histoire, je me suis dit que passer deux jours dans ce petit coin de paradis nous aiderait à faire le point sur notre histoire et ce qu'il se passe réellement entre nous.

Le lendemain, assise au bord de la piscine, mes pieds nus plongés dans l'eau fraîche et une bière à la main, je profite du spectacle que m'offre Quinn faisant des longueurs. Après avoir profité de notre nuit pour finir ce que nous avions commencé sur le parking hier soir, ce matin, je me suis réveillée en sentant l'odeur du café m'appeler depuis la cuisine. Quelle n'a pas été ma surprise lorsque j'ai découvert que Quinn nous avait concocté un véritable festin. Pancakes, jus d'orange pressé, café fraîchement moulu, œufs brouillés, bacon grillé... le tout disposé sur la grande table du séjour où des roses fraîches trônaient à présent dans un vase.

À l'abri de tout, dans notre petit chalet au fin fond du Wisconsin, j'ai l'impression de découvrir un nouveau Quinn. Le romantisme n'ayant jamais réellement fait partie de ses qualités, le voir être aux petits soins pour moi et me prouver que j'avais faux sur lui, font redoubler les battements de mon cœur.

Durant ces derniers mois, il est vrai que Quinn et moi n'avons pas échangé grand-chose hormis des parties de jambes en l'air, mythiques pour certaines, et une flopée d'engueulades. Nous nous sommes lancés dans une histoire sans même en définir la nature et sans rien savoir réellement l'un de l'autre.

Puis les jours, que dis-je, les semaines ont défilé et à présent, six mois après l'échange de notre premier baiser, je ne sais toujours pas ce que ce « nous » veut réellement dire, ni même ce qu'il ressent pour moi.

— Tu m'as l'air bien pensive, bébé, lance Quinn qui me regarde depuis l'extrémité de la piscine.

— Je réfléchissais, voilà tout, éludé-je en portant la bouteille à mes lèvres.

J'ai beau ne pas être le genre de nana timide qui n'ose pas demander clairement les choses à son copain, quand il s'agit de Quinn, tout est différent.

Il me rend différente...

Le soir venu et après une longue promenade en plein cœur de la forêt, c'est à mon tour de surprendre le grand brun en profitant qu'il soit sous la douche pour préparer un petit pique-nique romantique au bord du lac. Couverture à carreaux, panier en osier, une bouteille de vin blanc et deux verres à pieds, voilà ce qui l'attend lorsqu'il finit par redescendre, appelant mon nom dans toutes les pièces de la maison. Je souris, fière de moi, quand il me repère sur le ponton et s'arrête pour me regarder de la tête aux pieds.

Avec la chaleur qu'il fait aujourd'hui, j'ai opté pour une robe longue fleurie dont les bretelles sont des liens noués sur mes épaules et attaché mes cheveux en chignon, dégageant ma nuque, comme il aime. Je le regarde s'approcher, de sa démarche de félin prêt à se jeter sur sa proie et lui tend un verre de blanc lorsqu'il arrive à mes côtés.

— Tu es sublime, souffle-t-il en m'embrassant délicatement.

Bien qu'habituée aux compliments, mes joues rosissent légèrement, je tente donc de cacher ma gêne en détournant les yeux vers l'eau calme du lac.

Je n'ai pas préparé ce petit pique-nique innocemment et plus les minutes s'écoulent, plus le stress monte en moi. J'ai l'impression d'être redevenue une ado stupide incapable de soutenir le regard du garçon qui lui plaît, bien trop intimidée et peureuse pour lui parler à cœur ouvert.

Pourtant, c'est bel et bien dans cette optique que j'ai préparé les quelques plats dispersés sur la couverture. Il est grand temps que lui comme moi mettions cartes sur table en nous disant toute la vérité, ainsi que nos attentes mutuelles concernant la suite de notre histoire. Après six mois, je ne m'attends pas à une demande en mariage ni même à ce qu'il me fasse un mini Quinn, mais au moins, savoir ce qu'il ressent pour moi et si notre relation est toujours basée sur quelque chose d'éphémère ou si ça aussi, ça a changé.

Après notre première fois, nous avons remis ça à plusieurs reprises avant de comprendre que l'un comme l'autre, nous en voulions plus. Lui était de plus en plus possessif concernant ma vie dite « privée », quant à moi, voir des photos de lui en charmante compagnie dans la presse ou sur les réseaux sociaux me donnait la gerbe. Si bien qu'il ne nous a pas fallu longtemps pour comprendre que nous voulions être véritablement ensemble. À l'époque, la seule chose que je lui demandais était d'être fidèle et de ne rien me cacher, le reste m'important peu, mais à présent, mes exigences ne semblent plus me suffire et j'ai besoin de plus. Beaucoup plus.

Quoi, je ne le sais pas non plus, et c'est bien pour cela que je mise tout sur cette soirée et le reste de notre week-end ici pour mettre ça au clair. Le faire parler ne va pas être simple, surtout le connaissant, mais j'ose espérer que l'affection qu'il me porte suffira à lui faire comprendre que j'ai véritablement besoin qu'il réponde à certaine de mes questions et qu'il fasse cesser les doutes qui me torturent l'esprit.

— Si je ne te connaissais pas aussi bien, je jurerais que tu as quelque chose à me dire et que tu ne sais pas comment t'y prendre. Tu es sûre que tout va bien ? me demande-t-il en venant caresser ma joue de son pouce.

— Tu n'es pas bien loin de la vérité, soufflé-je sans oser croiser son regard brun.

Je voudrais me foutre une paire de baffes pour appréhender de la sorte ses réponses et ce que cela signifiera pour nous deux, mais je ne peux plus continuer comme ça. Je dois savoir.

— Il y a une chose qui me fait peur et...
— Peur ? Mais de quoi ? dit-il en m'empêchant de finir ma phrase.

Comme pour me donner du courage, j'avale une gorgée de vin puis inspire profondément.

— Je voudrais qu'on parle de nous.

Toujours incapable de croiser son regard, je garde les yeux rivés sur les carreaux du plaid sur lequel nous sommes assis.

— Bébé ? Regarde-moi.

Comment lui avouer que je suis terrifiée de lire dans ses yeux une quelconque émotion qui anéantira mes illusions concernant notre histoire ? Si Quinn n'est pas du même avis que moi sur ce qu'il y a entre nous, je sens d'avance que la chute va me faire très mal. Après tout, qu'est-ce qu'un homme comme lui pourrait vouloir de plus ? Lui, célèbre hockeyeur à qui tout sourit dans la vie, fêtard invétéré et Casanova auprès de la gent féminine, il n'a que l'embarras du choix quant à celle qui prendra ma place le jour où il aura eu sa dose de moi.

Je suis surprise par ses doigts qui viennent se poser sous mon menton pour relever mon visage vers le sien. Dans son regard, je peux lire le doute et l'incompréhension la plus totale.

— Que se passe-t-il dans ta petite tête ?

Allez, Melody, tu peux le faire. Tu as répété ton discours toute la journée, ce n'est pas compliqué, tu n'as plus qu'à te lancer et croiser fermement les doigts.

— Tu sais que demain, cela fera six mois que nous sommes ensemble tous les deux ?

— Bien-sûr que je le sais, mais je ne vois pas du tout où tu veux en venir.

— J'y viens...

Chapitre 11

« Imagine-t-on ramer sans larguer les amarres ? C'est pourtant ainsi que la peur agit dans nos vies. Elle nous maintient solidement amarrés au port, et il nous est alors impossible de rejoindre le large, de faire l'expérience de la mer, l'expérience de l'amour, d'un amour détaché des fruits, de tout ce qui, en retour, pourra venir. » **Hélène Dorion.**

Quinn

— Je savais parfaitement dans quoi je m'engageais avec toi. J'ai fait ce choix en toute connaissance de cause et malgré tout ce qu'il s'est passé, je ne regrette rien. Le hic, c'est que plus le temps passe, plus tu prends de la place dans ma vie, dans mon cœur, et plus j'ai peur de tous ces sentiments que tu fais naître en moi. Il y a tant de choses que je ne parviens pas à m'expliquer, Quinn, et même si je sais parfaitement que tu n'es sans doute pas prêt à entendre ça, il faut que ça sorte. Je sais tout ce qu'il y a à savoir de toi, que ce soit concernant ton passé ou ta manière de fonctionner. Alors bien que ces derniers mois à tes côtés aient été plus que parfaits, je pense qu'il est grand temps de se mettre d'accord sur ce que l'on ressent, réellement.

Incrédule, je la fixe, les yeux ronds comme des soucoupes, ma bouche formant un « O » de surprise. J'ai bien cru que mon cœur allait défaillir quand j'ai senti une étrange tension émaner de Melody et lorsqu'elle m'a annoncé vouloir parler de nous. Je me voyais déjà devoir dire au revoir à ce « nous » dont je ne peux me passer et tandis que je l'écoute attentivement m'expliquer ce qui lui arrive, je ne peux contrôler le sourire idiot qui étire mes lèvres.

C'est donc ça qui lui fait peur ? Que je ne ressente pas la même chose qu'elle ou que je me lasse de notre histoire ?

— Quinn, je...

— Attends, dis-je en posant ma paume sur ses lèvres pour l'empêcher d'aller plus loin.

Au fond de ses grands yeux bleus, je peux voir la tristesse provoquée par mon geste, mais aussi les larmes affluer. Elle tente de se dégager, mais je ne la laisse pas faire, maintenant son corps contre le mien.

— Si selon toi, je ne suis pas prêt à entendre ce que tu étais sur le point de me dire, pourquoi le faire ?

— Parce qu'il le faut. Je ne peux plus faire semblant de tout prendre avec légèreté quand il s'agit de nous.

— Ce n'est pas ce que je te demande. Écoute, bébé, tu sais mieux que personne que je ne suis pas à l'aise quant à exprimer mes sentiments, mais tu es assez intelligente pour voir de toi-même l'homme nouveau que tu as fait de moi et ce que cela implique. Puisque tu sais tout de moi, réfléchis à celui que j'étais avant toi, et celui que je suis désormais. Ne vois-tu pas la différence ?

— Bien-sûr que si, mais...

— Mais tu as besoin de plus, je comprends.

Cela serait tellement simple de lui dire ces trois petits mots qu'elle attend. Cela résoudrait tant de choses, à commencer par le manque de confiance évident régnant entre nous. Seulement, ce n'est pas ce que j'ai envie de dire. Pas que je ne le ressente pas, bien au contraire, mais sept pauvres lettres assemblées ensemble ne peuvent suffire à exprimer ce que je ressens véritablement pour elle et encore moins justifier comment nous sommes passés de cet amour fraternel que j'ai toujours eu pour elle, à plus, beaucoup plus.

Ce soir-là, il y a six mois à San Francisco, tout a changé, mais pas seulement parce qu'on a couché ensemble. Cela va bien au-delà de ça, bien que je sois incapable d'expliquer ce qui a renversé la balance, je ne le regrette pas.

Comment le pourrais-je ?

Inspirant profondément, je ferme un instant les yeux avant de laisser ma bouche tenter d'exprimer les sentiments que seule Melody a su faire naître en moi.

— Tu sais combien mon passé est encore bien ancré en moi. Tu m'as connu alors que je n'étais qu'un gosse perdu, ne sachant pas ce que c'était de recevoir ou ressentir de l'amour. Puis je vous ai rencontrés, toi, Brayden et les Douglas, et tout a changé. Tous, à votre façon, m'avez appris ce que c'était d'aimer véritablement une personne et tu dois savoir que ce que j'éprouve pour toi est plus fort que tout ce que j'ai connu de toute ma vie. Avec toi, j'ai l'impression d'avoir véritablement trouvé ma place dans ce monde et surtout, d'avoir trouvé ce que je cherchais depuis toujours. L'amour avec un grand A, celui capable d'effacer les horreurs du passé et toutes ces femmes ayant croisé ma route un jour. Tu es celle qui efface tout et qui me rend heureux comme jamais.

De grosses larmes roulent sur les joues de ma belle, que je viens essuyer de mes pouces.

— Je t'aime Quinn, murmure-t-elle en plongeant son regard azur dans le mien. Mon cœur n'a jamais été aussi sûr de quelque chose que ça et sache que je ne te le dis pas parce que j'attends quoi que ce soit de toi en retour. Je te le dis, car c'est ce que je ressens et j'avais besoin que tu l'entendes.

J'inspire difficilement, mon rythme cardiaque s'affole et je m'en veux de rester là, inerte et incapable de lui répondre la même chose, seulement, je ne sais comment réagir face à ces trois petits mots qui viennent s'imprégner en moi. De nombreuses femmes ont prononcé ces mots à mon intention et jamais cela ne m'avait fait cet effet-là. Intérieurement, c'est comme si ses paroles venaient de combler une faille.

— Si tu as besoin de mettre des mots sur ce que nous sommes l'un pour l'autre, fais-le. Dis que nous sommes en couple, que je t'appartiens et que tu es mienne. Quelle que soit la façon dont tu veux appeler ça, ça me va, du moment que cela veut dire qu'il n'y a que toi et moi et que tu me fais confiance.

— Je te fais confiance, tu le sais...

— Pas assez, soupiré-je en lui embrassant le bout du nez pour détendre un tant soit peu l'atmosphère. Je ne t'en veux pas tu sais, il te faut du temps et des preuves pour me croire. Cela te démontrera que j'ai véritablement changé, et je te promets que tu les auras, mais ne doute plus jamais de nous comme tu as pu le faire ces derniers temps.

— J'essaie, Quinn, de toutes mes forces, mais ce n'est pas toujours facile. Avant moi, tu collectionnais les filles et te vantais ouvertement d'être un homme à femmes, au cas où tu l'aurais oublié.

— C'est exact, mais tu l'as dit toi-même, c'était avant toi. Tu ne te rends pas compte de tout ce que tu as changé dans ma vie et de combien je tiens à toi.

— Et si tu venais à te lasser de moi un jour ?

— Et si, toi, tu venais à te lasser de moi ? Rien n'est écrit, Melo, et il se peut qu'un jour, toi comme moi trouvions mieux ailleurs, mais ce n'est pas le cas pour le moment, alors ne pouvons-nous pas simplement profiter, sans réfléchir à un avenir plus ou moins lointain qui n'existe pas encore ?

— Je crois que si, souffle-t-elle en venant nouer ses doigts aux miens.

Bien que je sente que cette conversation est loin d'être terminée, je laisse le silence et le clapotis de l'eau contre les piliers m'apaiser. Allongés à même le bois brut du ponton, le corps de Melody blotti contre mon flanc, mes doigts jouent avec quelques mèches blondes s'étant échappées de son chignon, tout en regardant les étoiles éclairer le ciel sombre. Je me sens si bien, à cet instant précis, qu'à peine ai-je fermé les yeux, je sombre dans le sommeil.

Heart of Wild : For you

C'est le corps tremblant de Melody qui me tire de mes songes et lorsque j'ouvre les yeux, je réalise que nous sommes encore dehors. Aussi délicatement que possible, je dégage mon bras de sous elle avant d'enrouler la couverture ayant servi pour le pique-nique autour de ses fines épaules. À la force de mes bras, je la hisse contre moi, tentant de ne pas la réveiller, tout en abandonnant l'idée de ramasser les restes de notre repas.

Cela attendra...

Je porte Melo jusqu'à la chambre où je l'allonge au centre du lit, puis la recouvre de l'épaisse couette. Je reste assis quelques minutes à ses côtés, la regardant dormir profondément. Son souffle régulier semble faire écho au mien. N'ayant plus sommeil, je remets à plus tard l'idée de rejoindre les bras de Morphée et descends au salon, allumant la télé pour zapper jusqu'à tomber sur une rediffusion de notre dernier match, comme par hasard.

Nous en sommes au deuxième tiers-temps lorsque mon téléphone m'annonce l'arrivée d'un texto. Je jette un œil à la pendule et fronce les sourcils en m'apercevant de l'heure qu'il est.

Qui peut bien m'envoyer un message à une heure pareille ?

J'ai très vite la réponse lorsque le nom de Mike s'affiche sur mon écran.

Mike : *Elle s'est réveillée !*

Comprenant immédiatement de qui il me parle, je pousse un soupir de soulagement en laissant mes doigts taper frénétiquement ma réponse.

Quinn : *Super nouvelle ça ! C'est l'hôpital qui t'a appelé ?*
Mike : *Non… j'y étais quand elle a ouvert les yeux.*

Ce léger détail m'interpelle, mais je ne pipe mot, gardant néanmoins cela dans un coin de ma tête pour lui en toucher deux mots à mon retour.

Quinn : *Comment va-t-elle ?*
Mike : *J'attends encore de voir le médecin pour en savoir plus, mais à vue d'œil, ça a l'air d'aller. Elle est légèrement perdue et a quelques hématomes sur le corps, espérons qu'il n'y ait rien de plus grave.*
Quinn : *C'est déjà un bon point. Toujours pas de nouvelles de sa famille ?*
Mike : *Non et cela ne risque pas d'arriver. Je t'explique quand tu rentres de ton week-end. Je voulais juste te tenir au courant.*

Quinn : *Merci O'Dell. Je rentre lundi et Brayden est chez Ayleen, profite donc du calme de l'appart pour te reposer un peu. Les zombies sont censés être un mythe.*
Mike : *Merci, connard !*

Nous voilà avec une épine en moins dans le pied, maintenant, il va nous falloir attendre que les flics fassent la déposition de Shelby, la jeune fille dont la voiture a percuté celle de Mike le soir de notre défaite contre Nashville, ce même match dont les images défilent à l'écran. Après ça, tout devrait rentrer dans l'ordre, du moins, je l'espère et avec un peu de chance, je vais pouvoir expliquer la vérité à Brayden et Melody d'ici peu et donc, enterrer définitivement les doutes que ces deux-là ont encore me concernant.

Il est minuit passé quand Melody émerge enfin et vient me rejoindre sur le canapé, glissant volontairement ses doigts froids sur mon ventre. Je serre les dents en grognant tandis qu'elle glousse.

— Le meilleur radiateur au monde.

— Ben voyons ! T'es juste une frileuse qui adore me faire ce coup-là.

— Tant que tu ne diras rien, je continuerai de coller toutes les parties de mon corps ayant froid sur toi. Bienvenue dans la vie de couple, chéri !

J'éclate de rire, incapable de résister à sa moue et sa façon de prononcer le mot « chéri » qui me fait fondre comme une guimauve que l'on met au feu.

Nous voilà plongé en plein cliché avec nos surnoms débiles et les nombreuses choses que je déteste, mais accepte tout de même quand cela vient d'elle.

Vous pouvez le dire, je suis fichu !

Et je m'enfonce encore plus dans ma « canard attitude » à mesure que le week-end défile. Entre les sorties main dans la main, les nombreuses boutiques écumées et dont je suis ressorti les bras chargés de sacs, les démonstrations d'affection en public, et pour finir, la une d'un magazine people où je déclare être en couple et heureux avec la belle Melody Hale Collos.

Et bien que mon attitude risque de provoquer l'hilarité de mes coéquipiers mardi à l'entraînement, je n'en regrette pas un seul moment. Loin de chez nous et de notre quotidien surchargé, j'ai l'impression de découvrir une facette de ma copine dont j'ignorais tout et il me faut reconnaître que j'adore ça. Beaucoup plus sûre d'elle, je la sens se libérer de ses réserves au fil des heures, la rendant encore plus belle et sexy qu'elle ne l'est déjà à mes yeux.

Heart of Wild: For you

Chapitre 12

« Quand on est passé de vie à trépas, on n'a plus rien à craindre de la mort puisque celle-ci ne s'attaque qu'aux vivants. » **Pierre Dac.**

Inconnue

Neuf jours plus tôt

Voilà bien longtemps que je ne crois plus en rien. Ni à l'amour, ni à la famille, ni à la vie… pourquoi ? Eh bien pour la simple et bonne raison que rien de tout ce que j'ai vécu jusqu'à aujourd'hui ne m'a donné envie de croire au bonheur et tout ce qui va avec. Entre des parents totalement absents, préférant voguer de ville en ville pour participer à toutes sortes de galas ennuyeux à mourir, des amis m'invitant en soirée uniquement pour se servir de mes relations et de ma carte bleue prête à payer de quoi se mettre la tête en vrac, et je ne vous parle même pas des mecs qui ne voient en moi qu'un physique et un trou à fourrer.

Trop cru pour vous ? Je m'en excuse, mais c'est la réalité de ma vie.

J'ai pourtant eu une belle enfance, du moins, dans les souvenirs qui me restent de cette période-là, mais il faut croire qu'avoir des parents pétés de tunes, une gigantesque maison, de belles voitures et une vie de princesse ne garantit rien quant à l'avenir plus ou moins incertain qui se dessine progressivement sous mes yeux.

Ces deux dernières années, j'ai été une garce sans cœur, je me suis laissée embarquer dans un monde sombre, glauque et dénué de bon sens. J'ai joué avec le feu tellement de fois que je m'en suis très certainement brûlée les ailes. Et aujourd'hui, à l'aube de mes vingt-quatre ans, je sens la flamme de la vie s'éteindre progressivement en moi.

Serait-ce ce qu'on appelle le karma ?

Peut-être bien, peut-être pas. Je n'ai jamais été le genre de personne réfléchissant au futur et encore moins à quoi ressemblerait ma vie dans cinq ou dix ans. Enfin, jusqu'à ce que le diagnostic tombe.

Je suis atteinte de ce qu'on appelle le «syndrome de Li-Fraumeni». Une maladie rare touchant une personne sur vingt mille dans notre pays, et quelle veinarde, je fais désormais partie du clan. Cette merde coule dans mes veines, ronge mes os et, dernièrement, se met à dévorer mon cerveau.

Si ce n'est pas génial ça ?

Oh et vous voulez connaître le meilleur dans tout ça ? C'est que malgré mes deux parents médecins hautement diplômés de la meilleure fac du pays, ils n'ont même pas été fichus de savoir ce qu'il m'arrivait, malgré les nombreux signaux d'alerte de mon corps au fil des ans, il aura suffi qu'une première bombe m'éclate à la gueule pour que l'annonce de ma maladie ne finisse de m'achever.

«Trop tard», «on peut simplement ralentir l'évolution», «traitements agressifs impossibles vu votre état», «il faut se préparer au pire» ... Voilà un bref condensé des paroles que j'entends depuis des semaines. Je vais mourir et personne ne peut rien y faire. Mon état ne me permet pas de recevoir un traitement. Je suis donc fichue.

Aujourd'hui n'échappe pas à la règle, j'arpente les couloirs de l'hôpital en direction du service tenu par le Docteur Mickael Jefferson et bien que je sois de plus en plus fatiguée, je refuse toujours l'hospitalisation que ce dernier préconise. Je me fiche de savoir ce qui est bon ou pas pour moi, je vais mourir et ça, personne ne pourra rien y changer, alors tant que je peux, je veux vivre les derniers jours de ma vie comme bon me semble.

C'est essoufflée que je parviens finalement à rejoindre le bureau de Jefferson où je suis accueillie par Hélène et Joyce qui vont s'occuper de mon cas dans les prochaines heures.

— Comment ça va aujourd'hui ?

— Comme hier et avant-hier et avant avant-hier...

— De nouvelles pertes de mémoire ?

— Peut-être, mais difficile de se rappeler quelque chose qu'on a oublié...

On ne peut pas dire que je sois une patiente très cordiale et ces deux-là viennent de le comprendre. Je laisse ces dernières me brancher tout un tas de câbles, sondes et moniteurs de contrôle puis, comme chaque jour depuis la première bombe, je me retrouve seule avec pour unique compagnie : mes idées noires et une minuscule télé accrochée au mur de la chambre aseptisée tandis que mon corps reçoit une micro dose de traitement, servant à faire ralentir autant que possible la maladie.

Les yeux rivés sur l'écran, je regarde les images défiler sans prendre la peine de chercher à savoir de quoi il s'agit réellement. Les bips réguliers du moniteur me bercent, mais dormir n'est plus une priorité pour moi, bien que les forces commencent à me manquer.

Soudain, un visage apparaît sous mes yeux et j'en suis si choquée que j'en laisse tomber la télécommande au sol. Dans un effort surhumain, je la récupère, non sans pousser un gémissement de douleur, puis monte le son au maximum pour mieux entendre l'homme que je reconnais sans la moindre difficulté. Il s'agit de Quinn Douglas, célèbre joueur de hockey au physique de rêve, à la gueule d'ange et au tempérament bien trempé.

Vous vous demandez sûrement comment une paumée comme moi peut connaître ce genre de mec, et bien, c'est simple, il a été l'un des nombreux hommes face à qui j'ai ouvert les cuisses, en quête d'un moment de liberté pendant lequel je pourrais enfin oublier mon quotidien pourri. C'était il y a plusieurs mois et jamais, je n'ai recroisé sa route depuis ni même revu son visage ou que ce soit, enfin jusqu'à aujourd'hui.

Le voir de nouveau, bien que ce soit à la télé, me renvoie à celle que j'étais lors de notre rencontre. La fille facile prête à tout et n'importe quoi pour obtenir l'attention et les divines caresses d'un homme tel que lui, ne serait-ce que pour quelques minutes. Quinn a été cet homme, le temps d'une nuit passée entre ses bras, nos corps luisants ne faisant plus qu'un. Puis quand il a eu fini, il m'a embrassée une dernière fois et s'en est allé. Lui retrouvant ainsi sa vie de célébrité locale et moi, et bien, il m'a juste laissée seule face au monde, mais ça, j'en avais l'habitude.

Il n'a jamais réellement quitté mes pensées, mais je n'ai rien fait pour entrer à nouveau en contact avec lui, certaine que je n'avais été qu'une fille de plus à finir au lit avec lui. Mais maintenant que certaines choses ont changé, le peu de cerveau encore fonctionnel qui me reste cogite à plein régime, cherchant comment pouvoir lui faire passer mon message, sans pour autant venir perturber l'équilibre qu'est sa vie désormais.

Lorsqu'Hélène et Joyce reviennent pour me retirer tout l'attirail, je suis déterminée, un plan déjà bien dessiné dans mon esprit et je le mets en route dès que mes pieds quittent l'hôpital.

Malgré ma mémoire défaillante, mon corps semble se rappeler de lui-même de l'endroit qu'il me faut rejoindre. Très vite, je parviens au pied d'un immeuble dont les murs sont recouverts de lierre. Un homme se tient devant la porte à tambour de l'entrée, vêtu d'un uniforme et d'une casquette. Il me salue tandis que je passe devant lui, essayant d'inspecter de loin, le hall et les gens qui s'y trouvent.

Je suis déjà venue ici, me dis-je à moi-même.

Quelques bribes de souvenirs s'imposent alors à moi. Quinn et moi dans un taxi, passant devant ce même immeuble où il me dit habiter. Quinn m'embrassant dans un ascenseur tandis que nous rejoignons ma chambre d'hôtel. Quinn et moi enchevêtrés dans les draps de mon lit.

C'est ici qu'il vit, ou du moins, c'est ici qu'il vivait le soir de notre rencontre.

L'homme à la casquette me lance un étrange regard, je décide donc de continuer mon chemin avant de traverser un peu plus loin pour établir un camp de base dans un petit café faisant face à l'entrée de l'immeuble. J'ai l'impression d'attendre des heures avant qu'enfin, un éclat d'espoir apparaisse. Un grand blond s'avance vers l'homme à la casquette qui lui fait un signe de tête avant d'activer le mécanisme du tambour. Ce type, je l'ai déjà vu, j'en suis persuadée, mais j'ai beau me creuser la cervelle, rien ne vient. Soudain, celui pour qui je suis ici apparaît enfin, accompagné du blond que j'ai cru reconnaître il y a quelques minutes.

De loin, je regarde Quinn rire avec son ami, puis se passer la main dans les cheveux. Il est toujours aussi beau que dans mon souvenir et cela me fait sourire, mais ce dernier s'efface rapidement de mon visage lorsqu'une jolie blonde vient rejoindre les deux hommes et embrasse à pleine bouche Quinn qui la regarde comme si elle était la huitième merveille du monde. Je ne devrais pas ressentir cet élan de jalousie courir dans mes veines à le voir passer un bras autour de ses épaules et la serrer contre lui, mais c'est pourtant bel et bien le cas et je ne sais comment le contrôler.

Tous les trois finissent par disparaître de mon champ de vision lorsqu'ils montent dans une berline noire qui prend la direction du nord de la ville.

Décidant qu'il est temps pour moi de rentrer, je demande au serveur de m'appeler un taxi et grimpe dans celui-ci moins de dix minutes plus tard, direction l'hôtel où je vis depuis que la première bombe a balayé ma vie et que mes parents ont décidé qu'ils n'avaient plus à s'occuper de leur fille unique. Durant tout le trajet, je pense au grand brun et à ses yeux d'une douceur inouïe à qui je vais faire beaucoup de mal…

Oh, Quinn, je vais bousculer ta vie et j'en suis désolée, seulement tu es mon dernier espoir. Sans toi, tout est perdu, alors j'espère que quoi qu'il arrive et où que je sois, tu me pardonneras.

Heart of Wild: For you

Chapitre 13

« Parfois, tu ne connais pas la vraie valeur d'un moment jusqu'à ce qu'il devienne un souvenir. »
Inconnu.

Quinn

Melody et moi sommes rentrés cette nuit de notre week-end parfait dans notre petit chalet du Wisconsin et déjà, je suis nostalgique des moments que nous avons tous les deux partagés là-bas. Entièrement déconnectés de la réalité, nous avons pu oublier le fait d'avoir deux vies diamétralement opposées. Je crois même que la fin du monde aurait pu sonner ou encore une occupation de zombies envahissant notre pays, que je ne me serais aperçu de rien.

Hélas, ne dit-on pas que toute bonne chose a une fin ?

Melo repart dans quelques heures maintenant et bien que je n'en ai pas envie, je dois la laisser retourner à sa vie, à sa clinique et aux nombreux animaux qu'elle soigne au quotidien. Tout comme il est temps pour moi de retrouver le chemin de la patinoire, des vestiaires puants, des couches d'équipement et des entraînements intensifs d'Hernandez.

La saison est peut-être terminée, les véritables vacances, quant à elles, n'ont pas encore commencé, bien que mon emploi du temps se soit pas mal assoupli. Passer de quatre-vingt-deux matchs, sans compter ceux des séries éliminatoires[9], répartis sur six mois, à zéro, ça laisse quand même pas mal de temps libre. Je vais donc pouvoir retourner plus souvent à WBL pour passer du temps avec mes parents et ma petite amie officielle.

Si j'avais su que déclarer ouvertement être en couple avec Melody apaiserait autant de choses entre nous, je l'aurais fait dès le premier soir, en sortant des toilettes de cette boîte. Même Brayden semble s'être détendu et accepte un peu plus facilement nos démonstrations publiques.

---

[9]   Séries éliminatoires : ou « playoffs » (se référer au lexique)

Heart of Wild : For you

Il est encore tôt quand je m'extirpe des draps, laissant ma sublime copine dormir encore un peu. Elle ne doit être à la clinique qu'en fin de matinée, et sachant comment vont se passer ses prochains jours, elle mérite bien quelques heures de sommeil en plus.

Tout est calme dans l'appart et j'adore ça. Le silence et un bon café chaud, c'est comme ça que j'aime commencer mes journées. Appuyé contre la baie vitrée, le regard embrassant le soleil qui se lève sur le Mississippi, je tente de faire disparaître l'étrange sensation qui m'étreint la poitrine depuis mon réveil. Bien que ce soit une vue dont je ne me lasserai jamais, cela ne semble pas suffire. Je me sens oppressé comme jamais, sans comprendre pourquoi. Mon regard erre sans savoir ce qu'il cherche, quand l'interphone sonne, me faisant revenir brusquement sur Terre.

— Oui ? dis-je à l'intention de Sam, le gardien de l'immeuble.

— Pardonnez-moi, monsieur Douglas, mais il y a quelque chose ici pour vous.

— Cela ne peut pas attendre ?

— Je ne crois pas monsieur, vous devriez venir tout de suite.

— Très bien, je descends ! soupiré-je en relâchant le bouton pour mettre fin à la communication.

Tout en enfilant un jogging usé et un sweat à l'effigie de mon équipe, j'emprunte l'ascenseur et rejoins le hall encore désert.

Sam se tient droit derrière son comptoir et lorsqu'il me voit apparaître, il soupire de soulagement avant de se baisser pour se saisir d'un objet assez gros et lourd qu'il vient poser sur le marbre. Les yeux rivés dessus, je m'arrête net et fronce les sourcils, pas certain de comprendre ce qu'il se passe.

— Sam ?

— Ça a été déposé près de la porte d'entrée pendant le changement de garde des vigiles.

— Et en quoi cela me concerne-t-il au juste ?

— Il y a une lettre qui vous est adressée, monsieur. Je ne voulais pas vous déranger inutilement, mais...

— Faites-moi voir cette lettre, grogné-je en continuant de fusiller du regard le contenu du paquet.

Effectivement, l'enveloppe m'est adressée et lorsque je l'ouvre pour en découvrir le contenu, je crois tomber des nues. Il me faut me rattraper solidement au comptoir pour ne pas flancher à mesure que les mots s'impriment dans mon esprit.

Dites-moi que c'est une blague ?

Ça ne peut pas être réel...

C'est impossible...

Les doigts tremblants, j'abaisse légèrement le tissu du paquet et me prends un violent uppercut en plein estomac.

Comment ai-je pu être aussi idiot et croire un instant que ma vie pouvait être si parfaite ? Quelqu'un comme moi ne s'en sort jamais réellement, et j'en ai la preuve sous les yeux.

— Pas un mot à qui que ce soit, c'est bien compris ? lâché-je sèchement à Sam qui me répond d'un simple hochement de tête.

Le cœur battant à tout rompre et les mains moites comme jamais, je me saisis du paquet et fonce en direction de l'ascenseur avant d'appuyer sur le bouton du dernier étage. Dans ma précipitation, j'ai néanmoins omis un détail considérable et je m'en mords les doigts lorsque je pénètre dans l'appartement, tombant nez à nez avec une Melody plus sexy que jamais enroulée dans le drap de mon lit.

— Je te cherchais justement. Où étais-tu ? me demande-t-elle en s'approchant de moi.

Néanmoins, elle s'arrête à quelques pas, les sourcils froncés et des questions plein les yeux. Mon visage doit encore être blanc et afficher à la vue de tous le choc de ma découverte matinale. Sans parler de ce sentiment écrasant qui refuse de me quitter et qui semble même prendre de l'ampleur à mesure que les secondes s'écoulent.

— Quinn ? Tout va bien ?

Je secoue la tête, incapable de répondre tant j'ai la gorge nouée et dépose le paquet sur le sol. Au même instant, le contenu se met à gigoter, attirant le regard de Melody sur lui.

— Qu'est-ce que... c'est quoi ça ? articule-t-elle avec difficulté, ses yeux bleus que j'aime tant me dévisageant avec colère.

Que dire ? Que répondre ? Je n'en sais fichtrement rien. Je suis perdu, et je n'ai aucune idée de comment me sortir de tout ce guêpier sans y laisser des plumes, voire pire que ça, mon cœur. Malgré les nombreuses embrouilles que nous avons connues, Melody et moi, rien ne nous avait préparé à ça. Tout s'accélère sous mes yeux, me donnant l'impression de suivre la scène d'un point de vue externe, sans pouvoir y prendre part.

Lorsque le visage de ma belle vire au rouge et qu'elle se met à hurler contre moi, me donnant des coups de poing sur le torse pour me faire réagir, il n'en est rien. Je reste prostré dans un silence assourdissant, écoutant néanmoins les bruits de mon cœur qui se déchire littéralement dans ma poitrine. Puis je vois une larme dévaler la joue de ma copine tandis que le petit bonbon rose s'époumone à son tour et c'en est trop.

— Selon cette lettre, il se pourrait que ce soit ma... ma fille.

Ma voix s'éteint dans ma gorge quand je prononce ces deux mots, si bien que je ne suis pas persuadé que Melo les ait entendus. Mais son hoquet de stupeur, ainsi que son mouvement de recul me prouvent le contraire. Dans un dernier espoir, je tends la main vers elle, la suppliant silencieusement de me prendre dans ses bras et me dire que tout va bien se passer, que tout ça n'est pas réel et qu'il s'agit uniquement d'un sombre cauchemar.

Rien de tout ça ne se produit, bien au contraire. Elle recule, pas après pas, ses yeux rivés sur le bébé qui continue de pleurer et de s'agiter dans son espèce de coque rose.

Tais-toi, ai-je envie de lui hurler pour qu'elle se taise.

Va-t'en, ai-je envie de lui dire pour qu'elle disparaisse à tout jamais.

Mais je n'en fais rien et sous les yeux ébahis de ma copine, je m'agenouille et pose délicatement ma main sur l'abdomen de la petite qui se calme instantanément. Ce simple geste semble me sortir de ma torpeur et pour la première fois depuis que j'ai rejoint Sam dans le hall, je croise le regard de ce minuscule petit être. Si je n'avais pas eu le mur pour me retenir, je crois bien que j'en serais tombé à la renverse. D'un gris/bleu saisissant, je suis comme hypnotisé par la façon dont ces prunelles innocentes me regardent.

— Dis-moi que c'est une blague, Quinn. Je t'en supplie, dis-moi que rien de tout ça n'est vrai !

Les joues baignées de larmes, elle est plantée devant la porte de ma chambre, cherchant dans mes yeux une réponse que je ne peux lui donner.

— Je... je ne sais pas, Melo.

— Tu ne sais pas ? rugit-elle. Tu te fous de ma gueule j'espère ?

— Tu crois vraiment que ça m'enchante peut-être ? Que j'ai demandé à ce qu'on dépose un putain de bébé devant mon immeuble avec pour seule explication, quelques mots disant qu'elle est de moi ? Je ne suis pas responsable de ça ! crié-je en retour.

— Ah non ? J'oubliais qu'un queutard comme toi ne sait pas qu'en baisant toutes les nanas vivant aux États-Unis, il y a de fortes chances pour qu'une flopée de ces filles se retrouvent en cloque !

— Je t'interdis de te servir de mon passé contre moi ! grondé-je en la fusillant du regard. Surtout que ton passif en ce qui concerne les mecs n'est pas tout rose non plus !

— J'en ai assez entendu ! Je vais te dire une dernière chose, Quinn, et j'espère que tu vas bien m'écouter : va te faire foutre ! Toi, ta pute, et ton putain de gosse !

J'ai tout juste le temps de me redresser que cette main m'ayant caressé à tant de reprises vient me

Heart of Wild : For you

gifler si fort que ma tête valse sur le côté. La brûlure me mord la joue, mais la douleur n'est rien en comparaison de celle qui me broie le cœur lorsqu'elle disparaît dans ma chambre pour en revenir quelques instants plus tard, habillée, sa valise pendant au bout de son bras. Je devrais dire quelque chose, n'importe quoi pour essayer de la retenir et ne pas la laisser partir, mais je n'en trouve pas la force. Elle passe à côté de moi, sans même me jeter le moindre regard, mais dans un dernier élan, je me saisis de son poignet et tente de l'attirer contre moi. Elle se débat, si fort que chacun de ses gestes impose un nouveau coup de couteau à mon cœur.

— Ne pars pas... Melo, je t'en supplie...

— Lâche-moi !

— Mais je t'aime ! criè-je à son intention, jouant là ma dernière carte pour la retenir et limiter la casse que cette situation vient de provoquer dans notre couple.

— Garde ces mots-là pour la mère de ta gamine !

Cette fois, c'est le coup de grâce. Mes doigts la libèrent, retombant inertes contre mon corps statufié. Puis la porte d'entrée claque si fort que les murs en tremblent.

Au même moment, plusieurs choses se produisent. Des pas lourds résonnent à l'extrémité de l'appartement, m'annonçant l'arrivée imminente de mon capitaine, la petite, quant à elle, se remet à hurler, son petit visage rosé se teintant de rouge.

— Qu'est-ce qu'il se passe ici ? grogne Brayden en débarquant dans le couloir uniquement vêtu d'un short de sport.

Les cris du bébé redoublent d'intensité, mon meilleur pote me secoue l'épaule, répétant inlassablement la même question, et moi, je suis toujours pétrifié. Depuis le départ de Melody, le petit bonbon rose s'époumone tandis que je le fixe, les yeux ronds, incapable de savoir quoi faire pour me sortir de toute cette merde.

— Putain, Quinn, tu vas me répondre ?

— Tiens ! craché-je en lui plaquant le mot de quelques lignes sur le torse.

Si lui y comprend quelque chose, je veux bien qu'il m'explique parce qu'honnêtement, moi, je suis perdu, complètement dépassé par les évènements et tout ce qu'il vient de se produire.

Comment, en l'espace d'une poignée de minutes, ma vie a-t-elle pu prendre un tournant pareil ? Comment ai-je pu perdre la seule personne ayant réussi à me faire découvrir ce qu'était le véritable amour ?

Accablé par le poids du chagrin, mes jambes se dérobent et je m'écroule au sol, tombant à genoux tandis que des perles d'eau salée affluent sous mes paupières, venant brouiller ma vision.

Heart of Wild : For you

Avant de se précipiter vers moi, Brayden appelle Ayleen qui nous rejoint paniquée, son regard naviguant entre ma pauvre carcasse, son homme et la petite qui ne cesse de pleurer.

— Occupe-toi du bébé, s'il te plaît, souffle mon meilleur ami avant de venir m'entourer de ses bras et tel un petit garçon sans défense, je fonds en larmes, m'agrippant désespérément à lui.

Je peine à respirer tant les sanglots secouent mon corps et malgré les mots rassurants de mon meilleur ami, rien ne semble vouloir calmer la tempête qui fait rage en moi.

Outre le fait que ma nana vient de me quitter, je me retrouve père d'une môme qui ne semble pas bien vieille, et bien que je n'y connaisse rien en bébé et… et merde, je n'y connais rien aux enfants moi !

Comment, alors que ma carrière pro est en plein essor, que je voyage au minimum quatre jours par semaine, pourrais-je trouver le temps d'élever cette petite ? C'est impossible !

La panique me saisit la gorge, m'empêchant de respirer et je suffoque.

— Respire, Q ! murmure Brayden dont la main vient relever mon visage ruisselant vers lui. On va trouver une solution, OK ? Mais tu dois te reprendre, mon pote !

— Je ne peux pas… comment vais-je faire ? Et Melo… bon sang, B ! Elle m'a quitté !

Mes dents s'entrechoquent tellement que je suis incapable d'aligner deux mots sans bégayer. Brayden semble tout aussi perdu que moi, mais à la différence, lui sait mieux le cacher. Il prend les commandes des opérations en me relevant pour m'aider à m'asseoir sur le canapé, puis se dirige vers Ayleen qui tente de bercer la petite depuis plusieurs minutes, sans grand succès.

— Elle doit avoir faim, murmure-t-elle, et sans vouloir vous vexer les garçons, ce n'est pas ici qu'on trouvera de quoi la nourrir.

Aussi rapide que l'éclair, Brayden dégaine son portable et compose un numéro avant de coller le mobile à son oreille.

— Sam ? Bonjour, ici monsieur Collos. Il nous faudrait le nécessaire pour un nourrisson, de toute urgence et dans la plus grande discrétion [...] Merci et pas un mot à qui que ce soit.

À peine a-t-il raccroché qu'il sélectionne un autre de ses contacts et l'appelle.

— Coach ? Bonjour [...] On peut dire ça comme ça [...] un souci de taille majeure vient de nous tomber dessus et [...] Non, non ! Tout le monde va bien, ce n'est pas ça le problème [...] On aurait bien besoin de vous, et de Smith aussi ! [...] Merci, coach !

— Pourquoi Smith ? demandé-je en levant un regard anéanti vers mon meilleur pote.

— Il est médecin et tant qu'on ne sait rien de cette gamine ou de la mère, on ne peut pas se permettre de sortir à la vue de tous avec un bébé qui ne cesse de brailler et encore moins se rendre à l'hôpital. Si qui que ce soit te reconnait et prend la moindre photo, je ne paye pas cher de ta peau.

Comprenant immédiatement où il veut en venir, un soupir las m'échappe, tandis qu'en moi, ce poids pesant atrocement lourd continue d'appuyer, jusqu'à m'en faire mal. Si la moindre rumeur circule sur mon compte à propos de ma «paternité», les journaux vont se faire un malin plaisir de détourner toute la situation et salir, non seulement mon nom, mais surtout celui de Melo et cela, je le refuse.

Me voilà donc assigné à domicile, interdit de foutre un pied dehors, si je ne veux pas voir ma réputation et par la même occasion ma carrière, partir en fumée. J'attends le contrat de prolongation qui est censé tomber incessamment sous peu, me garantissant encore quelques années au sein du Wild Hockey Club. Je dois me la jouer discret jusqu'à l'appel de mon agent qui est en contact direct avec les grands pontes du club.

Ayleen finit par me rejoindre sur le canapé, berçant inlassablement la petite dont les pleurs continuent eux aussi, de me lacérer le cœur.

— Je peux? murmuré-je à la petite rousse qui me tend délicatement le paquet.

Jamais auparavant, je n'avais tenu le moindre bébé contre moi et ce qui se produit à l'instant même où ce petit bonbon rose entre en contact avec la peau de mes bras, est tout simplement incroyable et indescriptible. La petite cesse de pleurer, presque immédiatement, tandis que son corps minuscule vient se nicher au creux de mes bras, et c'est comme si ces derniers avaient été faits pour la tenir ainsi. Je laisse mon instinct prendre le dessus sur le reste et me mets à bercer lentement la petite, chuchotant la seule musique qui me vient, lorsque sa miniature petite main vient se poser sur mon tee-shirt, à l'endroit même où, sous le coton, mon cœur loupe un nouveau battement.

Hypnotisé par cette petite créature sans défense, je sens mon pouls s'apaiser à mesure qu'elle s'endort.

— Bordel de merde ! dit Brayden, un chouia trop fort, ce qui fait sursauter le bébé.

— La ferme, andouille ! Tu vas la réveiller ! grogné-je tout bas en le fusillant du regard.

— Oh, euh, ouais...

On ne peut pas vraiment dire que dans cet appart, nous ayons l'habitude de devoir nous faire discrets et faire attention à ne pas parler trop fort ou faire trop de bruit.

Seulement, on va devoir s'y faire et très vite. Tout comme il va très vite falloir aller confirmer, ou non, que je suis bel et bien son père et surtout, retrouver la trace de sa mère qui me doit plus que quelques mots griffonnés. Elle me doit des explications en bonne et due forme et je mettrai tout ce qui est en œuvre pour les obtenir.

Quelques coups sont soudain donnés sur la porte, je laisse Brayden se charger d'aller ouvrir et soupire de soulagement en voyant Sam nous rejoindre au salon, les bras chargés de tout ce dont j'ai besoin pour m'occuper du petit bonbon rose. Ayleen rejoint son homme, puis se met à déballer les sacs, à la recherche d'un biberon ainsi que du lait en poudre apporté par Sam.

Je remercie silencieusement ce dernier qui me sourit, en repérant la petite profondément endormie dans mes bras. Je hausse les épaules, puis laisse mon propre regard dévier vers elle. Elle semble si minuscule entre mes bras de géant, ses traits se détendent petit à petit, me faisant sourire de fierté en sachant que c'est auprès de moi qu'elle a trouvé le réconfort dont elle avait besoin. Je me laisse aller contre le dossier du canapé, en prenant soin de ne pas trop changer de position pour ne pas la réveiller et admire son visage d'ange, son petit nez en trompette, ses joues roses, ses lèvres fines en forme de cœur...

— Je trouve qu'elle te ressemble, souffle Ayleen qui vient se rasseoir à mes côtés avec le biberon qu'elle vient de préparer pour la petite.

Je ne saurais dire si elle a raison ou tort, ni même si je veux véritablement le savoir, mais je remarque néanmoins ses cheveux sombres, semblables aux miens, et bien que je ne devrais pas réagir ainsi, cette constatation fait redoubler mon sourire.

— Je ne t'avais pas vu avec ce genre de sourire depuis des lustres et je comprends que tu craques. Elle est adorable, mais méfie-toi, mon pote, si elle n'est pas de toi, ton cœur risque de ne pas s'en remettre.

— Je sais, soupiré-je tout bas. Son arrivée vient sûrement de flinguer ma vie, mais comment lui en vouloir ? Elle n'a pas demandé que sa mère l'abandonne au pied de notre immeuble, tout comme elle n'a pas demandé à atterrir ici, chez son « pseudo » père qui ne sait même pas changer une couche. Seulement, même s'il y a moins d'une heure, je ne savais même pas qu'elle existait, tout mon être me hurle de la protéger, puisqu'elle ne peut le faire elle-même.

— On va finir par éclaircir tout ça, Q, je te le promets, mais, s'il te plaît, essaye de ne pas trop t'attacher tant qu'on est sûrs de rien. OK ?

— Je ne pourrai pas rester sans savoir indéfiniment...

— Attendons l'arrivée du coach et de Smith. On avisera ensuite.

Impossible de ne pas détecter l'inquiétude dans la voix de mon meilleur ami, mais cela semble si facile à dire… et bien plus dur à faire. Je n'ai jamais réellement ressenti l'envie de fonder une famille en procréant, ce n'est pas pour rien que j'ai toujours eu pour seul mot d'ordre de ne jamais sortir découvert, mais à présent que je tiens ce doux bonbon rose contre moi, j'ai l'impression qu'elle y est à sa place et surtout, qu'elle est ce que je désirais le plus au monde. Il m'est impossible de trouver les mots pouvant expliquer les nombreuses émotions qui livrent bataille en mon for intérieur. Je pourrais utiliser le mot « amour », parce que ce que j'éprouve en la tenant dans mes bras me procure à nouveau cette sensation de chaleur irradiant ma poitrine avant de se propager dans mon corps tout entier, mais je ne peux aimer cet enfant en seulement quelques minutes passées avec elle, c'est impossible.

Chapitre 14

« Un jour l'amour a dit à l'amitié : Pourquoi existes-tu puisque je suis là ? L'amitié lui répond : Pour amener un sourire là où tu as laissé des larmes. » **Inconnu.**

Quinn

Moins d'une heure après que Brayden a appelé le coach en renfort, celui-ci arrive à l'appart en compagnie de Smith, le toubib de l'équipe. J'ai une confiance aveugle en ces deux hommes et bien que je sois encore un peu perdu quant à tout ce qui me tombe dessus aujourd'hui, je remercie mon capitaine d'avoir passé ce coup de fil.

— Bon, tu vas me dire ce qu'il se passe maintenant ? l'entends-je demander à Brayden.

— Entrez et vous allez comprendre...

Quand Hernandez franchit le seuil du salon, ses yeux s'écarquillent tellement que le temps d'un instant, j'ai peur qu'il nous fasse une attaque. En même temps, comment lui en vouloir. Il vient de débarquer dans un univers parallèle où le salon de trois de ses gars est rempli d'objets de puériculture en tout genre, allant du lit à l'espèce de brosse étrange servant à nettoyer les biberons. Il y a aussi un nombre faramineux de bavoirs, body et pyjamas qui jonchent le sol habituellement immaculé.

— Bonjour, coach, dis-je tandis que je vois dans son regard les nombreuses questions qui lui traversent l'esprit.

Smith, juste derrière lui, est encore en train de discuter avec Brayden quand il percute notre entraîneur de plein fouet.

— Carlos ? l'interroge ce dernier qui ne bouge toujours pas.

— Lequel de vous a été assez con pour...

— C'est moi, coach, soufflé-je avant qu'il n'ait eu le temps de finir sa phrase.

Honteux, les yeux rivés sur mes mains tremblantes, je n'ose affronter son regard meurtrier et appréhende déjà les prochaines paroles qui vont sortir de sa bouche.

Ne vous méprenez pas, le coach Hernandez est un homme génial et il n'y en a pas deux comme lui sur cette Terre, mais avant d'être un amour répondant toujours présent pour ses gars, il n'en reste pas moins l'un des coachs les plus craints de la ligue.

J'ai toujours évité de m'attirer le moindre ennui, rien que par peur de ses colères connues dans tout le pays. Mais à présent qu'il est face à moi, son regard brun d'ordinaire chaleureux me foudroyant sur place, je redoute ses paroles plus que de devoir changer la couche du petit bonbon rose.

— Coach, laissez-moi vous expliquer...

Et avant qu'il ne réponde, je me mets à lui relater les deux dernières heures, revivant ainsi chaque moment passé. De mon réveil, en passant par l'appel de Sam, la découverte de la petite ainsi que la lettre laissée avec elle... je lui dis tout avec une certaine émotion dans la voix, tout en jetant quelques regards inquiets en direction de la porte de la chambre de Brayden où Ayleen est avec la petite.

— Des cas comme ça, j'en ai vu passer tout le long de ma carrière, mais jamais, j'aurais cru cela possible venant de toi, Douglas. Tu n'as donc rien dans le crâne, gamin ? Ne vous ai-je pas toujours dit de penser aux conséquences de vos actes avant d'agir ?

— Et donc, pourquoi suis-je là ? demande finalement Smith pour changer de sujet et m'éviter de répondre au coach.

— Je me suis dit que voir Quinn se rendre à l'hosto avec un bébé ferait un peu désordre, surtout avec l'attention que la presse a pour lui depuis sa déclaration publique concernant ma sœur. Il nous faut quand même savoir si elle est en bonne santé…

— Tu as très bien agi, Collos, mais je ne suis pas pédiatre. Je m'occupe d'une bande de gars bourrés de testostérone sous des couches de muscles, pas de bébés !

Le silence régnant dans la pièce est insupportable. Je me lève, furieux pour je ne sais quelle raison et me mets à faire les cent pas sous trois paires d'yeux qui me fixent comme si j'étais devenu fou.

En même temps, je crois que je n'en suis pas loin…

Je ne me comprends plus moi-même depuis que mon regard a croisé celui de ce minuscule bonbon rose. Elle agit sur moi comme un baume apaisant, mais aussi comme une goupille que l'on arrache, me faisant passer du mode calme à loup enragé en une fraction de seconde.

Est-ce ce qu'on appelle l'instinct paternel ?

Mes propres questions me hérissent le poil à mesure que les paroles de Brayden résonnent dans mon crâne. Je ne dois pas m'attacher à elle tant qu'on n'est sûrs de rien… tout comme elle ne doit pas s'attacher à moi si je ne suis pas son père biologique.

Putain, mais quel bordel !

Comment est-ce qu'un bébé de cet âge-là est censé savoir se conditionner et ne pas éprouver de sentiment envers les adultes présents pour elle depuis l'abandon de sa mère ?

— Il va bien falloir que je sorte d'ici, ne serait-ce que pour aller faire le test de paternité ! m'exclamé-je d'une voix plus forte que je ne l'aurais voulu.

Toute cette situation est en train de peser atrocement lourd sur mes épaules et je sens que je ne suis pas loin de flancher. Devenir père devrait être une décision mûrement réfléchie et non une chose vous tombant dessus sans qu'on ne s'y attende. Un mec avec un passif comme le mien devenant père du jour au lendemain, ce n'est vraiment pas ce dont a besoin ce bébé qui doit pouvoir compter sur son papa, quoi qu'il arrive. Je ne sais pas si je suis prêt à tenir ce rôle ni même si je le serai un jour… mais que pourrais-je faire d'autre ? Elle est bel et bien là, en chair et en os avec un petit cœur qui bat dans sa poitrine et aux dires de sa mère, je suis son père, il n'y a aucun doute possible. Alors, tant que ce point-là ne sera pas éclairci et que je n'aurai pas retrouvé sa mère, je me dois d'être présent pour elle et de ne surtout pas l'abandonner aux mains des services sociaux, comme cela a été fait pour moi.

— Qui d'autre est au courant ? demande sérieusement le coach.

— Brayden, Ayleen, Melody et Sam sont les seuls à savoir, en plus de vous maintenant.

— Très bien. Pas un mot de plus à qui que ce soit. Moins nous sommes à savoir, mieux c'est. Assurez-vous qu'aucune de ces personnes n'en parle et laissez-moi passer quelques coups de fil. Quinn, pas d'entraînement pour toi ce soir, expliquer ça aux gars ou à d'autre personne pouvant croiser ta route sans avoir la confirmation qu'il s'agit bien de ta fille ne ferait qu'attirer les regards sur toi et donc, sur elle.

— Je peux faire les prélèvements pour le test ici et les envoyer anonymement à un labo pour le faire passer en priorité. Tu devrais avoir les résultats dans quelques jours, une semaine tout au plus, dit Smith en posant sa main sur mon épaule.

— Bonne idée, ça évitera que d'autres personnes sachent, répond Hernandez. Bon et maintenant, si tu nous montrais cette petite ?

Je souris comme un pauvre débile, acceptant l'accolade de mon coach.

— Ça va aller, mon gars, murmure à mon oreille ce dernier.

Brayden rejoint Ayleen dans leur chambre, et revient avec sa petite furie qui tient le bébé contre elle.

— J'ai réussi à la calmer, mais elle ne veut pas s'endormir la coquine, dit-elle alors que mes bras se tendent d'instinct dans sa direction et que je récupère mon petit paquet qui émet un petit cri adorable lorsque je la cale au creux de mes bras.

La petite gigote un instant avant de me refaire le même coup que tout à l'heure et s'apaise lorsque ses tout petits doigts agrippent mon tee-shirt. Mon regard croise ses yeux fatigués gris perle et à nouveau, je ressens cette sensation de chaleur envahir ma poitrine. Et comme chaque fois que je la tiens contre moi, le monde qui m'entoure semble s'éteindre, ne laissant qu'une seule lumière illuminer mon quotidien : elle. Elle est comme un diamant brillant sous les rayons du soleil, comme un feu d'artifice éblouissant ou le halo d'un phare dans la nuit noire.

Quand le coach émet un hoquet, je relève les yeux du gris perle hypnotisant pour croiser le sien, posé sur le bébé.

— La ressemblance est... frappante, souffle-t-il en s'approchant plus près. Bonjour, toi...

Stop ! Mon cœur, tu n'as pas le droit de tressauter de la sorte.

Les mains marquées par le temps et le froid de mon entraîneur viennent caresser les minuscules petits doigts du bébé, auxquelles elle répond par un nouveau bruit qui nous fait tous fondre.

— Elle est adorable, enchaîne Smith, un sourire gaga étirant sa moustache vers le haut.

— Je trouve aussi, réponds-je aux deux hommes en retournant admirer ses traits qui ne cessent de changer.

Elle a quitté mon champ de vision à peine trente minutes et pourtant, je jurerais ne pas l'avoir vue pendant des jours tant elle est différente. Quand sa mère la verra, je n'ose imaginer sa réaction…

Cette simple pensée me serre le cœur, pour la simple et bonne raison que je ne sais pas comment retrouver la trace de cette fille. Je n'ai rien, hormis sa lettre à l'en-tête d'un hôtel à deux rues d'ici. Et on ne peut pas dire que le contenu de cette dernière puisse m'aider à me souvenir. J'ai couché avec un paquet de filles avant de finalement me mettre avec Melody, comment savoir laquelle a porté cette petite pendant neuf mois sans jamais entrer en contact avec moi, avant de l'abandonner lâchement sur le trottoir, comme si elle n'était rien d'autre qu'une poupée.

Smith profite que la petite soit réveillée pour procéder aux prélèvements qu'il prend en double pour éviter tout problème. Je n'aurais jamais cru qu'avoir un coton-tige dans la bouche puisse être aussi stressant. Pourtant, c'est bel et bien le cas. À l'instant même où doc est venu foutre son truc dans ma bouche pour prélever ma salive, toute la peur panique que je ressens en moi refait surface à nouveau, tout comme les milliers de questions qui m'accablent. Mais je n'ai pas le temps de cogiter, que déjà, le petit bonbon rose gesticule et se remet à pleurer après que Smith ai terminé son prélèvement sur elle.

— Tu veux essayer de lui redonner un peu de lait? me demande Ayleen de sa voix douce et apaisante.

Je lui souris en acquiesçant, regardant sa fine silhouette se diriger vers le comptoir où elle se met à préparer le biberon. Smith nous rejoint et se met à discuter avec elle sur les doses et le type de lait en poudre choisi, quant à moi, je les écoute tous les deux d'une oreille distraite, incapable de comprendre plus d'un mot sur deux.

— Où as-tu appris tout ça? demandé-je à la petite rousse lorsqu'elle récupère le biberon fleuri du micro-onde et vient laisser couler quelques gouttes sur son fin poignet.

— Au lycée, une amie à moi est tombée enceinte. Le père l'a jetée en apprenant la nouvelle et la plupart des autres adolescents la regardait comme si elle était contagieuse, sauf moi. Je suis restée et je l'ai accompagnée tout au long de sa grossesse et ai même assisté à la naissance de son fils, James. Après ça, je venais tous les jours pour l'aider en m'occupant du petit quand elle avait besoin de dormir ou de finir un devoir important.

— Je savais bien que tu étais une sainte, petite furie!

Comme chaque fois que je fais cette comparaison idiote, elle fronce le nez et me file une petite claque sur le bras.

— Ferme-la où je te laisse te débrouiller tout seul quand il faudra lui changer la couche !

OK, là, elle m'a mouché et j'ai absolument besoin d'elle sur ce coup-là. Le bébé bien calé contre ma poitrine, ma main englobant l'arrière de sa tête, je me penche, imitant le geste d'une révérence ce qui fait exploser de rire Smith et Ayleen.

Finalement, il est plus de quatorze heures lorsque tout le monde prend congé. Hernandez, Smith et Brayden rejoignent la patinoire pour l'entraînement, me laissant seul avec Ayleen qui est en ligne avec Antonio, le gardien de la patinoire de WBL, mais aussi son ami qui garde Rocky dès que la petite furie vient passer du temps à l'appart. Sans oublier la petite qui se réveille dès que j'ai le malheur de la poser. La fatigue des dernières heures se fait sentir et lorsque la copine de mon meilleur ami me conseille d'aller me coucher, je comprends que je dois avoir une gueule horrible.

Je n'étais pas revenu dans ma chambre depuis mon réveil et lorsque mes yeux tombent sur le drap blanc roulé en boule, ce même drap qui enveloppait le corps nu de Melody il y a quelques heures, mon cœur se comprime douloureusement, me faisant serrer les dents pour ne pas gémir.

Comme un automate, je m'étends à travers le matelas, un minuscule corps chaud reposant sur mon torse. Essayant de me focaliser sur cette petite chose ayant besoin de moi, plutôt que sur la femme qui partageait mon lit, il y a de ça quelques heures. Je peux encore sentir son odeur flotter dans l'air ambiant de la pièce et sur l'oreiller qu'elle aime tant prendre contre elle pour dormir.

— J'aurais tellement aimé que ça se passe différemment, soufflé-je tout bas, en caressant tendrement les cheveux d'une douceur inouïe du bébé.

Puis je la dépose à mes côtés, au centre de mon propre oreiller et vient l'entourer de mes bras. Ainsi tourné sur le côté, je sens mes paupières se faire de plus en plus lourdes et je finis par m'endormir.

Mes rêves sont peuplés de souvenirs flous, mais surtout, d'une femme aux longs cheveux bruns, toujours dos à moi, postée au bout de l'allée de l'église de White Bear Lake, celle-là même où j'ai été abandonné vingt-cinq ans plus tôt. Je ne cesse d'appeler pour qu'elle se retourne. Je cours, hurle, pleure… mais rien n'y fait. Elle ne daigne même pas me regarder et cela me fait tellement mal que j'en serre mon tee-shirt dans mes mains, comme si ce simple geste pouvait atténuer la brûlure atroce que son rejet provoque en moi.

J'émerge en sursaut lorsque je sens quelque chose de chaud toucher ma main, toujours agrippée au coton gris. Un coup d'œil suffit à me faire comprendre que c'est mon petit bonbon rose qui vient de me réveiller de ce mauvais rêve et cela me fait sourire. Bien que je sois certain que son arrivée est certainement liée au retour de mes cauchemars, comment pourrais-je lui en tenir rigueur ?

Alors que ses beaux yeux me regardent, sans véritablement me voir, je tends les doigts vers son visage, que je caresse aussi délicatement que possible. Ses lèvres s'entrouvrent, laissant un petit gémissement s'échapper, puis ses adorables petits doigts viennent à nouveau se poser sur les miens. Nous restons ainsi de longues minutes, yeux dans les yeux, peau contre peau et je jurerais que je viens de sentir mon cœur imploser à l'intérieur de moi.

— Quoi qu'il arrive, je ne t'abandonnerai pas, mon adorable petit bonbon rose, soufflé-je contre sa peau sentant bon le bébé, avant d'embrasser son front.

Je finis par rejoindre, d'un pas traînant, le salon où se trouve Ayleen, blottie dans les bras de Brayden sur l'imposant canapé du salon. À la télé, une chaîne d'info locale passe son JT du soir, décrivant les atrocités ayant eu lieu aujourd'hui chez nous, mais aussi dans le monde entier.

— Tiens, un revenant, lâche Brayden qui me voit m'installer, la petite toujours dans mes bras.

— Quelle heure est-il ? demandé-je en étouffant un bâillement.

— Presque dix-neuf heures. Elle a fini par trouver le sommeil ?

— Ouais, et moi avec. Par contre, je regrette presque de m'être réveillé vu l'odeur qui provient d'elle.

Il se met à rire à mes côtés, accompagné par Ayleen qui secoue la tête, l'air de se demander ce qu'elle va bien pouvoir faire de moi.

— On ne peut pas tirer ça à pierre, feuille, ciseaux ?

— Démerde-toi, mon pote ! lâche Brayden, hilare, portant sa bière à ses lèvres.

— Ayleen ? supplié-je en lui faisant mon regard de chien battu.

— Je m'en charge, va donc te prendre une petite bière, tu sembles en avoir besoin.

Je la remercie en déposant un rapide baiser sur son crâne, lequel est accueilli par un grognement primitif de mon meilleur ami. Je laisse Ayleen s'occuper de la petite et contourne le canapé pour rejoindre la cuisine où je m'empare d'un soda que j'avale d'une traite.

Bien que la bière fraîche semble séduisante, je ne préfère pas m'embrumer le cerveau avec de l'alcool, surtout pas alors qu'un bébé demande mon attention constante.

Soudain, Brayden émet un bruit de gorge qui me fait tourner la tête dans sa direction. Debout, il s'éloigne de sa belle, son tee-shirt remonté sur son nez.

— Si petit et si puant !

Le rire d'Ayleen mêlé au mien couvre la voix de la présentatrice, quand une photo s'affiche derrière elle. Mon corps tout entier se fige tandis que des bribes de souvenirs me reviennent en mémoire. Cela ressemble plus à de micro flashbacks, pas tout à fait nets, mais cela suffit à me confirmer que je connais le visage qui semble faire la une.

— Q ?

Incapable de lui répondre, je traverse l'espace me séparant de la table basse et augmente le volume.

— C'est donc confirmé, John ?

— Tout à fait, Kathy. La nouvelle vient de tomber, il s'agit bien du corps de June McAllister, vingt-quatre ans, fille unique du duo de chirurgiens pédiatrique Ally et Vince McAllister, qui a été découvert ce matin très tôt dans le centre-ville de Minneapolis. Une enquête a été ouverte, mais ni les forces de l'ordre ni la famille ne souhaitent encore se prononcer.

— June, dont le visage apparaît derrière moi, était une icône dans le monde de la nuit et de la mode, bien plus sous le feu des projecteurs que ses parents. Et tandis que nous confirmons son décès prématuré, les messages sur les réseaux sociaux se multiplient. De nombreuses célébrités pleurent sa disparition…

June…

Alors que de nombreuses photos défilent sur le plateau du journal, mes souvenirs se font de plus en plus clairs. J'ai connu June. C'était il y a plusieurs mois, nous avions été présentés lors du tournage d'une pub pour un gel douche masculin. Le soir venu, toute l'équipe s'était retrouvée en boîte. Le champagne coulait à flots ce soir-là et très vite, la tension est montée d'un cran entre nous deux. J'avais envie d'elle, autant qu'elle avait envie de moi et nous avons fini la nuit dans sa chambre d'hôtel, situé à quelques rues seulement de mon appart.

L'hôtel !

Le regard de mes deux amis pèse sur moi tandis que je cherche désespérément la lettre qui accompagnait mon paquet surprise ce matin même.

Lorsque je retrouve enfin cette dernière, il me faut me raccrocher au comptoir de la cuisine pour ne pas tomber tant mes jambes flanchent.

— Putain, Quinn ! Qu'est-ce qu'il se passe ?

— Je… je… j'ai couché avec cette fille… dis-je difficilement en pointant l'écran de mon index.

Je vois à son air perdu qu'il ne voit absolument pas où je veux en venir et me force à prononcer la fin de ma phrase.

— ... et dans cet hôtel, finis-je par lâcher en levant la lettre.

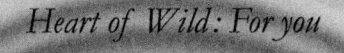

Chapitre 15

« Sois un homme, on nous le dit tout le temps. Mais au fond ça veut dire quoi ? Qu'il faut être fort, qu'il faut savoir se sacrifier, qu'il faut gagner à tout prix ? Peut-être que c'est plus simple que ça. C'est peut-être savoir accepter ses faiblesses. Parfois être un homme, un vrai, c'est savoir mettre sa fierté de côté, reconnaître la défaite et simplement tout recommencer. »
Grey's Anatomy.

Quinn

Six jours se sont écoulés depuis le départ précipité de Melody. Six jours sans avoir la moindre nouvelle d'elle, hormis quelques infos par-ci par-là que Brayden veut bien me donner.

Six jours ont aussi passé depuis l'abandon du petit bonbon rose devant mon immeuble. Six jours que je n'ai pas dormi plus de trois heures d'affilée et que le stress monte en moi quant aux résultats du test de paternité qui ne devraient pas tarder à arriver. Six jours que je lis et relis les mots écrits à mon intention, sur une feuille ayant vécu de meilleurs jours. En presque une semaine, je crois que je la connais désormais par cœur, cette satanée lettre, si bien que je devrais être capable de la réciter à voix haute sans avoir les yeux dessus.

Assis à une petite table, face à un ancien agent fédéral reconverti en détective privé qui m'a été conseillé par Luke, j'attends impatiemment que ses lèvres se desserrent et qu'il me crache enfin le morceau sur ce qu'il a trouvé. Cet homme, Bill Jenkins, est censé avoir les renseignements que je lui ai demandé concernant June McAllister.

Mon portable émet une légère vibration sur la table et je me jette dessus, appréhendant qu'il s'agisse d'un message d'Ayleen pour m'annoncer un problème avec la petite. Je sais bien qu'elle est entre de bonnes mains, mais cela ne m'empêche pas d'être mort d'inquiétude.

Smith : *Les résultats sont arrivés. Je te les apporte en main propre.*

Boum. Boum.
Boum. Boum.

Voilà le bruit que produit mon cœur qui cogne comme un dératé dans ma cage thoracique. Il aura suffi d'un seul message pour que ma journée prenne un nouveau tournant et prêt ou non, je n'ai d'autre choix que me laisser porter par le courant et espérer ne pas m'y noyer lorsque le moment sera venu pour moi, de savoir si oui ou non, ce petit bonbon rose est bien ma fille.

— Je ne peux pas rester longtemps. Avez-vous ce que je vous ai demandé ?

— Je pense même avoir trouvé plus.

— Je vous écoute…

Trente minutes plus tard, je sors de l'ascenseur quand j'entends les pleurs de colère de ma petite chipie.

— Il est rentré ! hurle Brayden, visiblement soulagé de me voir débarquer.

— Qu'est-ce qu'il se passe ?

— J'étais sur le point de t'appeler justement. Ça fait plusieurs minutes qu'elle hurle. On a tout essayé, mais elle ne se calme pas et je t'avoue qu'on ne sait plus trop quoi faire.

Brayden est le genre de type à être maître de lui, quelle que soit la situation, seulement là, il semble réellement impuissant et cela m'étonne presque de lui. Presque parce que malgré sa façon d'être et sa maîtrise de soi quasi parfaite, il n'en reste pas moins un homme sachant reconnaître ses faiblesses quand il le faut.

Je passe devant lui, non sans presser mes doigts sur son épaule et pénètre dans le salon qui est sens dessus dessous et repère immédiatement les joues rouges de la petite qui s'agite dans les bras d'une Ayleen, désarmée face au bébé inconsolable.

— Chut, soufflé-je en caressant du bout des doigts, les cheveux sombres de mon petit bonbon rose.

Je passe alors mes mains sous son petit corps fragile et viens la serrer contre moi, lui murmurant des paroles rassurantes. Il lui faut plusieurs secondes pour que ses pleurs se tarissent et qu'elle finisse par se calmer. Et comme chaque jour depuis son arrivée, c'est en s'agrippant à mon tee-shirt qu'elle trouve le réconfort dont elle a besoin.

Brayden regarde la scène, toujours médusé par la façon dont cette petite sait mieux que personne comment me dompter et obtenir de moi ce qu'elle veut. En même temps, comment lui résister ? Elle est si adorable, même quand elle pique une sacrée colère, m'empêche de dormir la nuit, ou me fait pipi dessus, ce qui s'est produit un grand nombre de fois cette semaine. Je suis complètement gaga de cette enfant, de ses yeux gris qui me font fondre, de son petit nez fin qui se retrousse quand quelque chose ne lui plaît pas, de ses lèvres roses formant un cœur lorsqu'elle est profondément endormie et de chacune de ses moues adorables.

— Alors, comment s'est passé le rendez-vous ? finit par me demander Brayden lorsqu'il certain que la crise soit terminée.

Je sors l'enveloppe contenant plusieurs informations récoltées par Jenkins au sujet de June, puis la tends à mon meilleur ami qui me regarde sans comprendre.

— Voilà tout ce que le privé a pu trouver sur elle. Il y a des choses inutiles à souhait, mais il y a une photo à l'intérieur qui devrait te faire le même effet qu'à moi.

Poussé par la curiosité, il sort le contenu qu'il éparpille sur la table basse. Ses yeux naviguent sur les diverses photos de June en soirée, toujours en compagnie d'hommes, puis son souffle se bloque, imitant ainsi ma propre réaction lorsqu'il se saisit d'une image nous montrant, elle et moi, le jour de notre rencontre. Le cliché semble avoir été pris par un téléphone et n'est pas d'une super qualité, néanmoins cela est suffisant pour nous reconnaître.

— Tu ne t'étais donc pas trompé, souffle Brayden en relevant ses yeux bleus, identiques à ceux de sa jumelle, vers moi.

— C'était il y a huit mois et vingt-et-un jours, dis-je en pointant du doigt la date inscrite au dos du papier glacé.

— Il est donc possible qu'elle soit la mère de la petite ?

— Jenkins va encore creuser et attend même des images des caméras de surveillance du boulevard et des rues adjacentes à notre immeuble. On en saura plus à ce moment-là.

Au même instant, quelqu'un toque à la porte d'entrée et je m'y dirige aussi rapidement que possible, sachant pertinemment qui se trouve sur le palier. Mon cœur se remet à battre très fort dans ma poitrine quand la porte s'ouvre, laissant apparaître le visage de Smith et sa moustache légendaire, une enveloppe blanche à la main.

— Je ne les ai pas ouverts, et préfère te laisser seul pour lire le contenu. Les chiffres parleront d'eux-mêmes, mais quoi qu'il arrive, tu peux être fier de ce que tu as fait pour cette petite, même si tu n'es pas son père biologique, dit-il en me tendant ce ridicule bout de papier sur lequel est inscrit un chiffre qui risque de faire basculer ma vie toute entière, et aussi celle de mon bonbon rose, qui n'est peut-être même pas le mien.

— Merci, doc, soufflé-je d'une voix basse, la trachée obstruée par les émotions qui me gagnent.

Heart of Wild : For you

L'enveloppe posée sur le ventre de mon petit bonbon rose, je reste prostré dans l'embrasure de la porte plusieurs secondes après le départ de Smith. Mes mains tremblent d'impatience, tandis qu'en moi se livre une véritable bataille sanglante digne des plus grands films de science-fiction.

Mon regard navigue entre l'enveloppe et le visage détendu du bébé, la peur se faufile dans mes veines, tel un serpent vicieux et je ne sais comment calmer la tempête d'émotion qui me submerge. Ce n'est pas seulement mon avenir qui est en jeu, mais aussi celui de cette petite fille qui mérite de grandir entourée de parents et d'amour.

— B ? dis-je subitement lorsque sens je mes forces faiblir et mes bras frémir.

— Mec ? Ça va ? lance ce dernier qui est déjà à mes côtés.

— Prends-la, s'il te plaît.

Il s'exécute sans demander la moindre explication, mais fixe lui aussi l'enveloppe d'un drôle d'air.

— C'est ce que je pense ? demande-t-il simplement.

Je ne réponds pas, me contentant de hocher la tête en venant me saisir du papier qui se froisse entre mes doigts nerveux.

— Je ne suis pas prêt, B, c'est trop dur… tu m'avais dit de ne pas m'attacher, mais c'était inévitable. Je… je… bordel regarde-la, comment ne pas l'aimer ? Je l'aime et je ne veux pas la perdre.

J'étais le premier à croire que trois pauvres petits mots ne pourraient jamais changer ma vision sur le monde qui m'entoure, mais il me faut reconnaître que j'avais tort. Cet amour que je ressens pour elle est bien plus puissant que tout ce que j'ai connu jusqu'à aujourd'hui et pour elle, je pourrais tout affronter. Elle n'a même pas de prénom et n'est peut-être même pas ma fille, mais il aura suffi que nos yeux se croisent pour qu'enfin, la glace qui emprisonnait mon cœur depuis toujours, ne fonde et me fasse réaliser combien l'amour est le moteur même de la vie. C'est un sentiment bien vaste, décrit dans les dictionnaires comme une dévotion ou une affection envers une personne ou un objet. Je ne sais pas qui a écrit ça, mais il est tellement loin du compte et n'a sans doute jamais dû éprouver ce sentiment d'une puissance que rien ne peut égaler.

— Si tu as besoin d'être seul, on peut s'occuper de la…

— Non…

— Non ?

— Je n'ai jamais eu aussi peur de ma vie et je ne veux pas être seul pour ouvrir ça.

— Alors on va le faire ensemble et quoiqu'il arrive, je serai là.

Nous rejoignons le salon, ensemble, mon meilleur ami portant dans ses bras massifs ce bébé qui a bousculé nos vies à tous.

Heart of Wild : For you

Il m'aura fallu de très longues minutes et une bière, pour trouver le courage de passer mes doigts sous le rabat en papier pour le déchirer. La feuille que j'en sors semble si légère, inoffensive, alors qu'elle pèse atrocement lourd et me fait aussi peur que la mort elle-même.

Les yeux clos, j'inspire profondément, puis déplie le papier et laisse mon regard prendre connaissance de toutes les informations notées dans un espèce de tableau bourré de chiffres, suivi par les lettres « Y » et « X ».

— Je n'y comprends rien, grogné-je en me passant une main nerveuse dans les cheveux.

Il y a trois colonnes, celle de gauche « la mère », au milieu « l'enfant » et enfin à droite « le père ». Je ne cesse de relire les chiffres, essayant de les comparer à ceux du milieu. C'est alors qu'une phrase en italique en bas de page attire mon attention.

« Probabilité de paternité : **99,999998 %** *»*

— Bordel de merde ! lâché-je en laissant tomber la feuille qui glisse sur le sol.
— Qu'est-ce que ça dit ? Bon Dieu, Q, parle !
— C'est...

Incapable de finir ma phrase, mon regard se pose sur le visage paisible de la petite et un véritable feu d'artifice explose en moi, me faisant voir mille et une couleurs. Je suis submergé par elles, si bien que mes yeux se voilent de larmes.

— Viens-là, soufflé-je en tendant les bras pour récupérer mon petit bonbon rose des bras de Brayden.

Une main tenant son dos et sa tête, j'approche son beau visage près du mien et me noie dans cet océan de gris.

— Cette fois, c'est officiel. Tu es ma fille, mon petit bonbon rose !

Une larme, puis deux dévalent mes joues et je ne tente absolument rien pour les masquer, pour la simple et bonne raison que ce sont des larmes de joie. J'ai redouté cet instant pendant six jours, mais à présent que les résultats sont sous mes yeux, un sentiment de joie immense brûle en moi.

Ce tout petit bébé est ma fille et à partir d'aujourd'hui, quoi qu'il advienne, je serai là pour elle. Jamais je ne la laisserai tomber.

Mes doigts me démangent d'envoyer un message à Melody pour lui annoncer la nouvelle et partager ma joie avec elle, mais vu sa réaction de la semaine passée, je doute qu'elle réagisse bien. Alors je m'abstiens, même si cela me fait un mal de chien, même si le manque d'elle est toujours aussi présent.

— Super, tu vas enfin pouvoir lui donner un prénom autre que « bonbon rose », lâche Brayden, une main posée amicalement sur mon épaule, un sourire fier étirant le coin de ses lèvres. Bienvenue dans la famille, mini Quinn et toi, mon pote, félicitations, tu es officiellement devenu père.

D'une main, il me tend une bouteille de bière et alors que je lui souris, j'installe la petite dans une balancelle commandée par Ayleen il y a quelques jours et qui me change littéralement la vie. À présent, je ne suis plus obligé de l'avoir tout le temps dans les bras et parviens à la faire dormir quelques heures grâce aux mouvements de l'engin qui effectue un effet de bercement qui semble convenir à la demoiselle. Enfin, à condition qu'elle ait l'un de mes tee-shirts à serrer dans ses petites mains. Une pile de doudous de toutes formes, textures et tailles l'attend dans un coin du salon, mais elle semble déjà avoir pris sa décision et si j'ai remarqué quelque chose chez cette petite chipie, c'est qu'elle peut se montrer aussi têtue que moi.

— J'ai une idée ! balance Brayden avant de laisser sa casquette tomber sur le comptoir. Cinq choix de prénoms chacun. On les note avant de les mettre dans la casquette. Le premier que tu pioches sera son prénom !

— Tu sais que j'adore les défis, mais là… qui me dit que tu ne vas pas écrire que des conneries de ton côté ?

— La confiance, Q, la confiance !

Très appliqué sur sa tâche, il ne perd pas une minute et commence déjà à noter ses idées de prénoms sur de petits morceaux de papier qu'il plie avant de les jeter dans son couvre-chef. De mon côté, il m'est un peu plus compliqué de noter quoi que ce soit. Voilà des jours que j'ai déjà une petite idée du prénom que portera à jamais ma fille et plus les minutes s'écoulent, plus ce dernier semble être fait pour elle.

Je joue néanmoins le jeu de mon meilleur pote et inscris sur mes petits papiers de jolis noms, avant de les mélanger à ceux de Brayden.

— Pas de triche. Le premier que tu pioches sera le bon. Choisis bien !

Vous sentez, vous aussi, la pression que cet imbécile fait peser sur moi ?

Mes doigts se promènent à travers les dix papiers pliés, mes yeux se ferment, quant à mon esprit, il prie très fort pour que mon choix se porte sur l'une de mes idées quand un bruit de clé provenant de l'entrée retentit.

— Salut, les gars ! s'exclame bruyamment Mike depuis le couloir avant de venir poser sa valise sur le parquet du salon, s'arrêtant net lorsque son regard tombe sur le bébé dormant dans sa balancelle. Euh… c'est normal, ça ? demande-t-il en pointant son index vers la petite.

Ce dernier étant porté disparu depuis une semaine, et ayant préféré ne rien lui dire par téléphone, je lui ai simplement envoyé un message il y a quelques jours pour le prévenir qu'un gros bouleversement venait de s'abattre à la maison.

— Prévenez la presse ! O'Dell est de retour ! dit Brayden en pouffant de rire. Quant à l'explication, eh bien, figure-toi que tu n'es plus le seul morveux à vivre sous ce toit désormais. D'ailleurs, on allait lui choisir un prénom, tu te joins à nous ?

Mike nous fixe l'un et l'autre comme si nous étions complètement timbrés, ce qui est peut-être vrai, avant d'aller au frigo pour se prendre une bière.

— Si on m'avait dit que rejoindre le Wild Hockey Club rendait marteau, je n'aurais peut-être pas dû resigner pour les deux prochaines années...

— Oh, putain ! Ça y est ? hurle mon meilleur ami qui fait cogner sa bouteille contre celle de Mike.

J'y ajoute la mienne et félicite mon coéquipier.

— C'est génial, Mike. Mais je confirme, dans deux ans, tu seras aussi cinglé que nous.

— Et donc, l'un de vous va-t-il finir par m'expliquer pourquoi notre salon s'est brusquement transformé en nurserie et pourquoi un bébé dort juste là ?

— C'est ma fille, soufflé-je avec une certaine émotion dans la voix. L'histoire dans son intégralité n'est pas encore très claire pour moi non plus, mais elle est de moi. C'est sûr, à plus de 99%.

— Ben merde alors ! Rappelez-moi de ne plus vous laisser seuls, tous les deux, j'ai peur de ce qui pourrait arriver sinon.

— Je n'ai rien fait du tout, morveux ! rétorque Brayden en repoussant son poulain pour qu'il tombe de son tabouret.

Vous n'avez jamais dû voir deux hockeyeurs se chamailler. Cela ressemble grosso modo à une véritable bagarre de filles se crêpant le chignon et un combat de boxe, avec les éclats de rire en moins. Parfois, on a même droit à un jet d'hémoglobine en prime.

Voilà donc à quoi j'assiste en direct, étonné que le remue-ménage ne réveille pas la petite qui semble partie pour quelques heures.

Dans tout ce foutoir, je n'avais pas encore remarqué qu'Ayleen était arrivée. Elle me rejoint, à l'écart de la mêlée et me demande en souriant :

— Notre petit Mike a fini par en avoir marre de son adorable surnom ? Je te parie dix billets qu'il s'essoufflera avant Brayden.

— On est d'humeur joueuse, petite furie ? Je mise le double sur O'Dell. Crois-moi, il pourrait te surprendre.

La fin du combat est sonnée par les pleurs de mon petit bonbon rose qui ne semble pas apprécier le bordel qui l'entoure. Je la soulève délicatement puis viens l'installer au creux de mes bras, cet endroit qu'elle semble particulièrement aimer.

— Désolé, Q, souffle Brayden qui essuie de son pouce, le sang coulant de sa lèvre.

— N'empêche, ça se voit bien que c'est ta fille ! lâche Mike qui me regarde en souriant.

— Les cheveux ?

— Non, elle est aussi gueularde que son père !

Je grogne et me retiens de cogner ce pauvre imbécile, puis me rapproche de la casquette et en tire un papier.

Voyons voir ce qu'on a là...

— Non, mais, tu te fous de ma gueule, B ? dis-je en relevant brusquement les yeux vers son sourire de gamin.

— Tu as pioché lequel ? demande ce dernier en se retenant de rire lorsque je retourne le papier pour que tout le monde puisse y lire ce qui est inscrit.

« Boobsy [10] »

— Sérieusement ? grogne Ayleen en secouant la tête, désespérée.

— Y'en a plein d'autres !

— Oh, je sais ! s'exclame brusquement O'Dell.

---

[10] Boobsy : En anglais, « boobs » se traduit par seins.

Mike est comme un petit chien fou, il se saisit d'un stylo et d'une feuille vierge avant d'y écrire son idée qui me fait déjà peur. Lorsque je découvre ce qu'il vient de noter, je manque de m'étouffer avec ma propre salive.

« Booty [11] »

Je ne sais absolument pas si je dois rire ou pleurer des propositions de mes deux coéquipiers. Eux, en tout cas, semblent sur le point de se pisser dessus tant ils rient à gorge déployée.

— Les gars, il est hors de question que j'appelle ma fille par un diminutif débile parlant de sein ou de cul !

— Pourquoi pas « Candy » ? Ça ne changera pas de son surnom comme ça.

— Pour que ma fille porte un nom de prostituée à vie ? Non merci, mon pote.

— Sinon t'as qu'à l'appeler Violetta, ma petite sœur ne jure que par ce prénom à cause d'une série pour gamines, rétorque Mike en checkant la main de notre capitaine.

Ayleen vient à mon secours en triant les petits bouts de papier réunis dans la casquette de son homme et en jette une poignée à la poubelle, n'en

---

[11] Booty : Argot américain signifiant « cul ».

laissant qu'un, celui où j'ai écrit le prénom qui me tient à cœur, avant d'y ajouter à son tour une proposition. Je hausse un sourcil à son intention et pour seule réponse, elle me sourit en me tendant le petit papier.

— Celui-ci lui irait bien.

Curieux, je déplie la feuille et lorsque mes yeux tombent sur les lettres, mon sourire redouble d'intensité, tout comme mon cœur se met à battre la chamade sous ma peau.

« Iris »

— Arc-en-ciel, soufflé-je tout bas, mon regard détaillant le doux visage de ma fille, blottie tout contre moi.

— Tu connais? me demande Ayleen, visiblement étonnée.

— J'ai toujours adoré les divinités de la mythologie grecque, je suis donc obligé de connaître Iris, la messagère des Dieux.

Dans le mythe de l'Olympe, Iris, fille de Thaumas et de l'Océanide Électre, et donc, par logique, la sœur des Harpies et d'Arcé, était principalement la messagère d'Héra, sœur et femme de Zeus. Certains poètes disaient que les arcs-en-ciel venaient de là, qu'ils étaient la trace du pied d'Iris descendant de l'Olympe vers la Terre.

— Iris Emily Douglas, ça te plaît ma puce ? murmuré-je à l'oreille de mon bonbon rose, tandis que ses petits doigts se posent sur ma joue.

Elle me regarde, de ses grands et beaux yeux gris et cela suffit à me faire oublier le monde qui m'entoure, comme chaque fois qu'elle plonge ainsi son regard dans le mien. Si petite, si fragile, et pourtant, un véritable nuancier de couleurs spectaculaires qui vont illuminer mon quotidien jusqu'à mon dernier souffle.

Finalement, je suis peut-être bien fait pour avoir une femme dans ma vie et l'aimer inconditionnellement, et vous voulez savoir quoi ? Cette femme, je la tiens dans mes bras et je jure que pour elle, je serai prêt à tout. À lui crier combien je l'aime du lever au coucher, à déplacer des montagnes ou même à sacrifier ma vie rien que pour voir ses beaux yeux se poser sur moi. Désormais, elle est mon souffle, ma raison d'être, les bonbons sucrés et le rose qui manquaient à ma vie.

Chapitre 16

« Les illusions de la vie tombent une à une comme en automne les feuilles de l'arbre. » **John Petit-Senn.**

Quinn

Debout, tournant le dos à la façade du tribunal, je reprends enfin mon souffle après l'avoir retenu tout le long de mon rendez-vous. Finalement, tout s'est plutôt bien passé et dès que les derniers papiers seront remplis, Iris sera officiellement ma fille, du moins, aux yeux de la loi.

Bien que sa mère reste encore introuvable et que Jenkins galère pas mal à dégoter les images des caméras de surveillance des rues entourant mon immeuble, au fond de moi, j'ai ce mauvais pressentiment qu'elle ne reviendra jamais et qu'il s'agit bien de June McAllister.

Aux dires de mon avocat, l'affaire sera vite réglée puisqu'il y a eu abandon volontaire et je pourrai bientôt retourner à ma vie sans me préoccuper que qui que ce soit vienne réclamer la garde d'Iris, mais malgré toutes ses belles paroles rassurantes, je n'aurai l'esprit tranquille qu'une fois ma signature apposée sur tous les documents faisant d'elle une Douglas.

Encore quelques jours et plus rien ne pourra nous atteindre...

En attendant, je suis plus qu'heureux de retrouver l'air pollué des rues de Minneapolis après avoir passé une semaine, enfermé entre les quatre murs de mon appart. Ce soir, je vais retrouver l'air glacial de la patinoire, ainsi que mes coéquipiers pour un dernier entraînement, tous ensemble.

La saison régulière est terminée pour les Wild et bien que la course à la coupe Stanley soit encore d'actualité, les équipes adverses commencent déjà à penser au recrutement des futurs joueurs qui intégreront leur rang. Je hais les fins de saison pour ça. Durant de longs mois, on nous demande de former une famille sur la glace comme en dehors, puis un beau matin, on t'annonce que ces gars que tu considères comme tes amis, tes frères, s'en vont rejoindre une autre équipe. Trois des nôtres nous quittent à la fin de la semaine, Logan, Blake et Johnny. L'un part à Toronto, jouer pour les *Maple Leafs*, tandis que les deux autres ont signé avec les *Golden Knight* de Las Vegas, ceux-là mêmes qui ont tenté de nous voler O'Dell, et ça me fait chier.

Logan est une tête de con et en a sacrément fait baver à Brayden il y a quelques semaines, lorsque notre équipe était encore dirigée par Scott, mais à côté de ça, il n'en reste pas moins un joueur hors pair et son jeu va nous manquer.

L'esprit à mille lieux d'ici, je me dirige vers ma caisse quand une étrange sensation d'être observé me fait relever la tête pour regarder tout autour de moi. Des dizaines de passants marchent, mais aucun ne me prêtent attention quand soudain, un flash attire mon regard vers une berline garée non loin de ma voiture. Je fronce les sourcils, fixant d'un regard assassin, l'homme derrière l'appareil photo à peine dissimulé par sa vitre teintée entrouverte.

— Connard, grogné-je à voix basse en accélérant le rythme pour retrouver la sécurité de l'habitacle de mon *Range Rover*.

C'est l'une des conséquences de mon choix de carrière qui me déplait le plus. J'aime jouer au hockey, plus que je n'ai jamais aimé quoi que ce soit, et si avant, je me fichais comme de l'an quarante de ce que la presse racontait à mon sujet, ce n'est plus vraiment le cas. Savoir que ces charognards continuent de m'épier à mon insu, allant colporter toute sorte d'information, vraie ou fausse, me file la gerbe et me rappelle pourquoi je dois être plus méfiant à l'avenir.

D'eux-mêmes, mes doigts tapent un message à l'intention de mon meilleur ami qui surveille Iris cet après-midi.

***Quinn**: Tout se passe bien ?*
***Brayden**: Ouais, je lui apprends à se maquiller et à envoyer des sextos !! LOL :)*

Il me joint une photo d'Iris, un portable et un tube de rouge à lèvres posés près d'elle.

***Quinn**: T'es vraiment con quand tu t'y mets ! Dis-lui que papa rentre bientôt !*
***Brayden**: Prends ton temps, on s'amuse bien avec tonton !*
***Quinn**: C'est bien ce qui me fait peur...*

Je n'aurais jamais cru voir Brayden jouer les nounous et pourtant, chaque jour, il me propose de la garder une petite heure pour que je puisse monter à la salle m'entraîner, ou me défouler. Depuis que les résultats du test de paternité sont tombés, il devient de plus en plus gaga de ma fille et ce n'est pas pour me déplaire. Ce mec a une place considérable dans ma vie depuis notre rencontre. Étant ce frère que je n'ai jamais eu, un membre à part entière de ma famille, il est donc logique qu'il fasse parti de la vie d'Iris et qu'elle puisse le considérer comme un tonton.

Un rôle qui lui va à ravir, vous pouvez me croire...

Avant de regagner l'appart, je fais un détour par Golden Valley Road, puis Sheridan Avenue. Le quartier m'est familier et je connais bien l'hôtel se situant au 1198. C'est un repère de célébrités cherchant l'anonymat et la discrétion pour leurs frasques et infidélités répétées. J'y suis venu à de nombreuses reprises, surtout les nuits de match à domicile que je ne passais pas seul. Rares sont les hôtels proposant un service de sécurité comme le *Saphir*.

La dernière fois que j'ai mis les pieds ici, c'était avec June. Sur le moment, j'avais été surpris lorsqu'elle m'avait proposé de finir la soirée dans sa chambre et que j'avais atterri dans cet hôtel. Je ne savais rien d'elle, ni son prénom ni son nom, mais pour se payer une chambre ici, je savais néanmoins qu'elle avait les moyens.

Rabattant la capuche de mon sweat sur ma tête, je rajuste ma casquette et traverse la rue pour rejoindre le hall désert. À l'accueil, un homme d'âge mûr relève les yeux vers moi et inspecte ma tenue d'un mauvais œil.

— Bonjour et bienvenue au Saphir Hôtel, que puis-je faire pour vous ?

De la poche arrière de mon jean, je tire la photo de June et la pose sur le comptoir.

— J'aimerais avoir des renseignements concernant cette fille. Elle s'appelle June McAllister et je sais qu'elle est descendue dans votre établissement à plusieurs reprises ces derniers mois.

— Je sais très bien qui elle est et j'ai déjà répondu à la police.

Son ton bourru et tendu me donne envie de saisir sa putain de cravate et lui coller la tête contre les dizaines de prospectus recouvrant le bois brut du comptoir derrière lequel il se sent à l'abri.

— Je ne suis pas flic. Je suis un… un ami…

— Dans ce cas, vous n'avez qu'à joindre sa famille ou les forces de l'ordre qui se feront un plaisir de répondre à toutes vos questions la concernant.

— Était-elle enceinte ? demandé-je abruptement, faisant tressaillir l'homme.

Ma question le prend de court et je repère sans difficulté sa pomme d'Adam monter et descendre à un rythme rapide dans sa gorge. Ses yeux bruns se plissent et me regardent plus en détail.

— Je vous connais, lance-t-il soudainement.

— Là n'est pas la question, monsieur ! Je veux juste savoir si June attendait un enfant avant de mourir.

— Ces informations sont du domaine privé et ne vous regardent en rien.

Je grogne de frustration, puis vient poser violemment mes mains à plat sur le comptoir.

— J'ai besoin de savoir ! S'il vous plaît...

— Je ne peux rien faire pour vous. À moins que vous ne vouliez que je contacte moi-même la police, je vous demanderai de quitter les lieux et d'aller chercher vos réponses ailleurs.

Comme pour appuyer ses dires, sa main droite se pose sur le combiné et commence à composer le numéro des flics.

Fait chier !

Je me détourne du vieil homme, les mains tremblantes, tête basse, puis traverse le hall pour sortir quand je surprends le regard d'une femme qui me fixe depuis un large fauteuil. Je hoche poliment la tête dans sa direction, puis quitte l'immeuble pour rejoindre ma voiture. À l'instant où je déverrouille celle-ci, la femme du hall avance dans ma direction et s'arrête à quelques pas de moi.

— Pourquoi posez vous des questions au sujet de June ?

— Je n'en ai posé qu'une seule et cela ne vous regarde pas, réponds-je sur la défensive.

— Je connaissais très bien June et je sais ce que vous voulez tant savoir. Alors, descendez de vos grands chevaux. Expliquez-moi pourquoi et vous aurez votre réponse.

La femme se tient face à moi, droite comme un i, les bras croisés sur sa poitrine et le bout pointu de ses talons tapotant le sol frénétiquement.

Ne connaissant rien d'elle, je ne prends pas le risque de lui dévoiler la vérité et lui sors un mensonge préparé avec soin. J'espère simplement que cette femme tombera dans le panneau et me dira ce que j'ai besoin de savoir.

— J'ai rencontré June il y a quelques mois et à cette époque, elle n'en était qu'au premier stade de sa grossesse. Lorsque j'ai appris pour sa mort aux infos, je me suis demandé ce qu'il était arrivé à son enfant.

— Alors c'est uniquement pour satisfaire votre curiosité morbide que le célèbre hockeyeur que vous êtes, s'est déplacé jusqu'ici ?

— Appelez ça comme vous le voulez, bougonné-je en ouvrant ma portière.

— June était une fille bien et n'a pas mérité ce qui lui est arrivé. Elle se battait continuellement pour s'en sortir...

La voix de la femme se fait plus douce, plus émotive, me poussant à relever les yeux vers elle. Ses traits sont tirés, tristes et une larme roule sur sa joue. Elle l'essuie furieusement en détournant le regard pour admirer la façade d'une maison.

— Je suis désolé, soufflé-je. Mon but n'était pas de vous faire pleurer. Oubliez mes questions et ma présence ici. Je...

— Elle attendait une petite fille, murmure-t-elle si bas que je crois d'abord avoir rêvé ses mots. Elle est née quelques jours avant son décès et je ne sais pas ce qu'elle est devenue. Les parents de June lui ont tourné le dos et coupé les vivres quand ils ont appris pour sa grossesse...

— Merci.

Voilà tout ce que je suis capable de dire tant ma gorge est nouée. Cette inconnue vient de confirmer mes doutes et répondre à cette question que je ne cesse de me poser depuis l'arrivée d'Iris dans ma vie : qui est sa mère ?

June McAllister est la mère de ma fille, celle qui l'a abandonnée sur un trottoir avec une simple lettre de quelques lignes pour expliquer son geste. Puis elle est morte...

Sans même tenter de me justifier, je grimpe dans ma caisse et démarre rapidement, laissant cette femme pleurer son amie en pleine rue. Je conduis vite, slalomant entre les véhicules et finis par rejoindre le parking souterrain de mon immeuble en quatrième vitesse.

Mon corps tremble à un tel point que marcher jusqu'à l'ascenseur me demande un effort surhumain. Ce n'est qu'une fois devant la porte d'entrée de chez moi que je m'effondre et tombe à genoux.

Depuis que mes yeux se sont posés sur l'écran de télé diffusant une photo de June et que j'ai entendu les mots des présentateurs, tout mon corps me hurlait qu'elle était la mère de ma fille, mais une partie de moi refusait d'y croire. Seulement, maintenant que j'en ai la preuve quasi concrète, je me sens plus perdu que jamais.

On m'a toujours dit que le destin savait se montrer farceur et fourbe, mais jamais je n'aurais cru en être victime à ce point-là. Il y a vingt-cinq ans, ma propre mère m'a abandonné sur les bancs d'une église, tirant sa révérence quelques heures plus tard et aujourd'hui, le même schéma se reproduit avec ma fille.

Une peur profonde s'installe en moi, celle qu'Iris souffre de tout ça, comme j'en ai souffert. Bien que les choses soient différentes et qu'elle soit bien trop petite pour comprendre tout ce qui est en train de lui arriver, je suis le mieux placé pour dire qu'on ne se remet jamais vraiment d'un abandon pareil…

Je crois bien ne jamais m'être senti aussi impuissant qu'à ce moment précis. Alors que je serre fortement ma tête entre mes mains, je gémis de

Heart of Wild : For you

douleur à mesure que mon propre passé me revient en pleine gueule. Chaque souvenir douloureux s'amusant à me torturer en retournant encore et encore le couteau dans la plaie.

Ma mère...

June...

Deux destins liés. Deux femmes m'ayant abandonné à mon triste sort, se fichant de ce qui se produirait après leur départ. Même Melody a agi de la même manière, me quittant au moment où j'avais le plus besoin d'elle. Elle est partie sans se retourner alors que je lui criais mon amour et depuis, elle refuse de prendre mes appels et laisse mes messages sans réponse.

Comme pour mieux appuyer là où ça fait mal, l'image de son beau visage apparaît dans ma tête. Melody, cette beauté blonde au regard ensorceleur qui m'a transformé en l'espace de quelques mois.

Six pour être exact.

Pour elle, j'ai rangé au placard le coureur de jupons, le «queutard» qu'elle ne supportait plus et je suis devenu un homme assez bien pour être vu à ses côtés. Seulement, mes efforts n'ont servi à rien et l'arrivée d'Iris dans ma vie aura suffi à mettre fin à notre histoire et à l'amour qu'elle disait avoir pour moi.

« *— Ne pars pas... Melo, je t'en supplie...*

— Lâche-moi !

— Mais je t'aime !

— Garde ces mots-là pour la mère de ta gamine ! »

Je revois son visage déformé par la tristesse, la colère, mais aussi la déception et c'en est trop pour moi...

Il m'aura fallu de nombreuses années de suivi et de rendez-vous chez un psychiatre pour aller mieux, devenir un petit garçon dit « normal » et avoir une vie tout aussi normale. Seulement, ce qui est en train de se produire force mon esprit à se rappeler de tout et le résultat est sans appel. Mon visage est baigné de larmes salées, mon cœur me fait un mal de chien à mesure que de douloureux souvenirs défilent sous mes paupières closes.

Puis une voix retentit dans ma tête.

« Tu ne seras plus jamais seul, Quinn. Quoi que la vie te réserve, je serai là, on sera là... »

Instinctivement, je me saisis de mon portable et compose le numéro des Douglas, ces parents aimants ayant fait de ma vie ce qu'elle est aujourd'hui.

— Mon lapin ! s'exclame joyeusement ma mère à l'autre bout du fil.

— Maman... dis-je d'une voix brisée en reniflant.

— Quinn ? Qu'est-ce qu'il se passe ? Tu vas bien ?

— Oui... non... je... je ne sais plus quoi faire, maman.

Les sanglots reprennent de plus belle et à travers le combiné, j'entends ma mère pleurer à son tour, bien qu'elle ne sache rien de ce qu'il m'arrive.

— Je suis là, mon chéri. Calme-toi, s'il te plaît.

Elle ne cesse de tenter de me rassurer tandis qu'elle hurle le nom de mon père, puis sa voix à lui résonne à mon oreille.

— Fiston ? Tu es chez toi ?

Je secoue furieusement la tête, essayant de chasser les larmes et de déloger la boule qui m'obstrue la trachée, mais rien n'y fait.

— O... oui, articulé-je difficilement.

— Ne bouge pas, on arrive !

Il raccroche sans même me laisser le temps de le dissuader de venir jusque Minneapolis, lui qui déteste tant conduire dans les grandes villes. Néanmoins, leur geste et leur réaction me réchauffent le cœur, me prouvant qu'ils seront toujours là pour moi, comme ils me l'ont promis lorsque j'étais gamin et c'est pile ce dont j'ai besoin.

Après de longues minutes, je parviens à maîtriser le tremblement de mes membres et finis par insérer ma clé dans la serrure. Je suis accueilli par le rire d'Ayleen qui se répercute dans tout l'appartement. Je m'approche, discrètement, et tombe sur une scène qui me fait légèrement sourire.

Brayden a le tee-shirt couvert de vomi et tient Iris à bout de bras tandis que cette dernière se tortille en couinant. Ayleen entoure son ventre de ses bras tant elle rit, ce qui fait grogner son homme.

— Mais arrête de rire ! Elle m'a gerbé dessus !

— Quelle idée aussi de faire l'avion à un bébé qui vient de manger !

— Elle adore ça, hein, chipie ?

Ayleen se relève et croise mon regard posé sur eux. Un coup d'œil lui suffit pour comprendre que quelque chose ne va pas et son sourire laisse place à une moue inquiète. Mon meilleur ami suit son regard et imite sa petite amie.

— Ça va, les rassuré-je en venant me saisir de mon bonbon rose que je viens allonger sur une serviette propre pour mieux la dévêtir de son pyjama plein de vomi.

Une fois le plus gros nettoyé, mon regard plonge dans le gris des siens et instinctivement, tout me semble dérisoire. Lorsqu'elle est à mes côtés, je crois bien que le ciel pourrait me tomber sur la tête que je ne m'en apercevrai même pas.

Tout en changeant ma fille de la tête aux pieds, j'explique à mes deux amis mon échange étrange avec l'amie de June et les révélations qu'elle m'a faites concernant cette dernière.

— Alors c'est vraiment elle ? demande Brayden

Heart of Wild : For you

— Sans son ADN pour comparer à celui de la petite, c'est presque impossible de confirmer à 100% qu'elle est bien sa mère. Chose qui s'avère être compliquée à faire vu qu'elle est décédée. Mais je le sens, B.

— En tout cas, rappelle-moi de ne jamais parier contre ton instinct.

— J'aurais préféré me tromper, crois-moi.

Ma voix se fait plus basse tandis que les doigts de ma fille serrent les miens, faisant accélérer les battements de mon cœur.

— Iris ne connaitra jamais sa mère, tout comme tu n'as jamais connu la tienne. Mais à la différence de ton histoire, elle, elle pourra compter sur toi, son père, à chaque instant. Tout comme elle pourra compter sur Tonton Brayden pour péter la gueule du premier mec qui l'approche.

— Faudra faire la queue pour ça, B. Le jour où un type pose ne serait-ce que ses yeux sur elle, tu peux être sûr que c'est en cellule que j'irai dormir.

— Pauvre gamine. Vous vous rendez compte de combien vous êtes pathétiques et hypocrites ? lance Ayleen en secouant la tête.

— Va jusqu'au bout de ta pensée, petite furie, répond mon meilleur ami.

— Vous n'êtes pas des anges tous les deux, et mes dix doigts ne suffiraient pas à compter le nombre de filles avec lesquelles vous avez couché.

— Où est le rapport ?

— Ces filles, elles ont toutes un père elles aussi et ça ne vous a jamais empêchés de rien. Ça sera pareil pour Iris.

— Est-ce qu'on peut arrêter de parler de la vie sexuelle de ma fille, s'il vous plaît ? gémis-je en frissonnant de dégoût.

— Très bien, mais il va quand même falloir revoir votre façon d'agir et de penser, les gars. Pour le moment, ce n'est qu'un bébé, mais un jour, elle volera de ses propres ailes, faisant ses propres erreurs et vivant sa propre vie. Et ça, vous ne pourrez rien y changer.

Une petite ride se creuse entre les sourcils d'Ayleen, montrant qu'elle n'a pas du tout apprécié notre façon de parler. Je conçois que ma réaction, ainsi que celle de Brayden, prête à confusion, mais que ce soit bien clair, le premier mec qui lui fait du mal risque de ne plus jamais remarcher. Qu'on me traite de « papa poule » et de « surprotecteur », je m'en branle. Je ne laisserai jamais personne faire souffrir mon bébé.

— Je crois qu'on a fâché Tatie Ayleen, gazouillé-je en chatouillant le ventre d'Iris.

La petite pousse un petit cri de joie que je prends pour un oui et lance un clin d'œil à la rouquine qui capitule et me sourit.

— Ce n'est pas beau de se servir d'elle pour m'attendrir.

— C'est vrai, mais ça marche.

Vingt minutes plus tard, Iris termine son biberon dans mes bras quand la sonnette retentit.

— J'y vais, lance Ayleen en se levant du canapé.

Au loin, je l'entends accueillir mes parents, puis la voix inquiète de ma mère demander comment je vais et où je suis.

Le stress monte en moi, ainsi que la peur de leur réaction quand ils vont découvrir l'existence d'Iris, même si connaissant mes parents, ils ne risquent pas de me juger et vont aimer cette enfant, autant que je l'aime.

C'est ma mère que je vois en premier, arrivant à toute vitesse dans le salon. Elle me cherche du regard et lorsque ses yeux croisent les miens, elle fonce en direction du canapé où je me trouve. Son corps s'arrête net en voyant ce que je tiens dans mes bras et ouvre grand la bouche. Mon père la rejoint, lui secouant légèrement l'épaule pour la sortir de ses pensées, puis regarde à son tour dans ma direction.

— Quinn ? me demande-t-il visiblement perdu.

— Venez vous asseoir tous les deux, j'ai beaucoup de choses à vous dire.

Ils s'exécutent, gardant les yeux rivés sur Iris qui s'agite contre moi, sentant probablement la tension émanant de mon corps.

— Pour commencer, je vous présente Iris, ma fille. Iris, je te présente ton papy et ta mamie.

Tous deux restent silencieux, puis ma mère pousse un cri qui me fait sursauter et vient poser sa main sur ma joue mal rasée.

— Je suis mamie ? Oh mon Dieu ! Je suis mamie ! James tu entends ça ?

Des larmes de joie dévalent les joues de ma mère, montrant combien cette nouvelle la rend heureuse. J'ose un regard vers mon père et lorsque je vois exactement les mêmes larmes sur son visage, une divine sensation de chaleur se propage dans ma poitrine.

Ayleen me propose de prendre le relai avec Iris, le temps que je puisse expliquer à mes parents ce qui m'a poussé à les appeler en pleurs, mais aussi l'histoire de mon petit bonbon rose. J'embrasse ma fille sur le bout du nez avant de la déposer dans les bras de sa tatie. Brayden, qui connait extrêmement bien James et Grace apporte une bière pour le premier et moi, et un thé pour la deuxième, avant de me presser l'épaule et de rejoindre Ayleen dans leur chambre.

— Je ne voulais pas vous inquiéter inutilement tout à l'heure… je suis désolé, dis-je en baissant les yeux sur mes doigts faisant rouler la bouteille en verre.

— Mon lapin, souffle ma mère en posant ses deux mains sur les miennes. Tu n'as pas à t'excuser de quoi que ce soit. Nous sommes tes parents et nous serons toujours là pour toi. Même si je t'en veux de ne rien nous avoir dit plus tôt.

— Ta mère a raison, fiston. Et je connais assez bien mon fils pour savoir que s'il nous a appelés, c'est qu'il avait besoin de nous.

Ma trachée se serre sous l'émotion et il me faut fortement fermer les yeux pour ne pas me remettre à chialer comme un môme.

Encore plus lorsque ma mère pose la question à laquelle je ne m'attendais pas :

— Melody n'est pas ici ? Elle doit être folle de joie...

La réaction de mon corps me trahit et cela ne semble pas échapper à mon père qui la fait taire immédiatement.

— Ce n'est pas elle, la mère. Je me trompe ?

Je secoue négativement la tête.

— Elle m'a quitté... murmuré-je d'une voix brisée.

Que dire de plus ? Qu'elle m'a renvoyé à la gueule mon « je t'aime » de désespoir, qu'elle refuse de m'adresser la parole depuis son départ précipité et qu'au lieu de lui courir après comme tout homme amoureux devrait le faire, je suis resté chez moi à m'occuper de ma fille.

J'aime mes parents et depuis que j'ai mis les pieds chez eux pour la première fois, ils ont toujours eu pour seul mot d'ordre de ne jamais rien se cacher, que grave ou pas, il fallait en parler. Seulement, leur raconter comment la femme que j'aime m'a quitté, car elle ne supportait pas l'idée que j'ai eu un enfant avec une autre m'est insupportable. Alors même si je comprends en partie sa réaction, il m'est impossible de lui pardonner ses mots, mais aussi ses actes, aisément.

Chapitre 17

« Les larmes qui coulent sont amères, mais plus amères encore sont celles qui ne coulent pas. »
Proverbe gaélique.

Quinn

Après une très longue conversation à cœur ouvert, plusieurs centaines de larmes versées, mes parents ont décidé de rester quelques jours chez nous, extrêmement heureux de jouer leur rôle de grands-parents auprès d'Iris. Leur présence constante me permet de pouvoir me rendre à l'entraînement sans penser continuellement à ma fille. Entre Grace, James et Ayleen, on peut dire que mon petit bonbon rose est bien entouré.

— Prêt ? lance Brayden depuis l'encadrement de la porte de ma chambre, son sac de sport déjà bien calé sur son épaule.

Je hoche la tête avant de faire passer mon tee-shirt par-dessus ma tête et d'en enfiler un propre. D'une main, j'attrape mon sac contenant tout mon équipement, de l'autre mon tee-shirt porté à peine une heure et pars embrasser mes parents et Iris avant de suivre mon meilleur ami.

— Ay', je te laisse ça au cas où, dis-je en posant le vêtement près de la petite dont les doigts se serrent déjà sur le coton gris.

Mes parents me regardent sans comprendre, ce qui me fait sourire.

— Depuis son arrivée, elle semble adorer mes tee-shirts et ça l'aide à se calmer en cas de grosse colère.

Un geste de la main et un dernier baiser sur le front d'Iris et nous voilà partis, Brayden et moi. Retrouver la glace, les entraînements intensifs du coach ainsi que la plupart de mes coéquipiers va me faire le plus grand bien. Depuis une semaine, ma vie ne se résume qu'à une chose : m'occuper de ma fille, et il est grand temps que je fasse autre chose de mes journées que donner des biberons ou changer des couches. L'arrivée d'Iris ne doit pas m'éloigner de mon but ultime qui est de pratiquer le hockey aussi longtemps que possible.

Heart of Wild : For you

Nous jouons à un niveau si haut que la concurrence est rude et il me suffirait de montrer le moindre signe de faiblesse pour que ma place au sein des Wild soit offerte à un autre joueur et il en est hors de question ! Cette place dans l'équipe, je la mérite et depuis la signature de mon tout premier contrat pro, il y a cinq ans de ça, je me suis toujours donné à fond. Je fais ce qu'on me dit de faire, même si cela ne me plaît pas toujours, quitte à obéir au doigt et à l'œil des dirigeants du club. Bordel, je bosse comme un dingue pour maintenir mon corps au maximum de ses capacités et il ne manquerait plus qu'un tout petit « contretemps » ne vienne réduire en cendres mon avenir en NHL.

À bord de la *Dodge RAM* de Brayden, je l'écoute d'une oreille distraite me raconter les derniers entraînements que j'ai loupés ainsi que l'arrivée imminente d'un nouveau au sein de notre équipe, tandis que nous rejoignons *l'Xcel Center Energy.*

— On sait quoi sur lui ? demandé-je en croisant le regard de mon capitaine.

— Jonas nous vient de l'équipe réserve. Il est l'un des meilleurs de son jeune âge et aux dires du coach, il est plutôt bon, mais il a encore des progrès à faire quant à son jeu collectif.

— Moi qui pensais qu'après le départ de Scotty, on serait tranquille de ce côté-là...

— La ligue met un point d'honneur à les recruter de plus en plus tôt pour en faire des champions, le hic, c'est qu'en passant à côté de leurs vies d'ados dite « normale », ils en deviennent complètement obnubilés par la victoire et cela pose un sacré problème, surtout dans un sport collectif comme le nôtre.

Ce n'est pas la première fois que j'entends Brayden tenir un tel discours sur les agissements de la ligue en ce qui concerne les jeunes joueurs, mais cela ne nous avait pas encore touchés de si près et cela ne me dit rien qui vaille. Après le départ de Scott, notre ancien capitaine, et la nomination de mon meilleur pote pour le remplacer, beaucoup des gars de l'équipe pensaient comme moi, que les choses iraient en s'arrangeant et qu'on en ressortirait bien plus forts. Seulement, l'arrivée des nouveaux bleus ne m'enchante guère et je parie qu'il en sera de même pour mes coéquipiers.

— Tu as déjà pensé à ce que tu ferais après la NHL ?

Brayden reste silencieux quelques secondes, prenant sûrement le temps de réfléchir.

— Quand je me suis blessé la saison dernière, j'ai vraiment cru que ma carrière pro était fichue et avant ça, je n'avais jamais pris le temps de réfléchir à un plan B. À mes yeux, j'étais invincible et rien ne pouvait m'arriver. Puis j'ai fini sur une civière, évacué de la glace sous les applaudissements du public et ça m'a fichu la frousse de ma vie. J'ai eu peur de ne plus pouvoir rejouer et donc revenir dans l'arène sans qui je suis perdu. Alors même quand les médecins me disaient de penser à une reconversion, car pour eux, mon épaule ne tiendrait jamais le choc, j'ai continué de croire en mon rêve ultime, celui de pratiquer ce sport pour lequel je suis né. Aujourd'hui je vois les choses différemment, mais non, je n'ai jamais pensé à l'après.

Je n'irais pas jusqu'à dire que le hockey est toute ma vie, mais presque. J'ai appris à jouer aux côtés de Brayden, l'un des meilleurs de sa génération et évoluer dans la même équipe que lui est un réel plaisir, seulement, si demain, je venais à tout perdre, j'ai toujours mon plan B. J'aime jouer, tout comme j'aime gagner, mais si cela venait à s'arrêter, j'aimerais devenir entraîneur chez les plus jeunes. Leur apprendre les bases comme jouer ensemble, en équipe, mais surtout leur apprendre que le hockey est un sport unique. Les jeunes d'aujourd'hui ne jouent plus par passion, mais par intérêt, une sacrée pression pesant atrocement sur leurs maigres épaules et je déteste ça. C'est pour ça que j'aimerais apprendre à ces gosses le bien que cela peut faire de jouer pour le plaisir et les voir ressortir de la glace après chaque entraînement avec un large sourire montrant combien ils ont aimé ça.

Ouais, ça me plairait carrément.

Bien que je ne compte pas raccrocher les patins de sitôt, je n'ai pas non plus un grand espoir concernant la suite de ma carrière pro. Avec l'arrivée d'Iris et ce que cela implique pour ma vie future, le hockey ne passe plus en priorité numéro un et dès que cet instant arrive, n'importe quel joueur vous le dira, c'est le début de la fin.

Mes pensées déviant un peu trop sur une note négative, je me fiche mentalement un coup de pied au cul et me ressaisit. Mon contrat ne devrait pas tarder à arriver et avec lui, quelques années de plus «garanties» chez les Wild, enfin, si tout se passe comme prévu...

Les gars ne sont pas tous arrivés lorsque Brayden et moi pénétrons dans le vestiaire. La plupart sont encore en tenue de ville et discutent gaiement autour des casiers. Je les salue un par un, éludant quelques questions sur mon absence aux derniers entraînements et marmonne l'excuse bidon du «pas le temps». Puis je repère Mike, à l'écart du petit groupe, les yeux fermés et ses écouteurs dans les oreilles. De la courbe de ma crosse, je lui tape le tibia et articule silencieusement un «*ça va ?*», auquel il répond par un haussement d'épaules.

Je décide de m'installer à ses côtés et commence à me désaper.

— Ton casier est à l'autre bout, soupire Mike qui finit par retirer son écouteur.

— L'air boudeur, ça ne te va pas du tout.

— Je ne boude pas, je réfléchis.

— Encore pire ! Arrête de te prendre la tête, O'Dell. Paraît que nous les hommes, nous ne sommes pas équipés pour en plus.

Je le vois se retenir de sourire et lui file un coup de coude amical.

— Tout va finir par s'arranger...

Soudain, le coach entre dans le vestiaire et appelle Mike d'une voix glaciale. Toutes les têtes se tournent vers le plus jeune de l'équipe qui se lève et rejoint notre entraîneur, tête basse, épaules voutées.

— C'était quoi ça ? vient me demander Brayden en fixant la porte qui vient de claquer bruyamment derrière notre colocataire intérimaire.

— Aucune idée.

Connaissant le coach, il doit être sacrément furax après Mike pour le convoquer ainsi devant tous les gars et le même mauvais pressentiment que j'ai ressenti le matin où Iris a débarqué dans ma vie refait surface.

— Tu sais s'il fricote toujours avec Sadie ? Peut-être qu'Hernandez veut lui rappeler sa règle d'or concernant sa fille.

— Il ne m'en a pas parlé depuis un bon moment et aux dernières nouvelles, Sadie était à la fac à l'autre bout du pays. En même temps, ça fait un bail qu'il ne me parle plus de rien...

Intérieurement, une petite voix me souffle de dire toute la vérité concernant Mike à Brayden, mais je la fais taire et ravale les paroles qui meurent d'envie de sortir.

Bientôt, me dis-je à moi-même.

Pour m'occuper, j'enfile mon équipement, ce qui me fait un bien fou et lorsque je termine de lasser mes patins, mon corps tout entier hurle son envie de monter sur la glace pour se défouler.

Nous commençons l'entraînement par quelques tours de glace qui se terminent bien vite en course pour déterminer qui est le plus rapide, quand un gars, sorti de nulle part, débarque. Il saute par-dessus la rambarde, atterrissant agilement sur ses lames avant de rejoindre notre petit groupe qui l'observe méticuleusement.

— Salut, nous lance l'inconnu en s'appuyant sur le haut de sa crosse.

— T'es qui, toi ? grogne Bruno.

— Lyam Jonas, rétorque-t-il sans se dégonfler.

Un coup de sifflet retentit, nous faisant tous tourner la tête en direction du coach assistant, John.

— Hernandez ne sera pas des nôtres ce soir, mais il m'a laissé quartier libre pour vous faire suer à sa place. On va commencer par un 2 vs 1 sur demi-glace et shoot pour les autres en attendant votre tour. Ramsey et Anderson, aux cages. Les gars, sur la ligne bleue !

Il clôt sa phrase par un nouveau coup de sifflet et nous rejoignons tous notre place.

Trois heures plus tard, tous les muscles de mon corps hurlent de douleur. Entre les exercices corsés de John, le petit match défouloir habituel et la séance de muscu, j'ai l'impression d'avoir quitté le club depuis des années et non deux semaines.

— J'ai mal partout, râle Kent, notre gardien, en fixant le nouveau venu qui sifflote en se déséquipant.

Ce dernier n'est pas allé de main morte pour son premier entraînement avec nous et a bombardé sans retenue Kent qui se retrouve à se masser plusieurs parties du corps à l'arnica, bien que ses bleus soient déjà en partie visibles.

— Jonas, je sais que tu es nouveau ici et que tu veux sans aucun doute montrer de quoi tu es capable, mais je ne veux pas revoir ce genre de comportement au prochain entraînement. Tu as été engagé par la ligue, mais c'est moi le capitaine de cette équipe, et je refuse que mes gars agissent ainsi.

La voix froide et autoritaire de Brayden résonne entre les cloisons du vestiaire, validée par une grande partie des gars.

— Dit le mec qui a cogné son capitaine avant de lui piquer sa place ! lâche Lyam, faisant bondir mon meilleur ami.

— Répète ça !

— Avec plaisir! Tu as une préférence pour la langue? J'en parle quatre couramment, je devrais donc pouvoir te satisfaire.

En un battement de cil, Brayden est déjà sur Lyam, son poing serré autour du col de son maillot. Niveau taille, le nouveau ne fait clairement pas le poids face au gabarit de Collos et je me précipite pour intervenir.

Avec l'aide de trois autres gars, nous séparons notre capitaine et Jonas, quand ce dernier ouvre à nouveau sa gueule, annonçant ainsi la couleur pour les mois à venir:

— Scott est un ami de ma famille depuis des années, alors ne va pas t'imaginer que tes discours de grand homme ont un quelconque impact sur moi. Je suis là pour rafler tout ce que je peux, y compris ton «C[12]».

— Tu veux ma place, gamin? Eh bien j'espère que tu as les nerfs bien accrochés, parce qu'avec un comportement comme le tien, c'est pas demain la veille qu'une lettre sera brodée sur ton maillot.

Sur le chemin pour rejoindre le centre-ville, Brayden ne décroche pas un seul mot. Ses mâchoires sont tellement serrées que ses dents produisent un son désagréable, et je ne vous parle même pas de

---

[12] Le capitaine de l'équipe est reconnaissable par l'écusson de la lettre «C» sur l'avant de son maillot.

ses doigts qui semblent vouloir fusionner avec le cuir du volant.

— B... tenté-je de dire, mais il m'interrompt en levant une main entre nous et secoue la tête.

Je comprends sa colère. Lyam est allé trop loin en le provoquant ainsi en plein vestiaire bondé. Et dire que la saison n'a pas encore commencé, ça me fait peur pour la suite.

De retour à l'appart, un silence étrange règne, si bien que tout mon corps semble se mettre en état d'alerte. Je traverse le couloir, jetant un œil dans ma chambre vide, puis rejoins le salon où je stoppe net. C'est ma mère que je repère en premier, assise à même le cuir, la tête en arrière et les yeux clos. Puis je vois mon père, étendu sur le dos au travers du canapé, sa bouche grande ouverte laissant échapper quelques ronflements et sur son ventre rebondi, Iris dormant comme un loir.

— Où est Ayleen ? murmuré-je à Brayden qui hausse les épaules en traversant la salle, prenant la direction de sa propre chambre.

Ce dernier me fait signe qu'il a trouvé sa petite furie puis ferme lentement sa porte avant de tourner le verrou. Un coup d'œil vers les trois dormeurs me confirme que la sieste est loin d'être terminée et je décide d'aller prendre une douche. Je sors néanmoins mon portable de ma poche pour immortaliser la scène quand je réalise avoir reçu plusieurs messages, dont un mail de Jenkins.

Je me hâte de l'ouvrir :

La pièce jointe parlera d'elle-même.

D'un doigt chevrotant, je clique sur le trombone et laisse la vidéo charger. Celle-ci finit par s'afficher, montrant la devanture de mon immeuble reconnaissable avec ce lierre et les rosiers, à la date du 28 avril. L'angle ne montre pas la porte principale, seulement un recoin donnant sur la ruelle de derrière. Les secondes s'écoulent, puis à 06 h 52 précisément, une personne apparaît : June.

Je détaille sa démarche déséquilibrée, la façon dont son bras est plaqué contre sa poitrine, tandis que l'autre transporte avec difficulté le cosy qu'elle vient déposer sur le sol après avoir regardé autour d'elle. Elle s'agenouille, embrasse Iris, puis se relève et essuie une larme sur sa joue. C'est alors qu'elle laisse tomber la lettre sur la couverture de la petite et tourne le dos à sa fille.

— Pourquoi, June ? dis-je à voix haute, comme si elle pouvait me répondre.

Elle ne l'a déjà pas fait dans sa lettre...

Mes yeux se posent sur cette dernière, posée sur ma table de nuit et instinctivement, mes doigts la déplient pour la millième fois.

Quinn,

Il y a huit mois et vingt-et-un jours, nous avons passé une nuit ensemble. Tu es parti au petit matin, en me laissant quelque chose de toi dont je ne voulais pas. Puis ce quelque chose a grandi dans mon ventre et je l'ai aimé, un peu plus à chaque coup qu'elle me donnait. Cet amour s'est multiplié par mille quand je l'ai tenue contre moi pour la toute première fois.

De nombreuses fois au cours des derniers mois, j'ai voulu te contacter et t'annoncer que tu allais avoir un enfant. Puis je t'ai vu avec ta copine, tu avais l'air si heureux que je n'ai pu me résoudre à le faire, enfin, jusqu'à aujourd'hui.

Je suis désolée d'avoir attendu si longtemps pour te le dire et de te présenter ta fille comme ça, mais tu es la seule personne en qui j'ai suffisamment confiance pour prendre soin d'elle.

Quinn, je vais bousculer ta vie et j'en suis désolée, seulement tu es mon dernier espoir. Sans toi, tout est perdu, alors j'espère que quoi qu'il arrive et où que je sois, tu me pardonneras et l'aimeras inconditionnellement, pour toi, mais aussi pour moi.

J'ai tenté de lire entre les lignes tant de fois que j'ai cessé de compter, mais ces mots sont les seuls qu'elle m'a laissés et ils n'expliquent absolument rien.

Depuis que j'ai vu son portrait passer aux infos, j'ai su, au plus profond de moi qu'elle était celle qui venait effectivement de bousculer mon monde, mais comment lui en vouloir alors qu'à présent, j'ai Iris dans ma vie ? C'est impossible. June a bel et bien bouleversé mon univers, mais je ne peux que l'en remercier, car grâce à elle, je sais enfin ce qu'est le véritable amour.

Je replie soigneusement la lettre, puis la range dans le tiroir de ma table de nuit avant de me diriger vers la salle de bain où je m'attarde sous le jet d'eau chaude, laissant mes muscles se détendre un à un. Mes pensées dévient à quelques kilomètres d'ici, là où se trouve une superbe blonde aux yeux séducteurs ayant kidnappé une partie de mon cœur. Je repense à notre week-end dans le Wisconsin, à nos mots échangés lors de ces trois jours hors du monde, mais aussi à toutes ces émotions qu'elle seule a su raviver en moi. Jamais je ne m'étais senti aussi vivant et indispensable que lorsque je tenais son corps contre le mien et malgré tout ce qu'il s'est produit entre nous et la façon dont elle m'a quitté, elle me manque, un peu plus chaque jour.

Heart of Wild : For you

Le matin, avant d'ouvrir les yeux, il m'arrive de croire que ces derniers jours n'étaient qu'un rêve et que je la trouverai emmitouflée dans mes draps. Puis je prends une profonde inspiration, tâtonne de ma main libre l'espace vide à mes côtés et réalise que non, tout ça, c'est bien réel. J'ai perdu ma copine en devenant père et même si m'occuper de mon petit bonbon rose accapare tout mon temps, elle ne parvient pas à effacer les traces laissées par Melody après son départ.

Une serviette nouée sur mes hanches, j'entends la sonnerie de mon portable qui m'annonce l'arrivée d'un message et lorsque mon regard tombe sur le nom de l'expéditeur, mon cœur se met à battre à un rythme irrégulier, douloureux.

Melody *: Il m'aura fallu plusieurs jours pour trouver le courage de t'écrire. Je suis sincèrement désolée... Je suis allée trop loin, aussi bien dans mes actes que dans mes mots, je le reconnais, mais c'est un bébé, Quinn, et ça change tout...*

Le regard perdu dans le vague, je réfléchis quelques instants à ma réponse qui se dessine progressivement dans mon esprit. Faire souffrir Melody n'est pas mon but, seulement je ne suis plus seul à présent et je ne peux me permettre de ne pas jouer franc jeu avec elle, bien qu'elle ait réduit mon cœur en miettes en rejetant mon « je t'aime ».

Quinn : *Ce n'est pas facile pour moi non plus, mais c'est ma vie maintenant et si c'est trop pour toi, je peux le comprendre. Même si cela veut dire qu'il n'y a aucun espoir pour nous.*

Durant de longues minutes, les points de suspension clignotent, jouant avec mes nerfs déjà bien à vif. Puis, après ce qui me semble être une éternité, mon portable vibre à nouveau dans ma main.

Melody : *Je ne peux pas. Prends bien soin de toi, Quinn...*

Je ne réponds pas.
À quoi bon ?
Sa réponse est claire comme de l'eau de roche et quoi que je dise, rien ne fera disparaître l'élément qui nous empêche d'être ensemble. Elle veut le Quinn qu'elle a toujours connu, celui capable de la faire grimper aux rideaux comme personne, mais aussi celui sachant la tenir serrée contre lui tandis qu'elle pleure devant un film de gonzesses...

Six mois, ma plus longue relation, mais aussi la plus vraie de toutes, parce que je n'ai jamais été autant moi-même qu'avec elle. Pas de faux-semblants, rien que le véritable moi. Melody a été, pour moi, bien plus que ma première véritable petite amie, elle a été la première femme pour qui j'ai éprouvé des sentiments que je n'ai su définir que trop tard. Pour un mec flingué comme moi, il n'est pas toujours facile de laisser quelqu'un pénétrer le bouclier de glace qui emprisonne mon cœur depuis ma plus tendre enfance. Derrière cette carapace, je me suis toujours senti à l'abri du monde extérieur et des blessures qu'on pourrait m'infliger. Mais Melody n'a jamais été dupe et a toujours su comment me pousser, juste comme il le fallait, pour que je m'ouvre enfin aux autres et que j'aime à mon tour.

Pari gagné pour elle, j'ai fini par aimer, mais cela n'a pas suffi à la faire rester quand ma vie a pris une direction que ni elle ni moi n'avions imaginé.

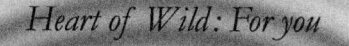

Chapitre 18

« Car, vois-tu, chaque jour je t'aime davantage. Aujourd'hui plus qu'hier et bien moins que demain. »
Rosemonde Gérard.

Quinn

Iris a trente-huit jours aujourd'hui et cela fait à présent un mois qu'elle rythme mes jours et mes nuits, mais aussi ceux de mes colocataires. Mes parents sont repartis pour WBL, non sans me faire promettre de passer les voir avec la petite très prochainement. Mike déserte de plus en plus l'appart et bien que je me demande où il passe tout son temps, je n'enclenche pas encore le mode « inspecteur » et le laisse prendre le large. Brayden et

Ayleen sont toujours présents pour moi, mais avec le début des vacances pour toute l'équipe, je les pousse à prendre quelques jours pour eux, loin de cet appart ressemblant plus à une pouponnière qu'à la garçonnière qu'il était autrefois. La petite furie est heureuse de s'occuper d'Iris, mais elle est avec nous depuis son retour dans la vie de mon pote et ne voit Rocky, son meilleur ami à quatre pattes, que très brièvement et cela pèse sur son moral.

Un matin, alors que ma fille engloutit son biberon, pendant que je mate le replay des demi-finales de la coupe Stanley, Brayden et Ayleen apparaissent.

— Vous vous êtes enfin décidés ? dis-je en désignant du menton les valises pesant au bout des bras de Brayden.

— On sera chez Ayleen si tu as besoin de quoi que ce soit. Minneapolis n'est qu'à quarante bornes.

— Que veux-tu qu'il m'arrive ? Je vais rester bien sagement ici, avec la plus belle fille de la planète et un appartement pour nous tout seuls.

— Arrête de faire le malin, Q. Appelle, c'est compris ?

— Oui, capitaine !

— Et n'oublie pas le rendez-vous de demain avec la pédiatre. Je te l'ai noté sur le frigo, dit Ayleen en déposant un baiser amical sur ma joue mal rasée.

— Arrêtez de jouer aux parents poules et filez d'ici tous les deux. Je vais m'en sortir.

Heart of Wild : For you

Iris finit par s'endormir sur la fin de son petit déj, sans même faire son rot. Je la pose délicatement dans son petit lit d'appoint, puis la recouvre de mon tee-shirt avant de reprendre le fil du match, une main caressant ses doux cheveux.

Le troisième tiers touche à sa fin quand ma tablette s'agite sur mes genoux, m'annonçant l'arrivée d'un appel vidéo qui me fait sourire. Je branche mes écouteurs rapidement, puis réponds. L'image met quelques secondes à se stabiliser et mon sourire redouble en apercevant le visage de Thomas, rayonnant et visiblement très heureux de me voir.

— Quinn ! Je ne te dérange pas j'espère ?

— Absolument pas, je me matais le replay des demis.

— Pas trop dur de voir jouer les autres ?

— On finit par s'y faire. Je ne perds pas espoir de voir les Wild jouer en carré final des playoffs et qu'on finisse par soulever la coupe.

— Je veux être là le jour où ça arrive !

La voix de Diane résonne à travers la porte close de la chambre de Thomas qui me demande d'attendre un instant le temps qu'il aille voir ce qu'elle veut. Quand il revient, je désigne de l'index son fauteuil et pousse un sifflement d'admiration.

— Sacré engin !

— T'as vu ça ? Il est génial ! C'est grâce à toi, tout ça, dit-il en montrant son nouveau fauteuil roulant, le lit motorisé prenant une place colossale dans sa chambre, ainsi que le maillot des Wild dédicacé par toute l'équipe pour son anniversaire.

Savoir que ce gosse, pour qui j'ai une grande affection, pourra se déplacer beaucoup plus aisément ou encore que Diane n'aura plus à se briser le dos pour aider son fils à se coucher ou se lever, tout ça grâce à l'argent de la vente aux enchères mise en place par Brayden et mes coéquipiers, me réchauffe le cœur. À plusieurs reprises, j'ai pu discuter avec Thomas ou encore sa mère, et savoir que leur situation financière ne leur permettait pas d'acheter un équipement digne de ce nom, adapté au handicap de ce jeune exceptionnel me déplaisait tellement que j'ai bien failli tout leur offrir. Bien entendu, Diane n'aurait jamais accepté ce geste et je suis donc rassuré que la vente des maillots ait permis ces achats qui vont considérablement améliorer la qualité de vie de cette famille.

— Tu vas pouvoir te la péter dans les couloirs du lycée, maintenant, et servir de carrosse aux jolies demoiselles.

Je lui décoche un clin d'œil espiègle qui le fait rougir.

Oh, oh ! Je connais ce regard !

— À moins qu'il y en ait déjà une ?

— Je ne sais pas trop...

Il est brusquement coupé par une grosse boule de poils beige qui vient se jeter sur ses genoux, léchouillant son visage en remuant frénétiquement de la queue. J'explose de rire tandis que Thomas se débat en riant contre le chiot.

— Désolé, Quinn, il est infernal quand il revient de balade.

— Ne t'excuse pas. Je connais ça avec Bobby, le chien de mes parents. Il est vieux maintenant, à moitié sourd et gros comme un sac, mais chaque fois que je rentre, il me fait une sacrée fête. Alors comment tu l'as appelé, ce petit fou ?

— Wild, répond Thomas avant de serrer l'animal contre lui. Tu remercieras encore Melody pour moi, à moins qu'elle soit là...

— Non, elle n'est pas là, dis-je difficilement, cachant mon malaise derrière un haussement d'épaules nonchalant. Elle est véto dans une petite ville et se laisse vite déborder, mais je lui passerai le message.

Ou pas...

Vu le contenu de notre dernier échange, je ne risque pas d'avoir de ses nouvelles de sitôt et ne compte pas faire à nouveau souffrir mon cœur en lui envoyant un message au sujet de son cadeau pour Thomas.

Je détourne vite la conversation sur un sujet plus joyeux, autrement dit, son ancienne équipe qui vient de finir deuxième du championnat. Il s'extasie en me racontant les matchs et combien sa fête d'anniversaire a resserré les liens qu'il avait avec ses anciens coéquipiers qui tentent de l'intégrer au maximum, malgré son handicap.

— Maman a raison quand elle dit que tu es mon ange gardien. Te rencontrer à Minneapolis a véritablement changé ma vie.

— Ça a changé la mienne aussi, tu peux me croire.

Et bien plus qu'il ne peut se l'imaginer. En faisant sa connaissance, j'ai réalisé combien la vie peut être courte et combien j'avais envie de vivre la mienne avant qu'il ne soit trop tard. Mais aussi à quel point l'amitié peut se trouver là où on s'y attend le moins ! Je ne pensais pas rencontrer quelqu'un comme Thomas lorsque j'ai franchi le seuil de la salle de conférence, et pourtant, c'est bel et bien le cas.

Nous parlons depuis plus d'une heure quand Iris commence à s'agiter dans son lit, poussant de petits couinements.

— Excuse-moi un instant, dis-je avant de poser la tablette et d'effleurer de ma grande main son beau visage crispé.

Du pouce, je caresse ses sourcils froncés et souris comme un débile quand elle finit par s'apaiser, ses lèvres s'étirant en un rictus proche du sourire. Puis

Heart of Wild : For you

ses petits doigts viennent saisir mon avant-bras. Ses ongles me griffent légèrement la peau, mais ce n'est en rien douloureux, bien au contraire. C'est comme si elle s'accrochait à moi, comme si elle ne pouvait pas vivre sans mon contact et cela suffit à me faire me sentir comme le roi du monde.

Malgré mes tentatives pour la rendormir, elle ouvre ses grands yeux gris, puis me regarde avec une profondeur qui a une fois de plus raison de moi.

Je passe mes mains sous son corps et viens la poser contre ma poitrine. Sur l'écran de ma tablette, je vois Thomas regarder la petite chose vêtue d'une adorable robe fleurie, choisie par Tatie Ayleen qui adore faire du shopping pour Iris.

— Je ne savais pas que tu avais une petite sœur ! s'exclame l'ado qui ne pouvait pas être plus éloigné de la vérité.

— Ce n'est pas ma sœur, Thomas.
— Non ?
— Non...

Il me fixe à travers l'écran sans comprendre, attendant une réponse autre que « non », mais j'ai peur. J'apprécie énormément Thomas, mais lui révéler la vérité sur Iris, c'est prendre le risque que sa vie, la nôtre, se retrouve placardée dans les journaux et je ne peux me le permettre. Que Brayden, Ayleen, Mike ou encore Smith et le coach sachent, c'est une chose, mais le dire à voix haute, à ce jeune qui était encore un inconnu pour moi il y a moins de deux mois, c'en est une autre.

Pourtant, je sens qu'en moi, quelque chose se réveille. Cette envie de vivre pleinement chaque instant de ma vie, d'aimer et de faire confiance aux gens qui m'entourent, cette envie de hurler au monde entier que je suis l'homme le plus heureux de la planète grâce à ce petit être entièrement dépendant de moi.

Inspirant profondément, je baisse les yeux sur le regard gris auquel je suis incapable de résister, puis les relèvent vers l'écran.

— Ce que je vais te dire, tu devras le garder pour toi et n'en parler à personne. Jamais. C'est vraiment très important pour moi que tu gardes ce secret.

— « *Cross my heart and hope to die*[13] », cite-t-il, une main sur son cœur, ce qui me fait légèrement rire.

— Elle s'appelle Iris et c'est... ma fille.

Je laisse mes mots planer entre nous, tandis qu'un silence s'abat, seulement interrompu par les bruits de succion de mon petit bonbon rose sur sa tétine.

— Je ne devrais en parler à personne et la protéger de mon monde autant que possible, mais tu m'as donné ta parole et j'ai confiance en toi, Thomas.

---

[13] Equivalent en français de : « croix de bois, croix de fer, si je mens, je vais en enfer. »

— Ton secret est bien gardé avec moi, je t'en fais la promesse.

En une simple phrase, il vient de me prouver que l'être humain a encore d'innombrables surprises en réserve et me fait ressentir cette sensation de chaleur dans la poitrine qui me surprend toujours.

Après cette conversation à cœur ouvert, où j'ai pu me libérer d'un poids pesant atrocement sur mes épaules, j'ai réalisé que protéger Iris en la cachant du monde n'était pas la meilleure solution à adopter. Je ne pourrai pas la garder ici indéfiniment, prisonnière des murs de cet appartement qui ne m'appartient qu'à moitié.

Alors j'ai profité du calme et des longues journées de paresse à ne rien faire d'autre que m'occuper d'elle, la regarder dormir ou encore grandir de jour en jour, pour consulter les annonces immobilières, à la recherche d'une maison où elle pourrait grandir comme tout autre enfant. Que moi, son père, hockeyeur professionnel passe ma vie à bord d'un bus, d'un avion ou dans une suite luxueuse d'hôtel, que mon visage et mon nom soient salis dans la boue régulièrement pour alimenter la folie infernale de la presse à scandale, c'est une chose, mais rien de tout ça n'a d'importance tant qu'elle continue de sourire comme elle le fait de plus en plus fréquemment et tant que ses yeux gris perle continuent de me regarder avec tant d'amour.

La première quinzaine de juin défile rapidement. Iris est de plus en plus éveillée et sait mieux que personne comment me faire rire aux éclats ou m'émouvoir aux larmes tant l'amour que je lui porte est puissant. Elle grandit, prend du poids, son visage change d'heure en heure, tout comme ses mimiques à croquer dont je ne parviens à me lasser.

Mon portable est blindé de photos d'elle, de nous, et encore d'elle, relayant le reste à de simples souvenirs anciens, ceux d'une autre vie.

Aujourd'hui, alors que le soleil brille à l'extérieur et qu'une brise chaleureuse traverse le salon depuis la baie vitrée ouverte, mes doigts tapent à une allure folle sur l'écran de ma tablette. Ce mail, je ne fais que le repousser depuis des semaines, mais l'heure est venue pour moi d'affronter les responsabilités que mon nouveau rôle de père engendre.

Alors que la plupart de mes coéquipiers savent déjà où ils joueront la saison prochaine et ont, pour la plupart, tous signé leurs contrats, le mien n'arrive pas et le silence de mon agent ne me dit rien qui vaille. Voilà donc pourquoi j'écris ce long message aux dirigeants de mon club, pour leur annoncer mon envie de continuer à jouer au sein du Wild Hockey Club, mais aussi pour leur annoncer le changement majeur qui est survenu de mon côté. Avoir un enfant est loin d'être une chose anodine, surtout lorsqu'on joue à haut niveau comme moi. Je pourrais très bien continuer de jouer l'autruche et ne rien dire au sujet d'Iris, mais je n'en ai aucune envie et préfère être honnête envers mes dirigeants.

Et puis, ce n'est pas comme si je n'avais pas un rond de côté. Avec l'argent que j'ai sur mon compte, je pourrai très facilement nous acheter une jolie petite maison et me trouver un travail avec un salaire correct, mais ce n'est pas ce dont j'ai envie, en tout cas, pas pour l'instant. Ce que je veux, c'est porter fièrement le maillot de mon équipe et jouer, encore et encore, tout en jonglant avec ma vie personnelle et cette petite fille adorable qui comble mon cœur comme personne.

Est-ce possible ?

Je n'en sais rien, mais si je n'essaie pas, je vivrai à jamais avec le regret de ne pas avoir donné le meilleur de moi-même pour que tous mes rêves se réalisent et je le refuse, catégoriquement. Alors que je tape les derniers mots de mon mail, Iris s'agite et ses petits doigts viennent malencontreusement appuyer sur envoyer, avant même que je n'aie fini d'écrire.

— Dis donc, chipie, je n'avais pas terminé, soufflé-je en lui embrassant le bout du nez. Mais au moins, ça m'évitera de remettre ça à plus tard, une fois encore.

~

Le lundi suivant, je fais appel à Sam pour qu'il me trouve une voiture avec chauffeur. Moins d'une heure plus tard, je suis assis sur la banquette arrière d'une berline aux vitres teintées, Iris confortablement installée dans son siège auto à mes côtés. Je donne l'adresse à William, mon chauffeur pour la journée, et laisse mon regard errer sur les bâtiments et les passants qui défilent sous mes yeux. Iris joue avec mes doigts tout en babillant, attirant le regard du grand black sur elle.

— Elle a quel âge ?

— Pas tout à fait deux mois, dis-je en croisant son regard chaleureux à travers le rétroviseur.

— Les nuits ne sont pas trop chaotiques ?

— Ça dépend. Elle peut dormir six heures d'affilée comme se réveiller toutes les vingt minutes.

Il hoche la tête, reportant son attention sur la route.

— Vous avez des enfants ?

— Trois filles.

— Waouh !

Je l'admire, réellement, surtout qu'il n'a pas l'air beaucoup plus vieux que moi. Iris est dans ma vie depuis un mois, dix-sept jours et cinq heures, et bien que j'adore m'occuper d'elle, je n'ai jamais été aussi épuisé de toute mon existence. Avant, dormir ne faisait pas vraiment partie de mes priorités et il pouvait m'arriver de ne pas fermer l'œil pendant plus de vingt-quatre heures sans ressentir l'état de fatigue dans lequel je me trouve désormais. Je pourrais même piquer un somme, là, maintenant, tant mes paupières sont lourdes. Mais le programme qui nous attend me maintient éveillé.

La voiture finit par s'arrêter le long d'un trottoir, devant un haut portail noir.

— Ça ne sera pas long, dis-je à William en détachant ma fille de son siège et de la prendre dans mes bras.

D'un coup d'œil circulaire, je lorgne les alentours pour m'assurer que personne ne nous a suivis puis sors du véhicule.

Le soleil cogne fort, là dehors. Je réajuste le petit chapeau d'Iris, ainsi que la sangle du sac à langer, rose, floqué d'une tête de licorne étincelant sous la lumière et intérieurement, je maudis Ayleen de ce choix douteux.

Une grande brune juchée sur de hauts talons s'avance dans ma direction. Je la détaille un instant, elle, mais aussi son tailleur cintré, son maquillage impeccable, ses yeux noisette lorgnant sur mes biceps. J'étouffe un rire discret derrière un toussotement, puis m'excuse de ne pouvoir lui serrer la main en désignant la petite.

— Monsieur Douglas, enchantée.

— Ce n'est pas vous que j'ai eu en ligne.

Ce n'est pas une question et mon ton se fait plus sévère que je ne le voudrais. À ma décharge, je ne suis pas encore tout à fait à l'aise, ainsi exposé à la vue de tous.

— Je suis Mélanie Brown, l'agent immobilière en charge de votre dossier. Vous avez dû être en contact avec ma patronne, Mme Meyers.

Je hoche la tête, puis lui désigne la grille du menton.

— Vous me faites visiter ?

Elle me sourit, avant de sortir un trousseau de clés de son sac à main et d'appuyer sur le bouton qui actionne l'ouverture des portes.

— C'est un quartier extrêmement calme. Les maisons sont toutes espacées de plusieurs mètres, une clôture ainsi que des arbustes entourent le terrain et vous offrent une certaine intimité non négligeable sur ce genre de bien.

Je la laisse me sortir tout ce que je sais déjà sans l'interrompre. L'annonce m'a été transférée par mail il y a quelques jours et j'ai déjà passé les détails en revue, avant de géolocaliser l'endroit pour m'assurer de la tranquillité du coin.

Nous remontons la longue allée bétonnée menant à la maison de style moderne dont le charme m'a tout de suite séduit et qui se trouve être l'opposé du luxueux penthouse que je partage avec Brayden depuis quelques années maintenant. Le charme des lieux est indéniable, bâtie de plain-pied, le bas des murs est en pierre anthracite, de grandes fenêtres en bois encadrent les quatre coins de la bâtisse. Elle pourrait être une maison tout à fait ordinaire, mais ce n'est pas le cas. Dès que je l'ai vue en photo, je l'ai immédiatement aimée et plus j'avance dans la visite, plus ce sentiment se confirme et plus je m'imagine avec une perfection déroutante vivre ici. Elle est plutôt grande pour ma fille et moi, mais j'ai déjà plusieurs idées d'aménagement qui seront utiles aussi bien à Iris qu'à moi.

Le jardin est un véritable paradis sur Terre avec sa piscine, l'herbe verte fraîchement coupée qui donne une odeur au terrain que j'adore, sans parler du petit kiosque de bois blanc qui me rappelle celui de la villa que nous avions louée à White Bear Lake pour fêter les vacances l'an dernier.

C'est littéralement le coup de cœur quand je suis Mélanie dans un escalier menant au sous-sol.

— La garçonnière dont tous les hommes rêvent, dit-elle simplement en s'effaçant pour que mes yeux puissent détailler chaque recoin de cette pièce.

Un imposant bar en bois massif occupe tout un angle, contenant un nombre impressionnant de bouteilles qui feraient baver n'importe lequel de mes coéquipiers. Même mon père en tomberait à la renverse. Un billard trône en plein centre de la pièce, ainsi que de larges canapés de cuir disposés face à un véritable écran géant, sonne le coup final et instantanément, je m'imagine clairement être ici, avec mes potes.

— Effectivement, cette pièce a beaucoup d'atouts.

— N'est-ce pas? dit-elle en me déshabillant de son regard noisette.

Ah ma belle... tu arrives trop tard, murmure ma conscience.

Mon corps se rend bien compte des multiples signaux envoyés par la jolie brune au fil de la visite, mon égo se gonfle, mais mon cœur, lui, reste de marbre. Pas d'accélération du palpitant, aucun désir, même en voyant son joli cul remonter l'escalier, l'ouverture arrière de sa jupe laissant apercevoir une paire de bas noirs. Je devrais sentir quelque chose, mais rien.

Lorsque je la rejoins près du comptoir de granit sombre de la cuisine, elle étale plusieurs papiers sur ce dernier. Nous discutons prix, date butoir, travaux et tout un tas de trucs chiants durant un long moment. Lorsqu'Iris se met à pleurer dans mes bras, je consulte ma montre et réalise que c'est l'heure de son biberon.

— Ça vous dérange si je me sers du micro-onde?

— Je vous en prie, répond-elle, un sourire dans la voix qui me fait relever les yeux vers elle.

Elle a ce regard que j'ai déjà vu des centaines de fois, dans des dizaines de paires d'yeux différents.

Celui enflammé du désir. Elle me veut, ou du moins, elle veut mon corps et le bébé qui pleure de plus en plus entre nous ne semble pas la déranger le moins du monde.

Je secoue nerveusement la tête, retournant à la préparation du biberon d'Iris qui s'impatiente de plus en plus.

— Ça arrive, chuchoté-je avant de faire tomber la tétine stérilisée sur le sol. Eh merde !

Je jure à nouveau quand ma fille hurle à pleins poumons. Un cri qui me lacère violemment le cœur. Soudain, je me sens impuissant, désarmé. Je regarde autour de moi, à la recherche d'un endroit où la poser le temps de trouver une seconde tétine, quand deux bras se tendent dans ma direction.

— Laissez-moi vous aider.

J'acquiesce, passant une Iris en pleine colère dans les bras de cette inconnue. Sans m'arrêter de fixer ma fille, je m'active et secoue énergiquement le biberon avant d'aller le faire chauffer quelques secondes. Le minuteur de l'appareil s'écoule à une lenteur d'escargot. La petite se calme légèrement, mais ne cesse de pleurer tendant les bras dans le vide.

Bip !

Je me jette sur la porte et visse une tétine propre avant de caler cette dernière entre mes lèvres, le temps de récupérer mon adorable petite chipie.

— On a évité le drame, lâché-je à Mélanie dont le regard n'a toujours pas changé.

— Puis-je me permettre une remarque ?

— Je vous écoute…

— Le côté papa vous rend encore plus sexy que vous ne l'êtes déjà.

Alors ça c'est direct, et s'il y a bien une chose que j'aime chez une femme, c'est ce côté assumé, n'ayant pas peur de dire à voix haute ce qu'elle pense.

Et alors que je plonge mon regard dans ses yeux bruns, me demandant si céder à la tentation, comme avant, apaiserait la douleur que m'a infligée Melody en partant, je réalise que cela n'est plus moi.

Ça serait si simple de l'inviter à l'appart, endormir Iris et tirer un coup rapide avec une superbe jeune femme comme elle. Mais je ne peux pas. Je refuse de retourner à mes anciennes habitudes sous prétexte que ma nana ne pouvait pas affronter la réalité de ma nouvelle vie. Je ne peux plus être cet homme-là, pas avec une fille à élever et à qui je compte enseigner de véritables valeurs.

Chapitre 19

« Les gens font des choix mystérieux et c'est impossible de pleinement comprendre une autre personne. Parfois, il faut se contenter de l'accepter. »
Camilla Grebe.

Melody

Il est encore tôt quand je m'étire entre mes draps. L'esprit encore embrumé par le sommeil, je pense à lui. Comme chaque jour depuis que mes doigts l'ont violemment giflé, que son regard empli de tristesse et de rejet s'est abattu sur moi.

« — Mais je t'aime… »

Ce sont les derniers mots qu'il a prononcés avant que je ne lui ris au nez et que je ne claque la porte de son appartement.

Ce jour-là, j'ai mis plus de deux heures à rentrer chez moi, tant les larmes voilaient ma vision, m'empêchant de conduire. Mon corps semblait incapable de se calmer, secoué de part et d'autre par de puissants sanglots incontrôlables.

Vingt-quatre heures avant ça, nous étions blottis l'un contre l'autre, nos yeux ancrés les uns aux autres, tandis que je lui murmurais tout l'amour que j'éprouvais pour lui. Un cadre idyllique nous entourait de tous les côtés, nous plongeant dans une bulle inaccessible, une bulle où seuls lui et moi, avions l'accès. Puis ce matin-là, ce 28 avril, tout a volé en éclats. Je me suis réveillée en entendant ses pas lourds dans le couloir, je suis sortie, le drap blanc de son lit couvrant ma nudité et je l'ai vu. Son regard brun habituellement si chaleureux et plein de vie était éteint et fixait un point invisible, tandis qu'au bout de son bras, pendait un cosy où se trouvait un bébé recouvert d'une couverture rose. À cet instant précis, mon sang n'a fait qu'un tour dans mes veines et bien avant qu'il n'ouvre la bouche pour s'expliquer, mon cerveau avait déjà compris ce que mon cœur refusait de croire.

Je me souviens avoir crié, hurlé même, le poussant à me dire ce que j'avais besoin d'entendre. Je voulais qu'il me dise que ce bébé n'était pas le sien, que cela ne pouvait pas nous arriver, pas à nous. Mais il n'a rien dit de tout ça et le ton est encore monté d'un cran, jusqu'à ce que je joue ma salope en lui crachant des mots que je ne pensais même pas au visage. En moi, tout était sens dessus dessous et je n'ai pas su comment réagir face à cette vérité qui me glaçait le sang.

Je voulais qu'il me prenne dans ses bras et m'embrasse jusqu'à ce qu'on se retrouve tous deux à bout de souffle. Je voulais que mon homme ne se soit jamais levé du lit et que ce bébé n'ait jamais existé. Hélas, c'est tout l'inverse qui s'est produit et lorsque le bébé s'est mis à pleurer, de plus en plus fort, il s'est agenouillé et a posé sa grande main sur elle. Et mon cœur s'est écrasé à mes pieds dans un bruit sourd et douloureux.

Quinn Douglas, cet homme beau, fort et terriblement sexy ayant été mon ami pendant de nombreuses années, avant que mon petit stratagème pour finir dans son lit ne nous mène à quelque chose que ni lui ni moi ne savions comment définir. Durant des semaines, nous nous sommes laissé porter par le désir qui brûlait dans nos veines, nous poussant à nous revoir, encore et encore. Puis les sentiments sont apparus et malgré son incapacité totale à exprimer à voix haute ses émotions, il m'a fait comprendre, par ses gestes, par ses actes, qu'il tenait à moi et ne pouvait se passer de moi et de mon corps. Et j'ai continué de lui en demander plus. Parce que j'avais peur de mes propres sentiments, peur de ce qu'il me faisait ressentir en une simple caresse sur mon bras ou lorsque ses lèvres, son corps, retrouvaient le contact du mien.

Nous étions si bien ensemble. Malgré les embrouilles, malgré la presse et les âneries racontées à son sujet, malgré ma peur viscérale de tomber amoureuse et qu'il ne finisse lui aussi par m'abandonner.

Et dire que c'est moi qui l'ai quitté...

La tête me tourne en repensant à tout ça, quant à mon cœur, il semble ne plus savoir comment battre de façon normale depuis mon départ de Minneapolis, deux mois plus tôt.

Tu ne peux t'en prendre qu'à toi-même, ma fille.

Je soupire, me passe une main sur le visage, puis mes doigts serrent mon crâne, comme si ce simple geste pouvait effacer ces milliers de pensées qui me plombent le moral au quotidien.

Rageusement, je rejette la couverture qui part s'écraser contre la moquette de ma chambre et enfile mon bon vieux peignoir en pilou.

Oui, je sais qu'on est fin juin, et alors ?

À pas de loup, je traverse le salon, Petit Lion, mon chat, déjà sur mes traces. Je tente de faire le moins de bruit possible pour ne pas réveiller l'homme qui pionce sur mon canapé, puis rejoint la cuisine où je me fais couler un café corsé. Ma tasse dans une main, mon téléphone dans l'autre, je me glisse discrètement sur le balcon qui surplombe ma clinique, mon bébé, ma fierté. La seule réussite dans ma vie, même si je la dois en partie à mon frère qui n'a pas hésité à sortir son chéquier pour acheter tout le bâtiment. J'ai rechigné et refusé son argent maintes et maintes fois, puis un jour, alors que je venais de recevoir mon diplôme, il m'a tendu l'acte de propriété, à mon nom, enfin, plus précisément, au nom de jeune fille de maman : Hale. Il m'a alors expliqué ne pas vouloir que la réputation qu'il donnait au nom « Collos » ne vienne empiéter sur mon travail à la clinique et j'en ai gardé ce nom, du moins, au niveau professionnel.

— C'est beaucoup trop, B.

— Ce n'est que de l'argent, miss Amérique, alors laisse-moi faire ça pour toi. Laisse-moi t'aider à réaliser ton rêve, m'avait dit Brayden avant de me prendre contre lui pour me murmurer combien il m'aimait, moi, sa sœur jumelle, sa seule véritable famille.

Brayden est la seule personne qui ne m'ai jamais laissée tomber. Même quand il était à des milliers de kilomètres de la maison, il ne s'est jamais passé un jour sans qu'il ne me donne de ses nouvelles. Enfin, il y a tout de même eu une exception, et pas des moindres. Cela remonte à novembre dernier, quand il a appris pour Quinn et moi. Je n'avais jamais vu ses yeux bleus, identiques aux miens, me fixer avec une telle froideur et un dégoût qu'il peinait à dissimuler. Son égo et ma fierté nous ont séparé quelques semaines, de longs jours où aucun de nous deux n'a tenu sa promesse faite à l'autre et où nos téléphones ont cessé d'envoyer des messages quotidiennement.

Chaque fois que je repense à cette période sombre où j'ai bien cru perdre l'être le plus important à mes yeux, j'en ai le cœur qui se serre. Heureusement, cette histoire est loin derrière nous à présent. Il lui aura fallu du temps pour comprendre que Quinn n'était pas avec moi pour jouer et que notre histoire était tout aussi sérieuse que celle qu'il entretient depuis plusieurs mois avec Ayleen, la sublime rousse ayant mis le grand Brayden Collos à terre.

Je soupire à nouveau en déverrouillant mon portable et en réalisant qu'aujourd'hui, cela fait quarante jours que je n'ai eu aucune nouvelle de Quinn. Nos derniers messages me font toujours aussi mal lorsque je les lis et je m'en veux de ne pas avoir été capable de lui écrire tout ce que j'avais réellement sur le cœur. Mes doigts glissent sur l'écran, remontant notre conversation à des moments plus heureux et je souris en cliquant sur une photo de lui qu'il m'avait envoyée un matin où il était resté dormir chez moi et que j'avais dû filer en catastrophe pour aider à mettre bas l'une des vaches du ranch Calgary. Sur le cliché, on le voit étendu au centre de mon lit, ses cheveux en bataille et son torse nu divinement musclé. Il sourit à la caméra, comme il me souriait à moi, avant, et la légende accompagnant l'image me brise un peu plus le cœur: *« Tu me manques, reviens ! »*

Mon Dieu, s'il savait comme j'aimerais lui manquer autant qu'il me manque, à cet instant précis.

Je suis tirée de mes pensées lorsque j'entends la baie vitrée grincer dans mon dos et me retourne en sursautant, manquant de faire tomber ma tasse et mon portable. Benjamin est debout, le visage encore à moitié endormi.

— Il n'est pas un peu tôt pour ruminer? lance ce dernier.

— Il n'y a pas d'heure pour ça, tu devrais le savoir.

Il s'installe à mes côtés, en silence, et fixe tout comme moi, le soleil pointer le bout de son nez à l'horizon.

— Tu ne devrais pas autant te torturer. Chaque matin, tu fais la même chose et chaque matin, cela éteint un peu plus l'éclat qui brillait dans tes yeux le jour de notre rencontre.

— Parce que cet éclat ne brillait que pour lui, soufflé-je d'une voix triste.

Mes yeux picotent et je me maudis d'être aussi faible, de ne pas avoir les couilles de l'appeler, tout de suite, maintenant, pour lui dire que je l'aime comme une pauvre idiote, qu'il soit papa ou non.

— Il ne reviendra pas, Melo. Tu lui as très clairement fait comprendre que sa nouvelle vie se ferait sans toi et il l'a accepté. Cela fait deux mois...

— Pas la peine de me le rappeler, marmonné-je en rangeant mon téléphone dans la poche de mon peignoir avant d'avaler cul sec le restant de mon café.

Mon esprit n'a jamais été si perdu qu'aujourd'hui. Je l'ai quitté, salement, et je ne peux m'en prendre qu'à moi-même si je souffre autant. Il n'a plus besoin de moi dans sa vie, puisqu'il l'a elle et cette simple pensée me fait verser une larme qui vient s'échouer sur ma lèvre. Je repense à nous, à mes mots et mes actes l'ayant brisé, puis je revois son regard enfantin lorsqu'il a posé sa main sur le ventre du bébé, son enfant, et qu'il en est tombé fou amoureux. Je l'ai vu, dans ses yeux bruns qui n'ont jamais su me mentir, mais aussi dans tous les pores de sa peau qui hurlaient leur amour pour cette petite chose.

Tu voulais un homme bien dans ta vie, mais rien ne l'était jamais assez pour toi.

Je peux presque entendre sa voix rauque dans ma tête, me souffler ces mots qui me font tant de mal.

Sans m'y attendre, Benjamin vient me prendre dans ses bras, essuyant de son pouce la larme qui s'était réfugiée sur ma bouche. Je plonge mon regard dans le sien, et tout ce que j'y vois, ce sont des yeux qui ne sont pas ceux dont je rêve nuit et jour et qui me font tant d'effet. Malgré tout, je reste là, les bras pendant de chaque côté de mon corps collé au sien et je soupire en pensant à mon frère et combien j'aimerais que cela soit ses bras qui m'entourent et me réconfortent. Seulement, lui aussi m'en veut, et pas qu'un peu... et je ne sais que faire pour arranger toute cette situation qui est en train de m'échapper.

Deux semaines plus tôt
White Bear Lake,

Je suis en train de taper le compte rendu de l'opération de Suzy, la dernière victime du psychopathe qui sévit depuis près d'un an dans notre petite ville, quand la clochette de l'entrée résonne. Je relève les yeux de mon ordi et souris en voyant mon frère entrer.

— Salut, miss Amérique !

— *B ! m'exclamé-je en contournant le comptoir bourré de bordel pour me jeter dans ses bras.*

Voilà plus d'un mois que je n'avais pu tenir mon frère dans mes bras et, ainsi blottie contre lui, je me sens à nouveau bien, heureuse.

— *Je ne savais pas que tu rentrais, Ayleen est avec toi ?*

— *Bien évidemment, où veux-tu qu'elle soit, si ce n'est avec moi ? Nous sommes en ville depuis quelques jours.*

— *Et c'est seulement maintenant que tu viens rendre visite à ta super frangine ? Ben merci, frérot, ça fait plaisir.*

Je fais mine de bouder, les bras croisés sur ma poitrine, mais ma réplique ne le fait pas sourire comme elle le devrait. Son regard fixe quelque chose dans mon dos et avant que je n'aie pu me retourner pour voir de quoi il s'agit, je sens les doigts de Benjamin venir se poser au bas de mes reins, son souffle chaud s'approchant de mon oreille où il me murmure devoir s'absenter quelques heures pour raisons personnelles.

Mon frère le fusille littéralement des yeux et je peux voir à sa mâchoire serrée qu'il est en colère. Contre moi ? Contre Benjamin ? Je ne saurais le dire, mais ses yeux pèsent sur moi et mes épaules s'affaissent comme celles d'une enfant prise en flagrant délit et qui est sur le point de se faire méchamment gronder.

Il attend que l'intrus quitte la clinique pour faire rugir sa voix à en faire trembler les murs :

— *Putain, tu t'le tapes !*

— *Arrête, grogné-je.*

— *Non, toi, arrête ! Tu n'as pas une simple relation de boulot avec ce type, ça se voit comme le nez au milieu de la figure !*

— Et en quoi ça te regarde au juste ? rétorqué-je, piquée au vif.

— T'es sérieuse là ? Je suis ton frère, gronde-t-il.

L'intonation de sa voix me fait frissonner et je me protège de mes bras, comme si ça allait être suffisant.

— Un frère qui n'a jamais accepté ma relation avec son meilleur ami et s'est fait un malin plaisir à nous pourrir la vie pendant des mois. Tu ne voulais pas que je sorte avec Quinn et maintenant que je ne suis plus avec, tu viens encore me faire chier et me balancer tes reproches à deux balles à la tronche comme si tu avais tous les pouvoirs sur moi.

Il me fixe étrangement, de ses grands yeux virant à l'orage, puis me surprend en venant cogner son poing sur le comptoir, faisant voler les papiers qui s'y trouvaient.

— Et pourquoi je ne voulais pas vous voir ensemble tous les deux, hein ? Peut-être pour éviter ce genre de situation merdique que je ne supporte pas. J'ai le cul entre deux chaises par ta faute, Melo ! Tu n'es qu'une putain de chieuse, égoïste et sans cœur !

J'ouvre grand la bouche, choquée, blessée par ses paroles.

— Comment oses-tu ?

La colère monte en moi, ainsi que l'envie de lui balancer au visage tout ce qui me tombe sous la main pour lui faire physiquement mal, autant que ses mots m'en font.

— Il n'y a que la vérité qui blesse, frangine. Et cette vérité-là te fait encore plus de mal parce que tu es rongée par les remords et parce que tu aimes mon abruti de meilleur pote qui n'aurait jamais dû poser ses pattes sur toi. Mais n'oublie pas que c'est toi qui es partie, pas lui. Tu l'as quitté avec des mots qui hantent son putain de regard depuis des semaines. Tu l'as brisé et tu as beau être ma sœur jumelle, ma seule famille, tu n'imagines pas combien je te hais pour ça !

Je te hais...

Jamais je n'aurais cru que des mots puissent faire aussi mal, mais c'est pourtant le cas. C'est tellement douloureux que j'ai l'impression que l'on vient de verser un bidon d'acide dans ma trachée, laissant le liquide ronger, brûler, détruire le moindre de mes organes, de mes nerfs. Je laisse mes larmes couler abondamment sur mon visage tandis qu'il me fixe dans un silence assourdissant.

— Tu crois vraiment qu'il a demandé que cette bombe lui tombe sur le coin de la gueule ? lâche-t-il finalement.

— Tu te fiches de moi, B ? Ce n'est quand même pas ma faute s'il a mis une nana en cloque et qu'il s'est retrouvé père d'une gamine du jour au lendemain.

— Je n'ai pas dit ça et crois-moi, il s'en veut bien assez sans que mon emmerdeuse de sœur vienne en rajouter une couche. Ce n'est pas comme si tu ne connaissais pas sa réputation et son passif quand

tu t'es mise avec lui et tu savais pertinemment qu'en couchant à droite à gauche comme il le faisait, cela risquait d'arriver. Cela aurait pu arriver à n'importe lequel d'entre nous, Melody.

— À t'écouter, je suis censée fermer ma bouche et accepter cette situation sans broncher, c'est ça que tu me demandes ?

Son regard dur se pose à nouveau sur moi et la colère que j'y lis me coupe momentanément le souffle.

— Je ne te demande absolument rien, si ce n'est de réfléchir un tant soit peu aux conséquences de tes actes. Il n'a pas voulu ça et pourtant il assume et porte ses couilles comme un homme, comme un père. Tu ne peux pas lui reprocher d'assumer ses responsabilités envers cette petite et le quitter pour une chose qui s'est produite avant qu'il se passe quoi que ce soit entre vous.

Intérieurement, la rage bouillonne que mon propre frère ne comprenne pas mon point de vue et qu'il me balance tout ça, sans ménagement. Il veut protéger son pote, bien que ce soit au détriment de sa propre sœur et l'espace d'un instant, je ressens la même douleur qu'a dû ressentir Quinn lorsque Brayden et moi ne l'avons pas cru au sujet de sa soirée avec Mike.

— Tu as fini ? J'aimerais retourner bosser et oublier cette conversation ridicule.

Il soupire, se passe les doigts dans sa tignasse blonde et tourne les talons. Une main sur la poignée de la porte,

il tourne brièvement son regard dans ma direction et me regarde comme si j'étais une étrangère, une intruse dont il ne supportait plus la vision.

— Tu n'as pas nié te taper cette espèce de monsieur parfait avec qui tu bosses. Comme tu n'as pas nié quand j'ai dit que tu aimais Quinn. Tu es assez grande pour prendre tes décisions et agir de ton propre chef, mais j'espère sincèrement que tu repenseras à cette conversation la prochaine fois que la bouche d'un autre homme que lui se posera sur la tienne et que tu réaliseras l'énorme connerie que tu as faite en le quittant.

Et sur ces mots, c'est lui qui me quitte, claquant la porte si fort que le cadre où est accroché mon diplôme vacille sur le mur. Mon cœur se désintègre dans ma poitrine et je m'effondre, pleurant à chaudes larmes.

Cette conversation a eu lieu il y a plus de deux semaines et depuis, je n'ai pas eu la moindre nouvelle de mon frère et pour la énième fois au cours de ma vie, je me sens seule, impuissante, méprisable et abandonnée par les gens que j'aime.

Mon père...
Ma mère...
Quinn...
Brayden...
À qui le tour maintenant ?

Heart of Wild : For you

La journée s'écoule rapidement. J'occupe mes mains, mais aussi mon esprit à chaque minute qui passe pour oublier combien mes vies familiale et sentimentale sont un échec cuisant et à quel point, je voudrais avoir en ma possession une machine à remonter le temps, ou même la *Delorean* de *Retour vers le futur*, rien que pour me gifler moi-même avant de quitter l'homme fait pour moi.

Lorsque je me frotte les yeux tout en bâillant à m'en décrocher la mâchoire, je réalise qu'il est deux heures passé, que Benjamin dort depuis un moment sur le lit pliant de mon bureau et que mon rapport ressemble à une copie d'écolier, montrant que je ne suis absolument pas concentrée sur ma tâche. Je grogne de frustration, masse mes tempes du bout des doigts et éteins mon ordi avant de rejoindre l'escalier menant à mon appartement, d'un pas trainant.

Accompagnée de mon portable, je me glisse sous les draps froids et frissonne avant que Petit Lion ne vienne ronronner en se collant contre mon flanc.

Avant de m'endormir, et comme chaque soir depuis que je me suis privée toute seule de Quinn, je passe de longues minutes à regarder les photos de lui, de nous, tout en me demandant ce qu'il fait de son côté, s'il rêve de moi la nuit ou si le manque le ronge autant qu'il me ronge. Je me demande à quoi il ressemble, dans ce rôle de père, l'imaginant prendre une voix complètement gaga pour s'adresser au bébé.

Soudain, alors que mes paupières sont lourdes et que je me sens à deux doigts de sombrer, mon téléphone vibre dans mes mains. Je jette un coup d'œil à l'écran qui m'affiche un message de mon frère et l'ouvre en vitesse.

Brayden : Ce week-end, c'est l'anniversaire de Quinn et si jamais il y a encore en toi une once d'amour pour ce mec qui a toujours fait partie de nos vies, tu utiliseras le billet d'avion à ton nom que j'ai mis dans ta boîte aux lettres. J'espère sincèrement te voir samedi... À +.

Si les mots de Brayden m'ont blessée au plus haut point, ils m'ont aussi permis de réaliser combien j'avais été conne et stupide en agissant comme je l'ai fait. Alors, s'il y a, ne serait-ce qu'un brin d'espoir que Quinn me pardonne, je dois saisir cette chance.

Chapitre 20

« Il est difficile de dire adieu lorsqu'on veut rester, compliqué de rire lorsqu'on veut pleurer, mais le plus terrible est de devoir oublier lorsqu'on veut aimer. »
Inconnu.

Quinn

Paraît qu'aujourd'hui est un jour spécial. Il est une heure du matin et je reçois déjà des dizaines de SMS, des centaines de messages via les réseaux sociaux, et comme tous les ans, à cette même date, je broie du noir. Je n'aime pas particulièrement fêter mon anniversaire, ayant bien trop de souvenirs douloureux de mon enfance et de ces journées gâchées par les familles chez qui je vivais.

Il fait sombre dans ma chambre, Iris dort paisiblement sur mon torse après avoir bu son biberon, et moi, je reste allongé là, à fixer le plafond et à me noyer dans mes pensées loin d'être très joyeuses.

Aujourd'hui, c'est mon anniversaire, mais c'est aussi celui de la mort d'Emily Rose, ma mère et bien que je ne l'ai jamais connue, je ne peux empêcher mon cœur de souffrir de sa perte et mes yeux de la pleurer.

Incapable de dormir, je recouche délicatement ma fille dans son lit et enfile un jogging posé sur une pile de cartons qui s'entassent aux quatre coins de ma chambre avant de quitter cette dernière, laissant néanmoins la porte entrouverte au cas où mon petit bonbon rose se réveille. Un silence apaisant règne dans l'appart, le salon n'est éclairé que par les rayons de la lune pleine que j'admire à travers la baie vitrée. Si tout va bien, d'ici une semaine ou deux, les travaux dans la maison que je viens d'acheter seront terminés et je n'aurai donc plus l'occasion d'admirer cette vue que j'aime tant. N'allez pas croire que je ne suis pas heureux de m'installer dans cette sublime demeure qui va devenir notre chez nous, à Iris et moi, mais c'est la première fois que je vais vivre seul, sans la compagnie de mes parents ou de mon meilleur pote et cela me provoque un léger pincement au cœur.

— Tu ne dors pas ?

Je sursaute violemment en entendant la voix de Brayden retentir dans mon dos et plaque une main sur ma poitrine.

— Bordel, tu m'as fichu une de ces peurs !

— Désolé, mon pote, dit-il en s'approchant de moi.

— J'étais en train de me dire combien ça allait me manquer de vivre ici, mais finalement, ce n'est pas une si mauvaise chose.

— Tu parles, je vais tellement te manquer que tu vas m'appeler en pleurs tous les soirs !

Sa réponse me fait sourire.

— Dans tes rêves !

Nous rions tous les deux, puis il lève un doigt dans ma direction pour me dire d'attendre et part en direction de sa chambre. Il en revient rapidement, tenant dans sa main un paquet rectangulaire enveloppé d'un papier cadeau bleu nuit.

— Ce n'est pas grand-chose, mais je me suis dit que ça te ferait plaisir. Bon anniversaire, Q !

Je lui lance un regard en coin, puis déchire le papier cadeau entourant une boîte que j'ouvre. Mes yeux se posent alors sur la photo d'une villa de rêve et je relève les yeux vers lui, pas certain de comprendre.

— Tu m'as acheté une baraque de riche ?

— Cette fois, c'est toi qui rêves! Mais je l'ai louée pour la semaine. On décolle dans quelques heures, direction : MIAMI !

~

Je n'ai jamais vraiment aimé fêter mon anniversaire, mais je dois reconnaître que ce cadeau est pile ce dont j'avais besoin. Nous avons atterri en Floride après trois heures et demie de vol et si je me plaignais de la chaleur à Minneapolis, ce n'est rien en comparaison de l'étouffante moiteur qui règne ici. Fort heureusement, la villa est équipée de la clim, ainsi que d'une piscine à débordement et d'un accès direct à une plage privée donnant sur l'océan Atlantique. Un grand panel de choix quant à la façon de se rafraîchir durant les prochains jours.

— Putain, c'est carrément le paradis ici, soufflé-je en ne parvenant pas à défaire mes yeux du paysage.

— Je sais que tu projetais de partir en vacances avec ma sœur et dans l'état actuel des choses, ce n'était plus vraiment envisageable pour vous deux, mais je me suis dit que quelques jours dans un endroit comme celui-ci ne pourraient te faire que du bien.

— Tu as vu juste. On va être bien ici, hein mon bébé? dis-je à Iris qui s'agite joyeusement dans mes bras, un adorable sourire faisant son apparition sur son visage d'ange.

— Je crois qu'elle valide, elle aussi, répond Brayden en approchant son index de ma fille qui se saisit immédiatement de son doigt pour l'agiter dans tous les sens.

L'attention de mon meilleur ami me touche plus que je ne le montre. J'avais bel et bien l'intention de m'éclipser loin de la civilisation en compagnie de Melody pour nous retrouver rien qu'elle et moi, mais mes plans ont très vite tourné court. Et même si je regrette de ne pas être aux côtés de ma jolie blonde pour les quelques jours qui arrivent, la présence d'Iris, Brayden et Ayleen m'aide à garder la tête hors de l'eau, empêchant ainsi la tristesse et le manque de ruiner mes vacances.

Le soir venu, je suis en train de changer Iris quand Brayden déboule dans la chambre, tenant à la main un bandeau noir qu'il agite joyeusement devant lui, un sourire inquiétant étirant le coin de ses lèvres.

— L'heure est venue pour moi de te kidnapper, mon pote.

— Mais qu'est-ce que tu me racontes, B ?

— Ta merveilleuse petite fille va devoir se passer de son papa jusqu'à demain. J'ai un programme bien chargé qui t'attend pour la soirée.

— Je ne vais pas laisser Iris toute seule! m'offusqué-je en finissant de boutonner son pyjama.

— Tu m'as vraiment pris pour un idiot, Q? J'ai engagé un service de pro qui va s'occuper de cette charmante demoiselle pendant que son tonton préféré embarque son papa pour une nuit inoubliable!

Il dit ça d'une voix gazouillante en venant embrasser les petites joues potelées d'Iris, puis la prend dans ses bras et se retourne vers deux femmes se tenant en retrait dans le couloir et dont les yeux vont et viennent entre la montagne de muscles qu'est mon meilleur pote et ma minuscule petite fille, gisant dans ses bras immenses.

— Elle a besoin du tee-shirt de ce gugusse pour dormir, absolument besoin si vous ne voulez pas l'entendre hurler pendant des heures. Elle prend son biberon ni trop chaud, ni trop froid et le boit en deux temps. Prenez bien soin d'elle ou vous aurez affaire à moi, son père et une horde de hockeyeurs mécontents. Et croyez-moi, vous ne voulez vraiment pas que cela arrive.

Les femmes hochent la tête à l'intention de Brayden, non sans me jeter un regard en coin et lorsque je vois ma fille finir dans les bras de l'une des deux, une inconnue, mon cœur se serre d'une façon pas du tout agréable.

— B...

— Non ! Elle est entre de bonnes mains et il ne lui arrivera rien. C'est ton anniversaire et après ces dernières semaines, tu as bien mérité de souffler et de t'amuser. Donc maintenant tu vas la boucler, aller prendre une douche et te faire aussi beau que possible. Tu as trente minutes, après ça, je viens te chercher par la peau du cul s'il le faut.

Et sur ces mots, il quitte la chambre après s'être emparé du sac à langer d'Iris et claque la porte derrière lui. Je soupire, fixant l'espace où se trouvait ma fille il y a quelques instants et me sens tout à coup démuni, vide, seul, et je n'aime pas ça.

Je tourne en rond comme un con face au maigre contenu de l'armoire, ne sachant pas quoi me mettre sur le dos. Me faire beau gosse, c'est ce qu'a dit Brayden, mais comment faire ça quand la seule envie que l'on ait c'est de rester au lit à se morfondre ?

Tu es pathétique mon pauvre Quinn.

Je me force à entrer sous la douche et une fois chaque centimètre carré de mon corps lavé, j'enroule une serviette autour de mes hanches avant de jeter un œil aux quelques vêtements que j'ai emportés avec moi. Mes doigts ne cessent de plonger dans mon épaisse tignasse tandis que je finis par opter pour un short cintré écru et une chemisette en lin blanc, le tout accessoirisé d'une paire de *Ray-Ban* que je remonte sur mon nez pour cacher un minimum les larges cernes que j'ai sous les yeux.

J'ouvre la porte de ma chambre à l'instant où Brayden allait venir toquer, si bien que je me retrouve face à son poing levé. Ce dernier me sourit en inspectant ma tenue.

— Parfait et pile à l'heure !

Il tape dans ses mains avant de sortir de sa poche arrière le bandeau qu'il tenait tout à l'heure.

— On est vraiment obligé ? ne puis-je m'empêcher de soupirer en jetant un regard mauvais vers le tissu inoffensif.

— Ouaip ! Ça ne serait pas un vrai kidnapping sans ça !

Je retire mes lunettes que j'accroche au col ouvert de ma chemise puis tourne le dos à mon pote pour qu'il puisse passer le satin noir sur mes yeux et le laisse me guider je ne sais où.

Alors que je m'attends à ce que l'on prenne la voiture, je suis surpris quand Brayden me guide vers la plage où j'entends les vagues s'écraser contre le sable, ainsi que quelques murmures lointains.

— Je vais te retirer ton bandeau, mon pote, mais interdiction d'ouvrir les yeux avant mon feu vert, compris ?

Je hoche la tête et garde les paupières closes quand il dénoue le nœud à l'arrière de mon crâne. J'ai l'impression d'attendre des plombes et de passer pour un con, planté là, les bras ballants.

Heart of Wild : For you

— Tu peux ouvrir les yeux, tête de pioche !

Je grogne en entendant ce surnom débile, puis bats des paupières avant d'écarquiller les yeux de...

— SURPRISE !!! hurle une tonne de personnes réunies sur la plage privée de la villa où est maintenant disposée une tonnelle blanche, abritant un large bar ainsi que quelques tables hautes encadrées par des tabourets. Il y a même une petite piste de danse ainsi qu'un DJ qui, muni de son casque, lance les hostilités en enclenchant la musique.

Dans la foule, je reconnais le visage de mes parents, d'Ayleen, de Mike et une partie de l'équipe, mais aussi Pete, Blake, Jasper et quelques gars avec qui Brayden et moi étions au lycée, ainsi que plusieurs filles uniquement vêtues de maillots de bain. Je ne m'attarde qu'une fraction de seconde sur leurs corps dénudés, puis je repère une silhouette dans l'ombre de Brayden et hallucine en reconnaissant Thomas.

— Bordel de merde, j'y crois pas !

— Vingt-six ans, ça se fête en grande pompe, mon gars ! lâche mon meilleur ami, tout sourire.

Je m'étais attendu à beaucoup, surtout connaissant Brayden et ses idées loufoques quand il s'agit de faire la fête, néanmoins, j'étais loin de me douter qu'il allait m'organiser cette surprise qui tombe à pic. S'il y a quelques minutes, je n'étais pas chaud pour célébrer le fait que je prenne un an de plus, je dois reconnaître que mon avis vient littéralement de changer et ce n'est pas pour me déplaire.

Malgré moi, je continue de scruter la foule, à la recherche d'une blonde aux yeux caribéens, mais bien qu'il y ait beaucoup de têtes blondes ce soir, celle que je veux n'est pas là et cela m'attriste plus que je ne le voudrais. J'aurais pourtant dû me douter qu'elle ne ferait pas le déplacement jusqu'à Miami rien que pour mes beaux yeux alors que nous ne sommes plus ensemble, pourtant, j'ai stupidement cru le contraire en apercevant tout ce monde réuni pour moi.

— Je l'ai invitée, tu sais. Et je pensais vraiment qu'elle serait là, murmure Brayden en croisant mon regard triste.

— Ce n'est rien, soupiré-je. Ça ne m'empêchera pas de faire la fête. Merci, B !

Durant les heures qui suivent, je tente d'oublier Melody et combien elle a réduit mon cœur en charpie. Je mets de côté mon rôle de père et tous les tracas que cela implique et profite des gens ayant fait le déplacement. Je rattrape le temps avec les gars du lycée, apprenant que la plupart d'entre eux sont casés, mariés, voire pères de famille.

Je me fais charrier par mon équipe quand je perds à une partie de bière-pong et refuse le gage imposé par Kent.

— Oh allez, Douglas, c'est pas sorcier. Tu en choisis une et tu lui roules une pelle. Tu te souviens comment on fait quand même ?

— Je passe mon tour, dis-je simplement en me saisissant de mon verre que je bois cul sec.

Ce n'est un secret pour personne, et certainement pas pour les gars de mon équipe, que mon histoire avec la sœur de notre capitaine est finie et même si je les connais par cœur et que je comprends leur démarche qui part d'un bon sentiment, pécho la première venue pour lui fourrer ma langue dans sa bouche n'est vraiment pas ce dont j'ai besoin dans l'immédiat.

Je croise Ayleen et Brayden, assis à même le sable en train de se câliner dans un coin, se pensant seuls au monde et à nouveau, mon cœur se serre douloureusement. Je peux presque sentir le poids de ma solitude peser, non seulement sur mes épaules, mais aussi là, à l'intérieur de ma poitrine, et je n'aime pas ça.

— C'est ta fête, mais tu donnes l'impression de vouloir être partout, sauf ici. Je me trompe ? demande Thomas que je finis par rejoindre au bout des dalles de bois ayant été déposées sur le sable pour lui permettre de se déplacer plus aisément.

— J'ai beaucoup de choses en tête ces derniers temps et même si j'apprécie le geste, je ne suis, hélas, pas un très bon comédien.

— Vraiment ? Moi qui te voyais déjà te reconvertir dans le cinéma.

Je secoue la tête tandis qu'un sourire se dessine sur mes lèvres.

— En tout cas, ça me fait vraiment plaisir que tu sois là.

— Je te devais bien ça après tout ce que tu as fait pour moi. Et puis, un voyage tout frais payé à Miami, ça ne se refuse pas.

Il me balance un clin d'œil avant d'exploser de rire et je me joins volontiers à lui.

Alors que nous discutons de cette fille qui lui a tapé dans l'œil qui le fait rougir comme une pivoine, je baisse ma garde et le regrette amèrement. Sans que je ne m'y attende, les Wild présents ce soir débarquent derrière moi et me saisissent par les bras et les jambes. Je me débats en les insultant de tous les noms, je grogne et les menace, mais rien n'y fait. Ils se mettent à courir vers la mer, me ballotant de droite à gauche et je pousse un cri aigu lorsqu'ils me balancent dans l'eau, tout habillé. Quand je refais surface, mes vêtements sont tellement collés à ma peau que ma démarche fait rire tout le monde.

— Et joyeux anniversaire, Douglas ! lancent-ils, hilares.

Je remonte la plage jusqu'au bar où je pique quelques serviettes pour m'essuyer le visage quand je croise le regard gourmand de quelques filles qui me détaillent de la tête aux pieds. Je baisse les yeux sur mon corps et pousse un nouveau grognement animal.

Mais quelle idée j'ai eu de m'habiller en blanc ?

Cela ne semble en aucun cas déranger les nénettes qui continuent de me lancer des coups d'œil explicites et décide de remonter à ma chambre pour me changer. Je n'ai pas envie de passer le reste de ma soirée à éconduire ces dames, alors qu'elles ont l'embarras du choix concernant les hockeyeurs célibataires, ici présents.

Quand je reviens parmi les invités, je me fais attirer malgré moi sur la piste par Ayleen.

— Je suis censée t'occuper jusqu'au retour de Brayden et tu ne souris pas assez à mon goût, alors bouge tes fesses, Quinn ! Et c'est un ordre.

— Dans ce cas, dis-je avant de lui faire une révérence et de tendre la main vers elle. M'accorderiez-vous cette danse, chère demoiselle ?

Elle pouffe avant de saisir mes doigts et de me suivre dans une valse à mourir de rire. Mes pieds écrasent les siens, et elle piétine les miens, nous manquons de tomber à plusieurs reprises et quand je la renverse en arrière, nous nous mettons à rire, si bien que mes bras la lâchent et qu'elle se vautre, retombant sur son arrière-train.

— Tu m'as laissé tomber ! m'accuse-t-elle sans se départir de son petit sourire en coin.

— Absolument pas ! Cela faisait partie du spectacle, voyons.

Après l'avoir aidée à se relever, on est tous les deux d'accord pour dire que la valse n'est pas faite pour nous et que nous formons un duo catastrophique. Nous rejoignons alors Thomas qui discute avec Logan, Mike et Pete.

À mesure que les heures défilent, mon esprit festif se fait la malle et l'envie de retourner broyer du noir dans mon pieu est de plus en plus forte, sauf que Brayden ne me quitte pas d'une semelle et semble parfaitement comprendre ce qu'il se passe dans ma tête.

Je suis la conversation animée de loin, lorsque Brayden se lève, téléphone à la main et disparaît pour répondre. J'en profite pour filer en douce, simulant une envie pressante à une furie qui me lance un étrange regard.

À l'aide d'une bouteille de champagne chipée au bar, j'ai bien l'intention de permettre à mon esprit de tout oublier, jusqu'à ne plus savoir marcher sans tanguer. Noyer mon chagrin dans l'alcool est une chose que je sais faire mieux que personne. Je ne compte même plus le nombre de matins où je me suis réveillé sans avoir le moindre souvenir de la veille et avec une gueule de bois carabinée. Mais est-ce que cela m'a empêché de recommencer ? Absolument pas.

De loin, je regarde la fête battre son plein. Les corps dansent et s'animent sur la piste. D'autres rient à gorge déployée ou s'amusent et bien que cela devrait me donner envie de participer, ce n'est pas le cas. Je me sens vide de l'intérieur. Entre le fait que je n'ai pas vu Iris depuis des heures et que mon instinct paternel me hurle de courir la chercher pour la garder dans mes bras le reste de la nuit. N'oublions pas l'alcool qui inonde mes veines, me rendant plus nostalgique que je ne le suis déjà alors que mes pensées dérivent vers ma mère, dont la vie s'est subitement arrêtée à l'aube de ses dix-huit ans. Sans oublier le fait que Melody n'ait même pas pris la peine de me contacter. Ni appel ni message. Rien. Cela me fout en vrac, plus que je ne le voudrais et le fait qu'elle puisse encore m'atteindre comme ça me prouve que, pour moi en tout cas, la page est loin d'être tournée.

Je m'en veux d'être aussi touché que ça par son comportement vis-à-vis de moi. Alors, OK, notre histoire est terminée, mais en quoi cela doit remettre en cause l'amitié que nous avions avant de nous mettre ensemble ? Merde, j'ai l'impression d'être passé du stade de super pote, puis à celui d'homme de sa vie avant de chuter au statut de parfait inconnu, mettant au placard tout ce qu'on a pu vivre ensemble.

Et putain, ça me fait chier !

J'avale ma dernière rasade de champagne et une fois vide, je lâche la bouteille qui retombe dans un bruit sourd sur le sable. Mes yeux fixent les vagues qui s'écrasent, engloutissant les fins graviers avant de se retirer et de revenir à la charge, encore et encore. En regardant cette immensité de la nature, j'ai la furieuse impression de voir mon propre cœur se faire avaler par l'océan, avant d'être recraché comme s'il ne valait rien.

Au loin, des sifflements résonnent, mon nom est hurlé à plusieurs reprises, mais le cerveau embrumé par le champagne ne me permet pas de réagir. Et c'est là que je l'entends, cette voix douce berçant mes rêves, mais aussi mes cauchemars.

— Joyeux anniversaire, Quinn.

Mon nom roule sur sa langue, me renvoyant à tant de souvenirs, bons comme mauvais.

Chapitre 21

« Parfois je voudrais être encore un petit enfant, les genoux écorchés sont plus faciles à guérir que les cœurs brisés. » **Inconnu.**

Quinn

Melody…
La seule personne qui manquait à l'appel est enfin là, mais je ne sais quoi en penser. Est-elle réelle ou est-ce une chimérique illusion de mon esprit trop en manque de cette beauté blonde ?

Je me retourne vivement, peut-être un peu trop, et ma vision se brouille alors que mon estomac se contracte douloureusement.

Mais pourquoi ai-je autant bu ce soir ?

Ah oui, pour oublier!

Mais comment oublier une chose quand on ne le veut pas vraiment? Comment oublier combien cette fille a bouleversé ma vie d'un simple baiser? Melody a été la première fille à pénétrer la glace emprisonnant mon cœur. Elle m'a rendu accro à elle, à son rire d'enfant, à sa chevelure blonde aux reflets caramel dans laquelle mes doigts aiment tant se perdre, à son sourire à croquer ou encore à son corps que je connais sur le bout des doigts et que j'ai eu dans mes draps des centaines de fois. Hélas, cette fille n'en avait que faire de mon cœur et n'a pas hésité à l'écraser sous ses talons de diablesse, avant de complètement disparaître de ma vie.

Elle se tient quelques pas derrière moi, plus belle que jamais dans sa petite robe d'été blanche nouée dans son dos. La petite brise nocturne agite ses cheveux blonds aux multiples reflets dans les airs. Et malgré tous les signaux d'alerte qui me poussent à ficher le camp, je me sens comme un camé en manque de sa dose. Mes yeux la dévorent sans retenue, revoyant ses courbes féminines et délicieuses sans le moindre vêtement épouser mon corps de la plus merveilleuse des façons.

Reprends-toi, mon vieux!

— Salut, soufflé-je en croisant son regard bleu saisissant apte à me mettre au tapis à chaque fois qu'il croise le mien.

Heart of Wild: For you

Nous nous fixons en silence, incapables l'un comme l'autre de détourner les yeux. Tant d'émotions passent dans cet échange que j'en ai la gorge nouée. Je devrais la haïr pour ce qu'elle m'a fait vivre. Putain, je le devrais vraiment, mais bien que dans ma tête, ses dernières paroles résonnent désagréablement, me rappelant pourquoi nos routes ont fini par se séparer, mon cœur et mon corps hurlent de douleur face à la distance que l'on s'impose tous les deux depuis deux mois et ne rêvent que d'une chose : la tenir dans mes bras.

Toute cette contradiction qui se joue en moi me vide, si bien qu'il me faut puiser en mon for intérieure pour trouver la force de détourner la tête, mettant fin à ce moment d'une intensité rare.

Melody vient s'asseoir à mes côtés et ramène ses jambes contre elle. Le silence qui nous entoure s'éternise, devenant presque... gênant et je n'aime pas ça. Depuis notre toute première rencontre, Melody et moi avons toujours été proches, jusqu'à parfois compléter les phrases de l'autre et jamais, je n'ai ressenti ce malaise qui crépite actuellement entre nous.

Ses yeux se posent sur moi un instant, avant de retourner à la contemplation de l'océan. J'entends ses soupirs lourds de sens, tous plus parlants que n'importe quel mot.

— Comment on a pu en arriver là ? finit-elle par dire d'une faible voix, presque étouffée par le bruit des vagues.

— Je me posais la même question, réponds-je en me laissant retomber sur mes coudes, les yeux rivés sur son profil et ses longues jambes nues.

Encore un silence...

Un de plus qui vient creuser un fossé entre elle et moi. Ma langue rêve de se délier et de lui demander si sa venue ce soir est un signe qu'elle accepte ma nouvelle vie, ainsi ma fille ou si c'est simplement par pure « amitié » qu'elle est ici, mais la peur m'en empêche. Si elle venait à me répondre la deuxième solution, je ne suis pas certain que mon cœur s'en remettrait.

La savoir à mes côtés, si proche et pourtant si loin à la fois, provoque un nouveau pincement désagréable dans ma poitrine.

— Il y a beaucoup de questions que j'aimerais te poser, mais j'ai l'impression de ne plus en avoir le droit. C'est con, hein ?

— Melo, soufflé-je en secouant légèrement la tête. On était amis avant de sortir ensemble et ce qui s'est produit entre nous ne doit pas changer cela, et puis tu ne t'es jamais gênée avant aujourd'hui.

Sa tête se tourne légèrement vers moi tandis que son regard sonde le mien, à la recherche de je ne sais quelle réponse.

Heart of Wild : For you

— Allez, crache le morceau.

— Elle est vraiment ta fille ?

Je ne m'attendais pas à ce choix-là comme première question, pensant réellement que Brayden lui en aurait déjà touché deux mots, mais qui sait, elle veut peut-être l'entendre de ma bouche et non de celle de son frère.

— Oui, aucun doute là-dessus.

Je la vois hocher légèrement la tête, puis elle se remet à m'analyser et dans ses yeux, je peux lire combien cette discussion la perturbe autant que moi.

— Est-ce que tu... enfin... toi et la mère, vous...

— Non, réponds-je simplement.

Je ne suis pas certain de comprendre pourquoi elle me pose cette question-ci et déjà, mon esprit tourne à plein régime, tentant de déchiffrer les raisons qui pourraient la pousser à me demander ça. Alors même si mon égo de mâle me dit que je devrais la laisser mariner et ne pas compléter ma phrase, je le fais quand même, parce que je suis con et parce que malgré tout ce qu'elle m'a fait endurer, je l'aime encore.

— Elle est morte le jour où elle m'a laissé la petite... le jour où tu es partie.

Elle étouffe un hoquet de surprise derrière sa main.

— Je suis désolée, Quinn, je ne le savais pas.

Ses yeux se font tristes quand elle les pose finalement sur moi et je n'aime pas ça. Elle ne devrait pas se sentir désolée, après tout elle ne la connaissait même pas et n'a pas eu des mots très tendres la concernant.

— Si tu l'avais su, cela t'aurait empêchée de me quitter ? demandé-je sérieusement.

— Je n'en sais rien, mais probablement pas, non.

— Alors, ne t'excuse pas, dis-je finalement d'un ton sec.

Je n'ai jamais eu l'alcool mauvais, étant plutôt tout l'inverse lorsque je suis bourré, seulement, cette tension grandissante entre nous, le fait que l'un comme l'autre, ne savons pas comment nous parler ou mon satané corps qui réagit un peu trop à sa présence, fait bouillir mes nerfs. J'aimerais pouvoir oublier les huit dernières semaines, oublier combien elle me manque quotidiennement, ou encore oublier le son de sa voix lorsqu'elle m'a dit d'aller me faire foutre, mais c'est impossible. Ce fossé qui nous sépare porte un nom : Iris, et quoi que mon cœur veuille, si Melody n'est pas prête à accepter ma fille, nous pourrons définitivement jeter à la mer nos sentiments respectifs, car c'est elle ma vie désormais.

Lorsqu'enfin, elle rompt le silence et ouvre la bouche, je me prends un uppercut en plein estomac qui me coupe la respiration.

— Quand je suis partie, j'étais véritablement en rogne contre toi, contre ce bébé et contre cette femme qui venait de tuer la plus belle histoire de ma vie, mais aussi contre moi de ne pas réussir à faire l'impasse sur l'arrivée de ta fille…

— Où veux-tu en venir au juste ?

— Ce jour-là, en arrivant à la clinique, je n'étais pas en état d'ouvrir, alors je suis restée chez moi, à boire, pleurer et à maudire l'univers entier. Benjamin s'est inquiété en voyant ma voiture sur le parking et m'a rejointe à l'appart…

À mesure que les mots sortent de sa bouche, j'ai peur de ce qui va suivre et de ce qu'elle va m'annoncer.

— … j'étais tellement triste, Quinn, et je me sentais seule. Je venais de te perdre, Benjamin me tenait dans ses bras pour me réconforter et…

Putain ! Si elle me dit qu'elle a couché avec ce blaireau, je ne réponds plus de moi !

— … nous nous sommes embrassés.

Elle chuchote ces derniers mots et c'est trop.

— Tais-toi ! Ne dis pas un mot de plus !

Je la regarde à nouveau, elle et ses yeux qui ne parviennent même pas à soutenir les miens et tout n'est que chaos en moi. Si j'avais encore le moindre espoir nous concernant, elle vient de le piétiner, se moquant des dommages que cette vérité impose à mon pauvre cœur déjà bien abîmé.

Après plusieurs secondes à fusiller du regard son visage accablé, je finis par me relever et époussette le sable de mon short, la colère bouillonnant dans mes veines.

— Où vas-tu ? demande-t-elle en levant ses yeux voilés de larmes sur moi.

— Savoir que je vivais l'enfer pendant que tu t'en tapais un autre, c'est trop pour moi. Je suis content que tu sois venue Melody, vraiment, mais je crois que j'aurais préféré que tu restes chez toi.

Et sur ces mots je la laisse planter là pour rejoindre la tonnelle où je demande une bière que je siffle cul sec.

— Une autre, dis-je abruptement au serveur qui se hâte de la décapsuler.

Et dire qu'il y a moins d'une heure, j'étais triste comme les pierres de ne pas voir Melody parmi la foule.

Mais quel con ma parole !

Des doigts masculins viennent abaisser la bouteille alors que je m'enfilais une bonne gorgée. Le liquide mousseux coule sur mon menton et alors que je l'essuie rageusement du dos de la main, je lance un regard noir à la personne venue me faire chier.

Je croise le regard de Brayden qui m'interroge et grogne en repoussant son bras.

— C'est vraiment pas le moment.

— L'alcool n'effacera rien, Q, et tu le sais parfaitement.

Je le sais, mais je m'en moque. Tout ce que je veux, c'est que cette putain de douleur disparaisse et je suis prêt à me prendre la cuite de ma vie pour oublier ce qui vient de se passer.

— Elle a quelqu'un d'autre, B ! Ce putain de véto de mes couilles se tape ma nana ! dis-je plus fort que voulu. Elle et moi, c'est mort et ça fait tellement mal ! Alors, s'il te plaît, si t'es vraiment mon meilleur ami, laisse-moi vider tout l'alcool que je veux et fiche-moi la paix !

L'expression de son visage est si tendue que j'en fronce les sourcils.

— Quinn...

Ses yeux s'expriment à sa place et ce sont mes lèvres qui prononcent la suite.

— Tu savais...

— J'avais seulement des doutes, rien de concret et je ne voulais pas t'en parler avant d'en être sûr. Avec la petite et...

— Stop ! Je t'interdis de mêler Iris à tout ça. Elle n'est pas responsable de tous les malheurs qui arrivent et des décisions étranges que ta sœur et toi avez prises.

D'une main ferme, je reprends possession de ma bière et en avale une grosse gorgée.

— Tu voulais que je m'amuse, B ? Eh bien regarde-moi faire !

Alors que du coin de l'œil, je le vois blanchir et se demander ce que je vais foutre, je pivote sur mon tabouret et me saisit du poignet d'une jolie blonde qui me dévorait du regard un peu plus tôt. Vêtue d'un ridicule bout de tissu d'un rose fluo qui m'agresse les rétines, mais sublime néanmoins son beau bronzage, elle minaude et laisse glisser ses mains sur mes cuisses.

— Hey, Kent ? crié-je à l'intéressé assis à quelques pas de moi. Pari tenu !

Et sans en dire plus, j'attire le visage de la blonde contre le mien et lui donne un baiser dont elle se souviendra longtemps. Il n'y a rien de mignon, de tendre ou de romantique dans ce baiser et lorsque j'y mets fin, la fille gémit contre moi alors que Kent et trois autres gars sifflent d'admiration.

C'est là que mon regard se pose sur Melody qui vient d'assister à toute la scène. Mon ventre se serre, mais la colère est une émotion puissante que je connais bien et que je sais maîtriser, bien plus que la tristesse qui me broie de l'intérieur quand j'imagine ses lèvres à elle sur celles d'un autre.

Je libère la blonde au bikini qui s'en va glousser auprès de ses copines et lève ma bouteille en direction de celle qui me regarde avec tristesse et dégoût, puis vide le contenu d'une traite.

— Ce que tu peux être con ma parole, me réprimande Brayden dont les yeux vont et viennent entre sa sœur et moi.

— Con est mon deuxième prénom, tu ne savais pas ?

— Garde ton sarcasme pour toi, Q. Ce que tu viens de faire c'était... merde je suis allé la secouer comme un prunier à la clinique. J'ai eu des paroles qui lui ont fait beaucoup de mal pour qu'elle réalise la connerie qu'elle était en train de faire et pour qu'elle te revienne. Et toi, qu'est-ce que tu fais ? Tu roules une pelle à une inconnue sous ses yeux juste pour prouver que t'en as une grosse ?

— Pourquoi ? demandé-je d'une voix pâteuse. Pourquoi avoir fait ça à ta propre sœur ? C'est ta seule famille...

— Rectification. Oui c'est ma sœur, mais ma seule famille, je ne suis pas d'accord. Le sang ne fait pas tout et tu es autant mon frère, qu'elle est ma sœur jumelle.

Il me faut un instant pour digérer cette vérité et quand enfin, je réalise ce qu'il a fait, je crois défaillir.

— Tu as volontairement blessé Melody... pour moi ?

— Eh ouais. Qui est le plus con de nous deux maintenant ?

Il se relève du tabouret et va pour partir, mais je l'interpelle et attends de croiser son regard.

— Je croyais que tu ne voulais pas nous savoir ensemble.

— Il faut croire que j'ai changé d'avis...

Dans ma tête, tout se mélange, si bien que j'en suis perdu. Quand j'étais encore avec Melo, elle et moi avons passé des semaines à tenter de faire comprendre à Brayden que nous étions sérieux l'un comme l'autre et qu'il soit d'accord ou non avec cela, nous étions bien ensemble et c'est tout ce qui comptait. Plus d'une fois, j'ai été à deux doigts de me battre avec lui, rien que pour lui faire rentrer dans le crâne que je n'étais pas là pour jouer avec le cœur de sa sœur et c'est maintenant qu'il n'y a plus d'espoir pour elle et moi, qu'il réalise enfin les choses.

À bien y réfléchir, ce n'est certainement pas Melody qui a le plus souffert dans toute cette histoire. La preuve, à peine quelques heures après son départ de l'appart, elle était déjà dans les bras d'un autre alors que de mon côté, je me retrouvais la tête sous l'eau, incapable de reprendre mon souffle pour ne pas suffoquer.

Je ressens ce même sentiment qui m'oppresse la poitrine depuis que la femme que j'aime m'a balancé sans détour en avoir embrassé un autre. Au cours de ma vie, j'ai collectionné tellement de déceptions et blessures que je me pensais réellement immunisé et en sécurité pour les années à venir. C'était sans compter sur cette satanée bonne femme ayant réussi à pénétrer la carapace de mon cœur en un temps record, avant de le broyer de ses doigts et de me quitter pour une chose dont je n'étais pas responsable.

En parlant d'elle, je la vois remonter furieusement l'allée, ses hanches se balançant en rythme à mesure que le bas de sa robe virevolte autour d'elle. Des yeux, je suis les lignes de son corps que je pensais avoir été sculpté rien que pour mes mains, jusqu'à ses longs cheveux blonds qui tombent en cascade dans son dos dénudé. Elle a l'air furax, certainement pas autant que je le suis au fond de moi, mais suffisamment pour me lancer un regard se voulant incendiaire. Je ris, doucement, puis me lève à mon tour, poussé par l'adrénaline, la colère et l'amour que j'ai pour cette fille.

Je la trouve dans la cuisine, se servant un verre d'eau depuis le robinet et je m'arrête un instant pour continuer à l'admirer, me tenant au dossier du canapé pour ne pas tomber tant mes jambes se font molles.

— Qu'est-ce que tu veux, Quinn ? Tu n'as plus personne à embrasser ? dit-elle en reposant son verre abruptement sur le comptoir.

Elle reste dos à moi, comme si elle ne supportait pas de me regarder en face, mais je peux voir son reflet dans la vitre qui surplombe l'évier et repère ses joues rougies par la colère ainsi que ses yeux marqués par les larmes.

— La jalousie est un vilain défaut, miss Amérique !

Elle grogne en m'entendant prononcer ce surnom qu'elle ne supporte que quand il vient de son frère et fait volte-face.

— Dit le mec qui a jeté son dévolu sur moi en me voyant m'amuser avec un tas d'autres mecs.

Je serre les dents à ce souvenir et m'en veux d'avoir agi comme je l'ai fait ce soir, mais très vite, mon esprit me file une gifle monumentale en me renvoyant à la figure le fait qu'elle en ait embrassé un autre, elle aussi et qu'elle m'a quitté sans un regard en arrière. Ajouter à ça la forte dose d'alcool que j'ai ingérée ce soir, je crois qu'on est mal barrés, aussi bien elle que moi.

— Tu peux dire ce que tu veux, mais ce n'est pas moi qui ai lancé les hostilités.

— Ah non ? J'ai voulu être franche avec toi en te disant ce qu'il s'est passé avec Benjamin et la seule chose que tu as trouvée à faire, c'est te venger et sous mes yeux. Tu ne trouves pas ça légèrement puéril comme réaction ?

— Un peu, je le reconnais, mais puisque tu n'as eu aucun mal à tourner la page sur nous deux, je me suis simplement dit que je devrais en faire de même.

Après tout, ce ne sont pas les filles qui manquent pour venir chauffer mon lit.

— Œil pour œil, dent pour dent, c'est ça ton excuse ? lâche-t-elle sèchement en venant prendre appui contre le bois du plan de travail.

— Elle ne te convient pas ?

— Pas vraiment non ! Je suis sûre que tu peux faire mieux que ça.

Le problème quand on se connait aussi bien que Melody et moi, c'est que nous savons l'un comme l'autre comment se provoquer mutuellement. Elle, la fille au corps de mannequin et au caractère bien trempé qui adore avoir le dernier mot, et moi, un hockeyeur à la réputation sanguine possédant un égo et une fierté masculine qui fera tout pour qu'elle n'ait pas ce foutu dernier mot.

De l'extérieur, on doit ressembler à deux gamins qui se tirent dans les pattes pour une histoire merdique, mais d'un point de vue interne, je peux vous jurer que la rage bout en chacun de nous, justifiant cette joute verbale infantile.

— Eh bien, je n'ai rien d'autre en stock alors il faudra t'en contenter. Au pire, tu n'as qu'à rentrer retrouver ton mec, lâché-je froidement avant de la planter là une fois encore et de rejoindre ma chambre dont la porte claque dans mon dos.

La tête me tourne quand je retombe à plat ventre au centre du lit qui a des allures de bateau voguant en pleine tempête, ballotant mon corps sans le moindre scrupule. Je voulais boire pour oublier la douleur, mais à bien y réfléchir, c'était une très mauvaise idée.

Malgré tout, je ferme les yeux et me laisse sombrer.

Heart of Wild: For you

Chapitre 22

« Ils n'étaient pas toujours d'accord, en fait ils n'étaient jamais d'accord sur rien, ils se bagarraient tout le temps et ils se testaient mutuellement, mais en dépit de leurs différences ils avaient une chose très importante en commun ils étaient fous l'un de l'autre. »
N'oublie jamais.

Quinn

Il est encore tôt quand mes paupières finissent par s'ouvrir, je le vois aux faibles rayons de soleil qui s'infiltrent dans la chambre par la fenêtre restée ouverte. Mon corps est lourd, ma bouche est pâteuse et ma vessie semble sur le point d'exploser si elle n'évacue pas très vite tout le liquide absorbé hier soir. Du coin de l'œil, je regarde autour de moi, à la recherche de mon petit bonbon rose, puis me souviens qu'elle a passé la nuit dans une des dépendances de la maison, loin du bruit de la fête et des pochetrons comme son père.

En parlant d'hier soir, je n'ai aucun souvenir de comment je me suis retrouvé couché dans mon lit et je me frotte le front, dans l'espoir que cela me revienne, mais c'est peine perdue, je crois bien que l'alcool m'a grillé plus de neurones que prévu.

Difficilement, je me change, optant pour un short de jogging et un débardeur blanc avant d'avaler un comprimé pour faire passer mon mal de crâne carabiné ainsi que les signes évocateurs de ma gueule de bois.

Dans le salon, je tombe sur ma mère qui gazouille en s'occupant de sa petite-fille. Elle souffle sur le ventre d'Iris et cette dernière pousse des petits bruits proches de ce qui ressemble à un rire.

— Oh, mais regarde qui est là! On dirait bien que papa est enfin réveillé, souffle ma mère en me souriant.

— Coucou mon bébé, dis-je en venant m'agenouiller près de ma fille qui tourne son beau visage vers moi en entendant le son de ma voix.

Comme à mon habitude, je la prends dans mes bras et viens nicher mon nez contre son cou, respirant à pleins poumons son odeur que j'aime tant avant de faire pleuvoir une pluie de bisous sur ses joues, son nez, son front.

Je n'ai passé que quelques heures loin d'elle, mais j'ai la furieuse impression de ne pas l'avoir sentie contre moi depuis une éternité et je déteste ça, vraiment. Iris est mon petit bonheur à moi, celle dont j'ai besoin pour respirer correctement et sans qui je ne parviens plus à imaginer ma vie. Je suis littéralement fou d'elle, il n'y a pas d'autre mot.

— Tu sais que tu m'as manqué toi, affirmé-je à la petite qui me retourne son fameux sourire qui me fait fondre.

Je croise le regard chaleureux de ma mère posé sur moi et Iris et lui souris.

Nous profitons de cette journée sous le soleil de Floride pour nous retrouver en famille, avec mes parents et ce n'est que bien plus tard dans la journée, après le départ des invités ayant dormi ici que j'aperçois finalement cette chevelure dorée que je n'avais décidément pas imaginée hier soir. Melody est en pleine conversation avec Brayden quand je finis par rentrer de l'aéroport où j'ai déposé mes parents ainsi que Thomas. Elle me repère rapidement et son regard se fait soudain plus dur, plus furieux, enfin, jusqu'à ce qu'elle remarque le bébé endormi dans mes bras, légèrement recouverte par un lange. Elle blanchit légèrement et baisse les yeux vers le sol avant de lancer à son frère qu'ils finiront cette discussion plus tard. Nous la regardons tous les deux partir et seulement lorsque la porte de l'une des chambres se ferme, mon meilleur pote s'avance vers moi.

— Bonjour toi, dit Brayden en venant délicatement embrasser la joue d'Iris qui agite son nez en sentant la barbe de son tonton préféré sur elle.

— Si tu la réveilles, c'est toi qui devras la rendormir, soufflé-je sur un ton d'avertissement en raffermissant ma prise sur la petite.

Cela le fait rire, puis il me regarde d'une façon que je connais bien, celle qui veut dire qu'il veut parler avec moi et me montre l'extérieur du menton.

— Occupe-toi d'elle et rejoins-moi.

Las, je me dirige vers ma propre chambre où je couche ma fille dans un lit d'appoint loué par Brayden avant d'activer le babyphone qui m'apporte un semblant de tranquillité quand je n'ai pas Iris sous les yeux. Le second moniteur à la main, je retrouve mon meilleur ami près de la piscine où se trouve déjà Ayleen qui est en train de se faire masser les épaules par son homme.

— Tu l'as vraiment bien dressé, déclaré-je à la petite rouquine qui étouffe un ricanement dans sa main.

— Ta gueule, marmonne Brayden dont les mains s'arrachent à la peau de sa belle pour venir me filer un coup de poing dans l'épaule.

En essayant d'esquiver ce dernier, je me prends les pieds dans une serviette qui trainait là et atterris en travers d'une chaise longue. Ma chute est accueillie par les rires de mes deux amis et je me joins volontiers à eux.

— Paraît que tu es tombé comme une souche hier soir, me dit Brayden qui vient prendre place à son tour sur l'un des nombreuses transats.

— Si je te dis ne pas m'en souvenir, tu me crois ?

— Ça ne m'étonne pas, mais je suis quand même curieux de savoir ce dont tu te rappelles.

Je réfléchis quelques instants, plongeant dans ma mémoire à la recherche de souvenirs. Je me souviens d'une bonne partie de la fête, d'avoir fini dans l'eau tout habillé, d'avoir dansé avec Ayleen, d'avoir discuté avec un tas de monde et ri à plusieurs reprises. Puis je me vois agripper une bouteille de champagne, assis sur le sable et la boire en solitaire avant l'arrivée de Melody. Des bribes de paroles me reviennent et... merde !

« Nous nous sommes embrassés ».

Ces mots ont hanté mes rêves toute la nuit. J'étais persuadé de les avoir imaginés, mais se pourrait-il que tout ça ait réellement eu lieu ?

— Elle a embrassé ce connard, grondé-je en plongeant mon regard dans celui de mon meilleur pote qui confirme d'un hochement de la tête.

Le simple fait qu'il acquiesce fait remonter la rage qui vient à nouveau bouillir dans mes veines et me fait voir rouge.

— C'est tout ?

Le fait qu'il insiste autant me fait froncer les sourcils.

— C'est déjà pas mal, non ?

— Tu ne te souviens de rien d'autre ?

Face à mon visage exprimant sans aucun doute l'interrogation, il finit par parler et me raconter ce qu'il s'est produit hier soir, en allant de mes multiples embrouilles avec sa sœur, jusqu'au gage lancé par Kent que j'ai tenu sous les yeux de cette dernière.

— Je t'avais dit de ne pas autant boire ! grogne finalement mon meilleur pote en croisant mon regard perdu. Je t'ai aussi dit que tu n'étais qu'un con qui venait de flinguer sa chance avec ma sœur.

— Sur une échelle de 1 à 10, elle m'en veut à combien ? Combien toi, tu m'en veux ?

— Oula, pour elle, je dirais 100, facile, pour moi, zéro. Même si tu ne t'en souviens pas, hier je t'ai dit que tu étais mon frère, autant qu'elle est ma sœur. Alors même si vous voir ensemble a été très dur à digérer, je crois que j'ai fini par comprendre que l'amour ne se contrôle pas et que je préfère mille fois la savoir avec toi, qu'avec un gars qui ne la traiterait pas comme elle le mérite.

— Tu auras mis du temps à le comprendre ! dis-je avant de percuter que Melody doit être en train de bouillir de rage. Merde, il faut que...

Il faut que quoi ? Que j'aille la voir et lui demande pardon d'avoir embrassé une autre fille ? Que je m'excuse pour mon comportement de connard ? Mais pourquoi le ferais-je ? Après tout, c'est elle qui m'a laissé tomber et qui est partie se consoler dans les bras d'un autre, pas moi. Alors j'ai peut-être joué au con cette nuit, je n'ai agi comme ça que parce qu'elle venait de me briser à nouveau le cœur et que j'avais besoin de savoir qu'elle aussi, elle pouvait souffrir de me voir avec quelqu'un d'autre.

— Avant toute chose, il faudrait déjà savoir ce que vous voulez, l'un comme l'autre. Tu as toutes les raisons du monde d'être furax contre elle, tout comme elle en a de t'en vouloir, mais ça ne peut pas continuer comme ça indéfiniment. Il faut absolument que vous preniez le temps de discuter à tête reposée de toute cette histoire et que vous preniez une décision.

— Pourquoi tu ne l'inviterais pas à dîner un de ces soirs ? propose Ayleen en baissant ses lunettes pour me regarder droit dans les yeux. Il nous reste trois jours à passer ici, ça te laisse le temps de digérer et de savoir ce que tu veux réellement.

— La question n'est pas là et vous le savez très bien. Elle ne m'a pas quitté parce qu'elle ne voulait plus de moi. Elle est partie, car elle ne pouvait pas accepter le fait que je sois père. Elle compte énormément pour moi, mais pas autant que ma fille.

— Laisse-lui une chance, Q, souffle Brayden en plongeant son regard azur dans le mien. Je suis certain que ses arguments pourraient te surprendre.

Entendre ce genre de discours sortir de la bouche de Brayden, c'est ça qui me surprend. J'ai tellement été habitué à ce qu'il me fasse la guerre pour avoir eu le malheur de craquer sur sa sœur, que savoir qu'à présent, il n'est plus vraiment contre notre histoire me donne envie de courir dans la chambre de Melo, la prendre dans mes bras et l'embrasser jusqu'à ce que ni l'un ni l'autre ne puissions respirer. Hélas, cela n'arrivera pas, car mon cœur n'est plus le seul impliqué et même si je l'aime comme jamais je n'ai aimé une fille avant elle, je ne peux la forcer à accepter ma nouvelle vie et encore moins mon petit bonbon rose.

Alors que je garde le silence, les yeux clos et la tête renversée en arrière, je réfléchis à tout un tas de choses, bonnes comme mauvaises, quand le cliquetis de la porte-fenêtre me fait ouvrir un œil dans cette direction. Et ce que j'y vois me fait me redresser en un temps record. Melody se tient dans l'encadrement, tenant ma fille dans ses bras. Cette vision à elle seule constitue un véritable fantasme pour mes pupilles.

Heart of Wild: For you

Voilà des semaines que je m'imagine le moment où les deux femmes de ma vie vont finir par se rencontrer officiellement et cela me fait quelque chose d'indéfinissable. Bien plus qu'une sensation de chaleur dans ma cage thoracique, bien plus qu'un battement irrégulier de mon rythme cardiaque. Et soudain, ma petite chipie se rebiffe contre Melo et ses petits doigts viennent agripper une longue mèche de cheveux blonds, faisant grimacer Melody.

Sans réfléchir, je me lève du transat et vais me saisir de la petite main du bébé qui continue de tirer sur ce qu'elle pense être un jouet.

— Aïe, murmure la belle blonde lorsqu'Iris se tend et amène jusqu'à elle ses cheveux qui viennent à présent lui chatouiller le visage.

— Eh bien, princesse, ce ne sont pas des manières, dis-je doucement.

Elle reconnait le son de ma voix et cesse de s'agiter. J'en profite pour libérer Melody et prendre ma fille dans mes bras.

— Petite crapule. On ne joue pas avec les cheveux des gens.

J'embrasse son petit nez avant de la tenir contre mon cœur et de laisser mes lèvres parsemer sa tête de petits baisers.

— Elle pleurait et je ne te trouvais pas alors je l'ai prise... elle... elle te ressemble tellement, finit-elle par avouer lentement, son regard bleu rivé sur mes doigts qui tiennent tendrement la petite.

Mal à l'aise, j'aimerais pouvoir me passer une main dans les cheveux, mais comme je ne le peux pas, je laisse mes yeux lorgner en direction de sa gorge, là où j'aimais tant laisser ma langue lécher sa peau douce.

Putain, tu dérailles, mec! me dis-je à moi-même avant de secouer furieusement la tête.

Aimer cette femme, l'avoir ici, à quelques pas de moi et ne pas pouvoir être avec elle me tue à petit feu. À vrai dire, c'est même plus que ça. J'ai l'impression qu'un incendie crépite en moi, ne rêvant que de ses lèvres faites pour les miennes pour venir éteindre la brûlure des flammes.

Nous continuons de nous regarder en chiens de faïence, à mesure que le silence s'installe entre nous. C'est Brayden qui vient me sauver en arrivant derrière moi pour surprendre Iris qui pousse un véritable rire. J'écarquille les yeux de surprise et me sens ému comme jamais.

Ma fille vient de pousser son premier rire et je jure qu'il s'agit du plus beau son au monde.

Brayden et Ayleen s'extasient tout autant que moi et alors que mon imbécile de meilleur ami soulève

Iris dans les airs à la façon de Rafiki avec Simba[14], elle se remet à rire. Du coin de l'œil, je vois Melody nous tourner le dos et descendre les quelques lattes de bois qui mènent à la plage. Brayden s'en aperçoit lui aussi et me fait signe de la rejoindre.

— Je m'occupe de cette chipie, va.

Je laisse mes tongs près de la piscine et trottine jusqu'au bord de l'eau où se trouve Melo. Je souffle son prénom lentement, mais elle ne se retourne pas.

— Laisse-moi, Quinn.

— Non !

Elle pivote légèrement le visage dans ma direction puis soupire et redirige son regard vers l'immensité qui nous fait face.

— Hier soir, j'étais bourré comme un trou et je ne me souviens de pas grand-chose, hormis le fait que toi et Benjamin vous êtes... embrassés. Je sais néanmoins que j'ai commis une grosse connerie...

— Une seule ? demande-t-elle d'un ton sec sans pour autant se tourner.

— Écoute, Melo, j'essaie de m'excuser là, ne me complique pas encore plus la tâche.

— Parce que tu m'as laissée m'expliquer toi ? Bourré ou pas, tu es allé trop loin. On est allé trop loin.

---

[14] Référence au « Roi Lion », long-métrage d'animation des studios Disney sorti en 1994.

Je pousse un profond soupir, laissant mes doigts aller et venir dans mes cheveux qui se font un peu longs.

Deux solutions s'imposent à moi dans l'état actuel des choses.

Petit 1 : je fais demi-tour, laissant cette histoire avec Melody derrière moi.

Petit 2 : je reste et me bats pour sauver ce qu'il reste de nous.

— Et si tu le faisais maintenant ? dis-je finalement en posant mes doigts sur son épaule nue, la forçant à me regarder.

— C'est trop tard, Quinn. Hier soir, j'ai bien vu que tu n'en avais plus rien à foutre de ce que j'avais à dire.

— Putain, arrête ! grogné-je. Ça fait des semaines que tu m'as quitté et quand enfin, je te revois, j'ai plus d'alcool que de sang dans les veines et tu m'annonces avoir embrassé ce connard. Comment voulais-tu que je réagisse au juste ?

— J'ai été honnête envers toi, mais peux-tu en dire autant ?

— N'inverse pas les rôles. Tu te dis franche, mais si tu l'avais été, tu aurais clarifié la situation une bonne fois pour toutes. À partir du moment où tes lèvres se sont posées sur d'autres que les miennes, tu as perdu tout droit de venir me jouer la carte des reproches parce qu'en attendant, moi, je n'ai même plus regardé une nana sans penser à toi.

— Une fois, crie-t-elle en frappant de ses poings frêles sur mon torse. Ce n'est arrivé qu'une seule fois et ça ne s'est jamais reproduit. Il a tenté sa chance, mais ce n'est pas lui que je voulais !

— Ah non ? Et c'était qui alors ? réponds-je d'une voix basse en me saisissant de ses poignets que je garde plaqués contre moi.

— Toi, pauvre andouille !

Je pousse un gémissement proche du grondement tout en la dévisageant. Je meurs d'envie de me pencher et de revendiquer ce qui m'appartient en l'embrassant comme aucun autre homme ne sait le faire, mais elle rompt le contact et m'échappe à nouveau en s'éloignant pour marcher le long de l'eau qui vient lui lécher les pieds.

— On n'a pas fini, crié-je à son intention.

— Si, Quinn. Tu m'as fait comprendre cette nuit que tout l'était entre nous.

Mais quelle tête de mule quand elle s'y met ma parole !

Sans lui laisser le temps de prendre la poudre d'escampette, je cavale derrière elle et viens la jeter sur mon épaule comme si elle ne pesait rien. Elle se débat furieusement contre moi, agitant ses jambes dans l'air avant que je ne les maintienne fermement contre ma poitrine. Puis elle me mord le trapèze et malgré le juron que je pousse sous l'effet de la douleur, je ne relâche pas ma prise.

— Débats-toi autant que tu le veux, mords, hurle... je m'en moque parce que cette conversation n'est pas finie !

— Lâche-moi ! bougonne la belle blonde qui continue de planter ses dents dans ma chair.

Mes jambes nous mènent jusqu'à l'eau et sans qu'elle ne s'y attende, je plonge, nous emportant tous deux dans les tréfonds de l'océan. Elle pousse un cri et réussit à m'échapper, mais en plus d'être doué sur des étendues gelées, je le suis aussi à la nage et je parviens à trouver ses chevilles que je tire d'un coup sec pour la ramener vers moi.

Après plusieurs minutes de combat, elle comprend enfin que je n'ai pas l'intention de la lâcher et pousse un profond soupir en dégageant ses cheveux mouillés qui lui collent au visage. Mes yeux ne peuvent faire autrement qu'admirer son corps de déesse ruisselant ainsi que la façon dont ses vêtements dégoulinants épousent à présent les formes de son corps.

— Ce que tu peux être agaçant quand tu t'y mets, marmonne-t-elle en me fusillant de ses beaux yeux bleus.

— Ce n'est pas toi qui disais aimer mon obstination ?

— Sauf quand tu t'en sers pour me jeter à l'eau !

Ses mains tapent rageusement sur la surface, m'éclaboussant au passage et je laisse mes lèvres s'étirer en un large sourire de vainqueur.

— Remballe ton sourire, Douglas, grogne-t-elle.

— Jamais, Hale ! rétorqué-je en me rapprochant.

Nos regards s'aimantent, se fusillent et se parlent silencieusement, à mesure qu'un courant attractif circule entre nos deux corps. Lorsqu'elle me regarde ainsi, j'ai toujours l'impression qu'elle parvient à lire en moi jusque dans mon âme et si à une époque, cela me faisait peur, il n'en est rien à présent. Tout ce que je souhaite, c'est pouvoir avoir une explication avec cette fille pour qui mon cœur bat comme à des ratés et qu'elle me laisse une chance de lui prouver que je suis l'homme qui lui faut. Moi et personne d'autre.

— Pourquoi t'obstines-tu comme ça ? Pourquoi tu ne me laisses pas partir ? finit-elle par dire sans me quitter des yeux.

— Parce que te laisser filer une nouvelle fois est au-dessus de mes forces.

— Mais pourquoi ? crie-t-elle à nouveau en essayant de me repousser. Comme tu me l'as si bien dit, la liste est longue en ce qui concerne les prétendantes, alors pourquoi te fatiguer avec moi ? Je t'ai brisé le cœur, Quinn !

Échec cuisant puisqu'au lieu de reculer, j'avance et d'une main sur sa hanche, je l'attire à moi, appréciant plus que de raison le contact de nos deux corps humides. De mes doigts libres, je viens lentement caresser sa joue et malgré son envie puissante de me gifler que je vois briller au fond de ses yeux, elle niche son visage contre ma paume et pousse un soupir qui me fait frémir de la tête aux pieds.

— Tu m'as brisé le cœur, certes, mais même en morceaux, cet idiot continue de battre comme un dingue pour toi, Melo.

— Quel con, souffle-t-elle en levant ses doigts qui viennent écarter une mèche de cheveux qui me retombe sur le front.

Et je la sens à nouveau, cette sensation de chaleur délicieuse qui vient réchauffer ma poitrine, cet amour puissant que je ressens au plus profond de moi pour elle, la sœur de mon meilleur ami, la fille qui m'était interdite, mais qui est parfaite pour moi.

— Dis-moi que tu n'es pas venue à Miami pour rien et que si tu es là, ce n'est pas juste par amitié.

— Qu'est-ce que ça change ? Le dire ne rendra pas les choses entre nous moins compliquées qu'elles ne le sont déjà.

— Dans ce cas, dis-moi que tout est fini entre nous et que tu ne veux plus de moi.

Ma voix est basse, mais gronde comme un orage menaçant. Je n'ai pas envie de l'entendre prononcer ces mots qui finiront de réduire en cendres les milliers de morceaux de mon cœur, seulement, si c'est ce qu'elle veut réellement, je l'accepterai, aussi douloureux que ce soit.

— Je ne peux pas...

Cette réponse insuffle un nouvel espoir en moi et bien que l'on soit déjà collés, je la rapproche encore plus de moi, plaquant son corps mouillé contre mon torse.

— Je te veux, Melo, mais toi, veux-tu toujours de moi ou as-tu réellement tourné la page sur notre histoire ?

— Tu connais parfaitement la réponse.

— Je veux t'entendre le dire.

Son visage tente de se baisser pour échapper à l'intensité de ce moment, mais je l'en empêche en relevant son menton de mes doigts.

— Dis-le !

— Je t'aime, Quinn...

Et je l'embrasse. Pas parce que tout est oublié entre nous et que le mal qu'elle m'a fait est effacé, non, je l'embrasse parce que j'en ai cruellement envie et parce que moi aussi, je l'aime. Alors le temps d'un baiser, nous mettons l'un comme l'autre nos réserves et nos peurs de côté, mais aussi l'avenir et ce qu'il va advenir de nous.

Nous nous embrassons comme jamais auparavant, si bien qu'elle en gémit contre mes lèvres. Je la serre si fort contre mon torse que je dois l'empêcher de respirer, mais bordel, c'est si bon. Durant des heures, des jours, des semaines, j'ai rêvé de ça, de la sentir contre moi, de la tenir dans mes bras et de me perdre dans ses baisers. Quand tout devenait trop compliqué dans ma vie, quand le poids des responsabilités devenait étouffant, oppressant, il me suffisait de m'imaginer à ses côtés, ses mains sur ma peau et ses lèvres sur les miennes, pour que ce poids s'allège, ne serait-ce que le temps de reprendre mon souffle.

Chapitre 23

« À ce moment précis, il y a 6 470 818 671 personnes dans le monde. Certains prennent peur, certains rentrent chez eux, certains racontent des mensonges pour s'en sortir, d'autres font simplement face à la vérité. Certains sont des êtres maléfiques en guerre avec le bien et certains sont bons et luttent contre le mal. Six milliards de personnes, six milliards d'âmes, et parfois, il ne vous en faut qu'une seule. »
Les frères Scott.

Melody

Personne n'a jamais réellement su expliquer ce qu'est l'amour. Des millions de gens le vivent chaque jour, mais aucun ne sait réellement si l'on aime avec son cœur, cet organe mesurant douze ridicules centimètres et pesant en tout et pour tout trois cents grammes, ou si l'on aime avec chaque fibre de nous-mêmes, avec notre âme. Pourtant, on dit bien avoir le « coup de cœur » et non le « coup d'âme », et je serais prête à jurer que ce que je ressens pour Quinn ne provient pas uniquement de mon cœur, il vient de partout à la fois.

Il me suffit d'être en sa présence pour que tout mon corps réagisse. Mes cellules s'enflamment, mes nerfs se tendent, mes muscles se crispent et ma peau réclame la sienne, inlassablement. Comme en ce moment, alors qu'une couche de vêtements trempés nous sépare et que nos lèvres semblent ne plus savoir comment respirer sans le contact de l'autre.

Mon être tout entier crépite sous le contact de ses grandes mains autour de mon visage, de ses cheveux glissants entre mes doigts. J'ai l'impression d'être au Nirvana et je veux y rester.

Ces dernières semaines n'ont pas été de tout repos pour moi. Les agressions se sont multipliées, rendant toute la population de White Bear Lake complètement parano, et moi, littéralement anéantie de ne pas réussir à tous les sauver. J'ai vu ma charge de travail tripler rien que ces deux derniers mois et même l'aide de Benjamin ne suffit plus. En même temps, il me faut reconnaître que depuis cette histoire de baiser entre nous, il est devenu si insistant que j'aime à garder mes distances avec lui, refusant qu'il s'imagine je ne sais quoi. Cela commence à poser quelques soucis d'entente au sein de la clinique, mais je ne parviens plus à faire semblant avec lui, même s'il ne semble pas s'en rendre compte.

Le jour où Benjamin m'a embrassée, car oui, l'initiative venait de lui et non de moi, j'étais véritablement au fond du trou. Je venais de me disputer méchamment avec Quinn, le quittant avec des mots que j'avais regrettés à l'instant même où ils avaient franchi mes lèvres, alors qu'il venait d'apprendre l'existence de sa fille.

En rentrant à WBL, j'étais inconsolable, versant des litres d'eau salée, si bien que lorsque Benjamin est entré chez moi pour savoir ce qui m'arrivait, il m'a surprise en train de pleurer et a accouru pour me prendre dans ses bras. Sur le moment, je me sentais bien, rassurée d'avoir une épaule sur laquelle laisser couler mes larmes. Puis les choses ont dérapé et lorsque sa bouche s'est écrasée contre la mienne, j'étais encore sous le contre coup de tout ce qui venait de se passer et n'ai pas réagi tout de suite. C'est là que ses mains se sont faites baladeuses et que tout mon corps l'a rejeté tandis que j'essuyais rageusement mes lèvres du dos de la main.

Depuis, il multiplie les essais me concernant, voulant absolument que je réalise qu'il est l'homme dont j'ai besoin, ce sont ses mots pas les miens. Je ne cesse de l'éconduire, au début plus gentiment, je dois le reconnaître, mais ces derniers temps, son insistance à mon égard m'insupporte et nous vaut quelques prises de bec plutôt coriaces.

Quand il a su que je venais faire la surprise à Quinn pour son anniversaire, son visage a viré au rouge écarlate et il a quitté la clinique en me promettant que je le regretterai. J'ai donc fait appel à deux confrères implantés à Saint Paul pour prendre mon relai et veiller au grain, le temps pour moi d'aller reconquérir l'homme que j'aime sous ce soleil de plomb qui règne en Floride.

Et dire que j'ai bien failli le croire…

On ne peut pas dire que je garde d'excellents souvenirs de mes retrouvailles avec Quinn hier soir. J'ai pu faire la connaissance d'une facette de lui que je ne connaissais pas, celle de l'homme blessé et amer torché comme un trou. L'alcool a fait exploser ses inhibitions, le dévoilant sous un tout autre jour. Et je n'ai pas du tout aimé ça, même si je suis l'unique responsable de cette rancœur qui m'a explosé en pleine figure la nuit dernière.

La journée d'aujourd'hui n'a pas été franchement mieux, j'ai eu la chance de croiser plusieurs membres du Wild Hockey Club à mon réveil et si avant, j'avais le droit à quelques sourires et des blagues salaces dans le dos de mon frère, ce matin je n'ai eu droit qu'à des regards désapprobateurs et quelques pics afin d'appuyer là où ça fait mal. C'est Brayden qui les a rappelés à l'ordre d'une voix grave, précisant à ses gars que cette histoire ne concernait que Quinn et moi, et personne d'autre. Ils n'ont pas bronché et se sont remis à parler de tout, sauf de moi, avec leur capitaine. Même Mike m'évite et ça, je crois que c'est la cerise sur le gâteau. Aux dires de ma, presque, belle-sœur, il est distant avec tout le monde depuis quelque temps et ne vient presque plus à l'appart.

Je crois que le seul moment agréable de ma journée a été de regarder le film kitch à souhait en compagnie d'Ayleen pendant que son homme jouait les taxis pour raccompagner tout le monde. Non, je mens, ce moment est à la troisième place, le premier étant notre baiser qui devrait figurer dans les annales des meilleurs baisers de tout l'univers.

La deuxième place revient à cet instant, aussi magique qu'étrange, où j'ai tenu dans mes bras cette petite fille à croquer. Je l'ai entendue pleurer depuis ma chambre et cela a été plus fort que moi, je suis allée auprès d'elle pour la rassurer. Ses grands yeux étaient ouverts, dévoilant une couleur intense qui m'a scotchée sur place. Je l'ai admirée quelques instants, comparant chaque trait de son adorable visage à celui de son père et je n'ai pu m'empêcher de sourire. Elle lui ressemble tellement que c'en est effarant. Elle s'est remise à pleurer et sans que je n'en donne l'ordre à mes bras, je l'ai d'instinct prise contre moi, la berçant délicatement pendant que je partais à la recherche de Quinn.

Et ce que j'ai vu dans son regard lorsque je l'ai finalement trouvé m'a fait perdre tous mes moyens. Une flamme nouvelle brillait dans ses yeux noisette et je crois que j'en suis retombée amoureuse pour la seconde fois. Il semblait si heureux de me voir la tenir que mes yeux se sont mis à piquer et ma gorge s'est nouée. Je n'ai jamais été le genre de fille à baisser la tête, sauf en de très rares occasions, mais face à son regard d'une puissance fulgurante, il me fallait détourner les yeux pour ne pas me consumer.

Puis ce bonheur s'est volatilisé quand la petite, blottie contre la poitrine de Quinn, a éclaté d'un rire mélodieux et que je me suis retrouvée seule, regardant les gens que j'aime, ma famille, la regarder, elle, avec un amour jamais vu jusque-là. Je n'aurais jamais cru me sentir un jour jalouse d'un bébé et pourtant, le sentiment qui m'a habitée à ce moment-là y ressemblait grandement.

En m'éloignant sur la plage, les laissant entre eux pour profiter de ce grand moment, la seule chose à laquelle je pensais, c'est que je n'avais jamais vu Quinn avec ce sourire à tomber et ses yeux illuminés de milliers d'étoiles. Seulement, ce n'est pas grâce à moi qu'il avait l'air si heureux, mais bien grâce à sa fille.

J'ai toujours su qu'il ferait un papa absolument génial, même si têtu comme il est, il a toujours réfuté l'envie d'en avoir. À ses yeux, il n'était pas prêt à fonder une famille et avoir un petit être à charge, autrement dit, il avait bien trop peur de tout foirer pour ne serait-ce qu'imaginer avoir un enfant. Pourtant, à le voir avec sa fille, on dirait bien que toutes ses peurs ne sont plus d'actualité et du peu que je sache, il gère comme un chef dans ce rôle qu'il ne pensait pas fait pour lui.

Et à présent, alors qu'il y a quelques minutes seulement, je prenais conscience de l'énormissime connerie faite en le quittant et du fait qu'il allait me falloir tirer un trait sur nous, me voilà à nouveau dans les bras de cet homme merveilleux qui fait complètement dérailler mon corps, mon cœur et mon esprit.

— Je sais qu'un baiser n'effacera pas tout et qu'il y a un grand nombre de choses à régler, mais pour la première fois depuis des semaines, je me sens enfin entier, souffle Quinn contre mes lèvres avant de m'embrasser à nouveau.

Je gémis une nouvelle fois contre sa bouche, ce qui le fait sourire.

Oui, il nous faut encore parler de nombreux sujets qui fâchent, mais aussi aborder certaines choses concernant notre avenir ensemble. Je l'aime, je n'ai aucun doute là-dessus, mais cet amour est-il suffisant pour affronter ce qui m'attend ?

Entre ma clinique à WBL, et sa vie de hockeyeur pro, nous avions déjà du mal à gérer les choses, nous voyant que quelques heures par mois, mais à présent qu'il y a plus que nos carrières en jeu, comment savoir si cela va fonctionner ? Notre couple n'est pas la priorité de Quinn, maintenant, il doit avant tout penser à la stabilité de vie dont a besoin sa fille pour grandir et j'ai peur que notre histoire ne fasse que lui compliquer les choses.

Sentant très certainement la soudaine tension de mon corps, il se recule et vient sonder mon visage de ses prunelles brillantes.

— On peut s'en sortir.

La compression de ma poitrine s'allège à ces mots et lorsqu'il me tend sa main, je n'hésite pas à nouer mes doigts aux siens, le suivant jusqu'aux serviettes laissées pour nous sur l'une des chaises longues qui bordent la piscine.

Portant une robe d'été, je m'enroule dans l'épais coton et retire cette dernière qui tombe à mes pieds. Les yeux de Quinn suivent le moindre de mes faits et gestes et allez savoir pourquoi, cela me rend nerveuse.

Idiote !

Non seulement il me connait par cœur et m'a vu passer toutes les étapes de l'enfance à l'âge adulte, allant des couettes à l'appareil dentaire ou encore aux boutons d'acné. Il m'a aussi vue nue des centaines de fois. Je n'ai donc aucune raison de rougir en surprenant son regard brûlant qui me dévore.

— C'est nouveau, ça, dit-il en passant son pouce sur mes joues rosies.

Puis il entre dans la maison et rejoint mon frère dont la voix riante résonne dans ce grand salon. Je reste en retrait, laissant le temps à mon cœur de repartir, quand je surprends Quinn soulever sa fille, hissant le visage de la petite contre le sien pour mieux embrasser le bout de son nez.

Ouais, y'a vraiment aucun doute, ce rôle lui va à merveille.

Il doit sentir que je le regarde, car il tourne la tête dans ma direction et me sourit chaleureusement.

Cette situation est étrange, ce n'est qu'un bébé inoffensif qu'il tient dans ses bras en s'approchant de moi, mais j'ai la stupide impression d'être sur le point de rencontrer la personne détenant l'avenir de mon couple entre ses mains minuscules.

— Tu te souviens de « mademoiselle-je-tire-les-cheveux » ?

— Comment l'oublier, dis-je d'une voix cassée qui lui fait hausser un sourcil.

— Elle s'appelle Iris, dit-il simplement en secouant le petit poing de sa fille.

— C'est un beau prénom pour une jolie petite fille. Tu risques d'avoir des soucis plus tard.

Il pousse un grognement sourd en resserrant sa prise autour du petit corps d'Iris, ce qui me fait pouffer comme une ado.

— Elle aussi ! hurle Ayleen depuis la cuisine en riant.

— On ne va pas relancer le débat, merci ! lance Quinn en fusillant du regard la copine de mon frère.

— Ça te va bien, dis-je brusquement à Quinn qui tourne vivement la tête vers moi.

— Quoi donc ?

— Être papa. Tu m'as souvent répété que tu ne saurais jamais devenir un bon père, mais j'ai la preuve sous les yeux que tu avais tout faux.

— Être père, c'est un travail de tous les jours. Tu ne peux pas te reposer sur tes lauriers, ou encore remettre les choses à plus tard. L'arrivée d'Iris a vraiment fait basculer mon monde, mais quand je la regarde, j'ai cette force en moi, qui me pousse à tout faire pour qu'elle ait la vie et tout l'amour qu'elle mérite.

— Elle va avoir une vie remplie d'amour, t'en fais même pas, répond Brayden à ma place en venant caresser les cheveux du bébé.

Puis mon frère lève ses prunelles identiques aux miennes sur mon visage et me fait un clin d'œil discret qui me fait lever les yeux au ciel.

Il a profité de l'absence de Quinn aujourd'hui pour terminer cette conversation entamée à la clinique, mais cette fois, sans hausser le ton et sans m'accuser de tout et n'importe quoi. Je reconnais que récemment, je n'ai pas pris les meilleures décisions du monde, surtout en ce qui concerne ma vie privée et mon histoire avec Quinn. Sur le moment, j'ai vraiment cru agir au mieux, pour lui comme pour moi, mais il me faut reconnaître que j'avais tort.

Si seulement je m'en étais rendue compte avant...

Mais ne dit-on pas que seuls les cons ne changent jamais d'avis ? Dans mon cas, on peut le crier haut et fort, j'ai été conne et même plus, mais comme Brayden me l'a dit cet après-midi, rien n'est perdu et j'ai toutes les cartes en mains pour faire en sorte que cet « épisode » ne soit plus qu'un lointain souvenir.

Il nous reste deux jours à passer ici et je compte bien faire tout mon possible pour sauver ma relation avec Quinn, même si pour ça, je dois ravaler ma fierté et me mettre à genoux face à lui pour qu'il me pardonne.

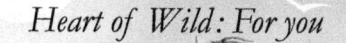

Chapitre 24

« *L'espoir est la seule chose plus forte que la peur.* »
Hunger Games.

Quinn

Depuis mon plus jeune âge, j'ai toujours su que je ne pourrais compter que sur moi-même, quoi qu'il m'arrive. À l'époque où je voguais de famille en famille, où les coups pleuvaient plus que les mots doux qu'un adulte est censé dire à un enfant pour le rassurer, j'ai compris que ma vie ne serait jamais rose, qu'il faudrait me battre comme un acharné pour ne pas finir comme ces gens qui étaient censés me montrer l'exemple. Des familles se disant là pour aider les orphelins ou les gosses abandonnés, il y en a un sacré paquet aux États-Unis. Certaines le font véritablement par charité d'âme, par envie d'aider son prochain, par amour, et non pour les chèques qui tombent tous les mois, comme les Douglas, par exemple. Mais ces cas-là sont des denrées rares, et pour avoir atterri dans douze familles différentes en moins de sept ans, je vous assure que je sais de quoi je parle.

J'ai eu une chance incroyable de tomber sur les Douglas, une chance que beaucoup d'enfants n'ont pas et n'auront sans doute jamais et cela me donne envie de hurler de rage contre ce genre d'injustice. Chaque année, je donne une grosse partie de ce que je gagne en jouant au hockey à des orphelinats et associations d'aide à l'enfance, parce que cet argent, ils en ont bien plus besoin que moi et si le moindre dollar que j'offre de bon cœur peut permettre d'aider des gamins vivant la même chose que moi à leur âge, c'est tout gagné.

Je ne suis pas dupe et sais pertinemment que mes dons seuls ne suffiront jamais à montrer du doigt ces gens malhonnêtes qui usent du système pour mieux faire du mal à des pauvres enfants sans défense. Seulement, si ma rencontre avec les Douglas m'a appris quelque chose, c'est que l'espoir est un sentiment puissant et il ne faut jamais l'oublier.

Lorsqu'Iris est arrivée dans ma vie, j'étais un pauvre gosse dans un corps d'homme, qui cherchait encore sa place au sein de ce monde de fous. Je n'étais pas à l'aise pour exprimer mes sentiments les plus profonds ni même pour en éprouver. Je passais plus de temps à me laisser guider par le courant qu'à essayer de nager à contresens pour faire de ma vie ce que je voulais réellement. À présent, je ne suis plus un enfant, je suis un homme, un père et ce simple mot de quatre lettres définit intégralement qui je suis désormais.

Deux petits coups sont donnés sur la porte de ma chambre, puis cette dernière s'ouvre, laissant apparaître le visage souriant de Melody.

— Je te dérange ?

— Non, j'essaie d'endormir cette coquine qui se joue de moi, dis-je en souriant à ma fille qui agite mon doigt, prisonnier de son petit poing. Entre.

Elle s'exécute, refermant la porte dans son dos avant de fixer la place libre dans le lit, puis Iris, couchée contre mon flanc et pour finir, moi.

— Laisse tes cheveux loin de ses mains et ça devrait bien se passer.

Je vois l'ombre d'un sourire passer sur ses lèvres alors qu'elle part s'asseoir au pied du grand lit.

— Je ne comprends pas pourquoi tu es ici, toi qui détestes tant rester coucher à ne rien faire.

— Être enfermé, c'est devenu mon quotidien depuis qu'elle est là, soupiré-je.

— Comment ça ? demande-t-elle, étonnée par mes mots.

— Tu connais l'appétit des médias et les merdes qu'ils aiment raconter. J'évite autant que possible d'exposer ma fille à tout ce cirque et reste donc la plupart du temps à l'appart avec elle.

— Tu veux la protéger et c'est tout en ton honneur, mais la garder prisonnière ne la protègera pas indéfiniment, tu le sais. Et puis, pourquoi cacher une si jolie petite fille ?

De ses doigts, elle vient chatouiller les petits pieds nus d'Iris qui gesticule comme un asticot sur le lit et la voir ainsi interagir avec ma fille, même si ce ne sont que des guilis, me réchauffe le cœur et me prouve que tout espoir pour nous n'est pas définitivement mort.

Plongé dans la pénombre, j'étouffe un bâillement avant de retomber contre la pile d'oreillers.

— Je crois qu'il n'y a pas qu'elle qui doit faire sa sieste, dit-elle finalement en se relevant.

— Reste.

Ce mot sort de ma bouche sans que je ne lui en donne l'ordre et cela semble surprendre la jolie blonde qui me fixe un instant, sondant mon regard comme s'il contenait une information cruciale, jetant des coups d'œil inquiets en direction du lit.

— Je te propose une sieste, miss Amérique, pas une orgie.

Heart of Wild : For you

Ses yeux se font incendiaires l'espace d'une seconde, puis elle hoche la tête et rampe sur le matelas, gardant néanmoins ses distances avec Iris et moi.

Je roule sur mon flanc et d'une main, retire mon tee-shirt sous ses yeux ébahis.

— Euh...

— Respire, c'est comme ça qu'elle dort le mieux.

Comme pour appuyer mes dires, ma fille se blottit d'instinct contre ma poitrine, mon tee-shirt roulé en boule entre ses petits bras. Je replace la tétine dans sa bouche et très vite, ses paupières s'alourdissent de sommeil, tout comme les miennes et je m'endors en sentant le poids du regard de la sublime blonde, couchée à quelques centimètres de moi, peser sur moi.

~

Un flash vient de m'aveugler, de petites étoiles se mettent à danser sous mes paupières closes et un grognement féminin résonne non loin de moi. Mon bras est tout ankylosé d'avoir gardé la même position, quant à mon autre main, elle repose sur un corps chaud qui n'est pas celui de ma fille. Encore à demi endormi, j'ouvre discrètement un œil et remarque Melody qui me fait face, mes doigts sur sa hanche, la maintenant plus près de moi. Ses longs cheveux blonds sont éparpillés sur l'oreiller, alors que l'une de ses mains est posée sur le ventre d'Iris qui dort encore profondément.

Un mouvement attire mes yeux vers la porte de la chambre où je croise le regard rieur de mon meilleur pote qui tient son portable comme un trophée.

— Qu'est-ce que tu fous là toi ? grogné-je en me frottant les paupières de mes poings.

— J'allais commander à manger et voulais savoir ce que vous vouliez et vous étiez si miiiignooooons tous les trois, que j'ai voulu immortaliser ce moment.

— T'as vraiment un grain, mon pote, dis-je en lui balançant un oreiller.

Comme tout bon hockeyeur pro, il évite ce dernier avec une grande facilité, ce qui a le don de m'énerver. Avec ses réflexes hors normes, ce gars serait sûrement capable d'éviter le moindre projectile lancé sur lui et c'est vraiment très frustrant, surtout quand vous êtes le lanceur. Il rit à gorge déployée, faisant à nouveau grogner sa sœur qui finit par émerger à son tour. Elle regarde son frère d'un regard noir qui me fait sourire, puis tourne la tête vers moi et enfin, sur sa main qui n'a pas quitté le corps de mon petit bonbon rose qui a l'air d'apprécier ce contact.

— Toi, tu as la tronche du mec qui a fait une connerie, dit-elle à son frère d'une voix éraillée.

— Absolument pas, parole de scout.

Brayden place des doigts en l'air repliant son pouce contre sa paume, avant de glousser comme une dinde alors qu'il quitte la chambre.

— Y'a vraiment des fois où je me demande ce que votre mère mettait dans son biberon.

— Je lui demanderai dans mon message annuel, répond-elle d'une voix qui se veut ironique, mais qui se fait plus triste qu'autre chose.

— C'est elle qui perd le plus, tu peux me croire. Et je suis persuadé qu'un jour, elle réalisera combien sa fille est merveilleuse et s'en mordra les doigts.

— Merci, souffle-t-elle en allant s'asseoir au rebord du lit, dos à moi.

J'étais là, le jour où leur mère est partie. C'était une belle journée d'été et j'attendais les jumeaux au croisement de leur rue. Nous devions aller passer l'après-midi au lac, mais quand j'ai vu leur mère charger plusieurs valises dans une voiture de luxe et y prendre place sans même jeter un regard vers ses enfants, j'ai tout de suite su que le programme allait changer. Brayden est resté stoïque, les yeux rivés sur la carrosserie noire de la berline, gardant ses bras entourés autour du corps tremblant de sa sœur qui pleurait à chaudes larmes. Je me souviens encore du cri de souffrance que Melody a poussé quand la voiture a démarré, emportant sa mère loin d'elle, loin d'eux.

Si, au fil des années, Brayden a pu libérer sa colère et sa rancœur profonde sur la glace et dans la salle de musculation, Melody, elle, a toujours tout gardé en elle, emmagasinant des années de reproches, de blessures, de rage.

Je ne paye pas cher de la peau de cette chère Joanne Hale, anciennement Collos et actuellement Calgary, si elle vient à revoir sa fille.

Depuis le salon j'entends Brayden m'appeler et pousse un profond soupir en enfilant un tee-shirt propre et en calant des oreillers tout autour d'Iris qui dort encore, sous le regard perplexe de Melody.

— Un accident est vite arrivé, dis-je comme seule explication avant d'ouvrir la porte de la chambre et de rejoindre mon meilleur pote.

Ce dernier est au téléphone quand je débarque et alors que je vais pour me servir un verre d'eau, il pose sa main sur mon épaule.

— J'ai un dernier cadeau pour toi, Q, dit Brayden qui me sourit d'une façon étrange, si bien que je ne sais à quoi m'attendre.

D'un geste souple, il me tend son smartphone dont l'écran est allumé et lorsque je vois le nom du président du club s'afficher, mon estomac se serre à mesure que mon cœur bat la chamade dans ma poitrine.

N'ayant jamais eu de réponse à mon mail, j'ai bien cru devoir rappeler mon agent concernant certaines demandes de contrats qu'il a reçues pour moi. Quitter le Wild Hockey Club n'est vraiment pas une option envisageable pour moi, que ce soit professionnellement parlant, mais aussi en ce qui concerne ma vie privée. Je viens tout juste d'acheter une maison où m'installer pour offrir à ma fille une vraie vie, loin de ce que j'ai pu vivre au cours de la mienne, ce n'est donc pas le meilleur moment choisi pour me faire transférer.

— Bonsoir, monsieur Jefferson, dis-je d'une voix qui se veut assurée.

— Bonsoir, Quinn, me répond l'homme d'affaires. Je ne vais pas vous retarder bien longtemps, j'avais simplement une chose à vous dire et votre capitaine a pensé que le faire de vive voix serait mieux.

Je jette un regard vers Brayden, perdu, confus, mais ce dernier continue simplement de me regarder intensément.

— Vous êtes un joueur d'exception, Quinn, et vous le savez parfaitement. Le Wild Hockey Club n'aurait pas une telle renommée sans des noms comme le vôtre dans nos rangs et c'est bien pour cela que je vous annonce avoir accepté la proposition de votre agent. Un exemplaire numérique du contrat vous a déjà été envoyé par mail. Et nous attendons votre réponse définitive…

— Je n'ai pas à réfléchir, monsieur, jouer à nouveau sous les couleurs des Wild sera un honneur pour moi.

— C'est exactement ce que je voulais entendre ! On se revoit dans mon bureau à votre retour pour finaliser cet accord, et en attendant, profitez bien des vacances et de votre fille.

— Comptez sur moi. Au revoir, monsieur Jefferson.

Je ne parviens pas à décoller le téléphone de mon oreille, encore sous le choc de cette nouvelle qui tombe à point nommé. Décidément, ce voyage en Floride aura été rempli de surprises et savoir que je continue de jouer avec ces sauvages la saison prochaine me gonfle le cœur de joie.

— Cette équipe n'est rien sans toi et le capitaine a encore cruellement besoin de son assistant-capitaine, dit simplement Brayden qui vient cogner son poing contre le mien.

— Je pense que cette nouvelle mérite d'être fêtée, vous n'êtes pas d'accord ? demande Ayleen.

Nous sommes tous les quatre sur la même longueur d'onde quant à sortir ce soir, et quoi de mieux qu'une soirée privée sur un yacht pour ça ? Rien, nous sommes bien d'accord.

Brayden a de nouveau fait appel à l'équipe de nounous pour s'occuper d'Iris pendant notre absence et même si mon cœur de papa n'est toujours pas serein à l'idée de la laisser seule toute la nuit, je me laisse convaincre par Ayleen que je mérite aussi de m'amuser et de profiter de la vie comme je l'aurais fait avant de devenir père.

La nuit tombe lentement lorsque nous passons la barrière de *Miami Beach Marina* où nous attend le gigantesque bateau que j'ai loué en trois clics sur mon smartphone. Y'a pas à dire, avoir de l'argent et un nom connu, ça aide pour obtenir ce qu'on veut en un claquement de doigts. Même si je suis le genre d'homme à garder les pieds sur Terre, refusant d'user des bonnes choses servies sur un plateau d'argent, j'aime me faire plaisir de temps en temps, comme ce soir.

Nous sommes accueillis à bord par un skipper ainsi qu'une serveuse qui s'avance vers nous, plateau en main.

— Bienvenue à bord du *Grey Sky*, je suis Lenny.

— Et moi, Bud, répond le skipper en replaçant sa casquette de marin sur sa tête chauve. Prêts pour une nuit en mer?

Et comment! Surtout si cette excursion loin de tout peut faire en sorte que cet abcès grossissant entre Melo et moi éclate, une bonne fois pour toutes.

Bud et Lenny disparaissent rapidement, non sans nous inviter à nous asseoir pour profiter de la vue et du repas qui va nous être servit. Brayden est collé à sa belle, un bras passé autour de ses épaules, à demi couché malgré la place monstre qu'il y a sur le canapé. Quant à moi, je suis assis sur une large banquette, aux côtés de Melo, mais tout de même séparés par une légère distance. Depuis notre réveil de la sieste, elle semble être ailleurs et toutes mes tentatives de discussion sont restées vaines.

Brayden est face à nous et ne cesse de me faire des signes en direction de sa sœur, mais cette dernière préfère se murer dans son silence, faisant mine d'admirer la déco des lieux. Eh bien soit, je ne vais tout de même pas lui foutre un couteau sous la gorge pour la forcer à parler.

Je me pète littéralement le bide avec un copieux assortiment de fruits de mer dont je raffole, sous les yeux gourmands de Melo qui semble enfin revenir parmi nous. Ses doigts viennent me chiper, à plusieurs reprises, des crevettes et chaque fois que je grogne, son sourire s'étire. À croire qu'elle s'amuse de me provoquer.

Je discute avec Brayden du petit nouveau de l'équipe, Lyam, quand la belle blonde vient à nouveau chaparder dans mon assiette, mais cette fois, je suis plus vif qu'elle et lui assène une légère tape sur la main.

— Pas touche !

— Oh, allez Quinn ! supplie-t-elle en riant.

— Tu as la même chose dans ton assiette ! m'exclamé-je en désignant de l'index cette dernière.

— Mais les tiennent sont décortiquées !

Sa réponse est accueillie par les rires d'Ayleen et Brayden, mais aussi par le mien.

Heart of Wild : For you

— T'es vraiment irrécupérable, miss Amérique, lance mon meilleur ami à l'attention de sa sœur.

— J'adore les fruits de mer, mais j'ai horreur de les éplucher, dit finalement Melody en jetant un regard vers mes doigts poisseux.

Un large sourire étire soudain mes lèvres alors qu'une idée me traverse l'esprit. Je m'approche de la jolie blonde, avant de lever mes doigts à hauteur de son visage. Elle voit clair dans mon jeu et se recule vivement, poussant un cri haut perché quand elle comprend qu'elle va avoir du mal à m'échapper. De ma jambe, je bloque sa cheville contre la banquette, la faisant tomber sur le dos.

— Paraît que c'est bon pour la peau, soufflé-je en venant caresser son visage, étalant ainsi les différents résidus de chair à poisson sur elle.

Elle hurle, se débat et tente même de me foutre son genou là où ça fait mal, mais je contre toutes ses attaques et continue de m'essuyer sur sa peau.

— Arrête ou tu vas me le payer !

— Ah ouais ? C'est une menace ? réponds-je en la fixant droit dans les yeux.

Ses pupilles azur brillent d'un éclat de malice, me mettant réellement au défi de continuer, à mes risques et périls. Elle me regarde de la même façon qu'elle me regardait depuis la piste de danse, dans cette boîte de San Francisco, le soir où tout a changé pour elle comme pour moi.

— Dois-je te rappeler comment ça s'est fini la dernière fois ? murmuré-je tout bas, pour qu'elle seule puisse m'entendre.

— Pas la peine, je m'en souviens comme si c'était hier.

Et alors que je la dévore littéralement des yeux, me moquant de qui est en train de nous regarder, elle profite que je baisse ma garde pour inverser la tendance. Je me retrouve désormais sur le dos, elle, à cheval sur mes cuisses, mes poignets prisonniers de ses poings contre ma tête.

— On fait moins le malin maintenant, hein ?

— Tu as triché !

— Parfois, il faut savoir contourner les règles à son avantage.

Et sur ces mots, elle retourne s'asseoir sur la banquette comme si de rien était et se saisit d'une petite serviette chaude pour se nettoyer le visage, avant de m'en jeter une que je rattrape au vol. Ce n'est qu'à ce moment-là que je me rends compte que nous sommes seuls. Brayden et Ayleen ont disparu je ne sais où, et silencieusement, je les en remercie.

— Puisqu'il n'y a plus que nous deux, vas-tu finir par m'expliquer pourquoi tu agis bizarrement depuis notre réveil ?

— Tu as une fille, Quinn !

— Et ?

Heart of Wild : For you

— Et ce n'est pas rien. Comme je te l'ai dit dans mon dernier message, je n'étais pas préparée à ça.

— Parce que moi oui peut-être ?

Melody soupire, me regarde profondément, puis soupire à nouveau.

— Je n'étais pas là, mais je peux imaginer, oui. La seule différence, c'est que c'est ta fille, donc, quoi qu'il arrive, tu ne pourras pas la perdre. Elle sera toujours là pour son papa, comme lui sera toujours présent pour elle. Mais pas moi.

— Je ne te suis pas là, dis-je en l'interrogeant du regard.

— Chaque fois que je m'attache à quelqu'un, cette personne finit par me quitter, d'une manière ou d'une autre. Je me suis attachée à toi, Quinn, plus qu'à n'importe qui dans ma vie. J'ai cru être tombée amoureuse plusieurs fois, mais ce n'est qu'avec toi que j'ai découvert ce que ça voulait réellement dire. Et puis je t'ai perdu...

Elle ramène ses jambes contre elle, s'en servant comme d'un bouclier contre la souffrance.

— ... même si tout était ma faute. Quand je t'ai vu avec ce minuscule bébé et combien tes yeux brillaient en la regardant, j'ai pris peur et j'ai fui.

— Mais pourquoi ?

— Parce qu'à ce moment-là, je pensais que j'allais te perdre. Un enfant, ce n'est pas rien et je te connais suffisamment pour savoir que jamais, tu n'aurais abandonné cette petite ainsi que sa mère, vous étiez tous les trois une famille désormais. Et je ne pouvais pas l'accepter, c'était trop dur pour moi. Je n'aurais pas supporté que tu me rejettes toi aussi. Surtout pas toi. Ce jour-là, j'ai préféré nous briser le cœur à tous les deux, plutôt que te laisser détruire entièrement le mien.

— Égoïste comme réaction, tu ne trouves pas ?

— Je n'ai jamais dit être une sainte à l'altruisme sans failles. Mais à ma décharge, je ne savais pas que sa mère était décédée.

— Donc si je résume bien, tu m'as quitté parce que tu avais peur que moi, je te quitte. C'est ça ?

Elle hoche la tête et malgré moi, j'éclate d'un rire nerveux qui me secoue tout entier.

— Tu te rends compte de combien c'est débile ? dis-je, la joue tremblotante tant je me retiens.

— Arrête de rire, crétin !

D'une main puissante, je la tire vers moi et soulève son menton de l'index.

— Il s'en est passé des choses dans ma tête depuis l'arrivée d'Iris, mais jamais, je n'ai envisagé vivre quoi que ce soit avec sa mère. Alors oui, j'aurais tout fait pour voir ma fille, c'est certain, mais pas au détriment de ce que j'avais avec toi.

— Je suis tellement désolée, Quinn. Je... à vrai dire, je n'ai aucune excuse valable qui justifie le mal que je t'ai fait, que je nous ai fait.

Nos fronts collés l'un à l'autre, nos nez se frôlant, nous regardons tous les deux nos mains jointes, perdus dans nos pensées respectives.

Je ne peux pas nier l'avoir détestée quand elle est partie ce matin-là. J'avais besoin d'elle, de son soutien, de ses doigts serrant ma main, de son épaule pour craquer, mais surtout, de son amour qui m'était devenu vital, mais elle en a décidé autrement, me laissant en plein chaos. Sans parler de ses messages du mois dernier que je ne digère toujours pas.

— Il y a un mois, tu avais l'air d'avoir tourné la page sur nous deux. Qu'est-ce qui t'a poussée à revenir ?

— De quoi tu parles ?

— Ton dernier message, que voulait-il dire, au juste ?

Elle semble réfléchir, les sourcils froncés.

— Je voulais m'excuser pour mon comportement et ces mots que je n'aurais jamais dû avoir, mais comme tu n'as jamais répondu, j'en ai conclu que mes mots ne suffisaient pas. Quand Brayden m'a parlé de ce séjour à Miami, j'y ai vu une chance de m'expliquer en personne.

— Tu as une bien drôle façon de t'excuser. Tu ne t'es pas demandé pourquoi je ne t'avais pas répondu ? À aucun instant tu t'es dit que ton stupide message contenant six foutus mots m'avait une fois de plus brisé le cœur ?

— Mais qu'est-ce que tu me racontes encore. C'est toi qui n'as jamais répondu, pas moi.

Je fronce les sourcils en captant la touche de tristesse qui vient se peindre sur son visage. Elle est sincère, il n'y aucun doute là-dessus, mais alors...

— Dans ce cas, tu veux bien m'expliquer ça, dis-je en sortant mon portable pour ouvrir notre conversation et lui tendre le mobile.

Il ne lui faut que quelques secondes pour en lire le contenu et quand elle relève son visage vers le mien, je vois à ses sourcils froncés qu'elle n'est certainement pas l'auteure de ces mots.

— Je... je n'ai jamais écrit ça !

— Pourtant, ça vient de ton téléphone.

— Quinn, je te jure que ce n'est pas moi ! Jamais je...

— Je te crois, dis-je en posant un doigt sur sa bouche pour la faire taire. Qui d'autre que toi a accès à ton téléphone ?

Je n'ai qu'à penser à cette question pour qu'un prénom vienne clignoter dans ma tête :

— Benjamin ! répondons-nous en même temps.

Heart of Wild : For you

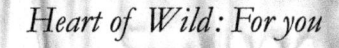

Chapitre 25

« Aimer, ce n'est pas se regarder l'un l'autre, c'est regarder ensemble dans la même direction. »
Antoine de Saint-Exupéry.

Quinn

Je vais tuer ce fils de pute !
Je vais vraiment tuer ce fils de pute !
Non seulement je vais le tuer, mais je jure que je vais tellement le faire souffrir qu'il va me demander bien gentiment de l'achever. Benjamin Miller, cette petite merde qui non seulement, a touché à ce qui ne lui appartient pas, mais qui en plus s'est amusé à se faire passer pour Melody pour m'évincer de sa vie.

Depuis notre découverte concernant les faux messages que j'ai reçus le mois dernier, Melo reste dans son coin, pensive, quant à moi, je suis une véritable boule de nerfs ambulante, incapable de me calmer. La rage contre ce mec que je n'ai jamais senti se fait profonde, inondant mes veines d'une colère noire.

— Je vais me le faire, grogné-je pour la centième fois.

Melody plonge son regard triste dans le mien, rien qu'un instant, puis retourne à la contemplation de l'océan et cela m'énerve encore plus. J'aimerais qu'elle soit aussi furax que moi, qu'elle ait envie de l'étriper à mains nues comme j'en ai envie, ou même qu'elle l'insulte, rien que pour ce qu'il a fait.

Merde, il s'est quand même fait passer pour elle, me faisant très clairement comprendre que je n'avais plus ma place dans sa vie et comme un con, je l'ai cru. J'ai passé ces dernières semaines à y croire dur comme fer et à me faire violence pour ne pas débarquer à la WBL pour lui faire entendre raison et lui faire comprendre que c'est ensemble que nous étions le mieux.

Lenny, la serveuse, revient à l'arrière du bateau pour débarrasser notre repas, jaugeant la jolie blonde retranchée dans son coin, puis moi, assis à même le bord du bateau, la mâchoire serrée à l'extrême.

— Je peux vous servir quelque chose à boire? demande la jeune femme en tripotant nerveusement son plateau.

Je regarde Melo qui hoche la tête, puis acquiesce à mon tour avant de me relever quand je vois finalement Brayden revenir vers l'arrière du bateau où nous sommes. Il lui suffit d'un coup d'œil vers moi pour réaliser qu'il s'est passé quelque chose.

— Ne me dites pas que vous vous êtes encore pris le chou tous les deux? lâche-t-il en nous lançant à tour de rôle, un regard mauvais.

Et c'est ce moment que choisit Melo pour ouvrir la bouche et me lancer une grenade qui me pète en plein visage:

— Je veux rentrer à la maison!

— Pourquoi? demandé-je d'une voix grave.

— Parce qu'il doit y avoir une explication logique à tout ça, Quinn, ce n'est pas possible autrement.

— Hey, les tourtereaux! Je peux savoir ce qu'il se passe ici?

— Tu n'as qu'à demander à ta sœur, dis-je en me levant pour rejoindre Bud dans la cabine et lui signaler notre changement d'itinéraire.

Ce dernier ne bronche pas lorsque je lui indique vouloir rentrer à terre et hoche simplement la tête en opérant un large virage pour remettre le bateau dans le bon sens.

— Nous serons de retour à Miami d'ici deux heures, monsieur.

J'entends quelques éclats de voix provenir de là où se trouvent Brayden et Melody et piqué par la curiosité, je m'arrête pour écouter le contenu de leur dispute.

— Je ne te comprends pas, miss Amérique. Si tu sais que ce type a tout fait pour foutre la merde entre Quinn et toi, pourquoi vouloir rentrer maintenant ? Cela n'a pas de sens.

— Si ce n'est pas moi qui le fais, je ne paye pas cher de la peau de Benjamin...

— Et qu'est-ce que tu en as à faire au juste ?

— Que Quinn lui éclate la gueule, je m'en fiche royalement, mais j'ai besoin de savoir pourquoi Ben a fait ça et je le connais un minimum pour savoir qu'il ne dira absolument rien s'il se sent pris au piège et surtout, si je débarque main dans la main avec mon hockeyeur.

— Ton hockeyeur, hein ? dit Brayden en riant légèrement.

— Ferme-la, frangin. C'est ce que tu voulais non ? Que je réalise combien j'avais été conne de le quitter et que s'il y a un mec fait pour moi dans ce monde, c'est lui et personne d'autre.

Je n'entends plus rien et quand je fais un pas pour jeter un œil vers la banquette où les deux se trouvent, je tombe sur quatre prunelles azur rieuses qui me fixent.

— Ce n'est ne pas beau d'écouter aux portes, me réprimande Brayden sur un ton paternaliste qui me donne envie de rire.

— Puisque tu as tout entendu, dis-moi que tu comprends pourquoi je veux rentrer et pourquoi je dois y aller seule ?

— Je comprends, même si je ne l'accepte pas, mais tu n'iras pas seule voir ce bâtard, c'est hors de question !

— Quinn ! s'exclame-t-elle en se relevant et en venant poser ses mains sur mon torse. Je ne sais pas de quoi tu as peur, mais je t'assure que Benjamin ne me fera aucun mal. Il a pris ses rêves pour la réalité et il le payera, je t'en fais la promesse, seulement, tu dois me laisser rentrer et l'affronter, seule.

Je n'ai pas eu d'autre choix que d'accepter et ça me fait horriblement chier. Nous sommes de retour à la villa où j'ai gentiment congédié les nounous qui s'occupaient d'Iris. Brayden est en ligne avec l'aéroport pour modifier nos cinq billets retour, Ayleen s'affaire à faire les valises, Melo joue avec Iris qui est allongée sur un tapis d'éveil et moi, je ne peux rien faire d'autre que regarder ces deux femmes qui comptent tant pour moi, se sourire l'une à l'autre. Mon cœur se liquéfie dans ma poitrine tant les voir ainsi me fait plaisir.

J'ai beau ne pas savoir où j'en suis avec la belle blonde qui occupe une place importante dans mon cœur, je ne peux rester de marbre face à cette scène qui ravirait n'importe quel papa. Après tout ce qui s'est passé entre Melody et moi, et nos multiples conversations de ces dernières heures, j'étais toujours dans l'incertitude la plus totale concernant notre avenir ensemble.

Bien que l'amour puissant qui nous lie tous les deux et le fait que l'on veuille être ensemble soit flagrant, je reste indissociable d'Iris. Nous sommes un lot désormais, reste juste à savoir si Melo est prête à s'engager là-dedans avec moi, ou pas...

~

Le retour à la maison est difficile, mais le climat est bien plus supportable chez nous, surtout pour Iris qui semble faire partie des bébés qui supportent mal la chaleur. Elle a été très ronchonne dès notre départ de Miami et une semaine a beau s'être écoulée, elle reprend ses habitudes du début, n'étant paisible que dans mes bras ce qui m'a posé pas mal de soucis cette semaine.

Le lendemain de notre retour, juste après avoir laissé Melo rentrer chez elle sans moi, je suis allé signer mon contrat avec la nouvelle clause qui devrait me garantir une certaine sécurité pour les prochaines années. Quand on joue au hockey à un niveau pro, on ne pense pas souvent aux répercussions familiales qu'une transaction peut engendrer, mais moi, je n'ai pas le choix que d'y penser. Voilà pourquoi j'ai négocié avec les Wild une clause de non-mouvement. Le hic, c'est qu'Iris a littéralement refusé de rester avec qui que ce soit, je n'ai donc pu me résoudre à la laisser. J'ai prévenu le président de ce petit contre-temps et demandé à Brayden de nous emmener à la patinoire. Second hic, Iris a vomi dans la voiture, j'ai donc perdu quinze bonnes minutes à la nettoyer et la changer de la tête aux pieds et au moment de franchir les portes du bureau de Jefferson, elle s'est remise à pleurer dans sa poussette. Dans ma chance, Jefferson étant lui-même papa, il a très bien compris et m'a proposé de reprogrammer la conférence de presse annonçant le prolongement de mon contrat avec les Wild.

Le seul point positif de cette semaine qui vient de s'écouler, c'est que l'autre connard n'a pas repointé le bout de son nez à la clinique et que Melody ne parvient pas à le joindre. Avec un peu de chance, elle n'en aura pas d'ici ce soir, que je la rejoigne à WBL pour passer deux jours ensemble avant la reprise intensive des entraînements.

La saison reprend incessamment sous peu et avec la masse de transferts dont notre team a été victime, c'est notre jeu à tous qu'il va nous falloir revoir, ne serait-ce que pour former une véritable équipe sur la glace. La saison dernière, on est passé à rien de nous qualifier, ça s'est joué de peu et je suis certain que personne ne veut revivre cet échec amer.

Lorsque mon téléphone sonne en fin de journée, j'ai déjà pris la route depuis plusieurs minutes. En voyant le nom de mon avocat s'afficher à l'écran de la voiture, j'ai un mauvais pressentiment.

— Pardonnez-moi de vous déranger, mais les parents de June McAllister viennent tout juste de quitter mon bureau et je pensais qu'il était bon de vous le dire.

— Ses parents ? Qu'est-ce qu'ils veulent ? craché-je.

— Ils savent que vous êtes le père de l'enfant que June a eu avant de mourir et ils savent aussi qu'elle est avec vous.

— Et alors ? C'est ma fille ! Sa place est avec moi et personne d'autre !

— Je dois rencontrer leur avocat prochainement, j'en saurai plus à ce moment-là. En attendant, restez discret autant que possible et soyez irréprochable.

Il n'attend pas de réponse de ma part et raccroche. Je jette un œil sur Iris, paisiblement endormie et tout mon corps se crispe à l'idée qu'on veuille me la retirer. J'étais au courant des risques, surtout concernant cette famille faisant partie de l'élite, mais jamais, jusqu'à aujourd'hui, je n'en avais vraiment pris conscience

Retourné par cette discussion et les nombreuses questions que je me pose désormais, je fonce

directement à la clinique avant d'aller déposer Iris à mes parents. Je suis surpris de trouver celle-ci fermée et aucune note sur la porte. Je l'appelle et elle répond rapidement.

— Quinn...

— Melo ? Tu es où ? Je t'entends très mal.

Sa réponse me parvient par hachures et c'est seulement quand j'entends le nom Benjamin que je comprends pourquoi elle n'est pas là.

— Donne-moi l'adresse, je te rejoins !

Je reçois la notif de son texto et démarre rapidement, une main sur le volant, l'autre sur mon petit bonbon rose qui m'aide à garder les pieds sur terre et à calmer la colère qui monte en moi.

Quand je suis devant chez mes parents, je klaxonne et laisse tourner le moteur pendant que je détache ma princesse de son siège auto. Mon père apparaît rapidement.

— Je dois y aller, je vous appelle tout à l'heure.

Je dépose un baiser sur le petit nez d'Iris et laisse mon père la prendre avant de sortir le gros sac licorne qui fait rire tout le monde.

— File, on s'occupe d'elle.

J'entre l'adresse envoyée par Melo dans le GPS et appuie sur la pédale, faisant crisser les pneus sur l'asphalte.

Chapitre 26

« *Ne sous-estimez pas une personne qui recule, elle prend peut-être du recul.* » **Pierre Sakhinis.**

Melody

Ce soir !

Deux mots que je me suis répétée toute la journée, comme une prière. Après des semaines sans avoir le moindre contact l'un avec l'autre, Quinn et moi nous sommes retrouvés le temps de quelques jours à Miami, puis de nouveau séparés et ce soir, enfin, je le retrouve. Notre interlude en Floride nous aura tout de même permis de crever cet abcès purulent qui grandissait entre nous et mettre à plat certaines choses nécessaires. À présent, et ce, même si je me sens encore légèrement perdue quand j'imagine notre avenir ensemble, nos longues conversations et les centaines de SMS échangés depuis notre retour dans le Minnesota, m'aident à envisager les choses plus sereinement.

J'avais véritablement peur que notre retour ne vienne à nouveau creuser un fossé entre nous, mais c'est bien le contraire qui se produit et ce n'est pas pour me déplaire. L'intersaison aide aussi grandement au fait qu'il soit bien plus disponible et réponde plus que rapidement à mes messages et bien que celle-ci soit sur le point de se finir. Alors oui, ce sera bientôt fini et il va très vite retrouver la folie de son quotidien, j'ose néanmoins espérer que cette fois, rien ne viendra semer la zizanie entre nous.

Du côté de la clinique, après des semaines de rush infernal, je suis soulagée de n'avoir eu aucune nouvelle victime du malade qui sévit dans notre petite ville depuis de très longs mois.

John, mon collègue de North Oaks qui est aussi un ami de la fac, est venu me prêter main-forte, gérant d'une main de maître durant mon absence, mais après plusieurs jours de calme plat par ici, je lui ai conseillé de rentrer chez lui, lui promettant néanmoins de l'appeler dès que j'en aurai besoin. Bosser à ses côtés m'a rappelé tant de bons souvenirs d'une époque qui me semble si lointaine, alors qu'elle ne remonte qu'à trois ans et cela m'a fait l'effet d'un grand bol d'air frais.

Quant à Benjamin, c'est aussi le calme plat de ce côté-là. Je n'ai pas eu la moindre nouvelle de lui depuis mon départ pour Miami. Il ne répond à aucun de mes messages et ne s'est plus présenté à la clinique non plus. Ce comportement me chiffonne, mais je ne parviens pas à savoir pourquoi. Après tout, ce n'est pas comme s'il y avait quoi que ce soit entre nous. Hormis ce stupide baiser, nos seuls contacts étaient lors d'opérations, quand nos mains se frôlaient alors que nous réparions les dégâts infligés à ces pauvres bêtes, et quand il m'arrivait de flancher, pensant plus que de raison à Quinn ou que le manque se faisait trop grand. Lors de ces moments, il me prenait dans ses bras et me laissait tremper son tee-shirt sans broncher.

Avec du recul, je parviens à voir les choses différemment, notamment en ce qui le concerne, mais je n'ai jamais rien vu d'autre qu'un ami en lui et j'aurais sûrement dû le lui faire comprendre très clairement, plutôt que de jouer l'autruche concernant ma relation avec Quinn soi-disant «terminée».

Mon cul ouais.

Il aura suffi d'un regard échangé sur cette plage de Miami, pour que tout mon être réalise l'évidence que ça a toujours été lui, l'homme fait pour moi et qu'il n'y avait aucun doute possible.

Ce que je ressens, quand je suis avec Quinn, ce n'est pas anodin et c'est tellement fort, que je ne peux continuer à laisser mes peurs influencer mes choix et ma conduite. Il est grand temps que j'agisse en adulte responsable et que je lui prouve que je peux être à la hauteur, aussi bien pour lui, que pour Iris.

Ah, Iris...

Bon sang, cette petite est parfaite, et je ne dis pas ça uniquement parce qu'elle lui ressemble comme deux gouttes d'eau. Des bébés, j'en vois défiler dans notre bonne vieille ville de White Bear Lake, mais pas des comme elle. Avec Iris, tout semble différent et depuis que ses prunelles grises ont accroché les miennes, je suis comme hypnotisée par son charme. Elle a des petites joues roses à croquer, un petit nez qu'elle fronce de la même manière que son papa et qui me fait fondre, des cheveux sombres d'une douceur et d'une texture magique me donnant envie d'y passer mes doigts à longueur de journée, mais surtout, elle a cette faculté étonnante d'agir sur moi comme une sensation de plénitude que je n'avais encore jamais ressentie jusque-là.

Jetant un coup d'œil à l'horloge murale, je souris en réalisant que dans très peu de temps, je vais retrouver Quinn et son petit bonbon rose.

Alors que j'ordonne à mon palpitant de se calmer, je repasse rapidement à mon appartement pour nourrir Petit Lion. Ce dernier vient ronronner et

Heart of Wild : For you

se frotter contre mes jambes, réclamant sa caresse. Puis je lui ouvre un sachet de pâtée sur lequel il se jette en poussant ses miaulements habituels.

— Morfale, dis-je à mon chat qui a déjà oublié mon existence, bien trop occupé à dévorer le contenu de sa gamelle.

Après une douche rapide et avoir essayé pas loin de sept tenues – ce qui est complètement ridicule, je vous l'accorde – je jette mon dévolu sur une robe longue bordeaux au dessin fleuri que j'adore. Et j'en connais un qui risque de fort apprécier la haute ouverture qui remonte le long de ma cheville jusqu'à ma cuisse.

Pour m'occuper les mains et l'esprit, je joue les fées du logis, ce qui ne me ressemble absolument pas. Je tape les coussins du canapé pour leur redonner une forme quand un objet plutôt inattendu tombe sur mon pied. Je le ramasse, l'observe plusieurs secondes et quand mes yeux lisent le nom inscrit sur ce dernier, mon corps tremble d'effroi.

Ce n'est pas possible...

Le collier gît entre mes doigts, la gravure du nom de Rocky, le magnifique berger australien d'Ayleen, s'amusant à me narguer, comme si ce simple objet détenait une vérité que je ne connaissais pas. Il est techniquement impossible que ce collier ait fini sur mon canapé par inadvertance, alors que l'agression de Rocky remonte à l'année dernière. Si ce collier s'était trouvé là avant, je l'aurais déjà retrouvé, mais alors comment...

Soudain, une ampoule s'illumine dans ma tête, me faisant pousser un petit cri de stupeur. Comme pour vérifier que mon hypothèse est bien la bonne, je quitte rapidement mon appart et après avoir fermé à double tour, retourne à la clinique, à la recherche de la feuille de renseignement remplie par Benjamin le jour de notre entretien. Cela ne peut pas être une coïncidence et tout est lié à lui, je le sens et alors que l'adrénaline et la colère coulent dans mes veines, j'attrape mes clés de voiture et décampe rapidement après avoir mis la main sur ce que je cherchais.

La route n'est pas très longue, mais plus j'approche de ma destination, plus mon estomac se serre. Et comme un ange tombé du ciel, le nom de Quinn s'affiche sur mon écran.

— Quinn ! Je suis presque sûre que c'est lui...

Il me parle, mais la communication est si mauvaise que je ne comprends pas un traître mot de ce qu'il dit.

— Je vais chez Benjamin !

— Donne-moi l'adresse...

Voilà tout ce que j'entends avant qu'on soit coupé, je me hâte de lui transférer mon itinéraire par message, tandis que je m'engage sur un petit chemin sinueux qui remonte le long d'un terrain visiblement à l'abandon. La maison n'est pas vraiment mieux, si bien que je me demande si ce n'est pas une adresse bidon.

Alors que je me gare non loin du porche dont les lattes de bois sont en piteux état, je vérifie mon réseau et grogne en voyant que je ne capte pas dans ce trou paumé.

C'est bien ma veine ça !

La propriété n'est pas grande, si bien que j'en fais rapidement le tour, sans voir la moindre âme qui vive, enfin sauf si l'on tient compte de l'écureuil qui me guette depuis sa branche. Puis un bruit m'interpelle depuis l'avant de la maison et j'étouffe un cri en apercevant une dame dans son fauteuil roulant, vêtue en tout et pour tout d'une robe de chambre sale.

— Qui êtes-vous ? lâche-t-elle d'une faible voix.

— Toutes mes excuses, madame, je suis à la recherche de Benjamin Miller. Habite-t-il ici ?

— Benjamin ? Qu'est-ce que... pourquoi le cherchez-vous ? Il a recommencé, c'est ça ?

— Recommencé quoi ?

La dame inspecte les alentours et pousse un petit soupir avant de plonger son regard épuisé dans le mien.

— Mon fils est très malade. Il a vécu un lourd traumatisme il y a deux ans et ne s'en est jamais remis depuis.

— Madame Miller, je dois absolument trouver Benjamin, c'est très important.

— Je ne veux pas qu'il aille en prison, souffle-t-elle en se mettant à trembler. C'est mon fils unique et sans lui, je n'ai plus rien.

Délicatement, je m'agenouille à ses côtés et viens poser mes doigts sur les siens. Elle ne semble pas être dans une très grande forme et je me demande si elle est la raison « personnelle » ayant poussé Ben à venir s'installer ici.

— Je travaille avec Benjamin et comme il n'est pas venu depuis plusieurs jours, je m'inquiétais.

— Vraiment ? Oh, mon tout petit. Il est si gentil…

Je fronce les sourcils, regardant cette dame que l'âge n'a pas épargnée, tout comme la maladie, à en juger par la poche de liquide jaunâtre qui pend sur un côté de son fauteuil.

— Savez-vous où il est ? demandé-je d'une voix faussement enjouée.

— Il va bientôt revenir. Vous savez, il doit faire beaucoup de route pour trouver mes médicaments…

— Oui, je sais.

Je mens, bien entendu, sachant pertinemment que la pharmacie n'est qu'à dix minutes de route de la propriété, mais je dois réussir à la faire parler, sans la braquer et cela ne semble pas être une mission facile, à en juger par ses réponses loin d'être cohérentes.

Soudain, sans que je ne m'y attende, elle se saisit brusquement de mon poignet et le secoue à m'en faire mal.

— Vous devez partir! S'il vous voit ici, il ne sera pas content du tout.

— Tout va bien, nous sommes amis, Benjamin et moi, réponds-je en essayant de me libérer, tout en lui tapotant gentiment les doigts.

— Vous ne comprenez pas! crie-t-elle avant d'être prise par une forte quinte de toux qui lui secoue le corps.

— Expliquez-moi dans ce cas.

— Il est dangereux. Depuis la mort de sa femme, il est tellement rongé par la colère qu'il ne vit que pour se venger.

— Mais se venger de qui, madame?

— Les chiens, dit-elle faiblement, le regard perdu sur les arbres bordant la propriété. Ils ont tué Hélène...

Alors mon intuition était la bonne!

Bon sang, Benjamin, cet homme qui durant de longues semaines m'a aidé à sauver la vie de ces pauvres bêtes attaquées, cet homme que j'ai fait monter chez moi et laissé dormir sur mon canapé... cet homme se trouvait être l'agresseur.

Oh mon Dieu !

Un haut-le-cœur me prend et je dois plaquer mes mains sur ma bouche pour ne pas vomir de dégoût sur cette pauvre femme. Heureusement, j'entends les bruits d'une voiture s'approcher et certaine qu'il s'agit de Quinn, je soupire de soulagement.

Seulement, ce n'est pas la *Range Rover* de mon hockeyeur qui vient se garer près de la mienne et ce n'est pas lui non plus qui sort du véhicule en me fixant d'un regard noir qui me fait trembler de peur.

Benjamin...

— Que fais-tu ici, Melody ? lâche le monstre d'une voix grave que je ne lui connaissais pas.

Décidant de la jouer fine, je fais de mon mieux pour lui sourire et ne rien laisser paraître.

— Je n'avais plus de nouvelles de toi et comme tu ne répondais pas au téléphone, je me suis permise de venir.

— Tu mens très mal, on ne te l'a jamais dit ?

Pas après pas, il s'approche de moi et lorsqu'il n'est plus qu'à un cheveu de mon corps, ce dernier se crispe involontairement, ce qui fait sourire Benjamin. Mais attention, pas un sourire amical, oh non, un sourire démoniaque à faire froid dans le dos.

— La curiosité est un vilain défaut, Melo.

Heart of Wild : For you

Son ton est glaçant et instinctivement, je recule pour mettre de la distance entre nous, mais il est bien plus vif et rapide. D'une main, il vient se saisir de mes cheveux tandis que de l'autre, il m'empêche de crier en la plaquant sur ma bouche.

— Tu n'aurais jamais dû venir ici.

Mes yeux s'humidifient et l'implorent de me lâcher, ce qui lui fait pousser un rire sombre. La pression qu'il exerce sur mon cuir chevelu est douloureuse et bien que je ne veuille rien faire pour lui montrer combien son comportement me terrifie, je me sens à deux doigts de défaillir et de pleurer comme une fillette.

À travers ses doigts, j'essaie de parler, mais il appuie si fort contre mes lèvres que mes mots ressemblent à un bredouillement inaudible.

— Maman, crache-t-il sévèrement à l'attention de la femme qui continue de fixer la végétation. Rentre !

De ses mains frêles, elle pousse sur les roues de son fauteuil et entre dans la vieille maison, me laissant seule avec son monstre de fils, sans jamais tourner la tête vers nous un seul instant.

— Que vais-je faire de toi maintenant, hein ? Tu ne pouvais pas continuer de jouer la blonde écervelée qui ne voit rien de ce qu'il se passe autour d'elle ?

Même si tout mon être me hurle de rester docile et de ne rien faire pour l'énerver encore plus, je secoue furieusement la tête, essayant par la même occasion de le mordre. En réponse à mon affront, il me gifle si fort que j'en perds l'équilibre et m'effondre sur le plancher pourri qui vient entailler la peau de mes bras et déchirer le bas de ma robe.

Profitant de ne plus avoir sa main comme bâillon, je lui crache dessus.

— Tu n'es qu'un monstre! Pourquoi avoir fait ça? Pourquoi t'en prendre à de pauvres bêtes innocentes?

Il fait preuve d'un calme qui ne me dit rien qui vaille, essuyant son pantalon à l'aide d'un mouchoir ensanglanté et cette simple vision me glace le sang d'effroi.

— Bien que cela ne te regarde en rien, je vais te le dire, peut-être qu'après ça, tu fermeras ta belle petite bouche et me laissera réfléchir au sort que je te réserve.

D'une main ferme, il agrippe mon bras et me relève du sol sans la moindre difficulté, puis me tire à sa suite, contournant la maison avant de s'arrêter devant les portes en bois d'une cave. Sans me lâcher, il sort de sa poche un trousseau de clés et déverrouille la serrure.

— Entre là-dedans, Melody.

Mon instinct de survie me hurle de fuir en courant, aussi loin que possible de Benjamin, mais la colère qui bouillonne en moi est bien plus forte, me poussant à l'affronter plutôt que de déguerpir.

Heart of Wild : For you

— Non ! lâché-je froidement en me libérant de sa prise. Je suis peut-être blonde, mais je ne suis pas conne ! Quinn ne va pas tarder à débarquer et quand il sera là, je me ferai un malin plaisir de le regarder te démolir. C'est tout ce que tu mérites !

— Pauvre ignorante ! Tu crois vraiment que ton abruti de mec peut quoi que ce soit contre moi ?

Pour appuyer ses dires, il plonge sa main dans son dos et sort de sa ceinture un pistolet.

Il a un putain de flingue ! Merde, merde, merde...

— On ne trouve plus rien à dire ?

Il me provoque, je le sais. Je dois la jouer fine et trouver un moyen d'avertir Quinn que Benjamin est armé, mais comment ? Mon portable est resté sur la banquette de mon pick-up et courir alors que je risque de me faire canarder comme un lapin n'est pas vraiment une option envisageable.

— Tu me dois une explication, Ben !

— Entre là-dedans et tu l'auras, ta foutue explication.

J'avise d'un œil terrifié l'intérieur de la cave et frissonne. Si j'entre, je ne paye pas cher de ma vie et je refuse de baisser les bras sans me battre. C'est lui qui mérite de mourir, pour tout le mal qu'il a fait, pas moi.

Alors que j'avise l'arme qu'il tient fermement dans ses mains, j'entends un bruit de moteur, puis des pneus qui freinent dans l'allée caillouteuse.

— Je ne le répèterai pas, entre si tu ne veux pas voir l'une de mes balles percer la tête de ton mec.

Instantanément, la vision d'horreur de Quinn, étendu au sol dans une mare de sang fait affluer les larmes dans mes yeux. Je fais un pas, puis un autre, et m'aventure sur la première marche de l'escalier menant je ne sais où. Benjamin tourne la tête un instant, cherchant certainement à voir si Quinn approche et je profite qu'il ne me voit pas arriver pour me saisir d'une lourde pierre que je viens écraser sur l'arrière de son crâne. Il s'effondre dans un grondement sourd, relâchant l'arme que j'attrape avant de me mettre à courir.

— QUINN ! hurlé-je de toutes mes forces en faisant le tour de la maison et en l'apercevant à côté de ma voiture.

— Melo ? Qu'est-ce qui...

Il ne finit pas sa phrase, car mon corps vient s'écraser contre le sien. Je suis à bout de souffle, mes membres tremblent tellement que mes dents s'entrechoquent entre elles.

— C'est lui, dis-je en sanglotant.

Les yeux de Quinn s'écarquillent en regardant ce que je tiens dans mes mains.

— Qu'est-ce que tu fais avec ça ?

Heart of Wild : For you

— C'est à lui. Il a essayé de m'enfermer dans la cave en menaçant de te tuer si je n'obéissais pas, mais j'ai réussi à l'assommer et à lui prendre son pistolet.

Ses doigts chauds viennent recouvrir les miens et me retirent l'arme, lentement.

— Bébé, va dans la voiture et appelle les flics.

— Non ! Il est dangereux et tu... mon Dieu, Quinn, ne t'approche pas de lui, je t'en supplie.

Je pleure à chaudes larmes à présent, si bien qu'il vient passer ses bras autour de moi et me serre contre lui, ses lèvres embrassant mon front.

— Ne t'en fais pas pour moi et fais ce que je te dis. Et garde ça, dit-il finalement en remettant le flingue dans ma main, ainsi que ses clés de voiture.

Il dépose un rapide baiser sur ma bouche, avant de me pousser vers son 4x4 et de s'éloigner de moi pour contourner la maison à son tour.

Je fais ce qu'il me dit, constatant que son portable à lui capte, contrairement au mien et contacte Parker à son bureau.

— Melody ? Que se passe-t-il ?

— Parker, je suis chez Benjamin Miller, sur Portland Avenue. Viens au plus vite, par pitié.

— OK, OK, calme-toi et explique-moi...

— On n'a pas le temps, Parker. Viens avec des renforts avant que quelqu'un soit blessé.

— J'arrive !

À l'instant où je raccroche, je vois Quinn revenir en se tenant légèrement le bas du ventre et alors que mes doigts sont déjà sur la portière pour le rejoindre, je le vois me faire signe discrètement de ne rien faire. Derrière lui, Benjamin apparaît, le visage en sang et même à cette distance, je peux voir son regard assassin me chercher. Je me baisse rapidement, puis actionne la poignée pour reculer au maximum le siège et me recroqueville autant que possible sous le tableau de bord, l'arme plaquée contre ma poitrine.

— Melody, chantonne la voix nasillarde de Benjamin. Tu devrais te montrer, si tu ne veux pas qu'il arrive des bricoles à ton hockeyeur aussi stupide que toi.

— Appelle-la autant que tu veux, elle est déjà loin ! ricane Quinn en réponse.

S'ensuit quelques bruits de bagarres et gémissements masculins qui me donnent envie de vomir et poussée par la peur que cette espèce de fou puisse faire du mal à Quinn, je sors légèrement la tête de ma cachette pour regarder à l'extérieur.

Benjamin est dans un état bien plus piteux que Quinn, mais ce dernier a tout de même du sang sur ses vêtements et semble souffrir en se tenant l'abdomen, les dents serrées.

— Je vais te buter, crache Benjamin à l'intention de mon hockeyeur pas le moins du monde impressionné par les mots du monstre. Et ensuite, ça sera son tour à elle. Voilà longtemps que je n'ai pas touché ce superbe corps qui ferait bander n'importe quel homme.

Le poing de Quinn s'écrase contre la mâchoire de son adversaire, puis il le saisit par le col de son tee-shirt et le soulève.

— Faudra me passer sur le corps pour ça !

— Avec plaisir, rétorque le monstre en envoyant son coude dans l'estomac de Quinn qui le relâche pour se plier de douleur.

C'est là que je remarque la lame argentée brillant entre les doigts de Benjamin.

Mon Dieu, non, il va le tuer !

Sans réfléchir, je sors de la voiture et interpelle Ben avant qu'il ne commette l'irréparable.

— C'est moi que tu cherches ? dis-je si fort que les deux hommes se tournent dans ma direction.

— Eh bien, regarde ça, on dirait bien que ta nana n'est pas si loin que ça, tout compte fait.

— Melo, gémit Quinn en me suppliant de ses beaux yeux noisette de partir.

Le voir ainsi me brise littéralement le cœur, mais je ne peux laisser ce monstre lui faire du mal sans agir, c'est au-dessus de mes forces.

— Tu sais, Benjamin, je crois que tu m'as légèrement sous-estimé.

Je suis la première étonnée que ma voix ne chevrote pas et lorsque je l'entends pousser un rire glauque, je ne réfléchis plus et lève l'arme, son arme, que je pointe droit sur lui.

— Qu'est-ce que tu comptes faire au juste, me tirer dessus ? lance Ben.

— Exactement !

Ma réponse fait redoubler son sourire froid comme la mort, alors qu'à ses côtés, Quinn est blanc comme un linge et fixe ma main avec horreur.

— Comme si tu en avais le cran !

Alors que la lame de son couteau se rapproche dangereusement du corps de mon hockeyeur, je pose mon doigt sur la gâchette, un œil fermé pour mieux viser.

Bam !

Le coup de feu part et à mon grand étonnement, touche ma cible qui s'écroule en hurlant de douleur. Quinn en profite pour récupérer le couteau alors qu'au loin, le son rassurant des sirènes de police résonne. En quelques secondes seulement, la propriété est pleine de policiers, dont Parker qui pointe son arme de service sur Benjamin tandis que son adjoint lui passe les menottes et lui lit ses droits.

Quand les deux flics escortent ce fumier jusqu'à l'arrière de leur voiture, ils passent devant moi et nos regards se croisent.

Heart of Wild : For you

— Tu as perdu, Benjamin.

Puis je m'avance pour mieux le gifler et lui cracher au visage. Incapable de résister, il tente de se libérer, tout en me lançant des menaces à la pelle.

— Vous vous taisez maintenant ! dit Parker d'une voix autoritaire avant de balancer son corps sanguinolant sur la banquette arrière et d'en claquer la porte.

Du regard, je cherche Quinn, mais hormis des uniformes de police et quelques ambulanciers, je ne vois mon hockeyeur nulle part. Je me mets à paniquer, si bien que mon souffle se fait court et que le tremblement de mes membres reprend de plus belle.

Soudain, je sens un torse chaud et musclé se coller contre mon dos et me retourne vivement. Il est là et je me jette dans ses bras. Il me serre contre lui avec tant de force et d'amour que les vannes s'ouvrent. Je me mets à pleurer, mes mains nouées sur sa nuque.

— Chut... c'est fini. Je suis là.

— J'ai eu tellement peur, murmuré-je entre deux sanglots.

Il resserre ses bras autour de mon corps tremblotant, embrasse mes cheveux, me murmure des mots rassurants, mais rien n'y fait. Toute l'adrénaline qui courait en moi se volatilise et c'est seulement maintenant que je réalise tout ce qu'il vient de se passer. Benjamin était bel et bien l'agresseur de chien et par sa faute, j'aurais pu mourir aujourd'hui. Mais par un miracle nommé «Quinn Douglas» et la force insufflée par l'amour que je lui porte, je suis en vie, tout comme lui.

— Monsieur, interpelle une voix féminine derrière-nous. Nous devons vous conduire à l'hôpital pour vous recoudre.

— Tu es blessé ? m'exclamé-je en reculant pour passer en revue son corps d'athlète.

Mes yeux s'arrêtent sur une imposante tache rougeâtre, ainsi qu'une déchirure nette à hauteur de son flanc gauche et je pousse un petit couinement horrifié.

— Ce n'est rien, j'ai connu pire, souffle-t-il, un sourire à croquer étirant le coin de ses lèvres.

— Peut-être, mais ça aurait pu être plus grave et c'est ma faute ! Je suis tellement désolée…

Son index vient se poser sur mes lèvres, me faisant taire immédiatement.

— Le seul responsable, c'est ce barge qui a torturé et tué des dizaines d'animaux sans défense et qui t'a menacée avec un flingue. En aucun cas, tu n'as à te sentir coupable de ce qu'il s'est passé aujourd'hui.

— Que serait devenue Iris… que serais-je devenue… s'il t'était arrivé quelque chose ?

Son pouce vient délicatement caresser ma joue, essuyant au passage les larmes humides qui la recouvrent.

— On n'aura pas à le savoir. Un petit tour aux urgences et ça ne sera plus qu'un mauvais souvenir.

— Mon héros, murmuré-je en me hissant sur la pointe des pieds pour embrasser ses divines lèvres qui m'ont tant manqué.

— En fait, c'est plutôt toi l'héroïne de l'histoire.

Heart of Wild: For you

Chapitre 27

« Pour que le mal triomphe, il suffit que les personnes au grand cœur restent sans rien faire. »
Martin Luther King.

NEWSPAPER
White Bear Lake
LE BOURREAU DES CHIENS

Heart of Wild: For you

MINNESOTA NEWS

«Minnesota: Le bourreau ayant fait plus d'une vingtaine de victimes canines, enfin interpellé!

White Bear Lake, cette petite ville à l'apparence tranquille s'est vue secouée par un terrible drame. En effet, il s'avère que depuis près d'un an, un habitant de cette ville se distrayait en torturant et tuant des chiens.

Les faits remontent à l'été dernier, quand les premiers cas d'agressions sur des canidés sont recensés. Si d'abord, l'auteur présumé de ces actes de cruauté gratuite n'a fait que passer à tabac ses premières victimes, il est très vite monté crescendo et à l'heure d'aujourd'hui, le bilan est de neuf chiens n'ayant pas survécu et plus d'une vingtaine qui garderont très certainement des séquelles à vie.

L'auteur présumé, Benjamin Miller, inconnu des services de police, s'avère être lié à une affaire vieille de deux ans impliquant un ancien voisin, propriétaire de chiens reconnus dangereux qui un jour, s'en sont pris à sa femme, décédée des suites de ses blessures. Une histoire tragique ayant sans aucun doute laissé des séquelles sur son mari, mais cela excuse-t-il ses agissements?

C'est Melody Hale, vétérinaire à White Bear Lake, qui n'est autre que la sœur de Brayden Collos, célèbre hockeyeur et capitaine du Wild Hockey Club, qui a révélé au grand jour l'identité de l'agresseur qui infligeait les pires sévices aux chiens de sa ville natale et a donc permis aux forces de l'ordre d'interpeller le prévenu au domicile de sa mère, ce vendredi soir.

Voilà des mois que la propriétaire de la clinique vétérinaire s'évertuait à sauver les animaux qui arrivaient de plus en plus nombreux sur sa table d'auscultation. Quand elle a fait la connaissance du charmant Benjamin Miller qui se présente comme un vétérinaire hautement qualifié pour la seconder, la jeune femme ne se méfie pas et l'engage en renfort au sein de sa clinique.

L'homme vivait chez sa mère, malade, depuis un an, date concordant avec les premières agressions connues à White Bear Lake. La mère, hospitalisée depuis l'arrestation de son fils, souffre d'un Alzheimer avancé, mais certains souvenirs, comme la mort de sa belle-fille, Hélène, ou encore la façon dont son fils a tué son propre chien après la disparition de sa femme, sont intacts dans son esprit. Selon certaines sources, elle serait même allée jusqu'à insinuer le danger que représentait son fils.

Bien qu'il reste présumé innocent jusqu'à son procès, les nombreuses preuves trouvées dans la cave de son domicile sont plus qu'accablantes. Parmi elles, de nombreux colliers, mais aussi des crocs et des griffes appartenant très vraisemblablement à ses victimes.»

Heart of Wild: For you

Chapitre 28

« Oublie ce qui t'a blessé dans le passé, mais n'oublie jamais ce que cela t'a appris. » **Inconnu.**

NEWSPAPER
White Bear Lake
LE TOMBEUR EST TOMBÉ !

Heart of Wild: For you

MINNESOTA NEWS

LE TOMBEUR EST TOMBÉ !

Les révélations chocs concernant Quinn Douglas, célèbre #97 du Wild Hockey Club vont bon train et ne semblent plus s'arrêter de pleuvoir. En effet, le hockeyeur professionnel évoluant chez les Wild pour la troisième saison consécutive s'est vu admis aux urgences suite à une blessure faite par une arme blanche. Blessure qui devrait néanmoins n'avoir aucun impact concernant son retour sur la glace pour la reprise de la saison.

Effectivement, les Wild joueront leur premier match de préparation mi-septembre où ils affronteront les Sabres de Buffalo, de fervents compétiteurs au vu des recrutements effectués en leur sein. Mais soyez rassurés, le duo Collos/Douglas sera de retour très bientôt pour régaler vos pupilles accros au hockey !

Pour l'instant, les motifs de l'attaque à l'arme blanche ne sont pas clairs. Selon une source policière, Quinn Douglas aurait un lien avec l'arrestation de Benjamin Miller, « le bourreau de White Bear Lake », qui fait la une des journaux ces derniers jours et le fait que le nom de Melody Hale apparaisse régulièrement aussi ne semble pas être anodin en ce qui concerne cette histoire.

Nous nous souvenons tous des nombreuses frasques du jeune attaquant ayant fait les premières pages de notre rédaction, mais aussi de la relation qu'entretenait Quinn Douglas avec Melody Hale, la sœur de Brayden Collos et bien que ces derniers mois, les deux tourtereaux soient parvenus à éviter nos radars, nous tenons de source sûre que c'était pour mieux cacher l'arrivée d'un heureux évènement. Eh oui, mesdames, le beau Quinn Douglas est dorénavant papa et semble filer le parfait amour avec la désormais célèbre vétérinaire de White Bear Lake.

Le tombeur de ces dames n'est donc plus un cœur à prendre et rejoint les rangs des hommes casés.

473

Chapitre 29

« Je suis fier de mon cœur. Il a été torturé, poignardé, brûlé et brisé... mais il fonctionne ! » **Inconnu.**

Quinn

Six semaines plus tard
Septembre, Minneapolis

Si jamais on vient à me dire que ma vie est ennuyeuse à mourir, je veux bien relancer le film de mes nombreux matchs dans la Ligue nationale de hockey et ses dangers ou encore celui de cette fin d'après-midi de juillet qui a failli virer au drame. Et pour preuve supplémentaire, je peux même lever mon tee-shirt pour exposer le souvenir que je garderai à vie de ce jour-là : une belle cicatrice qui orne désormais mon flanc gauche.

La photo de cette dernière circule d'ailleurs en boucle sur la toile, alors faites-vous plaisir, allez donc admirer cette boursouflure de quelques centimètres qui vous prouvera que ma vie n'a rien d'ennuyeuse.

Et si cela ne suffit toujours pas, je veux bien vous laisser gérer le merdier né de cet article à vomir que vous venez de lire, vous aurez de quoi vous occuper au quotidien, vous pouvez me croire.

Vous vous doutez bien que l'histoire du triangle « Quinn, Melody et Benjamin » a fait la une des journaux – merci la discrétion de l'hôpital communal – et donc suscité de nouveau l'attention sur moi, révélant au grand jour l'existence d'Iris dans ma vie. Les infos bidon sur la naissance de ma fille se sont mises à circuler si vite que même un communiqué de presse posté sur tous mes réseaux sociaux, ainsi qu'une conférence organisée par le Wild Hockey Club n'ont pas suffi à calmer l'appétit monstre des médias me concernant.

Cette attention n'a pas été très bien accueillie par mon agent qui m'a annoncé le retrait de plusieurs grandes marques, rompant un à un, les contrats publicitaires qui nous liaient. Cela me fait chier, bien évidemment, mais perdre quelques gros chèques, ce n'est pas vraiment ce qui m'inquiète le plus. Mon avocat, quant à lui, me dit de la jouer discret et que toute cette affaire finira par se tasser d'elle-même, mais lorsque je vois le nombre de journalistes qui me suivent à la trace, qu'importe où je vais, j'ai un sérieux doute quant à la véracité de ses dires.

Maître Jack Meyers, diplômé de la plus grande fac de droit privé du pays, est depuis quelque temps, en contact direct avec la ribambelle d'avocats des McAllister, qui n'ont pas vu d'un très bon œil mon implication, ainsi que celle d'Iris, dans la presse nationale. Le lendemain de la parution du premier article, les parents de June se sont inquiétés de l'impact que tout ceci aurait sur la vie d'Iris et depuis, sous les conseils avisés de Jack, je mets tout en œuvre pour que mon image soit irréprochable, n'ayant rien à leur fournir qu'ils puissent utiliser contre moi.

Je laisse donc Jack mener les négociations avec eux en ce qui concerne le rôle qu'ils joueront, ou non, dans la vie de ma fille, tout en restant vigilant en ce qui les concerne. Les parents de June insistent sur le fait qu'ils ne veulent rien d'autre que voir grandir Iris dans un environnement stable, mais je reste néanmoins méfiant, n'oubliant pas les mots de l'amie de June que j'ai rencontrée cet été, ainsi qu'une phrase de la lettre de la mère de ma fille qui m'a toujours marqué et dont je commence seulement à en comprendre le sens: *«Je suis désolée d'avoir attendu si longtemps pour te le dire et de te présenter ta fille comme ça, mais tu es la seule personne en qui j'ai suffisamment confiance pour prendre soin d'elle ».*

Si June m'a écrit ça avant de me confier notre fille, ce n'est pas pour rien, mais malgré mes nombreuses demandes à rencontrer personnellement les McAllister, tout le monde s'y oppose fortement, notamment les principaux concernés et cela me rend fou. En quoi les voir, face à face, pourrait impacter sur la garde exclusive qui m'a été attribuée par un juge hautement qualifié ?

En rien, nous sommes bien d'accord et je suis déterminé à obtenir ce que je veux, avec ou sans le soutien de mes proches. Alors pour faire passer le temps, je m'entraîne autant que possible dans la salle de sport que j'ai fait aménager dans une des chambres à l'étage. Nous sommes à quelques jours de notre premier match de préparation et je veux être prêt.

Cette saison sera la nôtre, j'en mettrais ma main à couper !

Je passe aussi le plus de temps possible avec ma fille qui est sur le point de fêter ses cinq mois et nous construis quotidiennement, des dizaines de souvenirs dans cette grande maison qui est désormais la nôtre. Mon téléphone déborde de photos d'elle évoluant au fil des minutes qui s'écoulent et bien que je sois déjà nostalgique de la petite crevette qu'elle était, j'aime la voir grandir

Heart of Wild : For you

un peu plus chaque jour. Elle est l'enfant dont j'ai toujours rêvé, même si je n'en savais rien avant son arrivée dans ma vie.

Quant à Melody, si je vous dis qu'elle ne nous a plus quittés depuis l'affaire «Benjamin», vous me croyez ? Eh bien, vous devriez, car c'est effectivement le cas.

Dans les premiers jours qui ont suivi l'interpellation de ce fou furieux, Melo était encore assez traumatisée par ce qu'il nous est arrivé et ne supportait pas de rester seule, surtout la nuit. Ses songes étaient hantés des souvenirs de cette journée où le pire a été évité de justesse, si bien qu'elle se réveillait en sursaut, les joues baignées de larmes et le corps luisant de sueur.

La première fois qu'un cauchemar l'a réveillée, je venais tout juste d'endormir Iris quand Melo a poussé un cri qui nous a tous fait sursauter. Les pleurs des deux femmes de ma vie m'ont broyé le cœur si fort que je ressens encore la douleur aujourd'hui. Alors je les ai toutes les deux tenues dans mes bras, la tête de ma beauté blonde sur mon épaule, le petit corps d'Iris entre nous deux, jusqu'à ce qu'on finisse tous les trois par nous endormir.

Il m'était impossible de rentrer à Minneapolis en laissant Melo se démerder avec les séquelles laissées par ce malade mental. Elle est donc venue s'installer chez moi et depuis, c'est clairement le paradis sur

Terre. Chaque jour, je me réveille avec les courbes délicieuses de ma nana entre mes bras, ainsi que le petit corps potelé de ma fille et ce n'est que du bonheur. Nos nuits se répètent et se ressemblent, tout comme les journées, mais malgré tout, je ne parviens pas à m'en lasser. Les avoir toutes les deux à mes côtés au quotidien, c'est cela le véritable bonheur et je donnerai tout ce que je possède pour que cela dure encore et encore.

Ce matin, je sors tout juste de mon entraînement matinal et m'arrête devant la chambre de ma fille pour vérifier qu'elle dort encore quand je sens les bras de Melo m'encercler la taille, ses mains fines et glacées glissant sur mes abdos brûlants.

— Je suis tout poisseux, lui dis-je en posant néanmoins mes propres doigts contre les siens, appréciant plus que de raison le contact de son corps contre mon dos.

— Et depuis quand ça m'arrête ? répond-elle en m'embrassant entre les omoplates, ce qui me fait frissonner.

Je me retourne dans ses bras, la plaquant contre le mur le plus proche et glisse mon nez contre sa gorge, remontant jusqu'au lobe de son oreille.

— Peut-être depuis que je t'ai entendue parler de l'odeur nauséabonde des hockeyeurs avec Ayleen.

Heart of Wild : For you

— Bon, OK, je plaide coupable pour ça. Mais sérieusement, vous ne lavez jamais votre équipement ? On dirait que tu trimbales un cadavre en pleine décomposition là-dedans !

Je ricane avant de me reculer, mettant volontairement de la distance entre nous.

— Quinn, gémit-elle d'une faible voix qui me fait sourire.

— Je vais prendre une douche, des fois que tu veuilles te débarrasser de moi à cause de mon odeur.

De ses doigts, elle vient se saisir de l'élastique de mon short, avant de tirer d'un coup sec pour me ramener à elle.

— La tienne ne me dérange absolument pas, enfin, sauf après un match…

Elle tente de mimer une moue de dégoût, mais n'y parvient qu'à moitié, si bien que j'en ricane contre sa bouche qui s'amuse à venir narguer la mienne. Mes doigts se resserrent sur sa taille, plaquant l'effet qu'elle me fait contre sa hanche et jubile en l'entendant retenir son souffle.

— Un problème, bébé ?

— On dirait bien oui…

Au même moment, des petits grattements sur les barreaux en bois nous font tourner la tête vers le lit d'Iris qui nous regarde en souriant.

Melo glousse dans mon cou, puis me repousse, ses yeux rivés sur l'avant de mon short.

— On dirait bien que notre problème va devoir attendre. File prendre ta douche, je m'occupe de la couche.

J'embrasse brièvement ses lèvres délicieuses, puis utilise ma serviette pour lui fouetter gentiment les fesses.

— Au boulot, femme !

— Méfie-toi, Quinn, ce n'est plus toi le sexe fort dans cette maison, on est deux maintenant et laisse-moi te dire que ta virilité risque d'en prendre un sacré coup.

Elle m'adresse un clin d'œil avant de se diriger vers mon petit bonbon rose qu'elle prend dans ses bras. La petite se blottit contre Melo qui se met à bisouiller ses joues de plus en plus joufflues, et déjà, je n'existe plus. Les voilà toutes les deux parties dans un échange qu'elles seules peuvent comprendre et dire que j'aime ça serait un euphémisme. Les voir ainsi proches l'une de l'autre est sans aucun doute ce qui me plaît le plus dans cette vie qu'est la mienne désormais.

Quand je croise mon reflet dans le miroir de la salle de bain et repense à celui que j'étais il n'y a pas si longtemps de ça, cela me semble si loin. Vous savez, celui, qui, frivole, passait ses nuits avec des femmes différentes et ne savait rien de ce qu'était

Heart of Wild: For you

l'amour. Celui que ce même amour a transformé, littéralement. D'abord il y a presque un an, quand j'ai embrassé pour la toute première fois Melody, et ce, malgré la promesse faite à Brayden. Un seul baiser et déjà, mes yeux n'en avaient plus que pour elle. Puis il y a quatre mois, trois semaines, deux jours et six heures, quand June a abandonné Iris devant chez moi. Ce jour-là, j'ai fait la connaissance de l'amour de ma vie avec un grand A, ma fille. Quand je la regarde, j'ai encore l'impression de vivre un rêve éveillé dont je ne veux jamais me réveiller.

Si j'ai appris une chose avec tout ce que j'ai vécu ces derniers temps, c'est bien que rien dans la vie n'est réellement acquis et encore moins programmé. Il arrive parfois qu'un simple choix fasse pencher la balance d'un côté opposé à ce que l'on voudrait. Ma vie a pris un tournant que je n'avais jamais envisagé, et bien que j'en ai vu des vertes et des pas mûres au cours des semaines qui viennent de s'écouler, je ne parviens pas à regretter les divers choix que j'ai faits. Pour la simple et bonne raison que tout cela m'a mené à ce que je vis aujourd'hui, à cette vie plus que parfaite où je gagne ma croûte en jouant au hockey, ce sport qui m'a tant apporté, aussi bien physiquement que moralement, mais aussi où je me réveille chaque matin avec le corps de l'unique femme ayant su pénétrer mon cœur de glace dans mes bras, et où mes jours et mes nuits sont illuminés par le sourire le plus beau qu'il m'ait été donné de voir, celui de mon petit bonbon rose.

Je sors tout juste de ma douche quand j'entends mon portable sonner depuis la salle de sport. Une serviette nouée autour de mes hanches je pars répondre, mais arrive trop tard et grogne en affichant mon journal d'appel.

Les sourcils froncés, je lis les nombreuses notifications d'appel de mon avocat et le rappelle tout en retournant dans ma chambre pour m'habiller rapidement.

— Quinn, enfin! soupire de soulagement Jack Meyers, l'homme que je paye une fortune pour gérer mon bordel juridique.

— On est dimanche, Jack, grogné-je.

— Et vous avez rendez-vous avec les McAllister dans deux heures.

— Que... quoi? demandé-je difficilement en avalant ma propre salive de travers.

— Vous m'avez très bien entendu. Ils ont finalement cédé à vos multiples demandes et semblent prêts à vous rencontrer.

Je suis sous le choc tant je ne m'attendais pas à cette nouvelle, si bien que je ne parviens plus à dire un mot.

— Les cartes sont dans vos mains, Quinn. J'espère sincèrement que vous savez ce que vous faites.

C'est Melody qui me sort de ma transe en me secouant légèrement l'épaule, un regard inquiet braqué sur mon visage qui doit être aussi blanc que les draps.

— Qu'est-ce qui se passe ?

Je sais d'avance qu'elle me soutiendra, quel que soit mon choix, même si je connais déjà son avis sur la question.

— J'ai rendez-vous avec les McAllister, aujourd'hui.

D'une main, elle vient me caresser la joue, inclinant ma tête de sorte que nos regards se croisent.

— Fais-toi confiance, chéri et tu verras que tout se passera bien.

— Tu triches, tu sais que je ne peux pas résister quand tu m'appelles comme ça, soufflé-je en acquiesçant néanmoins à ses paroles.

~

Lorsque j'arrive devant les bureaux de *Meyers & Beckett*, je suis une véritable boule de nerfs ambulante et plus mes pas me rapprochent du bureau de Jack, plus mes mains deviennent moites et mon rythme cardiaque s'accélère. Une fois au sommet de l'imposante tour de dix-neuf étages, j'arpente le long couloir avant de finalement m'arrêter net en tombant nez à nez avec Vince McAllister, le père de

June qui me détaille de haut en bas comme si je ne valais rien, avant de me lancer un regard noir.

Quel accueil !

Sans le laisser me démonter ainsi, je redresse les épaules et croise les bras sur ma poitrine, non sans lui rendre son regard censé m'intimider. C'est sa femme, Ally, qui vient mettre fin à ce combat silencieux en se plaçant aux côtés de son mari.

— Nos avocats nous attendent, après vous, Monsieur Douglas.

Le ton de sa voix est froid, mais ses yeux se font bien plus chaleureux que ceux de son mari, tandis qu'elle ouvre la porte du bureau de Jack. Ce dernier soupire de soulagement en me voyant entrer, mais m'interroge néanmoins du regard face aux éclairs de colère que lance le mien.

— Réglons ça au plus vite, tonne le père de June en prenant place sur un canapé, face à moi. Vous vouliez nous voir et nous sommes là, on attend donc de savoir pourquoi vous nous avez fait venir.

Je jette un coup d'œil à Jack qui me répond par un petit hochement de tête encourageant.

— Cette situation entre vous et moi a assez duré et il était temps que l'on se rencontre pour mettre tout ça à plat, une fois pour toutes.

— Nous n'avons rien fait de plus que demander à voir notre petite fille ! s'exclame madame McAllister.

— Je le conçois, croyez-moi, mais je me pose néanmoins plusieurs questions à votre sujet.

— Ce serait plutôt à nous d'en avoir, surtout en connaissant votre palmarès, et pas celui faisant état de vos prouesses sportives, lâche ce bon vieux monsieur McAllister.

Je prends sur moi et ne montre pas combien les paroles qu'il m'envoie me blessent. Cet homme est peut-être un super médecin, il n'en reste pas moins un père minable, surtout si je me fie à tout ce que j'ai appris par le biais de ma petite enquête sur cette famille.

— Avec tout le respect que je vous dois, monsieur, nous ne sommes pas là pour parler de cela.

— Nous sommes ici pour parler de l'avenir de ma petite fille, un avenir dont ma femme et moi voulons faire partie, que vous le vouliez ou non.

J'inspire fortement pour ne pas cracher à la gueule de ce pauvre con combien il peut se la mettre profond s'il croit avoir je ne sais quel droit en ce qui concerne ma fille.

— Et si nous nous calmions, intervient mon avocat qui est de plus en plus tendu.

— Laissez, Jack, sifflé-je entre mes dents serrées. Si monsieur veut s'exprimer, qu'il le fasse, mais sachez tout de même que ce n'est pas avec ce genre de comportement que vous gagnerez le droit de faire partie de sa vie.

Un silence de plomb règne dans le bureau, laissant la douce menace de mes mots peser sur leurs épaules. Ils sont peut-être pétés de tunes et connus pour exceller dans leurs domaines, ils n'en restent pas moins des inconnus aux yeux d'Iris et ce n'est pas comme ça qu'ils vont s'en sortir.

— Vince, gémit Ally McAllister en posant sa main sur la cuisse de son époux.

— Combien voulez-vous ?

Waouh !

Celle-là, je dois reconnaître que je ne l'avais pas vue venir et je me retiens in extremis de leur rire au nez.

— Je ne sais pas pour qui vous me prenez, mais si vous pensez pouvoir m'acheter, vous avez tout faux. Iris est ma fille, que vous le vouliez ou non et tous les billets verts au monde ne suffiraient pas à me l'enlever !

Ma colère est palpable et là tout de suite, j'ignore ce qui me retient de ne pas quitter cette entrevue ridicule pour retrouver la sérénité et l'amour que m'apporte mon petit bonbon rose.

— Nous avons demandé un nouvel échantillon ADN pour refaire les tests.

— Faites donc, les résultats seront toujours les mêmes, dis-je en lui adressant un sourire de vainqueur.

Le fait que je n'ai pas peur de lui répondre avec autant de désinvolture ne semble pas beaucoup plaire à ce cher monsieur McAllister, en revanche, cela amuse fortement mon avocat qui peine à retenir son propre sourire.

— Ça suffit, Vince, dit alors la femme brune qui tient toujours la cuisse de son mari.

Celui-ci la regarde étrangement, avant de pousser un soupir las et d'acquiescer.

— Je vous prie d'excuser les paroles vexantes de mon époux. Il ne pensait pas ce qu'il a dit.

— Au contraire, je suis certain qu'il en pensait chaque mot, mais cela m'importe peu, dis-je en me relevant et en refermant les boutons de ma veste.

Cette conversation ne nous mènera nulle part et je suis carrément pour que Jack se débrouille avec eux et leurs avocats sans moi.

— Vous savez, depuis que nos regards se sont croisés, je vous vois me jauger et me juger. Vous pensez tout savoir de moi grâce à ce que vous avez lu sur *Google* ou grâce au rapport d'un détective privé, mais vous ne savez rien du tout.

— Ne partez pas! s'exclame madame McAllister. Notre famille est loin d'être parfaite, je le reconnais, mais personne ne l'est, vous en savez quelque chose, vous aussi. June était mon unique enfant et même si j'étais loin d'accepter ses choix anticonformistes, je l'aimais. Maintenant qu'elle n'est plus là, je suis une femme rongée par les remords qui espère simplement pouvoir se rattraper avec le seul lien qu'il me reste de ma fille, et ce lien, c'est Iris, monsieur Douglas.

— June m'a laissé une lettre, avant de mourir. Son contenu ne regarde que moi, mais je vais néanmoins vous en lire une partie qui devrait vous intéresser.

Et je leur lis cette phrase que je ne comprenais pas jusqu'à ce que j'en apprenne plus sur la relation conflictuelle qui liait June à ses parents.

— Elle n'avait aucune confiance en vous, tout comme je n'en ai aucune vous concernant. Vous êtes peut-être les grands-parents de cette petite, mais il va me falloir bien plus que des larmes de crocodile et des excuses bidon pour que je vous laisse l'approcher. Je ne laisserai personne jouer avec ma fille, pas même vous.

Et sur ces mots, je tire sur l'enveloppe que je gardais dans ma poche et la lâche sur la petite table basse. C'est lui qui l'ouvre et alors que je le regarde fixer le papier glacé avec insistance, je jubile lorsque ses yeux rencontrent finalement les miens.

— Elle... elle...

— Elle est ma fille, aucun doute possible. Alors, prouvez-moi que vous êtes digne d'elle et je vous laisserai la voir. La balle est dans votre camp.

En rentrant chez moi après cette entrevue ratée, je trouve mes deux beautés endormies sur mon lit.

Un instant, je m'arrête pour les regarder toutes les deux, si paisibles, et laisse la douce chaleur dans ma poitrine effacer l'entretien avec les McAllister.

Qu'ils aillent au diable.

Pendant qu'eux doivent être rongés par les remords, moi, j'ai cette vision de bonheur à chaque fois que je rentre chez moi et cela n'a pas de prix.

Je me glisse derrière Melo tout en passant un bras par-dessus elle pour le poser sur le ventre de mon petit bonbon rose avant d'embrasser l'épaule nue de cette beauté blonde m'ayant mis à terre en un seul baiser.

— Quinn ? souffle sa petite voix endormie tout en se retournant légèrement pour mieux me regarder.

— Je suis là, dis-je en laissant mes lèvres se promener sur son visage avant d'atteindre sa bouche que j'aime tant.

Elle gémit doucement contre moi, caresse ma tignasse brune de ses doigts et ce que je ressens dans ma poitrine est si fort que je laisse sortir ces mots qui me faisaient tant peur jusqu'à maintenant :

— Emménage avec nous.

Ses grands yeux bleus s'ouvrent d'un coup et toute trace de sommeil en est immédiatement chassée. Elle sonde mon regard du sien, se demandant très certainement si je suis sérieux ou s'il s'agit d'une blague.

— Tu peux répéter ça ?

— Avec plaisir. Melody, emménage avec nous !

Au coin de son œil, je vois une larme perlée et l'essuie de mon pouce avant de me saisir de son visage pour qu'elle écoute attentivement ce que j'ai à lui dire.

— Je t'aime comme je n'ai jamais aimé qui que ce soit. Tout mon être sait que tu es la femme de ma vie et je refuse de passer des jours, voire des semaines sans t'avoir à mes côtés. Je ne peux pas te promettre de toujours te faire sourire, ni même que tu n'auras pas envie de m'étriper à mains nues à plusieurs reprises, mais je peux néanmoins te jurer que jamais, je ne te ferai délibérément du mal et que je resterai là, à tes côtés, tant que mon cœur criera ton nom.

À peine ai-je terminé ma phrase qu'elle se jette sur moi, scellant mes paroles d'un baiser qui me fait tomber à la renverse.

— Ma place est là où tu es, Quinn Douglas, murmure-t-elle contre mes lèvres.

Et voilà où est ma place à moi, près de cette femme m'ayant fait découvrir la magie de l'amour et de cette petite fille parfaite qui fait de moi l'homme le plus heureux du monde. À présent et quoi que nous réserve l'avenir, je serais prêt à parier gros que nous n'en sommes qu'au tout début de notre histoire.

Heart of Wild : For you

L'amour est comme une flamme. Un feu qu'il faut protéger au péril de sa vie, contre vents et marées et c'est bien ce que je compte faire, jour après jour, nuit après nuit, et ce, jusqu'à mon dernier souffle.

Chapitre 30

« On peut donner bien des choses à ceux que l'on aime. Des paroles, un repos, du plaisir. Tu m'as donné le plus précieux de tout : le manque. Il m'était impossible de me passer de toi, même quand je te voyais tu me manquais encore. » **Christian Bobin.**

Melody

Le temps est un engrenage bien rodé qui nous file entre les doigts, même lorsque nous avons l'impression que les minutes s'écoulent lentement, ce n'est qu'une stupide illusion. Le temps, c'est tout ce que nous avons pour faire de nos vies ce que l'on rêvait étant gamin ou uniquement pour vivre, une bouffée d'air après l'autre, un pas à la fois.

Alors même s'il aime parfois se jouer de nous, il n'en reste pas moins notre seul allié dans cette course poursuite qu'est la vie.

Dans mon cas, le temps s'est comme arrêté à l'instant où Quinn m'a demandé de vivre avec lui, officiellement. Je précise, car notre situation ressemblait déjà à cela depuis mon dernier tête-à-tête avec Benjamin, l'homme que je croyais être là pour m'aider à sauver des vies, mais qui s'avérait être le bourreau de ces pauvres bêtes sans défense.

En tant que vétérinaire et passionnée d'animaux, j'en ai vu passer des cas que l'on peut qualifier d'atroces, mais jamais encore, je n'avais eu à faire à un sadisme pareil. Benjamin prenait un réel plaisir à torturer ces chiens innocents, que des semaines après l'arrestation de ce dernier, je ne parviens pas à me sortir les horreurs vécues, par sa faute, de la tête. Si bien qu'en rentrant chez moi ce jour-là, je ne voyais rien d'autre qu'un appartement vide, sans vie et hanté par la présence de ce monstre. Puis je me suis mise à pleurer pendant des heures comme jamais cela ne m'était arrivé de le faire.

Heureusement, je n'étais pas seule, puisque Quinn était là. Il ne m'a pas quittée un seul instant, restant à mes côtés même après lui avoir dit refuser de dormir ici et ne plus vouloir mettre les pieds dans cet endroit maudit. Il a simplement opiné, a sorti ma valise du placard de l'entrée et y a jeté tout ce qui pouvait m'être utile. Puis il a ouvert la porte en grand et m'a invitée à « *me casser loin d'ici* ». Aucun besoin de réfléchir, j'ai simplement attrapé Petit Lion, noué mes doigts à ceux de Quinn et je suis partie sans me retourner, laissant derrière moi ma clinique, mon « bébé » qui ne m'inspirait plus qu'horreur et tristesse.

Les semaines suivantes, j'ai vu ma vie effectuer un virage à 190 degrés fulgurant, me laissant que très peu de répit pour réfléchir à l'avenir de la clinique. Entre l'aménagement définitif de Quinn dans cette superbe maison qu'il vient d'acheter, Iris, ce bébé parfait dont on ne peut que tomber amoureux et trouver ma place dans cette petite famille cherchant encore la leur, on ne peut pas dire que j'ai eu beaucoup de temps pour penser à « l'après ».

Mais aujourd'hui, alors que cet homme merveilleux dont je suis tombée raide dingue m'embrasse, scellant de nos lèvres ma réponse à sa question, je me sens enfin à ma place. Comme si vivre ce moment avec lui était une évidence. Je l'aime, autant que l'on puisse aimer un autre être humain, et aussi fou que cela puisse paraître, il m'aime lui aussi, au point de me demander d'emménager avec eux.

— Alors, ce rendez-vous ? demandé-je à Quinn un peu plus tard.

Allongé sur le dos à même le sol, il joue avec Iris, la narguant avec ses cheveux qui remuent quand il secoue la tête. En tant que « tireuse » de cheveux professionnelle, la petite chipie rit en essayant d'agripper ces derniers dans ses petits poings.

— Ils ont encore du chemin à faire avant de mériter quoi que ce soit, mais je pense honnêtement qu'ils risquent de nous surprendre.

— Dans le bon sens, j'espère ?

— Je l'espère aussi. Le père de June est un vrai con, mais l'émotion dans ses yeux quand il a vu la photo d'Iris me fait espérer qu'il saura remballer sa fierté, pour le bien de tout le monde.

Cette petite fille, dont le rire résonne entre les murs du salon, a véritablement changé Quinn. Oublié, le queutard comme j'aimais l'appeler, et bonjour l'homme nouveau que j'ai sous les yeux. L'homme pour qui mon cœur bat comme un fou furieux dans ma cage thoracique.

~

N'ayant pas fermé l'œil de la nuit, je suis debout de bonne heure, préparant un petit déjeuner pour mon champion qui joue ce soir. Le premier match d'une nouvelle saison est toujours quelque chose de spécial à vivre pour un joueur de hockey, principalement parce que cela pourrait très bien être le dernier. Un accident est vite arrivé, surtout quand vous foncez à grande vitesse sur la glace à l'aide de lames tranchantes et d'un bâton de carbone tout aussi dangereux.

Mon frère en a fait les frais l'an dernier lorsqu'il s'est littéralement fait éclater l'épaule lors d'un match. Il a mis plusieurs mois à retrouver sa mobilité complète. Si Brayden a pu revenir au jeu, ce n'est pas le cas de tout le monde et je refuse que cela se reproduise à nouveau. Alors aujourd'hui, mon hockeyeur va engloutir assez de vitamines pour nous montrer l'ampleur de son talent contre Buffalo et il ne lui arrivera pas le moindre pépin pendant ses temps de jeu.

Lorsque la tignasse brune de Quinn apparaît enfin dans la cuisine, sûrement attiré par l'odeur des pancakes et du café fraîchement moulu, uniquement vêtu d'un jogging gris qui lui tombe bas sur les hanches, il a encore les yeux emplis de sommeil et je le trouve plus craquant que jamais.

— Bonjour marmotte! dis-je en déposant une assiette fumante sur le comptoir en granit.

— Des bonjours comme ça, j'en veux bien tous les jours, répond-il en me faisant son petit sourire que j'adore.

Je me penche pour embrasser brièvement ses lèvres divines avant de lui ordonner de manger tout le contenu de son assiette.

— À vos ordres, chef! lance-t-il, imitant un salut militaire qui me fait pouffer de rire.

Il s'empare de son assiette et de son mug à café, avant d'aller s'installer à table, sa tablette déjà prête à l'aider dans son analyse du jeu adverse. Brayden aussi faisait ça avant chaque match, il passait des heures à mémoriser les actions favorites de l'autre équipe, pour mieux contrer ses rivaux une fois sur la glace.

Tout en nettoyant mon bazar mis pour lui concocter un petit déj de compète, je ne peux empêcher mes yeux de revenir inlassablement sur lui, tout en me disant que j'ai une chance inouïe de partager la vie de cet homme merveilleux. J'aurai mis du temps à m'en rendre compte et j'ai bien cru le perdre définitivement après l'arrivée inattendue d'Iris et ma réaction de gamine qui me donne envie de me gifler encore aujourd'hui. Seulement, tout ça n'a plus aucune importance, car l'amour qui nous lie l'un à l'autre a su se montrer plus fort que tout le reste et à présent, nous avançons dans la vie tous les deux, main dans la main.

— Je vais vendre la clinique, dis-je abruptement, lui faisant recracher son café dans sa tasse.

— Euh... quoi ?

— Tu m'as bien entendue. Je ne veux pas remettre les pieds là-bas, Quinn.

— Mais, c'est ton bébé ! Cette clinique, c'est toi !

— Je sais, soupiré-je en prenant place sur ses cuisses qu'il tapote en une invitation qu'il m'est impossible de refuser. Mon «bébé» va devoir se passer de moi, parce que je vis ici maintenant, avec toi et Iris...

— Bébé, je t'aime, mais il est hors de question que tu renonces à ton rêve pour nous.

— Et si tu me laissais finir ?

Il soupire lourdement, mais m'invite à continuer.

— Il y a quelques jours, j'ai reçu un message de l'agent Parker dont le neveu, James, est de retour en ville. Tu te souviens de James ?

Je souris en voyant ses sourcils se froncer pendant qu'il cherche dans sa mémoire.

— Putain, mais oui ! L'intello du bahut ! s'exclame-t-il en me faisant sursauter. Il est devenu quoi depuis le lycée ?

— Eh bien, figure-toi qu'il est lui aussi vétérinaire et même propriétaire d'une chaîne de refuges animaliers dispatchés dans plusieurs états. Il compte d'ailleurs en ouvrir un dans le Minnesota.

— Et tu vas lui vendre la clinique !

Bien que cela ne soit pas une question, je réponds quand même :

— Oui.

Prendre cette décision n'aura pas été simple, mais après mûre réflexion, c'est la meilleure des options. Je ne regrette pas mes longues années d'études, ni même l'achat prématuré de la clinique quelques mois après avoir été diplômée, mais bien que j'aime énormément mon métier, ma place n'est plus à White Bear Lake. Actuellement, je ne me sens pas capable de retourner exercer cette profession qui me passionnait tant autrefois.

— Je ne veux pas que tu regrettes ta décision, bébé, tu es certaine d'y avoir suffisamment réfléchi ?

— Je suis sûre de moi et tu sais pourquoi ? Parce que ce choix, je le fais avec mon cœur. Je vais vendre ma clinique et au moins pour les mois qui arrivent, suivre mon homme, qui se trouve être un super hockeyeur professionnel, de ville en ville et m'époumoner pour le soutenir à chaque match qu'il jouera. Ma vie est avec toi et Iris maintenant, et nulle part ailleurs.

Je sens son regard sonder le mien, y cherchant la moindre faille dans ma déterminaison à tourner la page sur une grande partie de ma vie, mais il ne trouvera rien, pour la simple et bonne raison que je suis plus que jamais sûre de moi.

— Tu sais quoi ?

— Hum ?

— Ce programme est plus que parfait.

Je hoche la tête, un sourire de joie étirant le coin de mes lèvres alors que Quinn vient amoureusement me serrer dans ses bras puis m'embrasser comme seul lui sait le faire. J'en ai la tête qui tourne et le cœur qui palpite, mais je m'en moque, la seule chose qui compte c'est ce qui se passe entre lui et moi à cet instant précis et combien nous sommes heureux.

Voyant l'heure tourner, je me redresse et me penche par-dessus la table pour m'emparer de son assiette vide quand il me surprend en venant planter ses dents dans mon postérieur.

— Hey! rouspété-je pour la forme. Ça, ce n'est pas comestible!

— Tu plaisantes? Ton cul est le meilleur met qui existe sur Terre.

— Obsédé! rétorqué-je en évitant de peu une seconde attaque visant cette fois-ci ma fesse gauche.

— Quand il s'agit de ton corps, je reconnais qu'il m'est impossible de penser à autre chose qu'à lui, nu, sous et sur moi, se tortillant entre mes bras...

— Mais tais-toi!

Je viens coller mes doigts sur sa bouche indécente et il en profite pour taquiner ma paume de la pointe de sa langue, tout en m'allumant de ses prunelles ardentes.

— Que vais-je faire de toi, Quinn Douglas?

Sa main écarte la mienne pour mieux me répondre :

— J'ai bien une idée...

Mon corps tout entier réagit à ses mots qui viennent allumer une flamme qui crépite doucement dans mon bas-ventre.

Du bout des doigts, Quinn vient caresser la peau de mes bras qui se couvrent de chair de poule. Son fameux sourire de vainqueur aux lèvres, il s'amuse de la façon dont je réagis et de combien il lui est facile de m'allumer. Puis continue son petit manège, embrasant mon épiderme sur son passage.

D'une main, il me ramène sur ses cuisses pour mieux m'embrasser, avant d'être interrompu par les pleurs d'Iris qui vient de se réveiller.

— J'aime ma fille, mais elle n'est vraiment pas bonne pour ma libido, soupire-t-il, la tête nichée contre ma poitrine.

— On se rattrapera après ton match et en parlant de ça, tu ferais mieux d'aller te préparer avant d'être à la bourre.

Quelques heures plus tard, Quinn rejoint son équipe sur le parking de l'entrée Est de l'*Xcel Energy Center* réservé aux membres du Wild Hockey Club. Les familles des joueurs sont présentes elles aussi, formant un sacré attroupement devant les doubles portes menant à un long couloir qui dessert finalement le vestiaire des gars. Je repère mon frère accompagné d'Ayleen qui me fait de grands gestes. Mike est accolé au mur du bâtiment, les doigts pianotant à un rythme effréné sur son écran tactile. Puis je repère le visage souriant de Thomas, ce jeune fan devenu ami avec Quinn. Je me souviens avoir eu quelques doutes le concernant, mais il m'a suffi de faire sa connaissance pour réaliser que je n'avais aucune raison d'avoir peur. Lui et sa mère sont des amours et comptent grandement dans la vie de mon hockeyeur.

Une seconde plus tard, Quinn est déjà agenouillé près du fauteuil high-tech de son ami et lui présente sa fille avec une touche de fierté dans la voix extrêmement touchante.

Je rejoins ma presque belle-sœur qui soupire de soulagement en me voyant approcher.

— Tu arrives à point nommé pour m'éviter le récit barbant de Josie, murmure Ayleen en jetant un regard inquiet vers la concernée.

Josie Ramsey est la maman de Kent et chaque fois qu'elle vient voir son fils jouer, nous avons le droit à un long monologue soporifique sur les prouesses de son fils au hockey sur glace.

— Madame Ramsey, vous permettez que je vous emprunte cette demoiselle ?

— Oh euh, bien sûr.

Je passe mon bras sous celui d'Ayleen et l'arrache à la horde pour retrouver l'air frais et non pollué de dizaines de parfums différents.

— Au fait, j'ai ce que tu as fait livrer à l'appart.

— Parfait, attendons que Quinn et les gars filent pour le mettre à la petite.

Puis le coach Hernandez fait son entrée et tout le monde se tait, les yeux rivés sur cet homme imposant le respect d'un simple coup d'œil.

— Messieurs, il est l'heure.

Et comme un troupeau, les joueurs s'alignent derrière lui pour rejoindre les vestiaires. Quinn s'arrête face à moi, me sourit et me tend Iris que je prends dans mes bras.

— À tout à l'heure, nous dit-il avant de nous embrasser toutes les deux et de trottiner derrière son équipe.

De notre côté, nous rejoignons une loge VIP réservée par Brayden et Quinn pour qu'on puisse voir le match en paix, évitant ainsi le genre d'incident comme la saison dernière contre les *Sharks* de San José. Le seul inconvénient de ce genre de loge, c'est qu'on est si haut qu'on ne peut réellement suivre le match que sur les différents écrans géants de la pièce. Alors avant le coup d'envoi, j'enfile mon petit cadeau à Iris et l'emmène avec moi voir son papa de plus près, profitant du pass magnétique pour avoir accès au sous-sol.

Je m'avance le long du tunnel qui mène aux abords de la piste et vient me poster près du plexiglas afin de mieux admirer les joueurs s'entraîner. Je repère facilement le numéro *#97* aligner une série de palets sur la glace avant d'armer sa crosse pour les shooter l'un après l'autre contre Kent. Sur le visage de Quinn, je peux voir sa concentration et les notes mentales qu'il se fait lorsque son tir échoue.

— Regarde, ma puce, c'est papa là-bas, dis-je à Iris dont les yeux sont grands ouverts.

L'un des tirs de Quinn rate la cage et vient taper contre la balustrade, provoquant un bruit assourdissant qui fait sursauter la petite.

D'où il est, Quinn s'aperçoit que nous sommes là et qu'il vient de faire peur à sa fille. Il agite ses doigts gantés et laisse sa place à Lyam Jonas, le nouveau bleu de l'équipe qui a l'air d'être un sacré personnage.

Lorsqu'il est proche de l'endroit où nous sommes, Quinn freine brutalement, envoyant un nuage de neige contre la vitre, et déjà, Iris rit aux éclats. C'est alors que je soulève la petite afin qu'il puisse lire le flocage du nouveau maillot des Wild de sa fille : *DADDY #97.*

Ses yeux brillent lorsqu'il relève la tête vers moi, ses lèvres épelant ce que j'aime tant l'entendre me dire :

— Je t'aime.

— Moi aussi, réponds-je en le gratifiant d'un clin d'œil.

Le petit bonbon rose, habillé de vert pour l'occasion, gazouille dans mes bras, avant de tendre ses doigts vers son père qui la regarde avec des milliers d'étoiles dans les yeux. Il retire alors son gant et vient poser sa grande main contre le plexi. J'aide

Iris à faire de même et regarde nos trois mains qui vont si bien ensemble, comme celles d'une famille.

À vingt-six ans, on peut dire que j'ai plutôt bien réussi ma vie. Malgré quelques couacs en cours de route, je suis aujourd'hui la femme la plus heureuse au monde et c'est à ces deux êtres que je le dois.

Épilogue

« J'ai envie de te tenir, te parler, t'entourer de mes bras, te couvrir et te brûler de mes caresses. Te voir pâlir et rougir sous mes baisers, te sentir frissonner dans mes embrasements, c'est la vie, la vie pleine, entière, vraie, c'est le rayon de soleil, c'est le rayon du paradis! Ô mon ange, que tu es belle, viens que ma bouche pose et cueille sur la tienne ce mot qui est le plus doux des baisers : Je t'aime ! » **Victor Hugo.**

Quinn

On y est, après avoir passé des semaines loin d'une patinoire et du froid qu'il y fait, les Wild sont de retour. Ce soir, pour notre premier match préparatoire, nous affrontons les *Sabres* de Buffalo et je me sens chaud comme jamais.

Cette saison, c'est la nôtre, je le sens. On doit se surpasser, gagner un maximum de matchs et nous imposer face aux trente équipes tout aussi déterminées que nous et durant plus de quatre-vingt-dix matchs, enfin si nous parvenons à atteindre les phases finales.

En soi, ce match n'est pas décisif, mais malgré les discordes régnant au sein du groupe depuis l'arrivée de Lyam, nous sommes tous sur la même longueur d'onde quant à mettre le paquet dès le début, tout en économisant nos forces pour le premier match officiel qui aura lieu dans dix-sept jours très exactement, contre les *Capitals* de Washington.

Lorsque je rejoins le banc de mon équipe, l'excitation pulse dans mes veines. J'ai bien cru ne jamais revoir cette patinoire où j'ai vécu les meilleurs moments de ma vie, avec ce loup enragé géant et ses crosses entrecroisées, symbole de notre équipe, en plein centre de la glace.

Mon regard embrasse le public venu nous acclamer et je souris. C'est toujours un moment grisant d'entrer dans l'arène et d'entendre toute une foule scander le nom de ton équipe, ou encore le tien. Je crois que c'est une chose à laquelle je ne m'habituerai jamais et cela rend chaque match unique en son genre.

La rencontre commence rapidement avec un contrôle parfait du palet pour notre équipe. Nos lignes ont changé en deux mois, mais rien ne pourrait changer la cohésion parfaite qui règne entre Brayden et moi lorsque nos lames frôlent l'étendue gelée. D'instinct, nous partons tous deux en direction des buts adverses pour contrer l'attaque de Buffalo quand je repère le palet, filant à travers notre défense, se rapprochant dangereusement de nos filets. D'un geste brusque, je freine et repars dans l'autre sens, suivi par mon capitaine. À l'aide de ma crosse, j'intercepte la rondelle et l'envoie droit dans la palette [15] de Brayden qui fonce, slalomant agilement à travers les joueurs des *Sabres*. D'un shoot parfait, Brayden vise l'angle droit de la cage et nous regardons tous le palet fendre l'air pour atterrir dans les filets qui tremblent.

1 – 0

Et ce but ne sera que le premier d'une longue liste, vous pouvez me croire.

Buffalo resserre les rangs et tente des charges à notre encontre, seulement, ils ne font que collectionner les minutes de pénalités et donc, des powerplay [16] à notre avantage, ce qui est tout bénef pour nous.

---

[15] Palette : Partie basse de la crosse avec laquelle on contrôle le palet, qui peut être droite ou courbée.

[16] Ou « supériorité numérique » est le surnombre de joueurs dont profite une équipe pendant qu'un ou deux joueurs adverses purgent une pénalité en prison.

Alors que Bruce Sutter, attaquant phare des *Sabres* se trouve face à moi pour la remise en jeu sur leur moitié de glace, je fais le pitre et m'amuse en le provoquant ouvertement, ce qui le déconcentre alors que le palet tombe droit dans la courbe de ma crosse. Un demi-tour rapide, un freinage brusque et une feinte plus tard, c'est à mon tour de dégommer ce pauvre gardien qui ne parvient pas à arrêter mon shoot.

2 – 0

À deux minutes de la fin du premier tiers temps, alors que B et moi sommes sur le banc, nous enfilant une grande rasade d'eau fraîche, Lyam Jonas, emmerdeur de première ayant rejoint notre équipe pour la saison, loupe sa réception et avant que je n'aie le temps d'inspirer, je vois Cruz armer son tir et envoyer voler le palet entre le masque [17] et la mitaine de Kent.

2 – 1

La corne annonçant la fin du temps résonne dans l'enceinte de *l'Xcel Energy Center* et bien que j'aie très envie de choper Lyam par le col de son maillot pour lui remettre les idées en place, je me retiens, persuadé qu'Hernandez s'en chargera pour moi dans quelques minutes.

Nos deux équipes regagnent leurs vestiaires respectifs, quand j'entends la voix nasillarde de Lyam s'élever non loin d'où je me trouve.

---

[17] Masque : autre nom donné au casque du gardien de but.

— Non, mais sérieux! Ils se la jouent stars de la glace, mais ils ne valent que dalle! s'exclame ce dernier.

— C'est quand même grâce à eux qu'on mène! rétorque méchamment Bruno qui pousse le bleu d'un violent coup d'épaule avant de cogner son poing ganté contre le mien.

— Hey, Jonas, dans ce vestiaire, on est des hommes, donc si tu as quelque chose à dire, fais-le en face et pas par-derrière.

Puis je claque brutalement la porte au nez de cet abruti, sous les rires de Brayden et quelques coéquipiers et rejoins les gars sur les bancs, prêts à écouter le débrief du coach sur ce premier tiers qui remet une couche en ce qui concerne Lyam:

— Jonas, je ne sais pas à quoi tu joues, mais ce n'est pas comme ça que ça se passe chez nous. Reste sur ta ligne et écoute les ordres de ton capitaine, ou tu auras affaire à moi et tu n'es pas prêt pour ça, petit! C'est compris?

— Oui, coach, marmonne Lyam, non sans lancer un regard chargé de haine sur B et moi qui le regardons, tout sourire.

Ouais, on aime enfoncer le clou, et alors?

Il l'a bien cherché, et ce, depuis le premier jour. Il ne faisait partie de l'équipe que depuis trente secondes que déjà, il se croyait supérieur à tout le monde, seulement parce qu'il est pote avec Scott qui a une dent contre Brayden depuis la saison dernière. Laissez-moi rire, par pitié. Si Scott n'est plus dans l'équipe, il en est le seul responsable et en toute honnêteté, nous sommes tous ressortis gagnants de son départ et de son remplaçant au poste de capitaine.

— Cette saison, il va y avoir du changement les gars, alors on ne se repose pas sur ses lauriers et on donne le meilleur de soi ! lâche Hernandez avant de se retourner pour ajuster quelques petites choses à nos lignes offensives sur le tableau.

Lorsque nous refaisons surface pour débuter le deuxième tiers, notre équipe ressemble à un bloc uni, suivi de son vilain petit canard qui préfère bouder dans son coin depuis les remontrances du coach.

Les minutes suivantes, les nouvelles recrues montrent de quoi ils sont capables sur la glace et Zach Thompson, fraîchement arrivé de Pittsburgh, marque son premier but sous nos couleurs. Une action joliment exécutée qui vient creuser un peu plus le fossé nous séparant des *Sabres*.

3-1

Cruz et ses coéquipiers adoptent une nouvelle stratégie et tentent de nous mettre la pression en cherchant la faute contre nous. Lyam écope de trois séjours en prison[18], toutes pour des charges incorrectes.

---

[18] Prison : Ou « banc de pénalité » désigne le lieu où un joueur prend place pour purger une pénalité reçue. (se référer au lexique)

Heart of Wild: For you

C'est à cinq minutes de la fin de ce second tiers que Brayden, Mike et moi, montrons comme il est bon de jouer en équipe, petite piqûre de rappel qui ne semble pas plaire à notre nouvelle recrue. Alors que nous sommes tous trois face à la cage adverse, nous nous amusons à essouffler Buffalo. Passe à l'un, réception et re passe à l'autre, nous laissons le public s'époumoner avant que je feinte sur la gauche, attirant Cruz sur moi et dégage le palet en direction de Brayden qui arme un shoot du poignet parfait et marque son premier doublé de la saison.

4-1

Au cours du dernier tiers-temps de jeu, nous anéantissons les espoirs de victoire des *Sabres*. O'Dell marque juste après la première mise en jeu, assisté de Brayden, puis moi, deux minutes plus tard, remontant encore le score à notre avantage avant que mon meilleur pote mette le coup de grâce d'un but du milieu de terrain majestueux.

7-1

Au coup de sifflet final, tous les Wild débarquent sur la glace avec nous et viennent acclamer Kent qui a fait un match de folie. Des crosses ainsi que des gants verts volent de partout, tout comme les boutades et insultes amicales. Lyam reste légèrement en retrait et même si je n'aime pas beaucoup ce type, je l'attrape pour qu'il rejoigne la mêlée, en lui tapant sur l'épaule comme je le fais avec chacun de mes coéquipiers.

Qu'on le veuille ou non, nous sommes coincés ensemble jusqu'à la fin de la saison et il va bien falloir qu'on apprenne à jouer les uns avec les autres et non pas contre les autres. Cela ne veut pas dire que ce connard va devenir mon super pote, mais le supporter plusieurs mois sans l'étriper, ça serait déjà un bon début.

Mon esprit est à la fête d'avoir gagné ce premier match et de voir chacun des gars qui m'entoure avec une banane d'enfer, pourtant je n'ai qu'une hâte, c'est de serrer mes deux femmes dans mes bras et passer le reste de la nuit à aimer Melody de la plus divine des façons. À vrai dire, je n'ai que cette idée en tête lorsque je serre la main des gars de Buffalo qui s'inclinent ce soir et nous permettent de remporter notre première victoire à domicile.

Dans les vestiaires, l'euphorie est de rigueur et je me laisse porter par cette émotion particulière. Les boutades vont bon train durant l'heure qui suit, tandis que nous troquons nos équipements contre nos tenues de ville bien plus confortables, le tout en entrechoquant nos bouteilles de bière ensemble.

Habituellement, lorsque j'ai l'esprit plein et que je ressens le besoin d'être à l'écart de tout, je m'assieds dans les gradins, sur la dernière rangée du haut et y reste aussi longtemps que nécessaire. Mais aujourd'hui, allez savoir pourquoi, ce n'est pas dans les gradins que je me trouve. Les mains dans les poches, je reste debout en plein centre de la glace, mes yeux embrassant les bancs et gradins vides, à écouter le silence reposant que m'offre la patinoire qui s'éteint, me plongeant dans l'obscurité la plus totale.

Dans ma tête se joue un véritable film, celui de ma vie et des évènements qui ont marqué celle-ci. Je revois ce petit garçon malheureux que j'étais, atterrissant de famille en famille sans jamais trouver la sienne. Je me revois au bord d'un trottoir dégueu, assis aux côtés du gringalet qui est devenu un véritable frère à mes yeux, ou encore le lac gelé, il y a dix-huit ans, quand j'ai fait la connaissance de cette beauté blonde qui allait ravager ma vie, de la plus merveilleuse et douloureuse des manières. Puis l'adoption des Douglas, ces inconnus qui m'ont donné plus que n'importe qui sur cette Terre et sans qui je ne serais pas l'homme que je suis devenu. Il y a aussi la signature de mon premier contrat pro avec les *Bruins* de Boston et mon arrivée au Wild Hockey Club deux ans après. Pour finir par ma première rencontre avec la femme de ma vie, Iris, mon petit bonbon rose, mon arc en ciel de bonheur.

Mon existence n'a pas débuté de la meilleure façon qui soit, mais quand je regarde le chemin que j'ai parcouru et tout ce que j'ai accompli, je m'estime heureux. Heureux d'avoir vécu le pire avant de goûter au réel bonheur, l'appréciant à sa juste valeur, le bénissant tel un joyau inestimable.

Le bruit de la lourde porte du tunnel résonne et me fait me retourner, mais je n'y vois pas grand-chose, jusqu'à ce que la lumière automatique de ce dernier s'enclenche.

— Quinn? m'appelle une voix très familière qui me fait sourire.

— Là! réponds-je à Melody qui finit par me repérer.

Elle vient se poster près du banc, que mon équipe occupait un peu plus tôt puis s'accoude à la rambarde, me regardant marcher avec prudence vers elle.

— Un peu plus et je te déclarais porté disparu, dit-elle alors que je sors de la glace et la rejoins.

D'une main sur ses reins, je l'attire contre moi.

— Désolé, bébé, lui dis-je en l'embrassant brièvement.

— Tu m'avais l'air bien pensif, tout va bien?

— J'ai reçu un texto des McAllister. Ils acceptent mes conditions.

— Cela n'a pas l'air de t'enchanter, je me trompe?

— June n'avait pas confiance en eux pour de bonnes raisons et je ne veux pas aller contre ce qu'elle désirait pour Iris avant de mourir. Elle n'est plus là, mais là-dedans, dis-je en désignant ma tête, j'ai véritablement l'impression de penser pour deux. Quand je pense à l'avenir d'Iris, ça me fiche une trouille monstre de mal faire...

— Quinn, m'interrompt-elle en hissant ses fesses sur la rambarde.

Ses doigts se saisissent de l'avant de mon sweat et m'attirent entre ses jambes, me collant à la balustrade pour mieux me serrer dans ses bras.

— Tu es le meilleur papa qu'il m'a été donné de voir. Son arrivée dans ta vie n'était peut-être pas prévue, mais tu as su gérer à la perfection et tu continueras à le faire. Tu sais pourquoi ?

— Pourquoi ?

— Parce que c'est l'amour que tu éprouves pour ta fille qui te guide, jour après jour et c'est ça qui fait de toi un père formidable.

Et je l'embrasse encore, parce que je ne peux m'en empêcher et que ses paroles viennent de me toucher au plus profond de moi, faisant bondir mon cœur d'amour.

— Tu comptes me faire taire de cette façon à chaque fois ?

— Ça ne semble pas te déplaire, murmuré-je en nichant mon nez sous son oreille, chatouillant de mon souffle ce petit point si sensible.

— Cesse de douter de toi et continue de faire de ton mieux. Tu es le meilleur dans plein de domaines, mais tu excelles dans ton rôle de père. Iris a vraiment de la chance de t'avoir comme papa.

— Et moi j'ai une chance incroyable de t'avoir, toi.

— Arrête, souffle-t-elle en détournant légèrement les yeux.

De l'index, je ramène son menton pour qu'elle n'ait d'autre choix que de plonger son regard dans le mien.

— Bébé, tu ne te rends donc pas compte de combien tu as changé ma vie ? De combien tout est différent pour moi depuis le début de notre histoire ? Jamais auparavant, je n'avais ressenti des émotions aussi fortes que celles que tu réveilles en moi.

— Tu dis simplement ça parce que je suis le meilleur coup de toute ta vie.

— Ce n'est pas faux, réponds-je en lui souriant, mais il n'y a pas que ça.

Nos deux corps sont collés l'un à l'autre, si bien que je la sens retenir son souffle.

— Je t'aime, repris-je instinctivement en prenant son visage en coupe, mes pouces caressant délicatement ses pommettes. Je t'aime comme je n'ai jamais aimé personne et bien que parfois, mes propres sentiments me fassent flipper, c'est auprès de toi et personne d'autre que je veux être. Je veux me coucher chaque soir, ton corps blotti contre le mien, et que la première chose que je vois le matin à mon réveil, ce soit ton regard envoûteur qui me fait me sentir aimé et unique.

— Tu es unique, Quinn Douglas. L'unique à mes yeux, répond-elle la voix tremblante.

Dans ma poitrine, mon souffle se bloque sous l'intensité des émotions qu'elle provoque en moi. L'atmosphère change légèrement, le froid ambiant laisse sa place à une douce chaleur qui ne m'est plus inconnue désormais et à mesure que les secondes s'écoulent, je sens mon cœur se mettre à battre à un rythme irrégulier qui me fait comprendre combien j'aime cette beauté blonde et combien j'ai besoin d'elle au quotidien.

À une époque, tout ce qui comptait pour moi, c'était de donner le meilleur de moi-même sur la glace, me soulager de certaines tensions masculines auprès de femmes prêtes à tout pour me faire passer un bon moment et c'est à peu près tout. Rien dans mon quotidien de « queutard » n'aurait pu me préparer à ce que j'allais vivre avec Melody, cette femme que j'avais quasiment toujours connue et considérée comme une sœur.

Puis tout a changé, un soir d'octobre, alors que je devais veiller sur elle et ne laisser aucun homme l'approcher. J'ai rompu ma promesse ce soir-là et malgré tout ce que cela a engendré comme problème, je ne regrette rien. Ni de l'avoir traînée hors de la piste de danse pour la plaquer contre un mur et l'embrasser avec une passion que je ne me connaissais pas, ni de l'avoir fait mienne quelques instants plus tard. Je n'en avais pas encore conscience, mais ce soir-là, j'ai pris la meilleure décision de toute ma vie. Melody est celle qu'il me faut, celle dont j'ai besoin quotidiennement, celle sans qui je ne peux imaginer mon avenir.

Détachant légèrement mon corps du sien, je laisse un instant mes mains reposer sur ses cuisses et inspire profondément pour déloger la boule de stress qui empêche mes paroles de franchir la barrière de mes lèvres.

C'est maintenant ou jamais !

Une fraction de seconde plus tard, les doigts tremblants comme jamais, je les plonge dans la poche arrière de mon jean et en sors le petit écrin de cuir que je gardais précieusement caché depuis quelque temps.

Lorsque les yeux de Melo tombent sur ce que je tiens serré, elle déglutit difficilement et ouvre grand les yeux.

— Tu me connais suffisamment pour savoir que j'ai toujours cru que l'amour était une chose que je ne méritais pas de vivre. Puis nos regards se sont croisés pour la millième fois depuis notre rencontre, et tout a changé. Je ne saurais dire comment et bien que cela n'ait pas une grande importance, tu dois savoir que pour moi, dès l'instant où mes lèvres ont touché les tiennes, j'ai su que plus rien ne serait comme avant et que tu avais été faite pour moi, tout comme mon âme a été faite pour t'aimer.

Des larmes roulent sur ses joues alors que j'ouvre l'écrin, dévoilant sous ses yeux ébahis le délicat solitaire que j'ai choisi rien que pour elle et viens poser un genou à terre.

— Dire «je t'aime» n'aura jamais eu de si douce saveur que lorsque je te le dis à toi et j'espère pouvoir te le répéter indéfiniment. Melody, veux-tu m'épouser et passer le restant de tes jours à m'aimer en retour?

Mon cœur bat à un rythme de tous les diables tandis que j'attends patiemment sa réponse.

— Tu es l'homme de ma vie, Quinn et je passerai volontiers les prochaines années à te le prouver.

— C'est un oui?

— C'est un gigantesque oui, dit-elle en me renvoyant ce sourire que j'aime tant.

Sans plus attendre, je me relève, retire de son socle la bague brillant de mille éclats et viens délicatement la passer à son annulaire. Nous restons tous deux les yeux rivés sur son doigt de longues secondes, appréciant l'un comme l'autre la perfection de l'anneau sur elle.

— Elle est magnifique, souffle-t-elle d'une voix emplie d'émotion qui me fait lever les yeux vers son visage baigné de larmes.

— Elle l'est, mais pas autant que toi, future madame Douglas.

Et comme pour sceller ces paroles, nos lèvres se retrouvent, pour ne plus se quitter. Nous mettons dans ce baiser tous les sentiments que nous éprouvons l'un pour l'autre et nos promesses d'un avenir merveilleux. Parce qu'il ne peut qu'être meilleur, maintenant qu'elle a accepté de m'épouser.

— Redis-le.

— Future madame Douglas, murmuré-je contre sa bouche.

Puis nous nous embrassons à nouveau, les yeux dans les yeux, nos cœurs ne faisant plus qu'un à la perspective de construire notre futur l'un avec l'autre et je ressens cette douce chaleur qu'est l'amour jusqu'au tréfonds de mon âme, dans chacune des fibres de mon corps, si bien que notre baiser se clôture par mes propres larmes, de joie, venant se mêler à nos lèvres scellées pour l'éternité.

Fin

Remerciements

Une fois de plus, l'écriture des remerciements est sans aucun doute le plus compliqué pour moi : d'une part, par peur d'oublier du monde (vive la mémoire en gruyère) et d'autre part, j'ai la furieuse impression de me répéter.

L'écriture de ce deuxième tome aura été un véritable challenge pour moi, aussi bien personnellement que professionnellement parlant. Après des mois sans avoir écrit un seul fichu mot concernant l'histoire de Quinn et Melody, il m'aura suffi d'un déclic pour écrire les trois quarts du contenu en deux petits mois. Un exploit, un miracle, vu ma lenteur d'écriture habituelle, mais une sacrée fierté aussi car en me relisant, j'ai tout de même été hyper fière de moi. Même si « For you » est mon plus petit roman écrit à ce jour et qu'il arrive après l'écriture de « Without you » qui est une histoire émotionnellement puissante, j'espère quand même que cette histoire vous aura fait rêver et que vous avez pris plaisir à retourner sur la glace en compagnie de mes Wild.

J'éprouve toujours autant de plaisir à vous faire découvrir mon monde et ma passion pour ce sport merveilleux qu'est le hockey sur glace, restant le plus proche possible de la réalité, sans jamais en oublier qu'il s'agit là d'une fiction. Purement et simplement.

Ces remerciements sont déjà les cinquièmes que j'écris et étrangement (ou non finalement), il s'agit toujours des mêmes personnes qui sont présentes à mes côtés au quotidien à qui j'adresse un « merci » dans ces quelques pages que peu de gens doivent prendre le temps de lire.

En premier lieu, je remercie du plus profond de mon cœur, mes hommes, mon fils et mon mari, vous qui êtes si compréhensibles et patients chaque fois que je suis plongée dans ma bulle et que je « bosse », me rendant ainsi indisponible pour vous deux. Vous êtes ce qui m'est arrivé de plus beau dans la vie. Ma famille, c'est vous. Toi, mon mari, l'homme qui m'a fait craquer dans une discothèque un soir de novembre et qui chaque jour, m'aime et me tient la main, contre vents et marées. Mais c'est aussi toi, mon fils, ma plus belle fierté, mon inspiration première pour écrire ce roman. Te donner la vie restera à jamais, le plus beau jour de ma vie, celui où j'ai rencontré l'amour de ma vie avec un grand A.

Pour la cinquième fois, mes remerciements ne seraient rien sans citer ces trois filles qui font partie de ma vie depuis le commencement. Les trois «E»: Elodie, Emilie et Emmanuelle, mes bêtas, mais surtout, mes amies sans qui aucun de mes romans n'auraient vu le jour. J'vous aime les filles et je suis fière de ce qu'on a ensemble. On forme une équipe du tonnerre toutes les quatre et j'espère que vous signerez pour une sixième aventure à mes côtés (même si je n'en doute pas une seconde).

En cours de route, j'ai aussi rencontré cette personne qui sans le savoir, allait changer ma vie, en bien évidemment. Marie, ma handballeuse, mon soleil dans ce quotidien pas toujours très coloré. Ton aide précieuse et sans faille m'est devenue aussi vitale que ta présence à mes côtés et je ne te remercierai jamais assez de tout ce que tu fais pour moi et de ton amitié si précieuse.

Merci à Mag, mon maître Yoda qui une fois de plus, a été maîtresse de la situation et m'a sauvée d'une crise de panique aiguë (non, non, je n'en rajoute pas). D'une chronique sur la première édition de «Loving Can Hurt» est née une véritable amitié et j'ai vraiment une chance inouïe de t'avoir à mes côtés.

Merci aussi à Orlane, mon héroïne aux doigts de fée qui se surpasse de couverture en couverture pour que mes romans soient parfaits. Bien plus qu'une graphiste au talent fou, une véritable amie que je suis fière d'avoir dans ma vie.

Comme lors de l'écriture du premier tome, j'ai pu compter sur le soutien sans failles des membres des Caribous, ce club de hockey qui a carrément changé ma vie. Sans eux, les Wild n'existeraient pas, je ne serais pas devenue l'accro au hockey sur glace que je suis aujourd'hui et je ne serais pas la #HockeyMom d'un petit hockeyeur fier de porter les couleurs des Caribous ! Merci ma Cécile, Gildas, Phala, Yann, les Cab's et la #CaribousFamily pour vos précieux conseils, vos réponses à mes questions parfois très cons, mais surtout pour votre présence.

Comme toujours, que seraient des remerciements sans dire un immense « merci » à toutes les personnes qui m'entourent quotidiennement, que ce soit mes ami(e)s auteur(e)s répondant toujours présents pour me conseiller et m'aiguiller au mieux dans cette folle aventure de l'édition, mais aussi les blogueuses/chroniqueuses, les admins de groupe Facebook ou encore, vous, mes p'tits chats, mes lecteurs sans qui je ne serai rien. Comme j'aime le dire, j'ai peut-être écrit plusieurs romans, mais ce n'est que grâce à vous qu'ils prennent vie et voyagent au gré de vos retours les concernant.

Je terminerai par une citation, une dernière pour ce roman :

Heart of Wild : For you

« *Tout seul on va plus vite, ensemble, on va plus loin.* » **Proverbe Africain.**

Une citation à l'image de ce que je ressens sincèrement au fond de moi. Sans l'aide de précieuses personnes, mon rêve ne se serait jamais réalisé (cinq fois) alors merci, du plus profond de mon cœur. Merci de faire partie de ma vie tout simplement et même si je ne cite pas vos noms à tous, sachez que d'une manière ou d'une autre, mes remerciements vous sont aussi adressés pour la simple et bonne raison que sans votre aide, je n'aurai jamais été si loin.

Si ce roman vous a plu, n'hésitez pas à laisser un commentaire sur les diverses plateformes (Amazon, Booknode…), cela ne prend que peu de temps, mais aide grandement l'auteure auto-éditée que je suis à faire connaître ses romans.

L'immersion au sein du Wild Hockey Club n'est pas terminée et prochainement, vous pourrez retrouver le tome 3 : «*Only you*» qui sera axé sur l'histoire de Mike O'Dell, le **#23** de ces hockeyeurs que j'aime tant (et que vous aimez aussi, du moins, je l'espère).

XOXO
Soleano Rodrigues

Heart of Wild : For you

De la même auteure :

***Compass, tome 1 : HEAVEN,
sorti en mai 2018.***

Résumé :

« *Fuir pour dissimuler ses secrets, il n'y avait que ça à faire...* »

À 17 ans, Heaven est une adolescente comme les autres, amoureuse et heureuse malgré ce lourd secret qui pèse sur ses épaules. Mais un jour, tout bascule, la forçant à fuir tout ce qui la définit, y compris celui qui fait battre son cœur.

Sept ans plus tard, elle n'est plus la même, et elle se reconstruit jour après jour auprès de Drew, sans jamais y parvenir complètement.

Il est toujours présent, là, quelque part dans ses rêves.

Alors, à l'heure où le jour et la nuit se croisent, son passé et son présent se heurtent violemment lorsque ses yeux rencontrent à nouveau les siens. Le retour de cet homme va raviver de bien vieilles et douloureuses blessures, mettant en péril le fragile équilibre de cette nouvelle vie...

Amour ou désir? Raison ou folie? Heaven va devoir faire des choix, qui s'avéreront bien plus compliqués qu'elle ne le pensait.

Rien n'est simple lorsque les sentiments ressurgissent. Encore moins quand ces sentiments menacent de révéler au grand jour des secrets qu'elle s'efforce de garder enfouis depuis tant d'années...

« Un premier amour ne se remplace jamais... »
Honoré de Balzac.

Et sa suite, Compass, tome 2 : JARED, sorti en juillet 2018.

Résumé :

« Il y a des secrets qu'il vaut mieux ne pas révéler ... »

Fraîchement débarqué en Californie pour obtenir les réponses tant attendues à ses questions, Jared ne se doutait pas qu'une fraction de seconde remettrait tout en question.

Il avait tout pour se reconstruire une nouvelle vie loin des fantômes de son passé ... et de son avenir. Des milliers de kilomètres le séparaient désormais de ses démons et pourtant, un simple regard a tout fait basculer. Ses retrouvailles explosives avec son premier et unique amour, la mystérieuse Heaven, vont faire voler en éclat tout ce qu'il croyait savoir.

Elle a brisé l'adolescent qu'il était... et aujourd'hui, c'est le cœur de l'homme qu'il est devenu, qu'elle piétine sans la moindre hésitation.

Et pourtant, ne dit-on pas que les apparences peuvent être parfois trompeuses ?

Loin d'elle, l'unique mot d'ordre de Jared sera d'aller de l'avant et tenter, coûte que coûte, de ne pas replonger dans de bien mauvaises et malsaines habitudes.

Après tout, que risquons-nous, surtout lorsqu'on a plus rien à perdre ?

« La magie du premier amour,
c'est d'ignorer qu'il puisse finir un jour. »
Benjamin Disraeli.

Loving can Hurt,
sorti en novembre 2018.

Résumé :

« L'amour est plus fort que tout... »

C'est ce que pensait Ashley, qui apprend à se reconstruire après une rupture amoureuse des plus douloureuses. Profondément blessée par les actes de celui qu'elle croyait aimer, elle n'attend plus rien des hommes.

Enfin, jusqu'à sa rencontre avec Matt. Ce jeune homme, aussi beau que mystérieux, traîne un passé obscur qu'il tente de rectifier au détriment de sa propre vie.

Une soirée des plus banales va bouleverser leur existence au-delà de tout ce qu'ils auraient pu imaginer.

Matt et Ashley devront apprendre à pardonner et oublier les blessures du passé, s'ils veulent un avenir ensemble.

Pourtant, alors que certains secrets risquent de faire voler leur amour en éclats, tout s'écroule et il leur faudra braver les dangers qui leur font face.

Mettant leurs propres vies en péril, ils nous apprennent la folie d'aimer.

Rien n'est plus beau que l'amour, mais quel en est le prix?

Heart of Wild : Without you,
sorti en avril 2019.

Résumé :

« Peut-on se reconstruire après avoir vécu l'enfer ? »

Avoir la vie devant soi pour dire «je t'aime» ... C'est ce qu'a toujours cru Ayleen. Du moins, avant que tout son monde s'effondre et que la vie lui arrache cruellement l'homme qu'elle aime. Dès lors, une seule solution s'impose à elle : l'exil.

White Bear Lake, une petite ville isolée du Minnesota semble être l'endroit idéal pour sécher ses larmes et panser son cœur. Dans ce coin reclus, la jeune femme espère alors vivre loin de tout et surtout de tout le monde.

Mais c'était sans compter sur le destin, farceur, qui va mettre sur sa route celui qui va peut-être lui redonner l'envie de vivre à nouveau.

Et quoi de mieux qu'un hockeyeur pour briser la glace ?

Il est sa force.

Elle est sa faiblesse.

Une âme brisée, deux cœurs en jeu ... quand l'amour entre en jeu, rien ne va plus !

Heart of Wild: For you

À paraître :

* Heart of Wild : Only you, tome 3.

Heart of Wild: For you

Retrouvez-moi :

: *Soleano Rodrigues Auteure*

Ou sur le groupe prévu pour mes écrits :
Soleano Rodrigues & ses romans Loving can Hurt, Compass, Heart of Wild.

: *soleano_rodrigues_*

Printed in Great Britain
by Amazon